人民艺术家·王蒙
创作70年全稿

红楼编

讲说《红楼梦》

人民文学出版社

王　蒙

目　　录

写在前面的话 …………………………………………（ 1 ）

第 一 讲　永远的谜语 …………………………………（ 1 ）
第 二 讲　永远的遗憾 …………………………………（ 11 ）
第 三 讲　瞬间的荣枯 …………………………………（ 19 ）
第 四 讲　贾宝玉的性启蒙 ……………………………（ 26 ）
第 五 讲　瞬间的悲喜（上） ……………………………（ 33 ）
第 六 讲　瞬间的悲喜（下） ……………………………（ 40 ）
第 七 讲　黛玉的天情 …………………………………（ 47 ）
第 八 讲　我为妹妹一身的病 …………………………（ 55 ）
第 九 讲　该出手时便出手 ……………………………（ 63 ）
第 十 讲　打，打，打 ……………………………………（ 70 ）
第十一讲　大祸现真身 …………………………………（ 77 ）
第十二讲　谁耍谁的猴 …………………………………（ 84 ）
第十三讲　中国的情面文化 ……………………………（ 91 ）
第十四讲　鸽派、鹰派与夺权 …………………………（ 98 ）
第十五讲　不可没有的红楼二尤 ………………………（105）
第十六讲　钗黛对决还是钗黛合一 ……………………（112）
第十七讲　无懈可击与偶露峥嵘 ………………………（119）
第十八讲　大观园里的青春万岁 ………………………（126）

1

第十九讲　扫荡青春……………………………………（133）
第二十讲　林黛玉之死…………………………………（140）
第二十一讲　独一无二的《红楼梦》……………………（147）

专题讲说一　《红楼梦》的自我评价……………………（154）
专题讲说二　《红楼梦》纵横谈…………………………（168）
专题讲说三　《红楼梦》与现代文论……………………（182）
专题讲说四　《红楼梦》的文化情怀……………………（193）
专题讲说五　《红楼梦》中的政治………………………（204）
专题讲说六　放谈《红楼梦》诸公案……………………（223）
答讲座听众问……………………………………………（233）

跋　人生百味，一梦又一梦 ……………………………（240）

附：作为小说的《红楼梦》……………………………（248）
　　伟大的混沌………………………………………（273）
　　《红楼梦》的研究方法……………………………（289）
　　《红楼梦》的文学案例……………………………（301）
　　厉害哟，我的《红楼梦》…………………………（317）

写在前面的话

或问:《红楼梦》已经谈得够多了,你本人也写过三四本书了,干吗还要再讲一遍呢?

过去多是写作,是写文章和写书论说点评《红楼梦》,这次则是比较完整地在山东教育电视台"名家论坛"讲说《红楼梦》的种种话题。

讲说与写作是两种体验、两种气场、两种心绪。写是自我陶醉、沉吟徘徊、自思自叹、摇头摆尾;而讲说呢,是交流沟通、解释答疑、通透明白、拍案惊奇、抬杠完了再劝慰。写是自斟自饮,像李白似的"举杯邀明月,对影成三人……我歌月徘徊,我舞影凌乱";讲说是与你对饮,猜拳行令,高谈阔论,兴高采烈,一吐心中块垒。

我对讲说的要求是口语化、即兴化、现场化、透明化、生活化,就是说,我讲的是活人的话,是充满活气息的话,说的是生活中的活人与活事,是与你一来一往一呐一喊一应一个逗哏一个捧哏的话。

哪怕准备了好几次腹稿与大纲了,哪怕讲前二十分钟还在那儿伏案磨枪,可我一讲起来,稿子全放到了一边,我和你说了起来,聊了起来,砍(不只是侃)了起来,也抡了起来了。人生多少快意事,首推尽兴讲"红楼"!

这么一讲就有了新发现。比如宝玉一见黛玉就摔上玉了,这样关键的情节,此前本人始终没有得到也没有作出一个满意的解释。我终于明白了:这是少年之恋,这是天生的绝配之恋,这是天真无邪的互相认同! 宝玉各方面和黛玉各方面,二者必须且应该互相匹配。

一句"可有玉没有"(我老觉得应该是"妹妹,你有玉吗"),他那个天真纯洁的美好与完满的期待,令人泪下。如此这般,二人的"有情人不成眷属"的悲哀,就从他们的符号上的不对称上表现出来了。

如果你还不明白,不妨倒过来想一想——如果宝玉一问,黛玉回答:"是啊,我这儿正好也有一块玉啊!"两个孩子能不乐疯了吗?读者能不乐傻了吗?

比如我写过多次,说是抄检大观园时探春的一段话,更像作者曹雪芹的话,探春小女子说不了那么深。但是讲着讲着我又想起,从一开头,对于大观园内的治安形势,探春与贾母的观点就针锋相对。探春比较客观,贾母忽然凶相毕露。这反映了贾母老一代当年冲杀格斗杀出一条血路的背景;而探春在与宝钗、李纨三驾马车执政期间了解府内更多的腐败,她对于抄检有强烈的反应,应是可能的。

我特别喜欢写秦显家的夺权一段,因为它太能叫人产生联想了。过去,我注意的是处理玫瑰露事件中平儿的鸽派路线与凤姐的鹰派路线。这次讲到平儿,我更注意的是她对"偷"玫瑰露的彩云的态度与彩云的回应。我是把重点放到中国的情面文化上来讲,讲的内容不但对于读者是新鲜的,对于我本人也是新鲜的。

讲说《红楼梦》是真享受,在讲说中,在交流中,在碰撞中出火花,来电,有新收获,有新感想,有电闪雷鸣。在全力地通俗化、口语化、生活化、真切化的努力中,你才能还原《红楼梦》的活气活力活态动态。这就是我爱说的:欲穷千里目,更上一层楼,不假;同时,欲知人间事,更下一层楼。你有什么学问也好、见解也好,要与老百姓对话呀!《红楼梦》可不只是什么"红学",《红楼梦》是生活,是世界,是大活人、好人和坏人、男的和女的,是你我他(她)都能感染体悟的人生!

《红楼梦》中"世事洞明皆学问,人情练达即文章",还时时处处谈情说爱,谈得那么仔细,说得那么平常,而又是生离死别,杜鹃啼血。世间最说不清的是爱情,不用多说,给他(她)一部《红楼梦》与王蒙的讲说、评点看一看吧,如果他(她)不能为之动容,请少女少男们仔细,他(她)乃无情人也!

　　说一说,再说一说《红楼梦》,说《红楼梦》就是说中国,就是说自己,就是说咱们的五行八卦、酸甜苦辣。你活了七十七岁了,你的人生历练跟感情经验不足以说完全它;再活七十七岁吧,你的人生历练与感情体验也不一定说得准、说得全它呀!

第一讲　永远的谜语

我开篇的题目叫"永远的谜语",因为《红楼梦》给我们留下了动人的故事、深刻的印象,但它也留下了一些谜。比如说古往今来的读者和学者都在猜测研究秦可卿是怎么回事、史湘云的那个麒麟还有薛宝钗的那个锁是怎么回事,还有王熙凤与贾蓉的关系、贾母与张道士的关系、妙玉的身世、贾元春之死等等,都有人说三道四。而它一个最根本、最大的谜还是贾宝玉的那块玉到底是怎么回事。现在我们要讲的就跟这块玉有关系。

《红楼梦》的结构,是从大到小,从远到近,从天上说到地上人间,从高处瞭望到从具体处说事儿。它一上来先从空空道人、癞头和尚、甄士隐、贾雨村、冷子兴这些人说起,慢慢介入,它真正要讲的故事是在贾府,是在大观园。而真正故事的开始是林黛玉来到了贾府——用越剧唱词,就是"天上掉下个林妹妹"——掉下一个林妹妹,从此各种恩怨情仇、悲欢离合、刻骨铭心的故事就开始了。林妹妹是从苏州来的客人,亲戚关系很近,是贾母的外孙女,但她对贾府,眼光是陌生的,是生人的眼光。书中用林黛玉的眼光先观察了贾府。对于林妹妹来说,贾府也是气象非凡、派头很大、又威风又豪华的。林黛玉刚到贾府,可以说大气也不敢出的,这里比她原来在林家不知道神气多少倍。也在林黛玉到来这个事件上,显现了贾府一些主要人物的形象、心态和地位。贾母不用说,是贾府金字塔宝座顶尖上的人物,大家都围绕着她转,众星捧月。整个贾府的气派,对于林黛玉来说不同寻常。林黛玉也并不简单,书里交代了,她爸爸是林如海,林如海曾高祖往下四代本也是侯爵贵族,但到了他,因为已经是第五代,没了侯爵的身份。可以说他是原贵族、原侯爵,或者叫老贵族、老侯爵。一方面是骄、娇、倔、高、傲、自命不凡都有,一方面又不能不面对开始走下坡路的事实,而且人丁不旺,要不也不会托付一个其实八竿子打不着的私塾先生贾雨村来送黛玉。

一个不同寻常的视角、一个眼光、一个感受,林黛玉自远而近地看贾家也有一个并非简单的过程。

林黛玉进了贾府,里头有垂花门,有抄手游廊,有紫檀架子,有大理石屏风,还有鹦鹉在那儿报信——"来客人了",这些都是林黛玉过去没有见过的,不仅黛玉不熟悉,读者大多数对这些玩意也不会多清楚多习惯;大富之家,高贵之家,熟不熟悉,光这些道具布景和名称已经把你唬住了。无怪乎孔子要搞"正名",人是语言的动物,一堆新奇高雅的名称已经把你震慑住了,已经让你目瞪口呆,如果不说是垂涎三尺的话。

林黛玉一进来已经感觉到这个气魄,跟家那儿不一样。林黛玉这时是小心翼翼的,她刚来,还没有多么任性,那些很情绪化的东西她还没有。从显见衰落的林家来到至少当时还挺热闹挺红火的贾家,当时的贾家叫做"鲜花著锦,烈火烹油"——鲜花够美的了吧,还要点缀上锦缎;烈火够热的了吧,还要浇上吃用的香油花生油。所以她有一种小心翼翼的心态。

贾母一上来对林黛玉非常宠爱,肝啊肉啊地搂着她哭。贾母有权充分表达自己的感受与情绪,封建社会谁地位高,谁的自由度就大。请设想一下,别人岂敢那样放肆地哀哭?再后边最突出的就是王熙凤的出现。

古往今来很多人评论许许多多著名小说中的人物出场,像王熙凤这样出场得有声有色的,非常少,写得是极成功。她还没进来呢就在那儿喊叫起来了,说"我来迟了,不曾迎接远客"。请看她是多么重要,一个不重要人物根本不存在来早还是来迟的问题,不值一提,更不敢一喊。前边描写的是林黛玉见着贾母,周围的人都毕恭毕敬,因为贾母的地位高、辈分高、资格老。但王熙凤一出来,好像满不在乎,有点满不论的那劲儿,喊叫着就过来了,让人觉得很少有这样的人。

贾母对王熙凤的反应就更奇怪了。贾母一听到王熙凤的声音就告诉黛玉:她是我们这儿一个有名的泼辣货,她是凤辣子,你就管她叫凤辣子好了。这种话本来不太好听——说一个女性,说一个二十多岁的女性是泼辣货——但在贾母的嘴里它变成了一个爱称昵称,就像一个母亲说自己的爱子是"小坏蛋",就像一个少女说自己的情人是"没良心的",就像一个男人说自己的情侣是"小妖精"一样。她跟王熙凤的关系特别近,她过得着她才能这样说话,如果换一个别人,王熙凤早就火了,生气了。

比如说,贾母对很多人都有看法,但她没有当众说过别人任何不好听的话,就是跟她大儿子贾赦(他们间过节最多了)也不说那样的话。她说王熙凤"泼辣货""凤辣子",拿她开玩笑,这是什么意思呢?就是人和人关系太近了以后,有互相利益勾结的关系,有互相感情靠拢的关系,有互相表扬、互相抬笑、互相吹捧的关系,也有一种互相数落的关系。这个就不能叫批评,泼辣货也不叫批评,这叫数落。数落是什么意思呢?极亲近的人,通过言语的游戏,似贬实褒,曲线夸奖,也可能略有恨铁不成钢的指点,但更多是亲近的戏谑。最多的是妻子对丈夫,一面数落一面表达心满意足;老板对宠臣对爱将,也可以数落几句,彼此开心。我们也许可以分析,人心里有一个略显黑暗的角落,他不可能天天说光明正大的话和主流主旋律的话,浩浩荡荡如在联合国大会上发表演讲,他还有一部分淘气的话、怪话、没脸没皮的话、耍无赖的话、涉嫌不高尚不正确的话要说一说,要发泄发泄,只有与关系最好的人才能说这样的屁话、昏话、丑话、不负责任的话。所以你就已经感觉到王熙凤跟贾母的关系不一般。所以黛玉也很谨慎,贾母那儿可以说"这是泼辣货""这是凤辣子",但是黛玉毕恭毕敬,只能叫"琏嫂子",客客气气。她可不能跟着说"这就是那个泼辣货",她是绝对不敢这样说的。

然后王熙凤说了一大堆话,一会儿高兴,一会儿又抹眼泪,像是独角戏,一个人什么都占全了,她简直是满场飞,占领了全部舞台、全部追光,吸引了全部注意,就像她是主角——你完全看不到凤姐有任何顾忌、任何收敛。用歌唱演员的行话,王熙凤算彻底抖搂开了、放开了、撒开了,如入无人之境了。黛玉在旁边只能很礼貌地跟他们对付,来对应每一个人。

然后黛玉说去看望贾赦。贾赦那儿很奇怪,说不用见了——一见到你,想起你妈来了,我挺难受的,不用见了,以后有机会再见——这个贾赦的脾气也有点儿与众不同,用北京话说就是有点各,他不随和。大老远来了一个亲戚,你好赖跟人家见一面,哪怕不说什么话……不,你越是贾母那儿迎接得隆重,他越要表示一点儿并非和他们完全一致的态度,他硬是要与众人拉开距离,与贾母拉开距离。

拜见了邢夫人和贾赦,黛玉又来见王夫人。王夫人这儿说起宝玉,用词也特别逗,说宝玉是"孽根祸胎、混世魔王"。"孽根祸胎、混世魔王"这八个字非常难听。孽根,他从根上就是造孽造出来的,再有,我们这里的一切造孽的事、一切的不正常和不合适,他是根子。他是造孽的结果,更是造孽的根源。祸胎,他带来的是灾祸。混世,他对人生不是规规矩矩地办事,他不按规矩走,他没有责任也没有原则。魔王,我觉得有两个意思:一个是他像魔王一样,谁也惹不起他,一个他有点儿疯魔,有点儿不正常不健康不着调——不听调遣,不接受调度,不听话,不听说。用现代语言说就是他的心理健康有问题。这也是非常奇怪的一件事情。贾宝玉是贾府的中心,是贾府宠爱的集中点,所有的大人、小人,所有的老人,尤其是所有的女孩,都把注意力集中在贾宝玉身上,贾宝玉承受着所有人的注视、关爱、宠爱、保护。而且贾宝玉是《红楼梦》最中心的人物,一切的一切是拿贾宝玉当圆心,写各种各样的人物。

但是这个《红楼梦》里,提到贾宝玉的时候常是难听话,什么对不起天恩祖德了,什么半生潦倒、一事无成了,这里又由他的亲娘给他批了八个字,叫"孽根祸胎、混世魔王",一般来说,这种论评可以把一个十二三岁的少年给扼杀掉。这是一个扼杀少年的舆论,恰恰把这样一个杀人之语献给了"核心美少年"贾宝玉。所以如鲁迅所说,自从有了《红楼梦》,很多写法都改变了。它里边写的,贾宝玉不是一个单面扁平的人物,他是一个立体的人物。很多人嘴里说的是他最不好的话,这在佛家就叫做爱恋生嗔怨。正是他的亲娘王夫人太爱他了,对他无法满意,所以急得要死,越心疼越心焦,越抱希望越失望透顶。但他人又从各方面显出可爱之处。

在这一点上,与贾母说王熙凤是一样的。王熙凤,你是泼辣货,是凤辣子……实际上贾母另有台词:王熙凤是一位干将,是精明强悍无比的一个女人,是我的依靠,是我的爱卿,是我的重臣,我什么事都得靠王熙凤。

王夫人这样说,说贾宝玉是"孽根祸胎、混世魔王",她的潜台词是什么呢——他是我最宠爱的儿子,他太不一般了,他让你爱得、恨得、心疼得、急得、恼得,我真拿他没办法,为了他我简直都快活不了了,他与我心连心、肉连肉,他的一举一动对于我都是牵肝动肺——实际上又表达了这样深的一种感情。

这样做了很多铺垫,终于,贾宝玉见到了林黛玉。

林黛玉见到了贾宝玉以后,第一个反应是什么呢?好生奇怪,倒像在哪里见过一般——林黛玉的反应是说——这个贾宝玉我是见过的,我怎么看着他这么眼熟?

什么叫熟?熟就是不生,没有陌生感,没有距离感,没有摸不清、抓不住的感觉。虽然这是一个男孩,我头一回跟他见着,但一见如故,一见如老相识,一见如上辈子就认识就有交情就相亲相爱过,我见着他丝毫不觉得陌生,而觉着已经跟他亲近了很久、熟悉了很久。

这可了不得呀！这叫爱情的先验性，就是没有理由、无须证明，绝对不需要像评剧《刘巧儿》里那样去表白："我爱他身强力壮能劳动，我爱他下地生产真是有本领；我爱他能写能算他的文化好……"那就不是先验的爱情而是论证后的爱情，应该说更像是接受一个劳动组合的新成员的条件，而不是接受一个情人。让林黛玉这样一个很孤独很高傲的一个女孩，看到一个男孩子突然感觉到"这不是见过吗""这不是老朋友吗"，是不可思议的事儿。这是雷电，这是天旋地转，这是一切的悲、一切的喜、一切的情、一切的恨、一切的痛苦的开始，这是《红楼梦》的开始，这是开天辟地！

林黛玉毕竟是女孩，即使她有这种感觉，她什么话都没说，她并没有说"二哥哥，我见过你"。她没说这个话，倒是谁说了这个话？是宝玉说了这个话。

宝玉见到黛玉的第一个反应，说我见过。贾母说，胡说，你怎么可能见过她呢？她一直在苏州，离我们这儿很远，你不可能见过她。然后贾宝玉解释说，虽然没有见过，但看着面善也等于见过。这是精神上见过、气质上见过、梦幻里见过、灵魂的火花撞击过。这不需要论证，这不是科学实验，这就是感觉，有这样的感觉的人就算没有白活一辈子，就算懂得了爱情的滋味。而有的人一辈子找不到这样的感觉，从不曾有，太可悲了！面善的意思，也是看着熟悉、看着顺眼、看着舒服、看着合适。一个人一生中会碰到许多第一次见面的人，有的人见了找不着感觉，还不如看一片树叶或一只小鸟有感觉有反应。有的人一见就令人心烦，令人起戒心，令人赶紧转过脸去。有的异性可能浓妆艳抹，很性感，但是你一见这人，你赶紧躲避，这人带那么几分邪恶，就像变了质的猪头肉一样叫你恶心。所以说看着面善，不是小事，不是偶然。贾宝玉第一个反应：我看着她这么熟悉、这么顺眼、这么能接受，我看了以后没有任何奇特或者别扭的感觉。有时候见一个生人会有点儿别扭，他太高了，你觉着别扭，他太低了，你觉着别扭，他太胖了，你觉着别扭，他一个眼睛大一个眼睛小，你觉得别扭，总而言之,会有别扭的感觉。但贾宝玉这儿没有。

接着贾宝玉就问林黛玉:你都看了些什么书?林黛玉没有正面回答,表示她也没有很正规地读什么书。这说明贾与林的问答只是为问答而问答、为艺术而艺术,问题本身的意义是零,问答本身就是放电,就是交心,就是亲近,就是幸福——这才是本质。然后贾宝玉又问:你名字叫黛玉,那你的表字呢?古人喜欢在名儿之外再起一个表字,比如说苏轼字子瞻号东坡居士——他除了大名,还有其他第二位、第三位的名字。

林黛玉说:我没有表字。贾宝玉就说:我给你起个字,就叫颦颦吧。"颦颦"就是皱眉头,眉头有些皱,皱得还很美,微微地皱着眉头。

这个贾宝玉也太不拿自己当外人了,刚一见面就问这么两句话,超不过三分钟,如果单纯就是这两句话,是几秒钟的事儿,这又有一种高度的亲近感。贾宝玉给林黛玉起"颦颦"这个名字,既是一种亲近感,也有一种贾宝玉的自我感觉良好在里面。中国古人喜欢给别人起名字改名字的都是那些自我感觉特别良好、觉得自个儿地位高的人。有的皇帝爱给人起名字,甚至给人改姓,而这个被改姓的人欢呼雀跃——我这姓是皇上赐给我的——把它看成一个很大的光荣。

到这时候,贾宝玉的自我感觉很好,林黛玉仍然是小心翼翼、礼貌周全的。千万不要以为林黛玉压根儿就是脾气不好、小性、爱生气、任性爱哭,不是的,林黛玉刚到这儿的时候根本不是这样,那么为什么后来是这样的呢?咱们往后再来探讨。

再往底下就更奇怪了,简直就是无法理解了。他问林黛玉:可有玉没有?你有玉吗?林黛玉表示:我哪有那稀罕物?我没有。贾宝玉就急了,"登时发作狂病……狠命摔去"——家里姐姐妹妹都没有,单我有,我说无趣;如今来了这神仙似的妹妹,也没有,可见不是什么好东西!又摔又哭又闹。

这是一个不通的故事,不合逻辑,不合情理,不合礼数,不合正路,胡打胡闹。

第一,这个贾宝玉有玉,本身就有点糊里糊涂,很多人接受不了这个,大名鼎鼎、学问非常高的胡适之先生他就接受不了这个。他在给高阳的信里说:这个贾宝玉怎么能够出生的时候嘴里含着玉呢?

我想,从全世界妇产科医院的病历里绝对找不到这一份,说是某人嘴里含着东西出生。怀胎的时候不可能有,受精卵里不可能有,发育的过程中不可能有,子宫里不可能有,这很明显不合理。也就是说,这里头没有妇产科的常理,有的是文学的理、神学的理、疯狂的理、幻梦的理。

而贾宝玉问林黛玉有没有玉,林黛玉说没有,他就那么伤心,这是为什么?这真是个谜语。为这个谜语我想了不知多少年。我每一次看《红楼梦》看到这儿都伤心费神,都心中蓦然一惊,我觉得被逼入了死角。每一次看《红楼梦》看到这儿我都较劲儿——

贾宝玉嘴里头怎么会含着一块玉?而这块玉为什么又可能来来去去、亮亮昏昏、灾灾变变、神神道道?如果说贾宝玉是《红楼梦》中的第一核心人物,那么,此玉就是《红楼梦》中第一核心物件。这个物件,其实比宝玉本人还长久,还永恒,还灵异,还疯魔!

贾宝玉嘴里怎么会含着一块玉?他怎么可能问初次见面、实际上相当生疏的林妹妹有没有玉?这不是胡说八道吗?我越读就越觉得这个细节写得好,越读就越觉得这个细节感人,催人泪下,越读就越觉得这个故事还没有得到一个非常合理、令人满意的解释。别看"红学"这样发达,硬是没有谁能好好地解释一下宝玉问玉摔玉的事儿。为什么呢?贾宝玉见到林黛玉后,有一种高度的认同感、亲爱感、相通感、共鸣感、永结为伴感,就是《诗经》上说的"执子之手,与子偕老"的感觉:这个林黛玉是和我一样的人,是我最亲的人;林黛玉是将会或至少是我希望会永远和我在一起的人,因此她很多地方应该和我一样。她怎么能够跟我不一样呢?怎么能我有玉而她没玉呢?

第二，从贾宝玉衔玉而生以后，家里已经制造了一个舆论，说这个玉是命根子，这个玉是与生命同在的，是最珍贵最可爱的东西，它是贾宝玉高尚地位的一个符号。正是由于这块玉象征了贾宝玉与众不同，与凡人不同，与俗人不同，连地位远远比他高的北静王对他的推誉也在这块玉上。在这个家，宝玉的地位跟谁都不一样，是全家关注的核心。那他对自己最珍贵宝爱的东西，对自己最要千方百计加以保护的东西，希望刚见面的这个林妹妹也有。他认定了林妹妹配有这样的玉，应该有这样的玉，相反，他怀疑他自己不配有这样的玉——这么珍贵、这么晶莹、这么可爱……

所以，这不是一个理性的推论，不是福尔摩斯在那儿推论，说我既然有玉，根据什么情况我看你手的那个印或者看某一个动作断定你也会有玉，不是。这是一个感情的、直觉的认定，他就要问林妹妹"你有玉吗"，这里表现了什么样的期待、什么样的天真、什么样的轻信啊！这就是对于命运的轻信，这就是对于世界的轻信，这就是人的大可悲悯之处呀！他多么期待林黛玉说"我有，哥哥，我也有"。俩人一对玉，你说棒不棒、好不好、高兴不高兴？

结果林黛玉回答：我没有。我哪里可能有？我怎么会有？我当然没有……

贾宝玉太失望了，他就摔这个玉，恨不得把这个玉马上消灭掉。

直到《红楼梦》快要结束了，麝月一提摔玉砸玉的旧事，死而复生的宝玉立即心痛得昏死过去。这是多么强烈的震撼！

什么叫爱情，不同的人会有不同的回答。西方现在也有人干脆否定爱情，把爱情作为一个纯粹的生理现象，作为一个生理学范畴来看待。当然你还可以从法学的角度上来看爱情，因为爱情要发展到婚姻，要牵扯上财产呀利益呀权利义务上的许多问题。甚至你还可以从厚黑学用爱情来达到私人的奇特的目的，甚至于还有色情间谍，还有性变态、性交易、性职业、性市场……但对贾宝玉来说，爱情就是他的神。对贾宝玉来说，爱情是一个神学的范畴，是比他的生命更崇高、更可爱、更激动人心的事情,为了它可以不要命,可以不要自己的一生。他动不动说自己当和尚去,他可以不要此生。

所以,贾宝玉对于林黛玉这个"有没有玉"的询问,表达了一个最大的悲哀,也是一个最大的梦想。这就是红楼之梦,这就是爱情之梦,这就是你和我(我贾宝玉和你林黛玉)不但心相通,而且事事相通,在"有玉无玉"上也完全相通的这样一个梦。

但这样一个天真的梦,它破灭了。这样电光石火一样爆发出来的激情很快就淹没了,熄灭了,被玉的不平衡的存在所质疑了。然后他们就永远说不清理不明一个问题,说"我有玉,你没玉""你有玉,我没玉"。我没有什么东西能够和你的玉相媲美,我没有什么东西可以和你的玉相比衬,悲哀的故事就这样开始了!

如果你还有点不明白,你还想不清楚,那么好办,请你设想是另一种情况:林黛玉恰巧也有一块玉呀什么的宝贝,宝玉问黛玉你有玉吗,黛玉说是啊,我有呀,我正好也有一块玉呀。万岁!太棒了!上帝永在!佛爷法力无边!天作之合,天生的奇珍异宝!宝玉有玉,黛玉无玉,这就是不平衡,这就是悲剧的预兆,这就是人生的悖论,这就叫有情人难成眷属,这就是老天不公,老天不长眼,这就是命运的折磨,这就是爱情悲剧的表征!呜呼此玉!呜呼宝玉!呜呼黛玉!呜呼人这一辈子净是事与愿违!苦啊,人生!而如果宝玉黛玉都有玉,那就是老天长眼,那就是佛爷保佑,那就是心想事成,那就是一帆风顺,那就是团圆美满无缺!多么悲哀呀!这样的好事是这样少,而相反的痛苦是这样多。人生悲剧乎,呜呼哀哉!

第二讲　永远的遗憾

如果谈到《红楼梦》里"永远的遗憾",大家兴许马上就会想到宝玉和黛玉有情人不能成眷属的遗憾,我们也会想到薛宝钗虽然既美貌又懂事但她的婚姻生活极端畸形和不幸,我们还会想到大观园里那么多可爱的女孩子几乎都没有好的下场(有的夭折了,有的被驱逐了,有的被欺骗了,有的当尼姑了,有的被卖了,真是非常的可怜),当然我们更会想到整个贾府由盛而衰,由兴而灭,看到一个原来充满生活气息与活力的家庭,三闹两闹完蛋了,树倒猢狲散了……这都是遗憾。

而《红楼梦》里还有个遗憾是隐性的,甚至很多人认为《红楼梦》是没有这种遗憾的,是否定这种遗憾的,会痛骂能带来这种遗憾的价值观的,是不但不以为憾反而应以为快乐和满足的东西。实际上它有遗憾。什么遗憾呢?就是不能为世所用的遗憾,一个无材补天的遗憾。这是一个如旧俄文艺家所说的"多余的人"的遗憾。就是说,你在这个社会架构中,甚至是在这个宇宙架构、物理架构、自然架构之中,没有位置,没有你的重要性,没有你的角色、没有你的内容的遗憾。这样的遗憾千人有,万人有,此代有,代代有,而且我要强调其实外国也有,西方有,俄罗斯更有。这是一个从根本上消解人的信心、意义、充实与幸福感的遗憾,是没有精神的温饱,却每天要吃三公斤泻药的遗憾。

《红楼梦》一上来的写法很奇特,它不是从具体开始,而是从抽象开始。这是中华文化的特点,我们喜欢从最大的概念上开始,它绝对不像巴尔扎克的小说,一般开始都是一七六七年十一月二十二日阴天在巴黎的哪条街上,一个女人穿着什么什么样的服装,旁边有辆马车,都是从具体开始。

《红楼梦》是从石头那儿开始的,从女娲补天开始,是从创世开始。女娲补天时有三万六千五百零一块石头,这个遗憾和悲剧在哪里呢?就是"零一"变成了"余一",多出一块来,只需要三万六千五百块就够了,石材居然过剩了,"不多不少"地多了,只多了一块石头,真是要命啊!这块石头非常悲哀,非常惭愧孤独失落——人家都补成天了,成了天地间重要角色,我"无才",是材料不够,是能力不够,是品相不够,是质地不够,可能更是运气不够,或者没有任何不够,本只需要用三万六千五百块,却来了个三万六千五百零一块。好比体育比赛,三万名运动员都有名次有奖牌有记录有光荣,只淘汰一个人,这不是活要命吗?现在的体育比赛是淘汰大多数,只给前三名发牌,这就好办,我们大多数是被淘汰下来的,我们多数人给少数人鼓掌喝彩,得不到奖牌的人虽然没有那样体面,但是沾了人多势众的光,不丢人,不至于哀哭不已,而且体育比赛总还有下回,弄好了下次是别人给我鼓掌。设想一下,一千年一万年一亿年只搞一次奥运会,只淘汰一名"最劣"的运动员,你这不是要他的命吗?一块倒霉的石头几方面都不够,它补不了天,它变成了一块多余的石头。俄罗斯十九世纪的时候风行一时的叫"多余的人",就是写在那时很多人变成了多余的人,他们不能为这个社会做任何的有意义的工作,不能对这个社会有任何的贡献。当时的著名作家冈察洛夫,写了一个长篇小说《奥勃洛莫夫》,说的是"多余人"的代表,书写了十几页了,主人公奥勃洛莫夫还没有决定是否起床。而《红楼梦》一上来就说有一块多余的石头,被冷淡、被抛弃、被遗忘、对于任何人都没有真正的意义的石头。这样想起来,不无恐怖。这也和中华历史有密切关系。中国是一个长期相对稳定发达的封建社会,社会资源高度集中,一个读书人,既能认字又能算数打算盘,要想对社会有所贡献,必须进入社会管理体制,你必须成为朝廷和它所属系统的一员,叫做"普天之下莫非王土,率土之滨莫非王臣"。所以一个人,得千方百计上学读书,会写文章会作诗会作对联,想办法有一官半职,做一个"对社会有用"的人。贾宝玉就最烦这个,但他有个背景,他所最烦的东西正是他上一辈子在本源根底上所没有得到、羡慕已极的东西,就是"补天"。补天不成的结果,使他痛恨补天的向往,使他视补天为禄蠹、混账、低俗庸俗媚俗,他是思极而恨若不共戴天。一个真正清高的人完全不必要视不清高为寇雠。这是他性格形成的先天原因。而后天原因是他对于女孩的爱恋喜悦,与他父亲的教条僵硬无趣成为鲜明对比。它也想跟三万六千五百块石头在一块儿,起个支撑天地的伟大作用,但它做不到,这样一个遗憾就注定了贾宝玉生活的空虚、对很多东西的不信任感。他也是只有四个字:我不相信。他前生是一块石头,这样一种遗憾,实际上是彻头彻尾的老病根,论证也解决不了,哭一场也没有用。

从我们今天看,曹雪芹能够写出《红楼梦》来,对中华文化,对世界文学,做出了别人所无法比拟、无法想象的贡献。从曹雪芹本人来说,他一辈子是穷愁潦倒,他认为自己一事无成。从另一个角度来说,如果曹雪芹能够有机会成为封建体制管理层的一员,从他个人来说生活状况会比他写《红楼梦》时要好得多。所以,这样一种对自己变成多余的石头而感到的悲哀,贯彻在整个《红楼梦》里。当一个饿了三五天的可怜人大骂饭馆的庸俗与奢华,你会有什么感觉呢?当一个一贫如洗的人表示自己对于金钱的痛恨反感轻蔑,你觉得这是很正常还是很郁闷呢?这石头还有一种交通、交织、交接的意义。这石头一头接着大荒山无稽崖青埂峰。"大荒"这个词很有感染力,首先是大,无限无穷的,第二是荒,它是荒凉的、没有生命的,更是没有文化、没有经过开发、没有变成人所使用的财富,是还没有人化的自然,是大荒山。

无稽崖的崖，念 yá 可以，也有人喜欢念 yé。这个山崖是荒唐的、无稽可查的，不入史册，不入地图，是找不着地方可待的。偏偏它又有一个青埂峰，一般人都解释青埂就是"情之根"的意思。偏偏在大荒山无稽崖当中出来这么一座山峰，又是大荒又是无稽又是多情，多情于无稽与大荒之中，钟情于荒凉与寂寞之中，呜呼哀哉！太痛苦了！你说你难不难受？而且他写的这块石头，说是多余的，转过来变成一块玉，晶莹剔透，缩得很小很小像扇坠一样。这么小的一块石头，又这么高贵珍奇。这是石头的一个品性，它既是高贵的，又是普通的，石头和玉是一回事，玉是石头的一种。玉的质地高于一般石头，我们采玉也都是从石头里来。石头变成玉，又高度地人化了，变成文化的一部分。尤其中国人很喜欢玉，以玉来喻君子，玉被认为是很洁净、很温润的。从手感可以分别：手里头攥一块玉，你不觉得凉；要攥一铁疙瘩，你就觉得凉。攥一块木头，你可能觉得干；攥一块玉，你就不觉得干。中国文人把所有美好品质都赋予玉。

这块玉，来自大荒山无稽崖，来自荒凉的史前；它又能够去人间，一僧一道给了它机会能够下凡入红尘，能够到一个阔佬贵族的家里体会人生的荣华富贵，也让他体会到人间这一切不过是过眼烟云，最后什么都没有。都没有了，怎么办？就又变成石头，回到了另一头——大荒山无稽崖青埂峰。

这块石头在下边绕了一圈，随了一回贾宝玉，最后又回来了，踏实了：你已经都转完了，恋爱你也搞了，吃喝玩乐你也享受了，作诗写文你也经历了，挨打挨骂你也遭遇了，"鲜花著锦，烈火烹油"的富贵荣华你也看到了，然后是晚景凄凉、衣食不保——这种困难的日子你也过了，那你还不踏实干什么呀？你回来了，你又变成了石头，石头上记载了你的故事，就是《石头记》。

这种小说非常奇怪，它既是小说，又是哲学和玄学，是一声长长的叹息！可不是吗？你伟大，你的权势如日中天，你阔气，花银子跟流水似的,你吃喝玩乐,穷奢极欲,你眠花醉柳,什么好事什么恶心事你都经历过,最后你只有一个前途,成为一块石头,一声不吭了。最多你有点记录,刻在这块石头上。这种写法很不寻常。

小说也好,戏剧也好,都要靠一个什么东西呢?悬念。就是你看了头,不知道它的尾,你得追着它,你对小说的后续发展有极大的好奇心,你渴望知道后事如何,你渴望知道下回分解,追着慢慢看下去;你知道这个尾,才会说"原来如此"。看电视剧也是这样,一上来就把大结局给他演两遍,好多中间的他都不想看了——"原来如此,不过如此"——他不看了。但是,《红楼梦》不在乎这个,它一上来就先把结局告诉你,一上来就告诉你:我写的这些繁华荣耀只不过是过眼烟云,只不过是瞬间的事,最后他们要完蛋要垮台,要冷寂下来,要孤独起来,要灭亡,再变成块大石头。

它先把这个压在你的心上、身上了,然后回过头来,又让你看到那些就像水中月雾中花,用这些吸引你,让你看起来很过瘾,使你看起来没完没了,跟着它哭,跟着它笑。你心里又随时提醒自己,这不过是暂时的,色即是空,空即是色,最后竹篮打水一场空,什么都没有,什么都留不下。这是很惊人的小说写作法:先把结局告诉你,先给你撤了劲儿,给你撤了火,再告诉你"我小火给你再炖一炖"……这一锅粥怎么往下煲,最后这个火要撤掉,冰凉死寂,一无所有。这里,我们说的"永远的遗憾"就又上了一层台阶:不仅不为世用是一种遗憾,盛极而衰、兴久必亡是一种遗憾,人生本身就具有某种悲剧性。生的开始也就是死的开始,生的过程也就是死的过程,宝玉的享福、尊荣、情爱的过程也就是大荒化、无稽化、静默化、石头化的过程。一句话,色的过程就是空的过程,有的结果是虚无化过程。当然,由此我们也可以反过来体会,生命是多么宝贵,人生是多么值得珍重!无论如何,当你把一个赫赫扬扬的贾府与荒山巨石联系在一起的时候,你就会是欷歔不已,泪流满面——闹了一个够,剩几块大石头罢了。

他对于石头的故事又有一个奇怪的处理。曹雪芹好像不满足于光说一个石头的故事——这石头故事就够吸引人的了,又是石头又是玉,又是衔玉而生——他不,曹雪芹不满足于石头的传奇,仅仅石头与玉的象征还不能完全表达他的情感与想象,他还要加一段:这石头还曾经在赤霞宫里当神瑛侍者,和绛珠仙草产生了感情——看见绛珠仙草在路边没人管,挺可怜的,就每天舀水浇灌它。

这个人的想象真是好。他想象这是天宫的事情,实际都是人间的经验。如果天上有绛珠仙草,何曾需要你去打水?你水是从哪儿来?天上还有河呗,《天河配》里不是还有河吗?神瑛侍者从那儿打水浇绛珠仙草。神瑛侍者又化成石头,变来变去的——它从石头变成玉,从玉变成了神瑛侍者,从神瑛侍者变成了玉,含在贾宝玉的嘴里,又变成贾宝玉生出来。而这个绛珠仙草就说:我还没有还他灌溉之恩……

他给我浇灌了那么多水,维持了我的生命……中国人是最讲感恩图报的。所以神瑛侍者下凡尘,绛珠仙草也要到人间去。它炼来炼去,炼成了一个女体。它没有炼成男人,在曹雪芹那个时代炼成男人好像比炼成女人在成就上更高一点。当然,贾宝玉不这么看,他认为女人比男人高得多。绛珠仙草下到红尘,变成林妹妹,跟贾宝玉见了面,然后要用眼泪来还神瑛侍者在前世给它浇的那些水。

这个故事太厉害了,用眼泪还水啊!韩信饿了好几天,遇到洗衣服的老太太。老太太一看这个大个子面有菜色,把本来给自个儿带的饭给了他。吃完了,韩信说"涓滴之恩当涌泉相报"——你给了我三滴水,将来我给你修一个自来水厂。就是这个意思。涌泉,像喷泉一样,水咕嘟咕嘟就往外喷,几百年几千年,这个水都归你。林黛玉这是报灌溉之恩,以眼泪相报。她是怎么琢磨的?这是爱情最动人的地方,也是爱情最可悲的地方。爱情伴随着那么多的眼泪。完全没有眼泪的爱情,是真的爱情吗?完全没有眼泪,俩人气都不生,都哭不出来,这也不算爱情。所以,他又把这个故事带进去了。所以

《红楼梦》不是那种一般的写实小说,更不是那种一般所谓自然主义的写法——反正有什么事儿我就写什么事儿,记流水账一样——也不是这种小说。它有一种非常悲天悯人的、对人生的想法。

首先,有轮回。从石头到人,从人又到石头,从石头到一个大富之家,然后这大富之家没落了,它又变成了荒凉的石头。这是一个轮回,这是一个悲哀。其次,还有一个悲哀动人、刻骨铭心的故事:要把眼泪回报给曾经给它浇过水的人,演绎悲哀的爱情。一直到后四十回,不管是不是高鹗的续作,写林黛玉之死用的章回题目叫"苦绛珠魂归离恨天,病神瑛泪洒相思地",仍然那么有感情。就这个章回标题,让人看了都落泪。

所以这个故事非常动人,一上来交代了石头、玉、神瑛侍者、绛珠仙草,作者跳出来又给加了几句话,"满纸荒唐言,一把辛酸泪;都云作者痴,谁解其中味",这二十个字把《红楼梦》的内容,把作者的写作心态,把人生的酸甜苦辣,都表现了出来,简直是太精彩了!

"满纸荒唐言",为什么它是荒唐言?这里既有现实的东西,又有想象的东西。大荒山无稽崖青埂峰到底在什么地方,你哪儿知道?你说得出来吗?你说不出来。三万六千五百块石头都派上了用场,都有自己的位置,都有自己的角色,偏偏剩下这一块石头给忘了,落到一边了,你说得出这是怎么回事吗?你也说不出来。还有,他没有按正规的读书科举做官这个路子走,他走的是在封建社会被认为是一个荒唐的路子,所以"满纸荒唐言"。

荒唐,本来让你觉得有点可笑、有点捣乱的意思,它底下一句一下子把这个荒唐言就给收拾了,给升华了,给悲情化了,甚至是严肃化了——"一把辛酸泪"。你不要以为都是荒唐言,这个荒唐言里头有辛酸泪,叫做"有斑斑血泪",令人热泪盈眶。人生为什么会这样辛酸?读者为什么会共鸣于作者的辛酸?为什么堂堂一部大作《红楼梦》会让你辛酸不已?哪个答得上来?

"都云作者痴","痴"是什么意思?痴不仅仅是傻,而且是作者进入了一种精神生活的巅峰状态,可不就痴了。他除了这段回忆、这段公案,什么都忘了。这是作者"痴",痴就是痴心,就是投入,就是一心,就是激情,就是巅峰!

"谁解其中味"——那么多红学家,那么多关于《红楼梦》的电影电视作品,直到今天,我们还愿意与大家共解其中味……

第三讲　瞬间的荣枯

这里,要讲到与秦可卿有关的一些事。

《红楼梦》表面上看来非常琐碎,所以胡适先生曾经说《红楼梦》实在没有意思,整天就是吃吃喝喝的那点儿事儿,吃酒、猜谜,还有小儿女吵架,就是这点儿零零碎碎事儿。谢冰心老师也曾对我说过:"我最不爱看《红楼梦》了,就觉着《红楼梦》里说的大事少。"

可是很奇怪,毛泽东特别喜欢《红楼梦》,他反复地讲《红楼梦》。在他的名著《论十大关系》里,他曾经说过,我们中国自己并没有太多可骄傲的东西,无非是地大物博、历史长一点儿、人口多一点儿,还有部《红楼梦》。这是把《红楼梦》作为我们民族的骄傲和光荣来提的,提得特别高。一个零零碎碎,写吃喝玩乐、小男女感情的故事,怎么可能让毛泽东给予这样高的评价呢?就因为他在这部书里看到中国政治家、读书人最关心的一个话题——"兴衰"。中国历史长期以来是一个很稳定的封建体制,而不断改朝换代,每个朝代都有由盛而衰、由兴而亡的过程,《红楼梦》也表现了这样一个过程。荣国府、宁国府曾经是"赫赫扬扬"了不得,最后呢,最后真是不堪回首,是要人没人、要钱没钱、要地位没地位,全完蛋了!

尤其表现在秦可卿死前托梦给王熙凤,说盛衰荣辱、周而复始,说月满则亏、水满则溢,说登高必跌重,"如今我们家赫赫扬扬,已将百载,倘或乐极生悲,若应了那句树倒猢狲散的俗语,岂不虚称了一世诗书旧族……"即说我们这样一个大家族,不定哪天说完蛋就完蛋——这话说得非常之重,但它符合中国人从《易经》的时代(相传周文王研《易经》,那是中国最早的书)起就已经认识到:这个世界上的事是盛极必衰、衰极必盛,所谓否极泰来、泰极否来,好着好着它会变坏,坏着坏着它会变好。

书里说"凤姐听了此话,心胸不快,十分敬畏",这个说法也很奇怪,这个说法给现在的中学老师很可能给学生扣分。为什么呢?"心中不快"是一种反感的表示,说"你跟我说什么话,我听了以后心中不快;你老跟我念叨要注意这个注意那个,我听了之后心中不快",心中不快是反感的意思。"十分敬畏",是带有几分尊敬又害怕,是接受的意思。你到底是反感是接受?曹雪芹那时候也没碰到咱们哪个老师给他改文,他就这么写了,就通了。

为什么她敬畏呢?因为秦可卿的这段话符合《易经》道理,带有一种宿命的悲哀和威严,你没法办。凤姐听了此话"心胸不快,十分敬畏",忙问道"这话虑的极是,但有何法可以永保无虞"——说你说得太好了,可是咱怎么办呢?秦氏冷笑道……她是冷笑,因为她已经是快死的人了,她是另一个世界的人,她觉着王熙凤在这儿是徒劳无功。"婶娘好痴也,否极泰来,荣辱自古周而复始,岂人力所能常保的"——婶子你怎么这么傻,你这个家道也好,甚至于别的地方也好,你兴旺一段就会衰落,你衰落一段又会兴旺,这个谁也没辙,谁也没办法。她把这看做一个宿命的东西,看成人生悲剧的一种。

《红楼梦》加上续作四十回总共是一百二十回,秦可卿之死是在第十二回,我们想一想,在整个长篇小说进行不到十分之一的时候,秦可卿就死了,就从她嘴里,而不是从贾政的嘴里,不是从老太太嘴里,甚至也不是贾母的老公(荣国公的第二代)来给她托梦,而是由秦可卿这么一位身份很特殊的美貌女子来给王熙凤托梦,讲这个盛极必衰、否极泰来的哲学道理,这是非常奇怪的事。

秦可卿是个什么人?从辈分上说,她很低,比贾宝玉还低一辈。她丈夫是贾蓉,是草字头的;贾宝玉是窄玉旁的,和贾珍(贾蓉的父亲)是同辈的。所以,秦可卿管贾宝玉叫"宝叔"。而秦可卿在他们家里的地位特别高。王熙凤是难得看起几个人的,对秦可卿却是完全当做自己人,不断地示好,表达她的亲近感。探病时,从贾母起到每个人都说秦可卿的好话,但是对秦可卿的描写,你又觉得这个人不是一个研究什么盛衰兴亡的哲学家或者史学家、政治学家,相反,觉得秦可卿是什么——秦可卿是一个极其娇媚的女子,特别性感。

前辈学者已经作了很多的分析,说秦可卿这个人在男女关系上不单纯,比较复杂。我们也不说好坏,我们无法用现代的道德标准来衡量秦可卿,也无法用当年的道德标准来衡量她,因为咱没有真凭实据。她很多地方很可疑,比如说她跟贾宝玉,她一死,贾宝玉一口血吐出来,这哪儿至于啊?这是第一点。第二点,贾宝玉神游太虚幻境的时候,仙姑给了他一个貌美女子,名叫兼美,又叫可卿,然后和贾宝玉行风月之事……贾宝玉午觉醒来还喊了一声"可卿救我",是喊梦里跟他幽会的那个情人。那个性启蒙的对象是谁呢?是秦可卿。当然后边又说他和袭人发生了同领警幻所训风月之事,那是障眼法——秦可卿跟贾宝玉的关系让人觉得有点欲言又止,小说写到这儿给遮过去了。

很多说法都很奇怪。说贾宝玉不愿意在贾珍家上房睡觉,秦可卿就把他领到她自己的卧室睡觉。别人提醒她说把叔叔领到侄儿媳妇卧房里睡觉不适合,秦可卿表示:他一个小孩子,谁在乎他,谁拿他当个真正的男人看?然后贾宝玉在那儿睡觉,秦可卿吩咐那些小丫头小小子"好生在檐下看着猫儿打架"。后来又提了一下,说宝玉醒的时候,那些人正在那儿看猫儿狗儿打架。这都有点欲盖弥彰。你看猫儿狗儿打架干什么,这个有什么可写的,哪儿值得提这个话?睡觉就睡觉,你们都躲出来,别出声就得了,别把他吵醒就得了……这些地方有很多疑点。这里就有一个特别有趣的话题,就是为什么我们中国文人常常把性和兴亡盛衰,把性和历史、政治联系起来,这个太奇怪了。这是自古以来我们文化传统的一部分。脍炙人口的杜牧诗句"商女不知亡国恨,隔江犹唱后庭花",就是说国家已经亡了,而歌女依旧在秦淮河一带唱歌、伺候人。其实亡国不亡国跟唱不唱歌没有关系,跟那个女人更是毫无关系。李商隐的诗就更进一步,很有名的两句是"小怜玉体横陈夜,已报周师入晋阳"。冯小怜原来是太后的侍女,即使唤丫头,北齐皇帝很喜欢她。据说冯小怜在性生活上有秘技绝术,风情特殊,且身体条件特别好。历史上记载,是由于这个冯小怜"胡闹",使北齐亡了国。李商隐的诗就非常明确,把北齐的失败归咎于这个不足二十岁的女子。更大更出名的是白居易的《长恨歌》,把安史之乱的责任推到了唐玄宗李隆基与杨贵妃的爱情上。还好,诗里并未将杨贵妃写成妖孽,而是写二人确实相爱极深,耽误了治国正事,是爱情误国,还不是美女误国⋯⋯

鲁迅写过这方面的文章,说这是非常不公平的。我们要是讲问责制,责任和权力是绑在一起的,如果你没有权力,你能负多少责任?谁的权力大,谁的责任大。冯小怜不懂政治,也不懂军事,她无非是善于邀宠,无非是做爱做得媚人,关键做主有决策权、能指挥军队的还是北齐皇帝。那个时代,类似冯小怜这样的,实际上不过是君王的一个玩物,只是君王的一个消费品,如何有可能决定国家的兴衰、战争的胜败?而历代对虞姬的态度比较好,楚霸王败了,没有人责骂虞姬。楚霸王和虞姬的感情特别好,虞姬最后是自刎而死,忠心报答了楚霸王,所以没人责备虞姬。但大家责备冯小怜。我说这话是什么意思呢?就是中国文化有这么一个传统,把女性和一个朝代或一个君王的覆灭联系起来,把性和盛衰兴亡联系起来,在这之上产生了沧桑感。

这不是一个逻辑问题,而是大家有这么一种意识。在《红楼梦》里,实际上作者有意无意暗示:秦可卿是贾家由盛而衰的一个关键人物。在其他方面也写到了对秦可卿的这种评价。贾宝玉在太虚幻境里,看到画图,听到曲子,其中讲到秦可卿的那段,说"情天情海幻情深,情既相逢必主淫",说秦可卿带来的是情天情海,到处都是爱情,爱情变成了汪洋大海,爱情变成了像天一样广阔,覆盖着我们。这个话本来也是不错的:谁能够说一辈子他没有过爱情的念头,没有爱情的经历,不会唱一两首情歌呢?但是,封建社会是不许人老琢磨这个"情",尤其不许女性来谈情,女性谈情是罪莫大焉。所以它说"情天情海幻情深,情既相逢必主淫",你有情,我也有情,就会发生"不道德的事情",就会发生"淫荡的事情",就会发生"过分的事情"。"淫",最轻微的解释,就是比较过分的事情。

"漫言不肖皆荣出,造衅开端实在宁。"这里的"不肖"是什么?指的就是贾宝玉。《红楼梦》前后文里不断说贾宝玉是个不肖子。这句话是说,你不要认为贾家完蛋是由贾宝玉那儿开始的,尽管贾宝玉太不像样子。实际上造衅开端起这个头,制造了这个缝隙(衅就是缝隙),留下了这个空子的,是宁府。另外又有一段说"箕裘颓堕皆从敬",家业完蛋、百业无成是从贾敬那儿开始的。贾敬就是那个一心学道的人。好多人说,贾敬能有那么大的过错吗?贾敬他代表的是什么?他代表的是封建社会主流意识形态的崩溃。你贾敬本来地位也高,辈分也高,你不念圣人的书,既不按《论语》上的办,也不按《孟子》上的办,甚至也不按《三字经》《弟子规》上的办,却一意去炼丹,琢磨些莫名其妙的东西!这说明他的思想已经彻底崩溃了,说明封建社会主流意识形态已经不管事了。

这里所说的造衅开端就是秦可卿,秦可卿在《红楼梦》中变成了一个隐隐约约的祸根。秦可卿本来是一个美的符号,是一个爱的符号,甚至是一个性的符号,但她又变成了衰落的符号,变成了女祸的符号,变成了道德败坏、意识形态崩溃的符号。秦可卿变成这样的人,又出来托梦……从现在科学观点来说,我们无法理解托梦,但说的是当时的人、当时的事儿,说明秦可卿从本质上来说并不坏,她也不希望这个家垮台。而她看到了和自己有关的这些事情,说明这个家已经不成样子了,已经维系不住了,所以她要来托梦。这样,在秦可卿这一段,就把封建贵族性道德的糜烂崩溃和家运的衰败联系起来了。

　　秦可卿的故事还给人一个体会，就是由于她特殊的身份，贾珍拼了老命要给她办丧事，要办得隆重，拿最好的、一般的贵族都不敢用的棺材给她下葬，简直不得了，他似疯了一般。为了秦可卿的丧事，花银子给她丈夫捐个官，这样秦可卿有了附带头衔，丧事可以办得更风光一些。这本来是说明贾家对秦可卿的重视，但我们底下看，又觉得非常难过。为什么呢？就是描写这个丧事的风光，这个丧事的谱摆大发了，一个悲哀悼亡的丧事变成了显摆自己荣耀风光的仪式，变成了荣耀大游行，这是真叫异化了，这件事完全改变性质了，令人叹息不已。也从这一点上看出来，秦可卿所预言贾家的衰亡不可避免。

　　性与盛衰兴亡发生的联系，往深里说有以下几个意义：

　　第一，在我国旧文化的潜意识中，以男子性欲的满足、享受、扩张为权势、财富、成功的首要标志。本来有一说，就是中国文化首先重视的是食文化；但皇帝的最大威风、最令人想入非非、最野蛮最无耻也最疯狂也是最最登峰造极的，是他的"三宫六院七十二嫔妃"。以性享乐、性消费作为自身的最大快乐，可以说是权力的肉欲化，性是权力血战的首要成果。在中国封建社会，财产并不重要，因为历史上实行的既不是公有制也不是私有制，而是君有制、王有制、权力拥有制，普天之下一切财产归属于君主权力，一切人员的生死存亡荣辱取决于君王的意志，都不需要商量。其中性的特权最为人们瞩目。

　　第二，性特权变成首要特权，也就成了最需要保护最需要防范的权力象征、权力碉堡，也就成为对立面在权力争夺时的有效靶子。不把杨贵妃弄死，就削弱不了李隆基的地位，就实现不了混乱中的权力更迭。许多权力斗争最明显最通俗的标志是性形势的变化，是当权者最宠爱的美女（祸水）地位的变化。秦可卿之死就是敲响了贾府的丧钟。

　　第三，仅从行政管理的角度上看，性爱与加强管理并非那样势不两立。一个行政管理者热衷性爱，本没有那么严重的负面性，可能是由于传统文化的泛道德论,使私密性极强的爱情、性爱变得鬼鬼祟祟,不足为人道,导致丑闻的概率增大。再者古人身体不好,中医养生理论偏于节欲乃至禁欲,故此判断一个热衷女色的管理人一定不是好管理人。

第四,恰恰是在性的问题上,我们传统文化中某些部分显得尴尬、虚伪,使得性对封建文化具有极大的解构性与破坏力。隐隐约约写出个秦可卿突然死亡,你就甭想着贾府会有好事了!你就可以想象贾府的道德败坏、意识形态崩溃、后继无人,必将灭亡了!

第四讲　贾宝玉的性启蒙

现在时兴一个词,就是"性启蒙教育"。少年男女到了青春期,需要给他们讲些性知识,不然一旦有生理反应或冲动,或机能器官上发生情况,就不能得到正确的认识和处理,不利于对青少年的成长。

这在旧时代是不可能光明正大进行的,中国封建文化某些派别视性本能为洪水猛兽,防性、惧性、避性、忌性,视人欲为天理的死敌,对少年男女采取绝对的性封闭、性回避、性冻结、严防死守密封的政策,生怕他们知道了性的"秘密"会学坏。而这种政策并没能真正封闭住人生的这一面,《金瓶梅》《肉蒲团》就出在中国,元曲中许多名作都有明明暗暗的性描写,道教讲究床上功夫,现实生活中性的不健康、变态、淫乱、放纵、压制、蹂躏、强暴等现象不一而足。在封建观念中,小说戏曲的一大罪名就是诲淫诲盗。说穿了,小说戏曲离不开人性,人一"性"就不得了,是淫乱,就违反了道学教诲;小说戏曲还离不开对于弱者、受冤屈迫害者的同情,天生有一股子人民性、弱势群体性,常常会不知不觉间同情乃至教唆抗上。

《红楼梦》第五回《贾宝玉神游太虚境　警幻仙曲演红楼梦》,可以称之为对宝玉的性启蒙,是由神仙通过梦境搞的。现代的性教育主要是生理卫生知识与自我身体保护方面的教育,即科学方面与权利义务方面(法学方面)的教育。贾宝玉在梦游太虚幻境中得到的是文学化、艺术化的性教育。这个教育又是在他的侄媳妇,美丽聪慧、袅娜纤巧、温柔和平的秦可卿的卧室里进行的,是在秦氏床上进行的,是在秦氏让下人好生看着猫儿狗儿打架的午睡时刻进行的。这可真是典型环境下发生的典型事件了,本身就令人心跳头眩、甜丝丝、亲密密、软绵绵、舒服服的。

这样文艺化的性教育充满了女性的美丽,充满了语言的美化。什么叫文化? 文化常需要的就是文学化、修辞化。同样一件事,以粗话脏话表达之则粗而肮脏,以经过修辞的美言诗句表现之则感觉迥异。男女之事,称为"操×"则下流化、卑贱化,称为"顶入"则男权化,称为"配种"则畜牧业化、兽医化,称为"干"则简单化、操作化,称为"偷情"则私密化、非道德化,称为"睡觉"则淡化、俗化、一般化,称为"巫山云雨"则风雅化、风流化,称为"颠鸾倒凤"则游戏化并略加体育化(垫上运动)、享受生活化,称为"恩爱"则体贴化、情感化、感恩化,称为"轻薄玩弄"则消费化,称为"糟踏"则恶化、压迫化,称为"一夜情"则无责任化……

那么在宝玉进入太虚幻境后,用的词是"仙袂乍飘"(近似解裤带腰带的修辞)、"靥笑春桃""榴齿含香"(有欲吻的修辞含意)、"花容月貌"(脸蛋儿的修辞)、"一缕幽香""群芳髓"(鼻子嗅觉的修辞化,西方生理学者认为男女互相吸引中嗅觉作用最大)、"风月情浓"(性吸引的修辞)、"柔情缱绻""软语温存"(做爱的修辞)……如此这般,将"性"审美化、修辞化、雅致化、文化化,这是一大妙文,也是人类精神生活、物质生活、性生活的一大进展。与一个毫无性审美情趣的人做爱,与跟一头驴子做爱有什么区别? 人是能说话的动物,说话是能修辞的,没有修辞就没有文化,是没有"人化"。后者,薛蟠就是一例,后面还要讲到他。

这一段不仅用的词特别,而且有理论,即警幻仙姑所倡的意淫说,对男女之情既承认其物质性、肉体性、生理性、生命性,更强调其精神性、感情性,用警幻仙子的原话是"痴情性",即忠诚性、强烈性、专一性,所谓怜香惜玉、所谓情投意合、所谓恩恩爱爱是也。现在用"意淫"多含讽刺嘲笑。"意淫"至今未能成为一个正面的词,这是

《红楼梦》用语上一个并不成功的例子。

还有,在这里,性关系的审美性与悲剧性是完全融合在一起的。宝玉在太虚幻境中看到了天书,天书中说爱情是人生的灾难,是痛苦的源,是无法解脱的罪孽。象征宝黛之恋的曲词曰:"一个枉自嗟呀,一个空劳牵挂,一个是水中月,一个是镜中花,想眼中能有多少泪珠儿,怎禁得秋流到冬,春流到夏。"何等凄惨绝望!岂止是宝黛,《红楼梦》里的爱情婚姻没有一对是好下场,都没能"有情人终成眷属"。它表现的是"孽海情天",情就是造孽,情就是天大的痛苦。它表现的是"春恨秋悲皆自惹",情是愚蠢的自我折磨、自施酷刑。它表现的是"多情公子空牵念",是"平生遭际实堪伤",是"可叹",是"谁怜",是"欲洁何曾洁",是"终陷泥淖中",是"奈何天、伤怀日、寂寥时、悲金悼玉的红楼梦"……如人们议论川端康成那种生命的徒然与美感的终结,是夕阳残照的美,是颓废的美,是面对灭亡没落与失败的毁灭之美、大悲之美、崩溃与火化之美。

这事很难分析。世上所谓成功者,在名利权位上可能大大成功,但其审美体验常常肤浅,常常顾不上审美。恰恰是颓败者、衰弱者、无望者、失落者、梦想永远不能成真者,反而失之东隅,收之桑榆,从他们身上产生并折射出一种奇特的美感,美轮美奂,成为失败者的唯一自我安慰。失之官场,得之诗词;失之名利,得之风雅;失之健康与生命欲望的满足,得之由血泪心肝铸就的千古绝唱……这正是《红楼梦》的魅力所在,这正是宝黛悲剧的魅力所在,这也是罗密欧与朱丽叶悲剧的魅力所在。如果宝黛终成良缘,生了五男二女,如果罗密欧与朱丽叶庆祝了金婚、钻石婚,就没有了曹雪芹的《红楼梦》,也没有了莎士比亚的《罗密欧与朱丽叶》。梦之所以为梦,就是因为它们没有实现,甚或完全无法实现。把人生中本来很普通正常的男女相爱、相欲、相吸引、相拥抱变得这样艰难、痛苦和残酷,这固是中国或他国封建文化的苦果,而在如今最最自由的"性解放""爱解放"地区,仍然不是绝对双双相爱、对对幸福,在男女之间仍然充满了焦心、痴心、负心、黑心、贪心、别有用心、性别战争……爱情的美与爱情的悲,竟然是这样的难分难解!

那些在爱情与事业上不怎么如意的读者们啊,多读小说吧,尤其是多读几遍《红楼梦》吧,你总还能借别人的坟墓吐一吐自己的块垒!

而且,这是宿命,这是前世的债,是比此生此世更威严、更无理可说、更无奈、更无计可施的事情。这又是小说的预示、故事的预告,是对人物归宿的设计,是虚晃一枪,是新片子的片花,是逗着你往下看的妙法。警幻仙姑带着宝玉进入梦境幻境,让宝玉看了各种命运册籍——你除了认命再无办法。有朋友问我:孔夫子说"五十而知天命",五十怎么可能知道得了天命?想想也是,我老王已经七十大几了,离知天命还远了去呢!那么孔子的五十"知天命",我只能作"认命"解。两三千年前活到五十岁,与现在活到八十岁感觉差不多,开始认命了,不那么折腾了。而到了小说家笔下,这样的认命也许更加悲伤!

这里说得清楚:第一是梦境,是宝玉在秦氏床上做梦,口里喊叫着可卿长可卿短。第二是幻境,如梦如幻、如露如电、如泡如影,这是佛家的六如之说。宝玉神游太虚境中前两如已经明着点出来了,后边的"露""电""泡""影"四如也贯穿于全书。可惜的是,它漏掉了如火如荼、如花如锦、如万箭钻心……不,不是如什么,而是当真,是果然,是千真万确,是"比生还要雍容,比死还要坚强"(此二句出自老王的诗作)。这才有了美的感受与记忆,才有了美与生命的永恒,才有了悲的质感与实感。"六如"虽然讲得深刻动人,但"有幻"与"无幻"的一生并不一样,"有梦"与"无梦"的一生,其内心体验也不会尽同。即使都进了骨灰罐,进罐后自我感觉一致,问题在于,人较劲的是进罐前,而不是进罐后。钱锺书的诗"夜来无梦过邯郸"固然是一种清冷与智慧的选择,"夜来多梦忘邯郸"也不失为一种热情与天真的境界乃至享受。露有润泽之美之恩,无露则一味干枯,怎么会一样？露水也能帮助小草长起来,无露成吗？电更是如此,闪电惊雷,何其强壮哉！人生能大放电火一回,不亦快哉,不枉此生！泡呢,泡在没有破灭之前映出了五彩缤纷的世界,泡在破灭之后仍然会留下美好的记忆。影,更不用说了,它随着黑夜的到来而消失,不照样会随着日出而出现而新生吗？

当然,《红楼梦》没有这样积极。是不是另外有一个前生,因之命定了今生呢？是在某个册子上,分明写就了我们的命运吗？是我们每个人,尤其是每一个情窦初开的少女,都有一段判词来若隐若现地规定了命运吗？这个说法是多么不确定啊！这个说法又是多么难于逃避啊！为什么说它难于逃避呢？因为"若说没奇缘,今生偏又遇着他,若说有奇缘,如何心事终虚话",这就是命,这就是无可奈何。谁答得上来？答上来了还写《红楼梦》做啥？还读《红楼梦》做啥？从林黛玉、贾宝玉到历代读者提出来的这个刺心的疑问,到底答案在哪里呢？在多种多样的文化因素、制度因素、社会因素、家庭因素、物质因素、人际因素面前,个人的愿望、个人的祸福,直到个人生死,又算得了什么！命乎运乎,前生乎,幻境乎,哪怕是仙境,展示给你的情爱本质与本相,不是男欢女爱,不是情投意合,甚至也不是器官的刺激与快感,而是活生生地将人大卸八块、下油锅下刀山的地狱之苦！

其所以是地狱,还因为情爱的是否成功与生命的是否长存分不开,即使没有一切外在因素的干扰,还有个死神随时在那里等待着你,死神与爱神如影随形,谁也离不开谁,从来没有落下过一个人。一个是"反算了卿卿性命",一个是"荡悠悠芳魂销耗",一个是"云散高唐,水涸湘江",一个是"画梁春尽落香尘"……哪个能不玩完呢？这"被"流出了多少眼泪,这又成就了多少杰作！如果个个情爱酣畅、心满意足,而且是长命百岁,且不说彭祖神龟,如果《红楼梦》中的主要人物平均寿命是七十余岁如二十一世纪神州大地上的人民,《红楼梦》还怎么写啊？

第五回还有一个特点,就是诗词歌赋牌子曲,曹雪芹他用尽了。长久以来,中国的小说是低一等的文体,是引车卖浆者流在茶肆酒馆中传播的段子,是稗官野史、街谈巷议的八卦,是不靠谱的离奇故事,是说书人的谋生饭碗。一个读书人,但凡有一丝一毫的成就,在伟大中国他也不会沦落到写小说的地步。曹雪芹得机会就要诗词歌赋一番,他要告诉我们,他是全活全能全才。而且,他给了我们启发:世界是本体,感受是本体,人生是本体,情意是本体;创作是方法,是才华,是修辞,也是记述。同样的本体,你可以有千般手段万种方法去表现。用最接近生活本身的样式去表现生活,就是小说与戏剧;浓缩一点来表现,就是诗与歌;语言文字加上语音发展成的曲调,便有了散曲。好比你用着不同的镜片来观察同一个对象,以不同的频道来接收相同或相似的无线电波信号,对比同一事件的小说书写、散文书写与韵文书写,包括诗词曲等书写,很有趣味,也很有气氛。韵文也许与梦境、仙境更为贴近。诗句本来就是梦境、仙境里的言语,警幻仙姑总不能说大白话,不能说"你来了吗""一路上可辛苦吗""我们这儿怎么样""我给你当导游好不好"。

　　警幻云云,奇怪的是此一"警"字,仙境有警,梦境告警,太虚须警,幻境报警!有这样的可能吗?偏偏这成了《红楼梦》性启蒙的方法论。什么方法论呢?警幻将自己的妹妹可卿又名兼美者许配给宝玉,使宝玉领略明白:仙闱幻境之风光尚不过如此,何况尘境凡人的男女之事,有啥了不起的?目的是让宝玉从此觉悟,知今是而昨非,从此抛却那些没完没了的儿女之情,"留意于孔孟之间,委身于经济之道"。就是说,成就宝玉与可卿的好事,让宝玉享受风流缱绻、做爱快感、爽歪歪一番的目的,是让他从此弃暗投明,接受主流意识形态儒家的修身齐家治国平天下的教诲,从此走贾政之路,将自己的身心献给经国济世的官业。这样的逻辑举世无双,这样的效果当然是适得其反。这明明是缘木求鱼,是南辕北辙,是混乱歪曲。但是,必须这样说,这其实是小说的遮眼法,否则《红楼梦》就成了海淫海盗。

要不怎么会说是"满纸荒唐言"呢？要不怎么是一大奇书呢？正话反说，反话正说，实话虚说，性事梦说，似贬非贬，似褒非褒，声东击西，指桑话槐……小说之道，胜过用兵，诈过用兵。恰恰因为中国的小说家不受抬举，不进教材，评不上职称，不算学问，而且弄文罹文网，弄不好有杀身之祸，《红楼梦》才会如此地使用怪方法怪逻辑写宝玉的性启蒙、性经验、性观念，而且写得才如此活泼、自由灵动……不读小说的人岂能不透露出几分呆气来！

第五讲　瞬间的悲喜(上)

第一讲是《永远的谜语》,第二讲是《永远的遗憾》,讲了两个"永远"以后,我还要讲两个"瞬间",上上一讲是《瞬间的荣枯》,中间加了个《贾宝玉的性启蒙》,现在讲《瞬间的悲喜》。

《红楼梦》作者是非常有想象力的,现在有些学者习惯于把《红楼梦》当真事当自传考证,当然他们的考证也增加了很多资料和信息,有各种各样的说法。但我们要看到,《红楼梦》是以小说的形式来写的,比如它有一个重大情节是完全想象的,就是"元妃省亲"一节。

贾政的大女儿叫元春。为什么叫元春呢?她是正月初一出生的,正月初一称"元日",是一年的开始。她被选为宫中的才女,后来又封了贵妃,得到皇上的宠爱。皇上照顾后妃思家思亲之情,就定了一个旷古未有的政策,让她们选期回娘家看看父母兄弟姊妹。这是一个想象,完全是写小说编出来的,实际没有这样的事,中国历朝历代没有这样的事。深宫似海,人到宫中就跟掉到海里一样,你再也找不着这个人了。说你到了皇宫,还能回趟自个儿娘家,门儿也没有!但是,书里就写了这个。为了迎接元春省亲,就要给她修省亲的地方,就修起了大观园。有门有路,有说法有做法,以假乱真,代真、更真,这就叫小说。

在这个过程中,曹雪芹尽情描写了他对那个时代封建皇族生活的记忆、了解和吹嘘。全书写得再悲观、凄惨、没落、绝望也不要紧,一写到元妃省亲,当年的阔气、神气、牛气、高贵气等不可一世的气焰就溢于言表了,放到哪儿都装不下。

贾宝玉不喜读书,不喜欢修齐治平、仁义道德、忠臣孝子乃至男尊女卑那一套,不等于他不喜欢封建官僚贵族的特权显赫、养尊处优、娇生惯养、寄生懒惰、尽情享受、宠不够爱不够、受用不够那一套。

大观园是私有或王权所拥有的山水园林,是封闭管理的仙界,是中国传统园林文化的顶峰,是读起来令人眼馋咋舌流涎的好去处,不知费了多少人力物力财力才修造起来的。大观园又是贾家走向灭亡的重要原因,它加深了贾家的财政危机,搞得更加捉襟见肘、入不敷出、寅吃卯粮、不择手段、人心不稳,暴露出败亡之相。

由贾政命令,贾宝玉给大观园各个景点有的题匾,有的命名,有的题写楹联,通过这些来表现贾宝玉的才华。这又是《红楼梦》一个非常厚重、非常耐咀嚼的地方。如前章所述,性事需要修辞与命名才能添趣、添彩、添雅、添牛,否则就会沦为牲口行径。园林也是一样,不经命名与修辞,也不过是几株花草、几潭水洼、几间房屋、几条土径(最多是几条石径)罢了。而一经文学的介入、描绘、修饰、妆点、排比,一有了匾额、对联、名称,刷的一下子全活了,妙了,层次上去了。好比一所房屋,好也好不到哪里去,一旦说是某名人大家的旧居,立即感觉别样。你到绍兴,不论是鲁迅的百草园、徐文长的故居、王羲之的兰亭,还是陆游的沈园、秋瑾的故居,如果没有这些历史人文的内容,你能够多看哪一处一眼吗?你到二十世纪八十年代新整修的黄鹤楼、其后的滕王阁、原物的岳阳楼,如果没有崔颢与李白的黄鹤楼诗,没有王勃的《滕王阁序》,没有范仲淹的《岳阳楼记》,你能登临而感慨万千吗?

由贾政主持,由宝玉初稿,由元春修改审定的大观园各匾额,对于《红楼梦》的平台起了画龙点睛的作用,例如潇湘馆、怡红院、芦雪庵……都离不开命名与修辞。这方面道理也适用于时代不同了之后的各种伟人伟地伟大建筑。

《红楼梦》里没完没了地表示：那些玩意儿都是瞬间的荣华，是转眼就过去的事情，色即是空，空即是色，到头来一场空。你修多少园林也是一场空，你做多大的官也是一场空，你穿什么样的绫罗绸缎也是一场空，你吃什么样的山珍海味也是一场空……充满了空虚感和悲凉感。这个蚀骨的空虚感和悲凉感也是非常感人刺人伤人的。

另外，曹雪芹写到修大观园，包括一块吃喝，尤其是写到元妃省亲，他不由得把他那种"得意扬扬"写了出来。他写到这儿，我有个感觉，就是曹雪芹在显摆（可能大家觉得这是不太尊敬的字眼，但我丝毫没有不敬的意思，因为我太佩服曹雪芹了，我太佩服人家写的这个小说了）。他写的那种场面、那种规格、那种豪华庄重的排场、那个讲究，你不但没见过，做梦也梦不见，他写得太了不起了。

后世名人阿Q比不了宝玉也比不了雪芹，但他有句名言："老子当年，阔多了！"这是我们这个老大民族的一句普适台词。

所以说，人是很自相矛盾的。当写到一切荣华富贵变成了荒凉，而一切荒凉凝结成了石头，贾宝玉当了和尚，林黛玉也死了，贾家被抄了家，一个个全都倒霉了，看到这里你觉得很悲哀、一片空虚，叫做"白茫茫大地真干净"！但想当初，写到元妃来了、小太监来了、大太监来了，多少天以前先交通管制，这个街道是什么情况，一个个咳嗽都不敢咳，大气不敢出，然后是龙车凤辇，所有这些设备、服务人员之众，排场之大，你又会感觉到人家这一辈子真了不得，有这么一回看看，也真开了眼了。你真服了，不服不行。

谁说"好汉不提当年勇"？不提当年勇，谁知道你曾经是好汉，谁承认你曾经是好汉？连当年勇都不敢提、不屑于提、不好意思提了，你还什么好汉？干脆一边卖烤红薯去不结了？你还活什么劲儿？最后反正都得"嗝儿屁着凉"（北京土话，指死亡）。活本身最后都变成了当年勇、当年活，还活个啥？不提当年勇，哪里还会有《史记》？哪里还会有《春秋》？哪里还会有李杜？哪里还会有苏辛？哪里还会有楚霸王、岳飞、林则徐？哪里还会有《三国演义》《水浒传》《红楼梦》? 连《西游记》的猴儿哥哥也拜拜啦!

当年之勇与当下之哀,当年之荣与当下之枯,当年之美与当下之衰,当年之豪情万丈与当下之一把鼻涕一把眼泪,当年之冰雪聪明与如今的呆若木鸡……凑齐了才叫人生,才叫小说,才叫文学,才叫历史,才当真活了一辈子。

大观园,书上写得很具体仔细,电影电视剧里也都有表现,在全国许多地方都有现代造的大观园,北京有,上海也有。中国园林是真有两下子,中国的官僚士大夫是真会享受,而且园林的思路比佛跳墙裹小脚或三宫六院加阉割太监生殖器的思路伟大多了。但比较奇怪的是,每次我读到这儿,就被分了心,不能集中心思欣赏园林的美丽与天才设计,因为有更让我哭笑不得的事:大观园不光有园林,不光有花草树木,不光有山水,不光有厨子仆役丫头工人,大观园还有艺术工作者,还有宗教神职人员。贾蔷从姑苏(今苏州)采买了十二个女孩,并聘了教习——就是买了十二个学戏的,聘了十二个戏曲教练教授副教授。那时候十二个小女孩还不见得会唱,所以找了教习师傅,又另派家中曾唱过戏的女人(如今皆已幡然老妪)带着学戏。所以说,他采买,不光是采买物质如绫罗绸缎灯饰,还采买文艺工作者。在大观园里,文艺人也是一种奴隶,应该叫"文艺奴"。他采买了十二个文艺奴婢,这个令人叹息,也是哭笑不得,也是让我们了解,咱们中国历史上唱戏及干什么文艺是非常被贬低的,这个艺术也被"采买"来了。这就够可以的了,文艺是买来的! 有钱有权,什么都可以采买,连人都可以买卖,何况艺术呢!

更够可以的是,宗教他也采买。说有林之孝家的来汇报,采访聘买了十二个小尼姑小道姑,新做了二十四份道袍。这个词用得特别逗,前边那个就叫"采买",这边叫"采访聘买",加上了一个"访",加了一个"聘"。"访"就是我还得问问人家,作一些调查研究,了解了解情况,可能包含了协商讨论的意思。"聘"就还有点邀请的意思,所以就说对小道姑小尼姑比对唱戏的十二个小孩要客气一点儿。这个让你觉得也合乎当时的情理。同时,你得佩服我们汉语的模糊化含混化功能,硬是能够把白菜与萝卜、曾国藩与洪秀全、革命大家与走资本主义的当权派说到一堆儿去。

然后林之孝家的说,小道姑小尼姑都有了,道袍也有了,另有一个带发修行的(她没有推光头,没有剃度),本是苏州人氏,祖上也是读书仕宦之家,今年才十八岁,法名妙玉。这是交代了妙玉的由来。底下就说,既然妙玉本是读书仕宦之家,就须贾家出面正式邀请,给予一定规格一定礼遇,也就是给予采访聘买以一种有所不同的命名与修辞。就是说,有些事有些时候要多多转转弯子,自然一切完美圆满。

我们从这里还能看出什么消息来呢?就说封建社会这种贵族显达之家,这种与朝廷直接挂钩的势力,他们要求垄断,他们要求占有,不但要占有物质的东西,占有好吃的,占有好的花园、好的房子,占有好穿好戴,占有好的器皿,要有好酒好茶,要有各种点心,还要占有美女,占有所有的尤物,占有服从与徭役(让老百姓白白地为你干活),还要占有文艺,占有宗教。因为你不管多阔,你也有灾有病,有寂寞有烦闷,有需要解闷开心的时候,有你掌握不了自己命运的时候,有你生老病死的大限,有你人生种种的麻烦。这种种麻烦,不是用红尘中世俗的那一套能解决的,怎么办?到时候该听戏你得听戏,该占有艺术了你得沾点艺术,该念经你得念经,该磕头你得磕头,该祈祷你得祈祷——你该向宗教人员致敬,并豢养几名戏子。有了这么一个原则,光有吃喝玩乐的地方,他觉得不行,还得有文艺工作者,还得有宗教职业者,来解决他精神上的需要。一个物质一个精神,这也叫两手抓。这也说明,即使是相当粗俗的,贾家那批人的精神要求仍然是有的。这个在大观园的建设当中可以说令人哭笑不得,叫人不能不反思中国的封建体制的罪恶、野蛮与愚蠢。

而且,在大观园这样一个本家本族基建施工过程中充满了猫腻,安插私人、中饱私囊、拉拢关系、以权谋私等五毒俱全。我们真应该研究一下中国历史上的腐败文化、贪官文化、化公为私文化、弄虚作假文化、私相授受文化、索贿受贿文化、关系学文化、厚黑学文化……所有这些堪称源远流长，历久弥新。一方面我们为博大精深、源远流长、精致美妙、尽情尽理的数千年中华传统文化而自豪而仰天长啸，一方面我们又要敢于勇于清理这几千年的藏污纳垢、腐烂酱缸、病灶毒瘤、臭气熏天。正如毛泽东青年时代所写：天下者我们的天下，国家者我们的国家，我们不说谁说，我们不做谁做？

大观园就是这么个地方，一面是亭台楼阁、曲栏回桥、山水庭园、花草树木、雕梁画栋、花团锦簇、鸟鸣虫唱、匾额风光、吟诗作画、歌舞笙箫、灯谜射覆、欢声笑语、美酒佳肴、享福求福、少男少女、相知相爱、皇恩浩荡、颂歌盈耳、主仆吉祥、天伦长乐、其乐无涯，背后却是钩心斗角、尔虞我诈、欺男霸女、笑里藏刀、营私舞弊、蛮横无理、弄权屠杀、压抑剥夺、奴役蹂躏、贪婪淫荡、无恶不作。它反映的是中国大富之家的美丽、文明、魅力、享受、讲究、豪华，也反映了同样的人同样的族群与阶级的罪恶、凶悍、阴险、卑劣、无耻。

再想想，又岂止是大观园，又岂止是中国？北京巍峨庄严的故宫与舒展秀美的颐和园呢？巴黎豪华完美的凡尔赛宫与庄重虔诚的圣母院呢？还有罗马的斗兽场、西班牙格拉那达的阿拉伯花园、东欧的多瑙河、彼得堡的冬宫、埃及的卡纳克神殿……所有这些著名的自然与人文杰作，哪个不是一面建设一面破坏，一面辉煌一面血腥，一面富足无度一面饿殍遍野，一面高调震天一面龌龊肮脏，一面美丽迷人一面凶狠毒辣，一面创造天才一面愚蠢白痴，人乎魔乎，美女乎妖怪乎，君王乎盗匪乎，文明乎罪恶乎，广大读者，你们对于人类应该期待的是一场大火，还是一场洗礼呢？

上述的印象或认识，很大程度上来自《红楼梦》，来自《巴黎圣母院》《悲惨世界》《九三年》《双城记》《雾都孤儿》《斯巴达克思》《堂吉诃德》……不然，也许我们以为历史悠久的东方中土一直是和谐善良、父慈子孝、君臣鱼水、秩序井然、合情合理的孔孟理想乐园，而圣母基督的欧罗巴一直是文明绚丽健康的人间天堂呢！呜呼作家，为何要放大那么多悲哀与愤怒，为何要渲染那么烈苦情与冤屈，为何让人吃不好饭睡不好觉，为何要带来那么多智者尤其是文人的痛苦诅咒哀哭呐喊！是不是有些伟大的掌权者，在读完读懂《红楼梦》之类的书后会产生消灭长篇小说的冲动呢？长篇小说会不会被认为，是它们带来的麻烦、神经质与黑暗感远比带来的智慧与光明开阔更多得多得多呢？

第六讲 瞬间的悲喜（下）

终于到了元妃省亲的那一天，书中往极致上写了。这种皇家的气派与礼法，仪式一丝不苟，让你感觉真是了不起。正月十五日省亲，"自正月初八日就有太监出来看方向"，打前站，叫做"何处更衣，何处燕坐（闲坐），何处受礼，何处开宴，何处退息"。又有巡察地方总理关防太监，带了许多小太监指示贾宅人员"何处退，何处跪，何处进膳，何处启事（启禀贵妃娘娘事宜），种种仪注"。"外面又有工部官员并五城兵马司打扫街道，撵逐闲人"，叫做交通管制，以利贵妃出行。还写贾赦等督率匠人师傅扎花灯烟火之类。"至十四日，俱已停妥。这一夜，上下通不曾睡。"贾赦是继承了荣国公堂堂爵位的重要人物，亲自抓花灯烟火，这也好理解；贵妃出行无小事，盛大隆重的欢迎庆典与呕心沥血的忠心表演表现在每一个细节上，在伟大仪式上抓一件具体小事也是光荣无限、风光无限。想当年，二十世纪五十年代初期，我在新民主主义青年团区委工作，每逢五一、十一，带队中学生参加游行联欢，负责集合整队吹哨举三角小旗打小鼓吹小喇叭尤其是带动喊口号万岁万岁万万岁，均激动异常，知道什么叫"这一夜不曾睡"，如意大利歌剧《图兰朵》的著名唱段《今夜无人入睡》。我们有过不曾入睡的夜晚，有过不思入睡的青春，有过白白不睡的愚蠢，有过事后一想"嘛也不算"的失落……包括意大利那里，也有。

还不要以为只有中国社会如此，洋人该这么练的时候也这样练。

二十世纪八十年代美国总统里根访问中国,我出席了他在长城饭店的答谢宴会,吃的是火鸡。美国使馆人员说,为了组织好此次宴会,他们预先彩排了一次,照样请了许多宾客,同样那么多桌,同样的菜单,同样的餐具桌椅台布乐队伴奏,有同等字数的讲话与答词……以便精确把握时间、进程、菜肴滋味与温度等等。一两个大人物的活动,也许有几百几千个人在服务在紧张在陪同;反过来,为此次活动的意义造势,就需要更多更好的服务与组织人员,哪怕只是陪同人员,你必须浩浩荡荡,你必须不怕浪费人力和时间,尤其不怕花纳税人缴的钱。

"至十五日五鼓,自贾母等有爵者,俱各按品大妆。大观园内帐舞蟠龙,帘飞彩凤,金银焕彩,珠宝争辉,鼎焚百合之香,瓶插长春之蕊,静悄悄无一人咳嗽……正等的不耐烦,忽然一个太监骑匹马来了。贾政接着,问其消息。太监云:'早多着呢!未初用晚膳,未正还到宝灵宫拜佛,酉初进大明宫领宴看灯方请旨,只怕戌初才起身呢。'"说的是正月十五当天,拂晓时分贾母等就着正装肃立恭敬迎接,而太监报的消息是贵妃娘娘当天下午还要拜佛,傍晚还要领宴请旨,得晚七点才能来到贾宅。你或许嘲笑贾母等太激动了,如果是你本人迎接贵妃级别的人物呢,也许你比贾母还激动,宁愿提前肃立十二小时以示忠诚,以示严重,以示荣耀,以示红了还要红、火了还要火、大了还要大、高了还要高。这一类的事,一般越是大官越显淡定,而迎接大官的小官则要在此时拼老命,有前一小时到场的,有前两小时到场的。这样的事包括祖国与他国,我见过的、参与过的、懂得的、觉得太过了的以至于本人炝起蹶子来的,多了去啦!要知道,气氛制造场面,场面助长气氛,场面加气氛制造激情,场面加气氛加激情变成了百分之百绝无折扣的忠君爱皇愿为朝廷肝脑涂地的真诚热血加热泪热心。

一时传人各处点灯。"忽听外边马跑之声。不一时,有十来个太监喘吁吁跑来拍手儿。这些太监会意,知道是'来了',各按方向站立。"这里的"来了"写得最妙最传神,那种真实感令人相信接受不敢有半点儿怀疑,任何人如果此时怀疑来的不是贵妃,我建议当场砍其脑壳诛其九族并进一步实行瓜蔓抄。

然后说是"一对对龙旌凤翣(shà),雉羽宫扇,又有销金提炉焚着御香;然后一把曲柄七凤黄金伞过来……捧着香珠、绣帕、漱盂、拂尘等物。一队队过完,后面方是八个太监抬着一顶金顶金黄绣凤銮舆……"叫做"说不尽这太平景象,富贵风流"。

这一讲我用的引文多了一些,因为这样的细节靠想象是想象不出来的,但这又分明是想象,实际上没有发生过贵妃省亲这类事,曹家没有,百家姓中其他九十九个姓的家族中也没有。这样的细节靠忽悠是忽悠不成的,哪怕你长了比赵本山小沈阳更能忽悠的嘴巴。基层的人很难忽悠出上层人的生活,就如郭德纲所讲的穷人,梦想着发了财吃糖包的时候光吃馅不吃皮,买汽车的时候一次买五辆夏利拴在一起开。相反的例子,昏庸的君王在听到百姓粮荒时反问"何不食肉糜"的故事,则见于史册。

在中国古代,见过这种皇族高官场面的人极少可能去写下九流的小说,只会写"大说",上书朝廷,写策论文章,写奏本写杂文,直接干预时政,介入治国平天下,最多写到言志之诗,已经了不起了。而写小说的人、说书人,注意的是风月无边,是眠花醉柳,是剑冒白烟、阴阳八卦、邪招秘籍,是清官断案与赃官砍头,反正你打死他他也不敢写、不会写、不想写与万岁爷真命天子家里有关的事情。

有一说是,雪芹祖上担任江宁织造,接待过巡幸江南的康熙皇帝,使他有了描写类似贵妃省亲皇家场面的生活素材。这也极了不起,硬把接待下江南的皇帝老儿的经验改成目前这个样子,其小说家的功力也了不得了。

你想想:贵妃从皇宫回娘家,皇室的工作人员也好,奴才也好,非常荣耀,非常张扬。你这儿一封路,周围人都知道了,说这家人可不得了,势力太大了,这家人地位太高了、太火了、太牛了,皇上的身边人都到他家了。另外，她坐的轿乘的车都不一般，非常张扬，非常神气。而元妃本人来了之后，要哭又不能哭不让哭，她又随时想哭。这里写得非常好，牛到了极致，威武到了极致，显赫到了极致，浩荡无敌欢乐都到了极致，同时窝心到了极致，伤心到了极致，短暂到了极致，歪曲到了极致，异化到了极致。她的省亲，是爹不能爹，娘不能娘，儿不能儿，家不能家，国也照样不能国。贵妃回娘家，能哪怕说一句半句的国家大事吗？而且是，哭不能哭，笑不能笑，沉默不能沉默，白话不能白话。设想一下，元妃娘娘回了一趟娘家，一声不吭就走了，什么意思？意欲何为？不是腹诽当朝又是什么？元妃的地位在那儿，教养在那儿，她受的限制在那儿，不可能像王熙凤像尤氏像别人那样说话，她说的话都非常文雅，她的态度非常端庄，她很多话只能说半句留半句，很多话她不能说。然而她含着泪，也说了几句算是非常大胆的话，说你们把我送到了那"不得见人"的地方。到了皇宫就是完全被封闭起来了——你想，你进了宫廷，到了皇上身边，还有什么戏可唱，你有什么话可说，还有什么人可见。却原来，人太穷困了则人性会受到压抑，历代中国农村的穷人娶不起媳妇的多了去了；太富贵了也压抑，越富贵越压抑。拿元妃与电影《老井》中那个没娶过媳妇就被砸到井里的小伙子相比，你很难说谁比谁强到哪里去。

　　元春见到自己父母，见到自己祖母。从家法上来说，她是晚辈，她应该给他们行礼；但按照国法，她现在是金枝玉叶，是贵妃，所以家里这些人都跪着向她行礼。这让人觉得很别扭，但你又不能不尊重这个礼仪。要没有这个礼仪，皇上的戏怎么唱？所以礼仪得有，而且恭恭敬敬，谁也不敢大意，一句不该说的话不能说。

　　另一方面，元春又是一个极好的人，对父母非常有感情。贾政见元妃，也不是随便见，不宣示不下令不得到特准他不敢过来。他算什么？他不能说"我的大闺女来了"，他可不敢那么说话。他和元春是隔着帘子说话，因为男女有别。他说的话，不知道已经酝酿了多少次腹稿了，那段话文情并茂。"臣草莽寒门，鸠群鸦属之中，岂意得征凤鸾之瑞"——我是一个普通人,我这些亲属本都是很普通的那些鸟啊兽啊,可想不到这里出来鸾凤了,出来我这个大闺女,现在成了贵妃了,我们全家光荣,祖祖辈辈光荣。他说这是"上锡天恩,下昭祖德,此皆山川日月之精奇、祖宗之远德,钟于一人"——从山川日月到一代一代往上找我的祖宗,所有的好运、所有的精华都集中在贵妃您一个人身上。他说"且今上启天地生生之大德,垂古今未有之旷恩,虽肝脑涂地,岂能报效于万一"——现在的皇帝,德行和天地一样,他的恩典是亘古未有的,我肝脑涂地也不能报答。"贵妃切勿以政夫妇残年为念"——说你呀,闺女,你千万不要觉着你爸爸妈妈老了,不要考虑这个,你只有一心好好服侍皇上。贾政在《红楼梦》中是最不可爱的人,讨厌的地方多了,又笨又蛮横,简直不通人性。而且请注意,贾政多半是由赵姨娘"服侍"的,贾政什么水平可想而知。但我每次看到他对贵妃闺女说的这个话都很受感动,我老王也能为贾政流出眼泪来,原因就在这里。因为他说"切勿以政夫妇残年为念",正说明他觉着自己老了,他正在以自己的风烛残年为念。你想想,古代人能活到多少岁,一过五十就说不行了,年逾半百就等着死了,甚至一到三十就给自己准备棺材的也有。他对自己亲生女儿说这个话,"切勿以政夫妇残年为念"(他不敢说"你老爹老妈",因为他是臣子),不要因了你的老爹老娘弄得你心情不愉快,你只有一个任务,就是对皇上克忠克勤,好好伺候皇上。你只要伺候好皇上,你爹妈死了都不用管。

这段话就是这个意思。你说他全是假的,不像。因为元春没有考查贾政表现的任务,说回去给皇上建议提拔一下贾政,这是不可能的。中国古代很多时候都是严禁内宫干政的,后妃不能谈和朝廷有关的事,不能谈和政治有关的事,不能谈和人事有关的事。这个不太可能,就是说贾政真有这么一个心。中国封建道德这一套忠孝节义有它的感染力,有它的感情色彩,有它的动员力量。有时候我们讨论人性问题,没有注意到人性其实是两方面或多方面的,人性并不是一条单行线。你不要认为只有父母跟子女在一块,说你干什么去,你嫁什么人啊,嫁皇上干什么呀,你回家来咱们一块包饺子,比待那里强多了,这样才有人性。那个也是人性,非常真实。元春本人都说,我虽然很光荣、地位很高,但还不如普通人家能够享天伦之乐,能够全家团聚——那是更幸福的事。我现在并不觉得有那么幸福,说现在虽然光荣,但"终无意趣",觉得没劲。这个是一种人性。人性也有另一面,比如说我要忠,我就把自己的一切得失放在一边,就真对你忠。中国有无数这样的故事,忠臣义仆特别讲道义,为了主人东家可以牺牲自己的生命乃至自己全家,例如赵氏孤儿的故事早年震动了欧洲。

这样一个故事写下来,感觉到元妃省亲是豪华之至,是光荣之至,又是张扬之至,又是窝囊之至、悲哀之至。贾政还是忠诚之至。贾政这个人很少有表情,但我始终感觉他在向元妃讲这段话的时候是有感情的,封建感情也是感情,忠臣孝子的感情也是感情。

还有一点就是,元妃在整个巡视过程中不断地指示,说不要太奢华了,不要太浪费了。这个也令人叹息。以贾政来说,做臣子的,能够得到这么一个机会,能够在家里招待当贵妃的亲闺女,他简直是借钱也在所不惜,什么都卖了也得往好里搞。他不往好里搞,怎么对得起朝廷?怎么对得起他闺女?所以他要大量花钱,不花钱显不出他这个忠来,不花钱显不出他这番心来,也激动不起来。

但从他闺女来讲,她站得越高,她越真是跟皇上一块过日子,她就越要批评不要太奢费了。这花钱太多了,以后一定要弄简单一点。这种要求节约要求收敛的声音是无力的,钱还要花下去,如秦氏托梦所说"鲜花著锦,烈火烹油",还要烹下去的,还要开花下去的,直到油尽花枯、锦破火息,彻底完蛋为止。这也是权力政治、皇权本位的一个特点,你出多少包公多少况钟更不要说多少刘罗锅了,没有用。臣下要不惜代价把上头伺候好了,花钱再多铺张浪费再多也比没伺候好强。铺张大了是今后完蛋,冷淡了上司是立马完蛋。这种情况下靠道德宣谕,靠清官铁面无私,解决不了腐败奢靡的问题。说来可叹,曹家的败落竟也与此类问题有关,说是后来的皇帝不喜欢曹家,一查发现当年为接待康熙跟朝廷借的银子没有还清,如此这般将曹家抄了、废了、灭了。而《红楼梦》书中古董商冷子兴给贾雨村演说(犹解说)荣国府,也首先谈到了贾家的财政危机、经济资源的枯竭问题,叫做他们已经"萧索衰败"啦,然后才是后继无人的问题、人事危机,以及什么贾敬的好道炼汞,贾珍的高乐不了、花天酒地等等这些意识形态瓦解与作风腐败问题。端的此言非虚也。

第七讲 黛玉的天情

这一讲我是要通过林黛玉来说说《红楼梦》中的爱情这个主题。

中外文学作品里谈爱情的太多了,以至于有种理论说爱情、性欲是文学和艺术的一个起源(起源之一)。此外,当然马克思更加强调劳动生产才是文学艺术以及一切文明的起源,还有的人主张宗教信仰才是文艺起源。我们至少可以肯定一点,爱情在人生命中的体验非常强烈,非常全面,非常丰富。人人差不多都有这样的爱情与对于有关文艺作品的体验,却又很难把它说清楚。

爱情,它不但激起生命的生理方面的各种变化(一个人在遇到最心爱的人时,人的血压、心跳、内分泌、血液循环、大脑皮层都会有反应),而且使人的心理一下子会出现许许多多的喜怒哀乐——想象、幻梦、期待、希望和失望。

所以,爱情确实是一个文学艺术无法回避的、非常钟爱的题材。《红楼梦》一上来已经宣告,说我这个书大体谈情。在《红楼梦》这支曲子里也是一上来就说"开辟鸿蒙,谁为情种"。开辟鸿蒙,就是开天辟地时期,中国的说法就是从盘古开天地时算起,从基督教来说就是上帝创世,从科学的发生学来说至少应该从地球上有了人类或有了生命时候算起,就出现了情种——钟情的人,即怜香惜玉的男子与多情思春的女子,用歌德的说法则是"哪个女子能不思春?哪个男子能不钟情?"《红楼梦》曲子是问:这个情种是怎么来的?怎么形成的?它也讲要大写特写爱情。

过去有很多爱情名篇,比如《诗经》,比如《孔雀东南飞》,比如陆游和唐婉的《钗头凤》,元曲里写爱情的更多。但是,中国古代没有一部书能像《红楼梦》一样把爱情写得这么细,这么叫人柔肠寸断、千曲百回。这种爱情特别表现在林黛玉身上——我喜欢用一个词,要是瞎吹的话,可以说我发明了这个词——我说林黛玉叫"天情"。什么叫"天情"呢?我们知道什么叫天才,一是天生的才能,二是天大的才能。什么叫天呢?天良,天生的这种良知良心这种善良,像天一样大,无所不覆盖。林黛玉,还有贾宝玉,在某种意义上他们是天生的情种,把爱情看得至高无上,比什么都重要。

以天命名的词汇还有天理、天谴、天威、天命、天运、天时、天庭、天意、天成、天禄、天心……细细研究这些词,我们会咂摸出其中所说天的至高无上、至大无边、至强无比、先验的、与生俱来的、不证自明的、普适的等含义。那么我说黛玉宝玉是天情也就够分量了。

人活这一辈子,有一个东西,有这么一个对象,有这么一位异性是自己所爱所向往所期盼所等待所梦幻所拥抱所结合,共历酸甜苦辣、生老病死,把这看得比什么都重要,并且影响到世界观、价值观、事业观、性格诸多方面,这有点儿意思。这比仅仅把爱情看作做爱前的调情而把做爱仅仅看作一种器官外科操作要强太多了。我甚至认为,就是两只猫两只鸟儿在做爱前也要共同鸣叫唱和舞蹈追逐飞翔那么一大阵子,实在比某些下三滥的人强。

然而,确也有人感情淡漠、漂浮、迟钝、廉价、浅薄,他或她可能有老公老婆,也可能换过老公老婆,有就有了,没就没了,再无深一层的内心体验。而对于人生来说,对于爱情来说,对于生命来说,体验是最重要的。以美丽的薛宝钗为例,她的美丽不逊于黛玉,但她的感情完全被理智控制掌握,她没有任何书中被叫做"私情"的东西的表现。她不思春不悲秋,自觉地拒绝阅读《西厢记》《牡丹亭》。她无条件地遵守封建礼法,遵守父母之命,毫无个人情感的倾向。如果说林黛玉是"天情",那么薛宝钗就是"天礼""天冷""天静",也是一绝!

所以我说林黛玉就是天情,她特别能表达她的那种感情。别人虽然有这种体会,却可能说不出来,林黛玉则能够说出来、表现出来,表现得淋漓尽致。所以我要从林黛玉来说起。

前面已经谈到,林黛玉的妈妈贾敏死了,她爸爸林如海让贾雨村把她带到贾家。刚来的时候她小心谨慎,她不是一个小性的人,不是一个任性的人,不是爱发脾气爱不高兴的那种人,有些地方让你看到她是谨言慎行。当个笑话说吧,她是很注意克己复礼的。何以见得呢?她来到这里,跟贾家的那些VIP(重要人物)们一块吃饭,吃完饭后就端上了茶水,她看大家都在喝茶,她就想起来:这跟我们林家习惯不一样,林家人刚吃完饭不喝茶水,起码过上个把小时再喝水。这话现在对于生理卫生学仍然有意义,医生和养生学家也还在提,在吃饭的同时喝大量饮料不好,会冲淡胃液,影响消化。且说林黛玉看到贾家吃完饭马上就喝茶,就打算入乡随俗,尊重人家已经形成的习惯。这个林黛玉她很讲道理,很随和,很克己。

元妃省亲的时候,让这些小姐妹们(包括贾宝玉)作诗,那次林黛玉的"政治表现"其实是非常好的,她为匾额"被"作诗一首:"宸游增悦豫,仙境别红尘;借得山川秀,添来气象新。香融金谷酒,花媚玉堂人;何幸邀恩宠,宫车过往频。"她不但自己作了歌功颂德的诗,而且也帮着贾宝玉作了首《杏帘在望》,最后的两句是"盛世无饥馁,何须耕织忙"。什么意思呢?就是在这个太平盛世,大家都吃得饱饱的,没有人挨饿,没有人饥肠辘辘。当然"馁"也可以发展一步,说没有人垂头丧气,在这样的情况之下你用不着忙着去耕地去织布,你就踏踏实实地享福吧。在这里可以说,林黛玉思想是非常正规,非常"御用",非常"官员",符合封建主旋律,简直像是被正规、被御用、被洗过脑。在这里,林黛玉一点没有向封建挑战的意思。说实话,林黛玉不会关心体制,不会关心意识形态,不会关心婚姻法,她的反封建是"被反"出来的。看看她的"遵命文学",说句难听的话,如果今天有人这样写诗,我们肯定称之为"马屁之作"。所以对林黛玉的这个思想、她这个发展过程也是需要有一个实事求是的考察,我们无法一上来就把林黛玉树立成一个封建反叛者的形象。那么后来为什么林黛玉脾气越来越大,哭得越来越多,挑刺越来越多,越来越不合群?很简单,按次序排列,首先一个原因是她得到了宝玉的爱。她的"天情"火种点燃了。

爱使人欢乐也使人苦闷,爱使人自恋也使人娇贵,爱使人舒展也使人任性,爱使人聪明也使人呆傻,尤其在一个以爱为罪、严禁恋爱的时间与地方与族群之中,可让你说什么好?

对于林黛玉,她与宝玉的来电是一个无望的爱,是一个只能期待、不能实现,只能想象、不能进行的爱,是水中月,是镜中花,是悬挂在那里的美味,当饥渴的你走近它时它一定就破碎了,或者它像一个拳击靶子一样反过来击打到你的身心。宝玉的爱对于林黛玉来说,是最大的幸福,是她人生的光明,是欢乐的天堂,然而又是林黛玉最大的悲哀,是林黛玉的心事,是林黛玉的苦闷,是林黛玉无法解决的、永远圆不了的一个梦,是林黛玉的死结死疙瘩,是将林黛玉活活折磨至死的地狱。

在封建社会,是不允许人们谈情的,尤其是不允许女孩子谈情。可林黛玉又是一个"天情",是一个情种,她一心期待着在这种孤独的生活里有一个伴侣,这个伴侣能真正知道她的价值,知道她的美丽,知道她的聪慧,知道她的高洁,知道她的真诚,知道她那种不计一切条件的、宗教苦行圣徒式的献身的纯情的爱。林黛玉等待的是这个,但她又觉得这个对她来说是不可企及的。

至于为什么是不可实现的,我们可以分析出很多道理。比如说贾宝玉和林黛玉一样,他们注重的是性情,这样就不符合封建社会主流意识形态,即男人应该好好学习儒家道理,将来修身齐家治国平天下,做大官光宗耀祖。贾宝玉对这些没有兴趣,他希望得到的是自己性情的满足,得到自己灵魂的满意,他看不起那些东西。这是一个原因。另外,林黛玉又常常为一件事而悲苦,就是她没了母亲,很快她又没了父亲,她又没有自己嫡亲的兄弟姊妹,她无法对自己的命运做任何的有意义有作用的事,她无法为自己的命运说一个字或动一根手指。如果有父母,那么父母多少会体察她的心意,关心她的终身大事,但是她没了父母。这也是一个明显的原因。

尤其莫名其妙的是,贾宝玉与林黛玉有一个符号上的差别,即贾宝玉有玉,林黛玉没有。薛宝钗有金锁,史湘云有金麒麟,林黛玉多么希望自己也有个东西能和贾宝玉那个玉配成对啊!我们且不讨论贾宝玉衔玉而生有无可能,反正说他有一块玉,那么我也得有一样东西,好跟他能交换啊!符号的不对称、不匀称,成了二人爱情无望的宣告,这很荒唐,很无厘头,荒谬绝伦,但硬是就这个样子了,无法可想。这种符号上的不平衡问题,令人百思不得其解,百痛不得其释。

请再想一想,符号的麻烦究竟意味着什么?我觉得至今没有什么人解释得很明白。多么奇怪呀,那么伟大的红学,那么多专家学者,许多没有人关注的事情甚至令人觉得琐碎无聊的事情都有各种稀奇古怪而又自成一家的说法,成就了各种学问,也引起了一些兴趣与厌倦。但是这样一个林黛玉贾宝玉最最关心的事,是要了他们俩的命的麻烦问题,却不得其解。

原来,符号是人造的,但是符号异化成了统治人的神秘的力量。人性所倾向的东西,符号却不允许;感情所热烈期盼的东西,被符号的暗示所粉碎。表面上看是符号与人作对,实际上人性和情感或许常常表现为个人的向往、要求与冲动,而符号背后有文化的意义。符号背后是一种文化,是族群、人众、超人间的力量。这一点,《红楼梦》写得新奇、深刻、沉重,前无古人,后无来者,堪称世界文学上一绝。

这符号对人命运的暗示很恐怖,有时候它比那个真正的生活逻辑还让你觉得可怕,因为这个是上天注定,不是你自己能够解决的。如果你们两人的情感不能成功是由于其中的一个人缺钱,那么他有了钱,或对方改变了唯钱是瞻的观点,他们就能行。如果他们二人的麻烦是其中一个有病,那么需要的是医药,是华佗扁鹊,是"伟哥"或"太太乐",至少都有解决的目标和办法,虽然不是每一个人都能达到目标,都能采用明白无误的良方。而障碍在于黛玉缺一块玉,这是一种没有逻辑的逻辑,是一个没有判决的判决,是一个没有执行的已经执行了的死刑,是一种没有征兆也没有发作的灾难,是不成为理由的混账理由——用冯小刚《唐山大地震》里的台词,是"老天爷的王八蛋"!是你活该失败,活该寸断成灰,活该哭死你痛死你,活该流干你的泪水、呕尽你的心血!有玉没玉、有玉有锁、有玉没锁、有玉有麒麟、有玉没麒麟,尤其是没玉没锁没麒麟,嘛也没有,黛玉与广大读者一样,我们的特点是天命上的一无所有,我们都是"无产"阶级。这成了林黛玉永远的心病,也成了贾宝玉永远的心病,成了《红楼梦》的悲剧的原因与印记。

也许这象征着所有的读者的心病和印记。一无所有却又不知为何地来到了这个世界上,来到了历史悠久伟大精深的华夏古国中土神州,一旦到来,又要吃喝又要居住,哪怕只是蜗居,赶上了改革开放市场经济就更注意收入的提高,赶上了青春期硬是又有性欲又有情商,赶上了一位让你迷恋的可人你硬是不得爱不如死,但是你身上没有先天的玉也没有后天的锁与麒麟,没有高贵的标记,没有什么东西能引起北静王哪怕张道士的兴趣。你的愿望美梦越来越多,你所处的地区的生产力越来越发展,你得到的越多,知道的自己远远尚未得到的就越多,你需要的就越多,你没有的东西也就越多,最后你的感觉是你该有的都硬是没有。呜呼世界,呜呼人众,一个有一个无,这构成了老子的哲学,这构成了阶级斗争的理论,这引发了战争与革命,这扰乱了多少平静的城市与乡村,这又是宝玉与黛玉永远的悲痛!

贾宝玉看到了林黛玉就问她有玉吗,她没有玉他就又哭又闹又要砸玉,砸还砸不烂。林黛玉看到薛宝钗有金锁,看到史湘云有金麒麟,她就醋意大发。她充满了不安感,充满了对自己爱情没有把握的痛苦感觉。这痛苦折磨人,是要让人发疯的呀!

一个人老想着一样东西,又总觉得得不到,这是要让人发疯的。我在我的小说《活动变人形》里就讲了这么一个故事:俄罗斯心理学家巴甫洛夫做了个实验,在一条狗面前放一块肉骨头,狗看见了就冲过去要吃,在它快够到骨头还差五厘米时,"啪"一个电击,把狗打回来。这狗很受伤,回来后喘了半天气,过了十五分钟它又恢复了,一看那肉骨头,它"噌"就又跳过去了,差五厘米的时候,"啪"又一个电击……这样试了几次,这条狗怎么样?疯了。它整个神经系统、心理系统全都破坏了——多么可怕啊!

林黛玉就是处在这样一种状况。他们做灯谜的时候有两句诗——在《红楼梦》多数版本里说那首诗是薛宝钗做的,但也有版本说那首诗是林黛玉做的——叫"焦首朝朝还暮暮,煎心日日复年年",说我这脑袋呀都烧焦了,这炷香从早烧到晚,从晚上烧到早上,我的心就被火被这种不安被这种痛苦煎熬。这两句诗,不管是薛宝钗做的还是林黛玉做的,我觉得它描写出了林黛玉的心情,太痛苦了!在这样压抑型的社会里,压制机器的首要职能尤其是要压抑女性,首要的首要则是压抑少女。这是什么样的混账文化啊!在这样一个意识形态和社会里,爱情使人变成天使,爱情使人美丽,爱情使人变成疯子,爱情使一个人失去了正常的心态,爱情使人变成魔鬼、厉鬼。因为他觉得他所要的东西他得不到,他越是想得到就越是得不到。贾宝玉越是对林黛玉好,越是说出了林黛玉最想听的话,所谓你的心我的心、我的心你的心,越是说得林黛玉动情,林黛玉就越痛苦。当他说得这么好这么动情时,林黛玉最自然的一个要求就是希望和贾宝玉能够永远结合,不管从感情上到过日子上,从身体上到精神上能够合而为一。但是,她觉得这做不到,这不可能。所以她要得到的越多,她的期盼越高;她期盼越高,她就越痛苦。

而且,得到了贾宝玉的这样一种特殊的情感后,她再也无法包容自己的愤懑,她这气随时要爆发。她在开始的时候小心谨慎,入乡随俗,那她什么时候开始闹起来了呢？周瑞家的送宫花送到林黛玉那儿,林黛玉问:这是都有呢还是专给我送的呢？一听说都有,林黛玉冷笑道:我估计就是别人挑剩下了,然后把这个给我。说得周瑞家的没法答话。但这又是事实,你是让别人都挑完了,然后送给林黛玉的。看书看到这儿会知道,林黛玉她变了,她涨行市了,她闹气了。这就是因为她得到了贾宝玉的爱情。她的小心眼呀、嫉妒心呀、不服气呀、自命清高呀、顾影自怜呀,瓶子里的小鬼全释放出来了……

第八讲　我为妹妹一身的病

　　回头再说贾宝玉的处境,因为他是男的,和林黛玉完全不一样。尤其是在那样的富贵之家,男性都是花天酒地奢靡消费,在男女关系上完全是一种消费型恶搞型的蠢物。所以贾宝玉也一再表示,男子是一些浊物,是肮脏的东西,是蠢货,他们根本不懂得怜香惜玉,他们根本不懂得女性的美、女性的聪明与可爱,他们只是将女性作为性消费的对象,他们非常卑鄙非常无耻。

　　为什么在《红楼梦》诸人物中,作者动不动表现出一种重女轻男的倾向,多次公开赞女贬男?将之解释为"反封建"似乎超前了些。世界上任何命题,只要有了正题就一定会有反题。就像电视中的大学生辩论会,你规定了正题是"旅游有利于社会",反题则必然是"旅游有害于社会",你规定了正题是"房价应该更多地管制",反题必然就要是"房价应该更多地放开"。即使从单纯的语言学、逻辑学角度,有这样尊女贬男的论点都是必然的、不足为奇的。可惜的是,我国历史上持这样观点的人还不够多,观点也没有尽情发挥。至于贾宝玉,他的任性骄纵公子哥儿信口胡言的特点,也冲淡了"重女论"的严肃性。

　　在中国清代,男人比女人在享乐上的禁忌更少,而读过的《论语》《孟子》之类更多,他们作恶有余、成事不足,教条有余、实践不足。在贾府,男人们除了腐烂腐烂再腐烂下去,你无法替他们设计出别的生活方式。而女人们至少还要管管家族事务,能够培养出王熙凤式的干将来；不能去吃花酒嫖妓女或杀人越货，没准多写出几首诗来。

贾宝玉本人也不见得就能完全免俗，从他和一些人的关系，从他见一个爱一个、跟这儿逗逗跟那儿逗逗、一会儿想见这个一会儿想亲近那个，都看得出来。甚至于他对薛宝钗都有过纯粹生理上的被吸引，看到薛宝钗的膀子好看，胡想了一番。

但是很奇怪，贾宝玉对林黛玉没有这种意思，因为他对林黛玉是整个灵魂的共鸣，是整个灵魂的激动。他对林黛玉充满着敬意，充满了怜爱。古代中国这个"怜"就是"爱"的意思，像元稹的诗"谢公最小偏怜女"。贾宝玉对林黛玉有敬有怜有爱有亲情，有引为同道的心理。因为这两个人都不在乎儒家修齐治平的那一套，都不是官迷，都崇尚自己的性情。所以贾宝玉对林黛玉是非常尊重的，面对林黛玉他完全抑制住自己那种纯粹生理性肉体性的欲望。这很有意思：性是爱情的驱动器，爱又成就了对于性的调节与掌控功能。在现代社会，一个有文化有素质的人至少会懂得尊重对方，照顾对方的心理与情绪与身体状态，而不是一味地只图上床。

二十世纪有部好莱坞影片《魂断梅耶林》，香港曾名之为《新梅隆镇》。写一个欧洲的王子与一个出身普通的女子的爱情，二人后来双双殉情自杀。那个王子的特点也是被女性们团团围住，他也是为寻开心随便与众宫女们睡，唯独见到了情人他像变成了另外一个人而羞怯、紧张、尊敬，绝不敢轻举妄动。

那么，林黛玉这种无望的爱最集中表现在《葬花吟》中，流露了太多的悲哀。"花谢花飞飞满天，红消香断有谁怜；游丝软系飘春榭，落絮轻粘扑绣帘"，就是把她那种悲哀的心情、无望的心情表达到了最尽兴的程度。但是，请注意，她不敢直接表达爱情的无望，她是从哲学上来表达人生的无望。爱情，她是不能说的，说了就显得她不道德，说了就显得她不规矩，说了就显得她思想不好、作风不好，不是好孩子。因此，她只能从人生悲剧来说，就是青春是有限的，花开是有限的,"花无十日红,人无百日好",在诗里表达了这么多的人生悲哀。

世上有很多诗人写这个主题。"君不见黄河之水天上来,奔流到海不复回,君不见高堂明镜悲白发,朝如青丝暮成雪",同样是叹息人生的短暂、光阴的无情,李白就写得这样淋漓尽致、奔涌浩荡。"晓镜但愁云鬓改,夜吟应觉月光寒",到了李商隐这里,叹息变得体贴而又温柔。"无事须寻欢,有生莫断肠;遣怀书共酒,何问寿与殇",这是我译的波斯诗人莪默·迦谟的诗,他的律诗差不多都是写生命苦短这个题材的。原文应该是:"空闲的时候要多读些快乐的书,不要让忧郁的青草在心怀里生长。痛饮一杯吧,再饮一杯,哪管死亡的阴影已经悄悄近傍。"

而为《葬花吟》,贾宝玉又显示出他确是林黛玉的知音。因为贾宝玉生活在那样一个没落的家庭里,他所感觉到的是无望。贾宝玉的无望,不仅仅是爱的无望,而且是人生的无望,是家族的无望,是整个天下的无望,是孔孟之道的无望。

《葬花吟》单从诗学的角度看并不是最好的诗,因为它太单一、单薄,说了那么多话还是原地踏步:人生太短促,红颜太短促,青春太短促,美貌太短促,人生太孤单,红颜太孤单,青春太孤单,美貌太孤单。世界上一切美丽的与珍贵的东西都是不久长的,都是飞速地毁灭着的。但这首诗又是非常容易被接受的,它符合黛玉的身份和性格,让所有人听了后看了后都叹息——或是为诗叹息,或是为人叹息,或是既为诗也为人叹息。

《葬花吟》成为黛玉的符号,是黛玉的代表作。其他人物也都写过好诗,但没有此诗影响大。而且黛玉葬花的活动极像行为艺术,它的想象性、表演性超过了生活性与实在性,更不要说逻辑性与必要性。此前有黛玉不满足于将落花扫入水流的说法,认为那样的终结可能不够清洁。黛玉一辈子强调一个"洁"字,此诗中有句云"质本洁来还洁去",而黛玉死时强调的仍然是"自己的身子是干净的"。

她对"洁"的定义似与性洁癖有关,说她的身子没有被哪个男人动过摸过看过,所以是洁的。这样的心理暗示也很可怕,甚至应该说是变态。中国古代对于妇女的压迫无所不用其极,其中尤其可怕的是这种思想观念心理上的压迫,最后变成了女性的自我压迫。其实,落花流水是很好的归宿,"花落水流红"嘛,"流水落花春去也"嘛。与水一起会遭玷污,埋在土下难道就永保清洁了?土下有水,有昆虫与鼠类动物的活动。黛玉葬花的活动微嫌过分。

林黛玉还有别的诗也非常感动人,就是她在宝玉挨打、接到宝玉的那两方旧手帕以后写的:"眼空蓄泪泪空垂,暗洒闲抛却为谁?尺幅鲛鮹劳解赠,叫人焉得不伤悲!"爱情变成了最痛苦的事情。他们就是这样定情的。

把爱情搞得这样艰难是不人道的,这样的难解难分却又凭空增加了爱情的美丽与动人,也许可以说是爱的伟大。宝玉在与黛玉的爱恋之中也吃够了苦。最大的苦是不能说,不能沟通,只能装猫猫,只能若无其事。你初试再试云雨情,不管是与可卿也罢,与袭人也罢,你与秦钟搞准同性恋(在闹书房一节中,他与秦钟的关系被别的孩子说得极不堪)也罢,那毫无关系,你想认真地爱林妹妹,那还了得!不但他的父母、祖母不允许,林黛玉本人也不能允许这样的话。宝玉稍稍与林黛玉说话随便一点儿,引用了《西厢记》中张生对红娘的话说给紫鹃,有"同罗帐""叠被铺床"字样,林黛玉就哭泣,说宝玉是学了村话(野话粗话脏话),看了混账书就拿自己取笑,拿自己当丫爷解闷的。

回过头来说黛玉葬花,她的悲吟令宝玉听了也大哭起来,然后黛玉见到是他,骂他是"狠心短命的",也没骂完,把口掩住,转身就走。宝玉后来赶上去,说道:"你且站住。我知你不理我,我只说一句话,从今已后撂开手。"林黛玉回头看见是宝玉,待要不理他,听他说只说一句话、从此撂开手,这话里有文章,少不得站住……宝玉在身后面叹道:"既有今日,何必当初!"林黛玉听了这话,由不得站住,回头道："当初怎么样？今日怎么样？"宝玉叹道："当初姑娘来了，那不是我陪着顽笑？凭我心爱的，姑娘要，就拿去，我爱吃的，听见姑娘也爱吃，连忙干干净净收着等姑娘吃。一桌子吃饭，一床儿睡觉……我心里想着：姊妹们从小儿长大，亲也罢，热也罢，和气到了儿，才见得比人好。如今谁承望姑娘人大心大，不把我放在眼睛里……我又没个亲兄弟亲姊妹——虽然有两个，你难道不知道是和我隔母的……谁知我是白操了这个心，弄的有冤无处诉！"说着，不觉滴下眼泪来。

然后是，黛玉耳内听了这话，眼内见了这形景，心内不觉灰了大半，也不觉滴下泪来，低头不语。宝玉又说道："我也知道我如今不好了……便有一二分错处，你倒是或教导我，戒我下次，或骂我几句，打我几下，我都不灰心。谁知你总不理我，叫我摸不着头脑，少魂失魄，不知怎么样才好。就便死了，也是个屈死鬼，任凭高僧高道忏悔也不能超生，还得你申明了缘故，我才得托生呢！"

爱情对于林黛玉是雷电，是灾难，是埋在十八层地狱里唯一的可望而不可即的霞光。爱情对于宝玉来说，则是病患，是憋闷，是丢了魂儿，是下流痴性。他上述的一段话，只谈亲情，回避爱情，仍然是诚恳痛切、令人泪下。写十二三岁的两小无猜实有猜的爱情，古往今来并不多见。李白《长干行》写得好："妾发初覆额，折花门前剧。郎骑竹马来，绕床弄青梅……"从女孩头发还没怎么修好、男孩还骑着竹马玩耍写起，到女孩十四岁嫁过去、十五岁懂了感情、十六岁分别与想念之情，写得健康纯真，虽有分离之苦，仍得相爱之乐。这也说明封建社会有相爱也有幸福，像《红楼梦》这样悲苦并非唯一模式。童年的、少年的、前期的、准备期的爱情，也是人生经验之一种，写好不易。此次黛玉葬花后宝玉的告白，可算作他亲情自白的最高峰，也是对于单纯亲情的告别，从此进入了生死与共、苦乐同一的新的情感阶段。

当年苏联有个并不怎么出名的作家，名叫弗拉易尔曼，写过一本《早恋》，英语书名是 *Early Love*，描写一个男孩用剪纸剪出了他所爱的女孩"拉雅"的名字,贴到自己的胸腹上,再晒成了字样。此外我几乎不知道有太好的写少年恋情的书,除了《红楼梦》。

此后不久,果然宝黛之情雷霆万钧,越来越郑重沉重严重,变成了生活中不能承受之重,越来越像是拼了性命与命运与玉的符号的决一死战,绝无弹性空间,绝无退路与灵活余地了。宝玉本来就有性情太过、性灵太过、弗洛伊德太过、情商超标之痴疾的,此时更是如他自己所说,每日丢魂落魄起来。他的妹妹情结变成了死结死症,是拼了性命也解决不了的毒火毒焰。葬花后不久宝玉对"妹妹"明打明说,要黛玉"放心",黛玉只能说自己不明白这放心的话,宝玉说:"好妹妹,你别哄我……但凡宽慰些,这病也不得一日重似一日……"而黛玉听了这话,如轰雷掣电,并认定宝玉的话是从肺腑中掏出来的。

宝玉更是如疯如魔如魇如梦,紧接着他拿送扇子的袭人当做黛玉,声称"好妹妹,我的这心事……大胆说出来,死也甘心",又说是"我为你也弄了一身的病在这里,又不敢告诉人,只好捱着。等你的病好了,只怕我的病才得好呢!睡里梦里也忘不了你!"

原来,贾宝玉的爱也苦到了这般田地!这也是苦恋啊!本来一切爱恋都有苦涩性,爱是一种付出一种献身,爱又是一种期待一种想象。这样,爱就是煎熬,爱是众苦之源。佛家头一个就是要破除爱恋。我们从中也就明白了宝玉的所谓软弱性了。他敢于抨击修齐治平之路,他敢于否定文死谏武死战的共识,他敢于轻视封建社会的主流意识形态,尽管他本人的思想武器相当薄弱。但是,他不敢替任何一个女孩说话,更不敢说自己爱上了"妹妹",什么意思呢?万恶淫为首,他不敢承认自身与任何一个异性的感情上有牵连有"私情"有默契。百善孝为先,他在自己感情婚姻问题上不敢说一句与老太太、太太不一样的话。他甚至不能承认他对任何一个女孩有同情心怜悯心打抱不平之心,如果他暴露了这方面的心思,只能坐实女孩的不赦之罪孽,一定是坐实了她们勾引他、不正经、狐狸精、妖精、下贱的罪名,客观上等于他对女孩落井下石,作证对方有罪,将女孩置于万劫不复之地。他只能眼睁睁看着那些纯真可爱美丽的女孩一个个遭到噩运被吞噬而一声不吭,一个屁不放。这究竟是什么病呢?这究竟是谁让谁生病呢?

花开一季,鸟鸣一时,人活那么几十年,谁能说对于生命对于人生就没有一星半点的困惑与忧伤?幸好人分男女,兽有雌雄,万物有阴阳,阴阳合而万物生,一阴一阳之谓道。许多人把爱情看得很重,认为美好的爱情、异性的伴侣充实了生命的空虚感,战胜了生命的脆弱感,温暖了人生的冷寂感,告慰了人生的失落感,支撑了生命摇摇欲坠的大厦,唤醒着人最美最亲最好的那一面。即使这一切追求如梦如幻如泡如影如露如电,总比无梦无幻无泡无影好些。但实现这些"如"谈何容易,社会环境、人类文化、道德戒律、阶级隔膜、家世距离、性别差异、生理限制、人性弱点(如喜新厌旧、自我中心、自私自利、见异思迁……)使爱情之梦往往难圆,爱情之思往往难于落实,爱情之美往往变成空想,而夫妻反目、相爱成仇、相互欺骗、互弄手段直到互下毒手,从谋害亲夫到杀妻毁尸灭迹,各种丑恶犯罪黑暗太多太多了。

一方面,爱情是文学上永恒的感人的最最美好的题材,而从这个最美好的题材当中却引发出无数个悲苦、遗憾、凄惨、罪恶、肮脏的故事。爱情是人生的最大欢乐之一,甚至对于某些人就是最大欢乐、最大光明,爱情题材却往往成为悲剧题材。其悲剧性概括起来,一是有情人难成眷属,相爱的人不能结合,只能殉情,只能忍受,只能遗忘,只能自我麻醉或自我戕害;另一种是成了眷属后却发现二人并不相爱,或成了眷属后二人渐渐不爱了,逐渐冷淡麻木了、反目成仇了,最美好的幻想最后带来的是纷争,是背叛,是欺骗,是相互红了眼睛厮杀。有情人不成眷属,情还有几分浪漫与凄美,或十分浪漫与凄美,如罗密欧与朱丽叶,如安娜·卡列尼娜与渥伦斯基,如宝玉与黛玉、梁山伯与祝英台、陆游与唐婉。后者是有结合而无爱情,它的现实主义性质令人冰冷,如《红与黑》,如《漂亮朋友》,如《杜十娘怒沉百宝箱》，如《秦香莲》。当代作家池莉等则干脆否认爱情的存在与现实性。还有一种，先是有情不能结合，后是结合了变得无情，这样的事我也看得心冷齿冷。

《红楼梦》还算好的，它的有情人难成眷属多是由于家世家族与封建制度的原因，在阵阵悲苦之中还有"意绵绵静日玉生香"小儿女床上说笑的镜头，还有两情相悦时的激昂告白，还有赠帕题诗之类会心契合之作，还有宝黛这样刻骨铭心的深爱。我的话：被黛玉爱过一次，即使最后自己跳了井，而"妹妹"抹了脖子，这辈子总算没有白活！还是我的话：被司棋爱过一次，即使你殉情一百次也不算有了足够的报答。你曾经拼死拼活地爱过一次了，祝贺你，朋友，你活得值！

第九讲　该出手时便出手

再讲讲王熙凤在贾府这个大家庭里的管理上的一些情况。

《红楼梦》似乎并没有写什么大事,既没有写朝廷的皇帝大臣,也没写北方民族和中原之间的战争与和平。但《红楼梦》里又包含着非常丰富的政治内容,包含着许多行政上的问题,令人深思。

在中国封建社会,越是有地位的人家越时兴大家庭。我们现在如果到山西(山东也有,山西则更多)就能看到这种大家庭,恨不得把他的子女孙子女全都网罗进来。山西有乔家大院、王家大院,在这样一个大家庭里,做管理跟地方长官是一样的。所以中国人坚信齐家是治国的前提,就是你把治家的经验拿出来,大而广之,用在治理国家上也能够取得相当的成功。中国古代很少用"国家"这个词,而常用"家国"这个词。一九五〇年中国派遣志愿军到朝鲜去,当时提出来的口号就是"抗美援朝,保家卫国",就把这个"家"和"国"联系得非常深,而且把家放在国的前头。

从治家当中可以找出很多治国的道理,我们从王熙凤身上也可以看出。王熙凤是女的,可整个贾府那么多的男人,一个管得了家的富有管理经验和组织能力的明白人都没有,只剩下了一个王熙凤!再者,王熙凤是一群女性里文化较低的一个,别人都有文化。李纨也作过诗,文学能力稍微差一点,迎春、惜春也差不多;至于薛宝钗、林黛玉、史湘云,还有薛宝琴,她们的文化水准都很高,读过的书也多,和贾宝玉辩论时常把他问得哑口无言。王熙凤是文化比较低的一个,反倒成了在这样一个"末世"贾府快要走向末日的时候,成为有担当力的人。她能干,能够指挥全局。

这说明,到了这个时候,社会统治地位的意识形态及那样的文化已经没了希望,已经不能解决任何现实问题,整个贾府除了贾政略略空谈几句就再没有别的男人真正是按照孔孟之道办事。贾赦、贾珍、贾琏、贾蓉、贾蔷等都是荒淫无道,十足的下三滥,卑鄙龌龊,无恶不作。与之相反,府里的女性还比较实在,接触实际的事多。王熙凤没读过那么多的书,所以她也不受书上的那些教条、那些被读烂了也被解释滥了被阳奉阴违熟练化了的圣人教训的约束。因为在贾政身上我们看到一点:书读多了不见得是好事。贾政张口闭口都是按孔孟之道,可他出去做官几天就垮了,手下人全都走了。贾政的那套孔孟之道和实际生活中封建社会的潜规则是完全不搭界的,所以他干不成功。所以贾政不行。

王熙凤能得到那样一个地位,变成整个贾府运转的中心,成为总经理或秘书长、贾府办公室主任,有几个原因:第一,她的背景好,既是贾赦的儿媳,又是贾政妻子王夫人的内侄女,而且王家其时至少在财政上比贾家处境好得多。第二,她能讨贾母的好,她能逗着贾母笑。贾母老说她是猴儿猴儿,她既是贾母的重臣,又是贾母的弄臣、佞臣。第三,王熙凤头脑特别精明,什么事你骗不过她。而我觉得她最重要的一点,要强调讲的是,王熙凤她动辄出手。

王熙凤是个敢于使用暴力的人。我们不管讲多少仁义道德,不管讲多少好听的话,管理的背后其实有一种"潜暴力",这是我们无法否认的事实。"王熙凤协理宁国府"那一回,秦可卿死了,丧事闹得非常大,贾珍的夫人尤氏犯了病(也可能是生了气,因为据说贾珍和儿媳妇秦可卿的关系不明不白)也不管了,贾珍只好哭请王熙凤帮着料理。哭着请,有点邪门,突出表现贾珍对儿媳妇的情重如山。于是王熙凤到了那儿搞了智力输出,也是她大出风头,是王熙凤的巅峰之作。第二天就有一个下人迟到,这个下人是管接待亲友的,用现在的话说是接待办的。王熙凤怒了。那人是个老人,很害怕,说二奶奶饶了我原谅我,我从来没迟到过,今天我醒得非常早,想着再闭一会儿眼睛,就睡过了时间。王熙凤说,我今天如果原谅了你,明天有别的人迟到,那么我还原不原谅?下令打了二十板,罚扣一个月的工钱。这个厉害呀!这比现在咱们哪个单位都管得厉害。如果我们今天有哪个单位能做到这一步,那么这个单位一定是出勤率最高的。但是我也想,我们不能用王熙凤的方法来管理今天的社会。她是敢出手的,《红楼梦》里描写得很精细,令人非常难忘。

还有,贾母跟王熙凤关系特别好,贾母特别欣赏王熙凤。王熙凤又会奉承,又会按贾母的心思行事,所以贾母提出,快到王熙凤的生日了,我们要给王熙凤过生日。贾母领衔主办,学小户人家的办法随份子。贾府太大了,有它的财政。虽然没有决议没有法律,但有它的"例",以例为律,就是过去这些事怎么办就怎么办,这比跟着感觉走好一些。依例,没有特殊经费给王熙凤过生日,只能谁愿意给王熙凤过就过。最后说咱们随份子过生日,这个也很好玩,说明大富人家有时候也羡慕老百姓的生活方式。到日子了,贾母提出来让王熙凤坐上座,大家轮流敬酒,这个敬那个敬,后来鸳鸯来敬,王熙凤说,饶了我吧,我实在是喝不了了。鸳鸯说,那合着我的脸面比她们轻,所有的人敬了酒你都喝了,到了我这儿你就不喝了?鸳鸯很重要,是贾母的亲信,所以王熙凤把鸳鸯敬的满满的一杯酒也喝了。喝完了她心突突地跳,觉得自个儿脸上也不太干净,就说回趟家洗个脸再回来。

王熙凤往家里走,这个时候呢,贾琏正跟鲍二家的在那儿乱搞,还弄着两个丫头在那站岗放哨。头一个丫头见着王熙凤,回头就跑。王熙凤带着平儿一块回去的,平儿叫,那个人还跑,王熙凤再叫,她知道跑不了就回来了。过来了,王熙凤上来就一个嘴巴把这人打歪了,然后反手又一个嘴巴。我每每读到这里就想起乒乓球运动员庄则栋,他打球的特点是左右开弓。左右开弓打嘴巴的情况我在家乡见过,如果用右手,先正手打对方的左脸,手打过来到了身子的左方以后,再用手背击打对方的右脸(我在小说《活动变人形》中描写过这样的打嘴巴法)。王熙凤就问这丫头怎么回事,不说就撕她的嘴,叫人拿烙铁烙她的嘴。最后这丫头没办法,说二爷贾琏让我拿了多少银子物品到鲍二家,鲍二家的就跟着来了。

这个事就暴露了。下边又有一个小丫头跑,王熙凤一叫,这个就不敢跑了,过来就说:我正要报告奶奶呢!王熙凤就知道她是假的,上去又是一个嘴巴打了一个趔趄(打得重心不稳站不住了,摇摇摆摆要倒)。王熙凤是动不动就上手打,搞肉刑。而封建管理就是建筑在这上边,连老子这样最不主张搞严刑峻法的人都有一句"民不惧威则大威至",说如果老百姓不害怕你的威权,那么更严重的暴力就会出现。这实在令人非常叹息。

他为什么要服从你的管理?真是因为他那么爱你吗?真是因为你那么得人心吗?有个很直接的原因,就是封建社会管理者有加害被管理者的能力,你听我管我就给你好处,起码让你能过得去;你不服我的管理,我可以加害于你。这个加害最直接的表现:王熙凤在宁国府是打人二十大板和罚扣一个月的工钱,对荣国府这两个丫头采取的方法就是一共三个嘴巴,打第一个丫头两个嘴巴,打第二个丫头一个嘴巴。然后平儿说"奶奶仔细手疼",被打的活该,打死了活该,是没人对他负责的。平儿要献殷勤,她关心的是你打人打得太使劲了你的手会疼,到晚上手就会肿,因为作用力等于反作用力。这也是非常令人叹息的。如今管理很少用打嘴巴的这种方式了,但也不见得完全没有,学校里有体罚,个别地方也仍然有这种比较野蛮的暴力管理。有的不是这么分明的暴力,实际上也是一种加害。很简单,你不服从管理我就扣你工资,解雇或者处分你,还有其他种种方法。

更加令人叹息的,不是平儿关心不要打痛了奶奶王熙凤的手,而是底下鲍二家的给贾琏献策,说是平儿为人比较好,最好是等凤姐死了将平儿扶正,王熙凤一听大怒,又打了平儿。

王熙凤敢出手,但有一条她不懂:敢出手,还要少出手。你要老出手就不行了,就引起反感了,就成了孤家寡人、民怨沸腾了。你不能老出手,不能只靠出手。那个时代管理是种潜暴力,你尽量注意不要让它变成显暴力,不要动不动就显示你的暴力。否则,引起人心的反感,长远来说得不偿失。

我们看王熙凤,一方面看到她该出手时便出手,觉得她真是个人物,是个能搞管理的人才;另一方面她出手太频太多太努劲,即太用力、反应过度,没能做到留有余地,没能做到更好聚拢人气人心。她有很多毛病,最大的毛病是她处处要压贾琏一头,处处要表示她比贾琏还能耐。贾家远房子侄在修建大观园时想找个活儿干,找到王熙凤,王熙凤表示:你原不是找贾琏吗,你找贾琏去吧,你找贾琏永远你也办不成,你要早找我,我早就给你办成了。她这样的一种表态太荒谬、太肤浅。你怎么就不能低调做人呢?你怎么非要把贾琏压倒不可呢?压倒了贾琏你还怎么可能有立身之地呢?所以贾琏从很早就对王熙凤恨之入骨,说出这样的话:我早晚让她死在我的手里。

同样的话,王熙凤也说过,是说贾瑞。封建社会的人际关系太恶劣,你发现谁有点什么毛病,有点你不喜欢的,何至于就让他死在自己的手里?怎么能够就动杀机了?动不动起杀机的人,最后肯定死在别人手里;动辄想让别人死在自己手中的人,其下场是早晚死在他人的手中。这是一个规律。

贾瑞想吃王熙凤的豆腐,所谓要调戏凤姐,说下大天来最多是性骚扰罢了,你可以拒绝,何至于下毒手往死里整?除了王熙凤的品质道德上的问题,第一,它说明了王熙凤也是变态,封建意识形态的性恐怖主义、性压抑主义、与性欲血战到底、不共戴天、除性欲务尽主义,造成了大量的变态,自己被压抑的结果是豁出命去压抑旁人,嘲弄旁人,取他人之性命,以压抑与残害他人为乐。第二,它形成了与人为恶的文化、礼俗、习惯、乐趣。人的快乐不在于自身的快乐而在于他人的痛苦,人的得意不在于自己的得意而在于他人的失意,人的舒服不在于自己的舒服而在于他人的极不舒服直到活不成。如果说这是豺狼哲学，实在是污蔑了豺狼，豺狼即使吃了人也不是为了以人之悲取乐，而是由于生理本能的饥饿。第三是尚谋主义，什么都要计谋，权力斗争是计谋，恋爱结婚靠计谋，交友逢迎要有计谋，求宠求欢也是计谋，私事公事、爱事恨事、欲之生或欲之死，都要阴谋诡计，都有名堂。王熙凤拒绝贾瑞本来易如反掌，她却偏偏弄成猫捉老鼠的游戏，看着对方上当入局，其乐无穷，而毫不相干的贾蓉等也掺和进来，以折磨蹂躏贾瑞为乐，以取无深仇大恨与利益冲突的贾瑞的性命为乐。第四，王熙凤这样做有她的理念原则，是贾瑞先动了"禽兽"之念，胆敢要吃王熙凤的豆腐，活该他死于非命，灭之有理，耍之有理，骗之有理，骗之灭之耍之才有利于世道人心、忠孝节义。

《红楼梦》的一个题名是"风月宝鉴"，风月宝鉴在书中的出现就是跛足道人给贾瑞的镜子，正照是美女，反照是骷髅。贾瑞不听道人的指导，偏要正照风月宝鉴，偏要求美女而弃骷髅，使得贾瑞贾天祥精尽而亡。这种观点十分老朽，在一个健康的环境与健康的观念下，对于美女的愿望不一定是毒药，而可能是维生素。这是《红楼梦》那个时代的国人所不懂得的。性压抑的结果必然同时带来性伪善、性残暴、性享乐、性放纵，并影响国人的精神面貌多多。对于《红楼梦》里的这些糟粕，我们无法不说。

回过头再说王熙凤捉奸这件事。她回去，听到鲍二家的跟贾琏说：你们家的这位奶奶（指王熙凤）醋坛子太厉害，这个人太好强，她容不下任何人，早晚你把她干掉或休了。你还不如把平儿扶正当奶奶呢！平儿这人比较平和（就像她的姓名一样），比较有容量，如果是平儿做了你的正式夫人，你的生活会自由舒服得多……王熙凤听到这话，回过头说：你们都是勾结在一块的！"啪"又一个嘴巴，第四个嘴巴打的是平儿。平儿对王熙凤是忠心耿耿，可叹的是挨了王熙凤的打，她不对王熙凤提抗议也不辩驳，她的反应是什么呢？冲到屋里头去厮打鲍二家的，说是由于你鲍二家的跟贾琏胡搞，造成了家庭的不和睦，造成了凤姐对我的不信任，这一切都是你造成的……可怜呢,弱者只能欺负比她更弱的弱者,弱者是不敢回报强者对她的压迫诬蔑侮辱的,她只能通过欺负更弱的弱者来出气。北京有句俚语叫做"惹不起锅便去惹笊篱",这也是人性。

然后更可笑并可叹的是,贾琏也起来打平儿。为什么?王熙凤打鲍二家的,贾琏不敢干涉,王熙凤师出有名,而且王熙凤是强者,他贾琏当时还不是个儿。依贾琏的思路,平儿你是奴才,你也过来打,你算什么东西,我搞几个女人跟你有什么关系!所以他就过来打平儿,不许平儿打鲍二家的。然后王熙凤就下令:平儿,你给我打鲍二家的!就是在这样一个看起来争风吃醋、极其无聊的世界里,我们看到了人性的险恶和丑恶。

最后贾琏也没有落不是,因为贾母说了:男人都这样,猫都爱吃腥,这算什么呀,没什么了不起呀!从贾母那儿已经大赦了。这不是贾母个人的感觉或脾气所定,而是整个中国封建社会就是这样男女绝对不平等。

王熙凤没事了。贾母下令贾琏给王熙凤给平儿道了歉。

平儿也没事。平儿表示,奶奶对我从来都很好,是被那个贱妇给挑的。所谓贱妇就是鲍二家的。平儿的自制和与人为善是明显的,与凤姐比,更显得善良无瑕。书中有"俏平儿软语救贾琏"回目,平儿代贾琏掩饰了在外胡搞的证据,是他睡过的女人的头发,结果贾琏还是趁平儿没防备将"赃证"抢了过来,双方不但有阴谋、要挟,也有突然袭击。平儿并非一味善良,也要经营自身的利益保护。而贾琏则只如禽兽一般。此后,贾琏对平儿求欢,平儿则拒绝躲避,原因是怕被凤姐"不待见"(不喜欢),连性事也变成了人际关系上的捭阖纵横,充满了谋略性、策略性,要实现利益的最大化与风险的最小化,这些人确实都疯了,精明得发疯,精明得该死。越是弱者越精明,弱者不精明只有死路一条。

鲍二家的什么下场?回去就上了吊。谁越是弱势,谁就越是倒霉。

第十讲　打,打,打

本讲的题目叫"打,打,打",什么意思呢?

阶级社会,尤其是中国封建社会,是建立在暴力压迫基础上。中国封建社会在某种意义上是个血腥统治的社会,掌权者动不动就是诛九族,就是斩首,就是肉刑。这些记载非常多,甚至一个家庭里面也是这样,如前面讲到王熙凤对奴才的治理。

《红楼梦》在前半部分有一个最重大的事件,就是贾宝玉挨打。贾政气极了,扬言非要把贾宝玉打死不可。这事情的发生有两重原因。

第一重原因是,贾宝玉和薛蟠冯紫英等有个聚会,饮酒作乐,参加的人里有个戏子叫蒋玉菡,艺名琪官,还有一个妓女叫云儿。这种活动本身就是让贾政极其愤怒的,是贾政这样的无用的正经人所绝对不能容忍的。回想宝玉他们的这个寻欢作乐,这段最好玩的地方就是,本来有个酒令,但到了薛蟠那儿变成了恶搞。薛蟠说:"女儿悲,嫁了个丈夫是乌龟;女儿愁,绣房出来个大马猴……"一直说到"女儿乐",一根什么什么往里戳,恶劣至极。我有时候看着,觉得有意思的是,《红楼梦》可真全活儿。如今社会上有什么,它那本书里就也有什么,例如恶搞,例如夺权,例如扫黄打非,例如企业家与文人联谊。我建议网上玩恶搞的人,家里供一个薛蟠的像,薛蟠应该是恶搞的始祖,正像鲁班是铁匠木匠和泥水匠的始祖,华佗是中医外科的始祖,扁鹊是中医内科学的始祖,李时珍是中医药学的始祖。

贾宝玉对蒋玉菡,一见面就产生一种感情,这感情还非常不一般,使薛蟠酸溜溜的。贾宝玉把扇子上的玉坠给了蒋玉菡,蒋玉菡把自己系的汗巾给了贾宝玉。这汗巾是茜香国女王的贡品,因为蒋玉菡是在忠顺王府"供职"唱戏伺候老爷子,所以他有可能得到这种非常高级的贡品。说是这个汗巾系在身上不出汗,而且还有一种香味。我估计就是它的吸汗性比较强。这两人互赠的礼物颇有些女人味,不像老爷们儿的关系。

关于汗巾的解释很多,有的说汗巾是用来擦汗的,平常是拴在头发上的;也有的说平常是系在胳膊上的,必要的时候拿下来擦擦汗。但按书里的描写,这应该是系在内裤上的腰带,他拿下来给贾宝玉,贾宝玉赶紧把自己的松花巾解开,还赠给蒋玉菡。这说明什么呢?贾宝玉和蒋玉菡刚一见面,连姓名都没完全弄清楚,就产生了一种非常亲昵的感情。是不是我们马上就给他们定性为同性恋呢?那倒也不必。帽子咱们可以不扣,也不需要进行心理诊断或性倾向分析,反正他们关系特别深情。后来贾宝玉就帮着琪官跑掉了,或许琪官在忠顺王府待得无趣还是有什么其他原因其他目的,乃至是不是有与宝玉有关的情况,我们此时弄不清楚,只能按下不表了。

之后,忠顺王派了长史官来拜访贾政,贾政一听就很奇怪:我们与忠顺王府素无来往,他为什么要来?贾府和北静王府关系就特别深特别好,而和忠顺王府素无来往。这说明什么问题?读者如果不是太傻或太天真,应该品出点儿味儿来。忠顺王能称王,因为他是皇亲国戚、金枝玉叶,跟皇上有血缘关系。不像贾政这边荣国府宁国府的人,当年是皇上的功臣,最多只能称"公"。看,地位更高且又与他们素无来往的王爷派人来兴师问罪了,这是宝玉惹的祸,是第二重令贾政起火之处。

这第二重问题比第一重吃酒行乐严重多了,头一重是作风问题、人生观价值观问题,第二重是政治问题,是政治上人事关系上的违规事件,是触动了政治禁忌的危险运作,蕴藏着难言的后果。要知道,越是大人物,越是高官贵族,越要警惕算计筹谋自己与各方人等的接触,尤其是与别的阵营人的接触,不能乱结交,不能挑衅,不能越界,更不能摸老虎尾巴捋虎须,否则就是自取灭亡、自找麻烦,弄不好有杀身灭门之祸。

忠顺王府长史官来了,说出的话是软中带硬,那真是说话的范例。说我来麻烦你,斗胆来到您这里,非为别事,只求您的少爷帮我个忙,不但我感激,连我们王爷也会感激。贾政就奇怪,他的"少爷"究竟干了什么,干预到了王爷的生活与喜怒?贾宝玉岂非该死?对方就说了琪官的这个事。

此前贾政看到贾宝玉已经是心里有十八个不乐意。贾宝玉正处在一种百无聊赖的青春期,又是在春天发情期,他接连捅了一系列娄子,已经害了好几个人:和林黛玉吵架,这是一个娄子;回家嫌门开得晚了点儿,他一脚踹到袭人的心窝,袭人被踹得吐了血,这又是一个娄子;然后他又跑到金钏那儿说笑话,金钏也跟他说了些比较轻浮的话,王夫人听见了,给了金钏一个嘴巴,把金钏"开除奴籍",金钏"不奴隶毋宁死"跳井自杀……说实话,就冲他的这个青春记录,不要说他爹贾政,读者老王对他也绝无好印象。老王甚至想:那么多女孩喜欢宝玉,可宝玉对得起谁?一个也没有。

却说贾宝玉正是心情不好的时候,贾政看到他这副精神面貌就觉得不对,说你一个年轻人,瞧你无精打采、颓唐、不求上进、没有一点儿精气神……这时他已经非常烦贾宝玉,多次的恨铁不成钢的结果是结下了仇,结下了父子心中的怨气。结果这当口来人说贾宝玉把王府的一个戏子给勾走了,贾宝玉私通一个戏子,贾政怎么能够不生气?何况这个王府是与他们素无来往的,宝玉做了这事,岂不是引火烧身,是活得不耐烦了?

贾宝玉一开始还想赖,说什么他没听说过琪官为何物。忠顺王府的人说,你不要推托了,你还能不知道?那个汗巾子怎么会系在你的腰上?贾宝玉一听就知道完蛋了,只好从实招来。说是琪官住在一个叫紫檀堡的地方——等于他把蒋玉菡就这么招供出去了,卖出去了。反正贾宝玉做的这件事,不能说他特别地道。当然,这也不是一个政治上的同盟,也不能说贾宝玉变节了,不能用这种政治上的名词。贾宝玉心里也明白,这事他干得很不光彩。人见人爱的贾宝玉,虽没有像曹操那样明说,但是他确实做到了"宁教我负天下喜欢我的人,不叫任何一个我喜欢的人负我"!好可恨啊!

这么一来,贾政差点儿没气晕过去。接着忠顺王府长史官用了个特别妙的词——好,我们现在就到那接他(琪官蒋玉菡)去,如果他在那里,我就谢谢您了,如果他不在那里,我还要前来请教。"请教"这个词用到这儿那可太棒了!"请教"本是一个客气话,你是老师,我是学生,你的知识比我的多,我有个事问先生,这叫请教。"请教"用在这里既严肃又礼貌,又含有一种威胁意味:我找着了,说明你招的是实话,我把蒋玉菡带走,我暂且饶了你,不论后账如何算法。如果你说的有问题,或者蒋玉菡跑了,我抓不着,对不起,我跟你没完,我还得找你,我还要再问你第二次、第三次、第四次,不见人我是不算完!你休想蒙混过关!他用的"请教"二字,贾政何尝不知道它的分量!

所谓两家"素无来往"还包含着一个意思,就是他们在政治上不是一个山头的,不是一个圈子里的,很可能在政治权力斗争及地位财富的争夺上就是对立面。你贾宝玉玩闹,玩到政治对立面那儿去了,你活腻了!你想害我!你想害咱们全家!你成了咱们整个贾府的害群之马、贾府的灾难因素、贾府的扫帚星!这个时候贾政这个气,已经视贾宝玉为家族的敌人了。你不能玩到那边去,这是有忌讳的。你小屁孩不懂事,胡闹就胡闹了,但现在你牵连了我在朝廷贵族大人物中的人脉、人际关系、集团关系、山头关系、权力依附战略图,你开玩笑?你作死!所以贾政已经非常生气了。

这时候又碰见贾环带着几个小厮在那儿跑,贾政说:站住,给我打——你跑什么呀?!这个很奇怪。封建传统有个怪事,不许跑,跑是底层人下人小厮的事,地位越高走道越慢、说话越慢、声气越微。走路要迈着方步,就像京剧舞台上的走路,显得你很稳当、很大气、高高在上、地位不一般,要的是这个。你要一跑,那就没派了。下人则要跑,老爷叫"张三给我过来",张三就得赶快过去,你不跑,你慢慢走,你迈方步,你有资格吗?迈方步、慢动作、慢镜头是地位高的象征。黄仁宇的《万历十五年》曾经写到万历皇帝由于在宫里跑被一大堆大臣进谏,说堂堂皇帝是万岁之躯怎么能够随便跑。有时候我开玩笑:中国古代相当一段时期前进不了,我们至今赛跑成绩不佳,田径成绩落后,是不是跟咱们自古不让人跑、认为跑是不文明的表现有关呢?

这时候贾环急中生智,或者是贾环见到了天赐的良机,他说因为见到了死人所以才跑。见到了谁?见到了跳井的金钏。金钏跳了井,在水里一泡,脑袋这么大了,很恐怖!贾政又问:怎么可能?我们贾家对人最仁义最宽厚最体恤下情的,怎么可能逼得一个丫环跳井呢?——一面任意迫害一面标榜慈爱体恤,更是令人发指!贾环这么小的一个小孩,左看右看,那意思是在这儿不方便说。于是贾政下令:左右人全给我退下。然后贾环报告说:由于二哥哥(贾宝玉)强奸金钏未遂,金钏跳井了。

从贾环的这段故事我们可以想到,中国古代常常有进谗言的。就是奸臣坏人捏造莫须有的罪名安到好人身上,使他落入冤案,受到惩治乃至家破人亡。进谗从春秋战国起就是中国人最痛恨最不齿的一件事。进谗又是很危险的事,因为你进谗进不好,没有过硬的铁的证据,也没有人附和你的意见替你作证打冲锋,结果上边人不信,说没那么回事,我查了,是你心眼坏,故意进谗言……弄不好,消灭不了敌手,却害了自己。这种危险性还是有的。还有,这皇上也好,管事的也好,他最讨厌下边的人互相斗,你进谗他就烦了,你没事不做好自己的事,老说人家这个不好那个不好干吗?所以很危险,不容易进谗。

但所有的坏人都离不了进谗,除了进谗,坏人哪有上升的机会?哪怕有一技之长,有一事之功,有一丝一毫的善良,你也不会去进谗,不会去做这种天理难容之丑事。而越是坏人越急着往上爬,他是必须进谗的。坏人的最大痛苦是好人比他名声好,破坏好人名声的唯一途径就是进谗。

还有一个因素:一方面,上边不喜欢下边的人互斗得乌烟瘴气,狗咬狗一嘴毛;另一方面上边又不喜欢下边的人真的精诚团结,变成铁板一块,变成针插不进水泼不入的哥们儿弟兄。总的来说,皇上是鼓励下边的人打小报告的,是需要自己的耳目线民的。靠进谗而成大事者少有,靠进谗而短期效益小有斩获者比比皆是。奸臣的出现离不开糊涂君主的暗中鼓励。

这一次贾环进谗获得百分之百的成功。因为他正赶上时机巧,贾政对宝玉正生气呢;第二,贾宝玉沾点事情的边,金钏的死和贾宝玉调笑有关。但贾宝玉只限于调笑,绝无强奸,连奸淫之心(动机)也没有。而贾环这么一说,半真半假,似真似假,而且在急切之中因为他老子在审问他,他赶紧这么一说……

这个时候,贾宝玉听说金钏的事,本来他就亏心,蒋玉菡的事他也亏心,他真是无话可说。贾政可就气死了!他说贾宝玉是"流荡优伶"。"优",元朝讲九优十娼,臭老九是优孟衣冠者是演员戏子,而第十等是娼妓。当时戏子是个下等职业,伺候着老爷太太笑,有时候还多少摆出风骚色相的样子。说贾宝玉"流荡优伶,表赠私物"——你把比较隐私的东西互相当礼物,拿着裤腰带互相赠送,哪有这么送的?"在家荒疏学业",让你学习你不学习;"逼淫母婢",对你母亲的使女进行性骚扰"准奸淫"或者已经施暴……贾政气成这样,非打死他不可。

贾政的这个气,从贾政的逻辑上来说还真有理——这样的行为再不打,你怎么办?你还怎么管?很多人劝他不要打,贾政说:不行,我再不打的话,他会发展到弑君弑父的程度。这个话后来反倒给贾宝玉脸上贴了金,有学者说贾宝玉是反封建的英雄,说贾政和贾宝玉之间的斗争是封建和反封建的斗争。可能还没到这一步,因为从贾宝玉的整个表现看,他不可能有一个理念来和封建意识形态作斗争。贾宝玉做到了什么？他不相信封建这套意识形态,他不相信"修身齐家治国平天下",他不相信"文死谏,武死战",他追求的是个人性情,追求在这种空虚生活中能够有一种感情的弥补与些许的安慰。他认为什么修齐治平全是假的,因为他家里的那些人都摆在那儿了,家里的这些男人有几个正人君子？有几个真正按照忠孝节义或仁义礼智信做事的？贾宝玉所选择的,与其说是反封建,不如说他是对封建意识的一种疏离,对封建意识的一种逃避,在封建意识形态面前蒙上脑袋。他无法认同封建的道德说教,不愿像封建的卫道士们那样心口不一,满口的仁义道德,满肚子男盗女娼。他做不成无用的贾政老爹,他做不成无耻的贾珍贾琏哥哥,他做不成走火入魔的贾敬大伯。他善良而又无能,他纯洁而又无力,他成事不足而败事有余。他只想生活在自己小小的情感圈子里,他只想生活在美少女们所组成的一个青春圈子里,他要享受这些少女的宠爱、呵护、眼泪与爱抚,如此而已,岂有他哉！

最后贾宝玉挨了一顿臭揍,书中把挨打过程描写得那样生动、那样真实,滴水不漏,每一个人都有表现,甚至连平常如槁木死灰一般毫无个人感情表现的李纨也有了她的戏。王夫人一看贾政把宝玉打成那样,就说,你早死就好了,你替贾珠死了就好了——因为贾珠表现很好,符合主流意识形态的要求——你要替珠儿死了,你爸爸也就不用生气了,我也不用着急了。贾珠就是李纨的丈夫。李纨平常没有个人感情的表现,像个死人,这时候也大哭起来。所以,这个"打,打,打",在这样一番暴力中我们看到了这样一个家庭,他们在情感上在理念上已经非常困难、非常麻烦,不可能再维系在一起了……

第十一讲　大祸现真身

《红楼梦》特别善于写大场面和大事件。前四十回即前面三分之一部分,大事已经写了秦可卿之死与丧葬、元妃省亲,场面大,人多,关系复杂,但写得硬是清楚明白合情合理。这里又写了第三件大事:宝玉挨揍。这些大场面描写得最成功之处,在于大事件中每个人各有其态其声口其角色,其言语其行动其举止其面貌其作用个个维妙维肖,张三就是张三,李四就是李四,没有一丝含糊。例如秦可卿死讯传来,宝玉吐了血——怪哉,从哪儿流出的血?此后再无生理病理的交代,也无情节上的延续,前无前因,后无后果,奥妙在其中矣!用阿庆嫂在《沙家浜》中的一句台词:"这茶吃到这会儿,刚吃出味儿来。"胡司令跟上一句:"不错,吃出点味儿来了。"此外,有贾珍哭得像泪人儿,有尤氏犯了病,有王熙凤智力输出、大出风头,有北静王的路祭与和宝玉的相见……大河滔滔,小溪潺潺,行人、非机动车、摩托、大货、大客、小卧、骑马的、抬轿的等各行其道,叫做无半点儿差错。

元妃省亲也是如此,悲、喜、庆、红火、庄重、慈祥、恩宠、寂寞、压抑、奢靡、忠贞、无奈、天伦之乐、天伦之苦……都恰到好处,五色俱全,五味俱准,五音俱齐,五情俱备,红黄蓝白黑,横竖点撇捺,闪转腾挪滚,堪称精准到了纳米!

宝玉挨打,前面我已经讲到了他父亲贾政他异母弟弟贾环他嫂子李纨。他奶奶贾母的表现也极活灵活现。书上是这样写的:"只听窗外颤巍巍的声气说道：'先打死我，再打死他，岂不干净了！'"这真是一句顶一万句，见血封喉，一刀毙命！除了贾母，除了这个时候这件事上，你再读一万卷书也读不到这样的声口。

什么叫"先打死我，再打死他，岂不干净了"呢？宝玉是奶奶的命根子，打宝玉就是打奶奶，打死宝玉就是打死奶奶。"养不教，父之过"，贾政有权用体罚来管教儿子，尤其是宝玉确实犯下了大错，是绝对不能容忍的。但贾母是贾政的亲娘，贾政理应对贾母尽孝，贾母的意思理解的要执行，不理解的也要执行。宝玉的表现是不孝，是接近忤逆，贾政如果包庇纵容是不忠，不但没有尽到对家族的责任，也没有尽到对社会体制受惠者的责任。宝玉的表现既不忠也不义，游荡优伶云云，也是没有节操，同时贾政违背母愿甚至不惜往死里打，仍然是不孝不义。别看忠孝节义说来好听，认真践行起来，还真择不清楚。

然后是"贾政见他母亲来了，又急又痛，连忙迎接出来，只见贾母扶着丫头，摇头喘气的走来"——行为有贾母的特点，同时说明贾母护犊，只想拼命，不怕当着下人暴露她与儿子的矛盾。"贾政上前躬身陪笑道：'大暑热天……有话只叫儿子进去吩咐便了。'贾母听了，便止步喘息，一面厉声说道：'你原来是和我说话！'"——又一刀直取首级。为什么是"原来和我说话"？我以为你早已不知道有我了，不认识我是谁了呢！"我倒有话吩咐，只是可怜我一生没养个好儿子……"——过瘾，真解气，真到位，真豁出了性命！贾政忙跪下含泪说道："为儿的教训儿子，也为的是光宗耀祖。母亲这话，我做儿的如何当得起？"官大一级压死人，辈大一级也照样压死人，现在不是时兴一句话叫做"家长式的编制"吗？这儿就是家长式编制的活灵活现。

书中续写："贾母听说，便啐了一口"——不但有言语，也有最准确的行为——"说道：'我说一句话，你就禁不起，你那样下死手的板子，难道宝玉就禁得起了……当日你父亲怎么教训你来！'"——原来老太太也有想起自己丈夫的时候,而且不免悲从中来,叫做"说着,也不觉滚下泪来"。贾母又冷笑说:"你也不必和我使性子赌气的……不如我们早离了你,大家干净!"说着便令人去看轿,"我和你太太宝玉立刻回南京去!"家下人只得干答应着。干答应,这也不失中国式底下人的一种办法:老板也有不冷静的时候,老板也有确实需要干答应、穷对付、拖拉为上的时候。到后来是贾母一面说一面令快打点行李车辆轿马回去,贾政苦苦叩头认罪。

《红楼梦》是以宝玉为轴心,读者不由得同情起宝玉来。贾政要打宝玉并声言谁要是到里头(内眷处,指贾母王夫人那边)报信"立即打死",虽是吓唬人的话,也说明贾政有权要人的命。众奴隶的性命乃至宝玉的性命、他们有无生存权取决于贾政老爷的一念。宝玉急切中见到一个老婆子,让她去传信搬奶奶等当救兵,但老婆子在那儿打岔,把"要紧"二字听成"跳井",并说跳井就由她跳去,管她呢!既是显示了阴差阳错宝玉难逃此劫,令读者为之顿足,也顺便写了贾府下人对于金钏跳井一类事件司空见惯,无人同情惋惜。封建专制阶级社会人际关系之冷漠,令人恐怖。直到看到贾母来了,句句话说得贾政活活噎死,读者方觉得过瘾。想当时,贾政何等激烈何等气势何等坚决,非要活活打死宝玉,到现在让贾母撅得只剩下了苦苦跪求认罪。这样的大开大阖,转弯一百八十度,却又写得如此令人信服,全靠贾母的句句千钧,尤其是绝不讲理的几句话。先扣帽子再泰山压顶,先坐实对方的罪名再论证分析,这是中国封建社会自古以来行之有效的家长式治家乃至治国治天下的方法。

打宝玉事件中,对王夫人的描写极为得体。王夫人是大家闺秀出身,地位不同,又要以夫为纲,她不能像贾母一样地讹死赖耍流氓,玩野的蛮的粗的。她在对宝玉的教育问题上的观点与贾政并无不同,只怕是掌握到的宝玉令人担忧的情况比贾政还多一些。她心疼宝玉,又知道宝玉并不占理。她只能抱住"老爷"的板子,劝他不要气坏了热坏了自己,不要惊动了老太太造成不良后果。结果一谈老太太,贾政干脆找绳子要当场勒死宝玉,显示了贾政的无能、小儿科、可笑可叹可悲。他自身在"齐家"上已经是一筹莫展,宝玉如何可能接受他的修齐治平的教导?于是王夫人便要求将她与儿子同时勒死,热闹、火爆、悲情,悲剧喜剧闹剧,端端的一场大戏好戏。然后王夫人只剩下了哭贾珠的份儿。有道是指桑骂槐,维吾尔族的谚语叫做"指着女儿骂儿媳妇",倒也实在,而王夫人在这里是哭珠怜玉——她不便于大哭贾宝玉,却大哭起早死的贾珠来。就是说,强者以暴力与激怒为武器,弱者以悲情与撒泼为武器。贾府这些人,一方面是个个一脑子糨糊,大事小事都已成了乱麻,全府上下无端倪,无方寸无筹划,无布局无办法,另一方面个个还都是感情充沛、大哭大闹、挖心剜肺、一人一肚子苦水。果然已是末世的情景喽!

  王夫人的出场不解决任何问题,而是把感情反应更加复杂化了。然后老太太才出来,老太太出早了就没了戏了。

  再说说王熙凤。在这样的混乱与感情激动之中,王熙凤仍然保持着秘书长的特色。在贾政被贾母镇压下去以后,丫环媳妇等要来搀扶着宝玉走,王熙凤骂道:糊涂东西,也不睁开眼瞧瞧,打成那样了,如何走得?还不赶快把那个藤屉子春凳抬出来?这是藤子编的凳面,有点弹性,不会硌着宝玉受了伤的身体;春凳面比较阔大,宝玉可以躺上面,起担架的作用。总而言之,秘书长在这里的任务只是平安转移伤员,其他事孰是孰非怎来怎去,她并不在意。

  从某种意义上说,第三十三回写的这个宝玉挨打,是本书前三分之一部分的一个总结,挨打的风波一直延续到第三十四回——"情中情因情感妹妹",即宝玉在伤病中委托晴雯送自己的旧手帕给黛玉;"错里错以错劝哥哥",即薛宝钗因同情宝玉、怀疑是她哥哥薛蟠"吃醋"告的蒋玉菡的密而发生了一次兄妹间的口角。第三十五回写"白玉钏亲尝莲叶羹",是金钏事件的余波,而金钏事件正是酿成贾政大打宝玉的原因之一。再加上此前的第三十二回,讲宝玉的"诉肺腑",迷乱成病,还有金钏跳井事件,可以说一连四回以宝玉挨打为纲,小结了《红楼梦》的初级阶段。从此结束了宝玉与众姐妹天真烂漫的少年儿童时期,进入了真正带血带泪的爱爱仇仇、以命相争、与命运搏斗、与衰亡拼命、屡战屡败、愈战愈昏、昏招迭出、终于不治的决战——灭亡阶段。

通过挨打事件,宝玉已经是王八吃秤砣——铁了心,再不接受封建主流意识形态,宁可只捞稻草,行唯情主义、性情主义、混世主义、虚无主义、缩头乌龟主义,决不乘坐封建破船,决不搞孔孟之道"修齐治平",决不相信死谏死战那陈腐虚伪的一套。

通过宝玉挨打事件,林黛玉明确坚定地站了队,无条件接受她的宝玉的唯情,更通过接受晴雯的传送手帕,用血泪写下了与宝玉相爱一辈子的决心书即生死文书。林黛玉在宝玉旧帕上写诗的时候是"浑身火热""面上作烧""腮上通红",而且是"病由此萌",不但是以身相许,而且是以身以生命作代价来爱宝玉了。

通过宝玉挨打事件,宝钗也表达了(至少是流露了)对于宝玉的爱情,她为之落泪,为之送药,为之责问哥哥薛蟠,被薛蟠说破心思而委屈哭泣。整本《红楼梦》中薛宝钗一直是礼数第一情性第二,乃至是有礼有理有节有法唯独无情无性的,这次居然表露了真情,无怪乎宝玉为之大喜。挨了一顿臭揍,看到了众女儿如何地宠爱自己,宝玉得乎失乎?说不清楚呢。

更重要的也更令人猜想不到的是,袭人通过宝玉挨打事件得到表现自己的机会。她独立思考,观棋远过十步。她在宝玉挨打后,一方面恪尽职守,极尽护理服侍的责任;一方面不限于同情忠诚与服务,而是境界高出三丈三,竟然向王夫人提出:二爷(宝玉)是该当管一管了。她慧眼独具,见解超群,居然大胆提出"宝玉该打论",连精明清醒的宝钗都没有想到这一点哟!而宝玉的最大问题,也是王夫人的最大心病,正是男女之大防这一方面。这位与宝玉试过云雨情的"贤袭人",就当此时提出了她的主子年纪渐大、不宜再生活在大观园女儿丛中这样一个事关道德风化的严正问题。她的振聋发聩与浩然正气的立论,使得王夫人就像雷轰电掣一般,又是阿弥陀佛又是我的儿如何如何,立马从意识形态核心观念上视袭人为亲信,为同道,为心肝耳目,为线民坐探。花袭人此论,并未点任何人的名,但为王夫人此后抄检大观园、逐晴雯、逐司棋、逐芳官、冷黛玉……对大观园实行全面拧紧螺丝钉政策做了铺垫,奠定了思想基础。同时,袭人地位陡升,从此得到了特殊贡献补贴,实际上进入了赵姨娘、平儿的如夫人待遇级别。

结果,一顿臭揍后,贾政并未取胜,宝玉没有接受他一丝一毫的管教。贾母并未取胜,因为她家族后继无人的根本问题完全没有解决。宝玉并未取胜,他虽然脱离了被活活打死的命运,却逃脱不了管束着二爷的各种防范部署、各种思谋做局、各种计划婚议,尤其是逃脱不开他与林妹妹的生死之恋被阻挡被粉碎的悲惨下场。黛玉当然无法取胜,哪怕把宝玉用过的手帕衣衫裤带靴鞋全部送给她,哪怕她在宝玉的所有用物上都题写了感人至深的诗句,哪怕她的诗句获得了世界爱情诗大奖,她反正得不到宝玉。宝钗也无法取胜,她除了被哥哥抢白羞辱了一番,她的含情多情既不开花更不结果。白玉钏也没有胜利,由于宝玉的直接原因,导致了她姐姐金钏的死,最后宝玉让她尝了一口羹汤,算是得了脸面,令人读了心中极不舒服。

嫉妒者胜利没有呢?贾环似乎胜利了,是战役性的胜利。他进谗成功,未被追究,但王夫人已经在与袭人的谈话中显出查访环哥儿进谗之事,想完全不露把柄,没门儿。再有就是袭人,成了大赢家,成了王夫人的心腹与特殊贡献奖金获得者。此前第三十一回发生的"撕扇子作千金一笑",正好客观上为袭人的此次进言做了准备。晴雯太作(zuō)了,她估计不到袭人的汇报正在为自己的厄运打基础。这也是月盈则亏,水满则溢,物极必反。你无法判断袭人的进言与她受了晴雯的抢白有没有关系。晴雯与宝玉拌嘴,袭人来劝,被晴雯讽刺,先讽刺她挨了宝玉的窝心脚,又讽刺她自称与宝玉是"我们",骂得袭人满脸通红。二者接得太近,不免使人疑惑袭人的战略性言论不无战术性——对付晴雯、报晴雯的一箭之仇的动机。袭人能上纲上线,能以奴才的身份向主子的意识形态猛靠死贴,忠心不二,这是她大大获胜的主要原因。第二十一回"贤袭人娇嗔箴宝玉",已经描写了由奴才出面教育主子维护主子尊严与利益的奇景,逼得宝玉起誓,保证按孔孟——父母——袭人的教导去做,痛改前非,改邪归正。

真正从战略上说,贾环也罢,袭人也罢,谁也胜不了。跟随着这样一个正在腐烂灭亡的贾府一道走向死亡,谁又能逃得脱可悲的下场呢?

第十二讲　谁耍谁的猴

《红楼梦》中有个奇怪的人物及和她有关的情节,这在文艺学上叫"陌生化的人物与情节"。她其实与宝玉黛玉宝钗呀,大观园呀,贾府呀,贵族兴衰呀,男女之情之淫乱呀,太虚幻境呀,烈火烹油鲜花著锦与树倒猢狲散呀,皆无关系。她与主旋律非主旋律皆无关系,她干脆是个怪的变奏,是挽歌中一支莫名其妙的谐谑曲。这就是刘姥姥三进荣国府。

《红楼梦》很奇怪,它在写到刘姥姥进荣国府的时候用了个很特殊的方法。说荣府中合算起来从上至下也有三百余口人,一天也有一二十件事,"竟如乱麻一般,没个头绪可作纲领,正寻思从那一件事自那一个人写起方妙,恰好忽从千里之外芥豆之微小小一个人家,因与荣府略有些瓜葛,这日正往荣府中来,因此便就这一家说起,倒还是个头绪……"

在作品当中把写作的一些想法缘起写进去,这有一个词,叫"元小说",是非常现代派的一种写法,就是把小说怎样形成的也写到小说里了。这个在拉美一些文学作品中是很新的,是二十世纪后半段慢慢兴起来的。曹雪芹当然不可能受什么二十世纪现代派后现代派的影响,那他为什么可以采取这种元小说的写法呢?因为曹雪芹那个时候并没有形成一种创作论,没有形成一个创作原则,他自己怎么舒服就怎么写,想怎么写就怎么写,他忠于的是他对人生的体验,他忠于的是生活的真实,他忠于的是世界的真实。我常常在谈文学的时候讲,本体大于方法。你好好地写这个人生,你好好地写这个世界,你好好地写这个生老病死、悲欢离合,自然各种方法该用的你就都用出来了。

而这个刘姥姥在《红楼梦》中究竟是什么地位呢?似乎有点可有可无。除了后四十回(还不是曹雪芹的原作)里写到刘姥姥怎么救巧姐免得巧姐被一批坏人卖给豪门做奴才,前面这些故事与她无关。她和贾家的盛衰无关,她和王熙凤的管理无关,她和宝黛钗之间的感情纠葛婚姻大事也无关。但刘姥姥这个人物又非常重要,让你忘不了。至今我们老百姓还在说某某人不开眼出洋相或对大场面晕菜叹为观止的时候说那叫"刘姥姥进大观园"。学界堪与钱锺书、季羡林媲美的北京大学教授金克木就写过一篇文章,说刘姥姥写得不太真实,说刘姥姥一个乡下人怎么这么老练呢。她来到贾府,该出洋相就出洋相,该说点土话就说点土话,该说奉承话就说奉承话,把从贾母到王熙凤到周瑞家的一个个哄得高高兴兴,围着她团团转,最后得了很多好处。她太老练了,她像个油子,她的社会经验太丰富了。

我们来探讨刘姥姥第一次来荣国府。

刘姥姥和贾府并非毫无关系,因为她女婿的祖上曾经和王夫人的娘家连过宗,排过族谱,证明两者也许十代以前也许二十代以前有过一点儿血缘关系。

刘姥姥刚来的时候没人理她,传达室门房这些人说你要找谁,她说要找周瑞家的。这周瑞家的是王夫人的陪房,就是王夫人嫁给贾政时从娘家带来的亲信。那门房说了,你在墙角蹲着去吧,可能过一会儿周瑞家的就过来了。另一个人说,她那么大岁数,你害她干吗?那时贾府门房的人居然有替刘姥姥着想的好心,这应该叫做太阳从西边出来了;不然,刘姥姥在那墙角一蹲,没准蹲一天见不着人,最后说"人没来,你走吧"。他们就这么对付老人家,他们不可能给刘姥姥这么一个乡下人认真办事。幸亏有个人偶然性地就替她通报了,结果平儿、王熙凤还应付了她一回,让她吃了饭,给了她银子。这是她第一次来。

第二次来，刘姥姥就带着很多乡下土特产到这里来进贡，呈送给贾家，说是从地里新摘的。这个事被贾母知道了，贾母说，我想吃这刚摘的东西，我还想找个老人聊聊天说说话讲讲古。这是很有意思的。刘姥姥有意无意地用自己的大开眼界，用自己的土得掉渣，用自己的穷困、什么都没见过，来比衬豪华生活的幸福。我们都知道，穷苦弱势的人是会羡慕那些有钱的大户人家，大户人家的吃喝玩乐衣食住行是穷苦人一辈子都想不到的。但你要总过有钱人的日子也会产生相反的心理，整天吃鸡鸭鱼肉不好吃，油挺大，整天地这个伺候那个伺候，衣来伸手饭来张口，活得一点儿意思都没有。富足高贵的人有时候需要见穷人、低下的人，需要见一些生活得比较原生状态的人，为什么呢？因为从他们这儿能得到一点儿人生的补充。人如果一生下来到死为止天天过的都是五星级饭店那种生活，太无聊了，太没意思了，这时候你宁愿吃个大萝卜，宁愿吃野菜吃贴饼子吃地瓜，吃一顿农家饭，穿一件粗布衫。

不与富人相比，穷人不会产生羡慕、嫉妒、仇富或奉承、讨好、沾光、蹭油的意念。不与穷人打交道，富人也产生不了得意、享福、快活、怜悯、珍惜或者自我优越得上了天的感受。

刘姥姥这次来赶上贾母高兴，说让她住两天跟我一块玩玩。而且贾母对她很客气，给她吃的东西是她从来没见过的，给她双筷子她也没见过那种高级的筷子，给她一只碗她也没见过，大观园里的风景摆设更是她没见过的，所以刘姥姥就一直出洋相，走哪儿都说"哎哟，哎哟，我的佛爷，哎哟，阿弥陀佛……"不断赞叹。

人是很奇怪的，人的自得感、幸福感、满意感是只有在比较中才能体会得到。没有人跟你比较，你觉不出多么满意来。你有什么满意的？你一个人在这边吃好的，有什么可好的？你自己一个人在那儿数钱，有什么可高兴的？比如跟同班同学或从小的朋友和邻居相比，你的生活越来越好，他的生活没有你好，你这才感到得意。尽管这种思想情操不怎么高尚,不怎么美好,但人就是要在和别人的比较中(我称之为"比衬")来体会自己养尊处优的优越性。那么,这一点,刘姥姥完全满足了贾家这些人的需要。

再者,贾家这些人过的是幸福生活、豪华的生活,但它又是封闭的,是别人进不来的。它不能开放,开放了就保证不了质量。开放一天,进来三五万的人参观,在这儿玩,在这儿散步,在这儿度假,在这儿钓鱼休息,那像林黛玉这样的还怎么活呀!所以它是封闭的,保持少数人的生活高质量。在欧美发达国家(中国现在也有)一些大人物,所谓VIP,有自己的俱乐部,有自己的高尔夫球场,有自己的餐馆等等,只有在这个封闭中保持与普通百姓相比的高的生活质量。但是,人有汲取信息的要求,希望知道新鲜事,想知道院墙以外的事儿,想知道和自己生活拉开距离的人与事。我在城市,还想知道点儿乡下事;我在中国,还想知道点儿外国事;我在阔人当中,还希望知道点儿穷人的事;我在穷人当中,想知道点儿富人的事。人有这个需求。

刘姥姥口才很好,真的假的一通胡说,捡柴火看到一个美女,说得贾宝玉神魂荡漾。贾母也爱听她这些话,正想找这么一个"积古"(就是有很多旧事这人都知道),贾母需要跟她同辈分同年龄的人打交道。贾母的生活很优越,她在贾府是独占鳌头、辈分最高、见识最多、资格最老,能够跟她对得上话的倒是有个人,书中表现得也不太多,就是那张道士。可笑的是,过去有红学家还研究贾母跟张老道可能原来还有点儿什么特别关系。反正贾母跟张老道说话能说到一块儿。张老道一见贾宝玉流下眼泪来,说跟国公爷是一个"稿子"——是一个模型。平常贾母在家,她不到那个道观也就没机会和张老道说话。这时候出来一个年纪跟她差不多的人,她很欢迎。她和刘姥姥的交往,用不着动任何心眼。刘姥姥是一个乡下农妇,没有势力,到这里来无非是"打抽丰"(有的地方叫"打秋风"),就是找阔亲戚求点儿小恩小惠。贾母和刘姥姥在一块非常轻松,她可以享受这种乐趣。这是一个原因。

还有一个原因,就是刘姥姥能逗她笑。刘姥姥豁出去了——我既然来到这儿,也不管脸面,只要能让您老人家高兴,对我是绝对有好处没有坏处。尤其是凤姐和鸳鸯两个人还商量怎么耍猴,怎么耍这刘姥姥,想办法要笑她。凤姐弄了好多花,都插到刘姥姥的脑袋上。贾母就说,别拿人家刘姥姥开心。可刘姥姥呢,不认为这是对她有什么不敬和冒犯。穷人嘛,她到这里来就是要点钱,等候施舍,给我脑袋插花怕什么的。刘姥姥说:哎哟,我年轻的时候可爱花啊草啊的,我喜欢这个,现在上岁数了,要不然打扮出来我漂亮着呢!她竟然这样随和,她这么说话,贾母听着多高兴,周围的人听着多高兴!

然后,鸳鸯跟刘姥姥说了些悄悄话,说我们这里吃饭有什么规矩。到了吃饭的时候,端上一个菜来,刘姥姥显然是听了鸳鸯的指导,就站起来,还做出头上长角的姿势,在那喊:"老刘,老刘,食量大似牛,吃一个老母猪不抬头。"她这么一说,把贾府的人都乐坏了,乐得快发了疯。乐到什么程度呢?众人先是发怔,后来上上下下都哈哈大笑。史湘云年纪小,且有些地方跟男孩似的,满不论的,她撑不住,一笑把饭喷出来了。令人喷饭,这不是形容,是真的。林黛玉笑得岔了气,笑得肋条骨都疼,手捂着肋条骨伏着桌子"嗳哟嗳哟"叫。宝玉笑得坐也坐不住,站也站不住,东倒西歪,趁势倒在贾母怀里。贾母笑着搂着宝玉叫心肝。王夫人笑得用手指着凤姐,笑得就跟屏幕上的定格一样,只剩下用手指着凤姐,不能动了,笑得话都说不出来了。薛姨妈也撑不住,口中茶喷了探春一裙子。探春手里的饭碗都扣在了迎春身上。惜春离了座位,拉着她奶妈,叫揉一揉肠子——她笑得肚子疼了,受不了了。那些伺候他们的下人,一看刘姥姥这么表演,也都笑得直不起腰来,也有躲出去蹲着笑的,也有忍着笑上来替她们姐妹换衣裳的⋯⋯独有凤姐鸳鸯二人撑着,只管让刘姥姥饮酒吃茄鲞。

看到这儿,我很佩服:一个笑,曹雪芹能写得这么生动,写出每个人的样子。笑得直不起腰、笑得肚子疼、笑得喷饭,这一般人都写得出来,我也写得出来,但是,如"笑的用手指着凤姐儿,只说不出话来",这个写得实在是非常生动,这是人们眼中常见而笔下所没有的场景。

可是,我们也会产生一个疑问:至于吗?至于笑成那样吗?人家无非就是讨你的好,出个洋相。你们的生活也太贫乏了,一个刘姥姥就让你们笑成这样,如果是赵本山来了,你们不得笑死一批呀!要是郭德纲来了,你们笑得还不一个个掐脖子全窒息了,得输氧?所以,我们从另一方面又感觉到:大观园的生活是那么空虚那么狭隘,一个另类的都没有,一个说粗话的都没有,一个出洋相的都没有,一个耍杂技的都没有,一个说单口相声或对口相声的都没有,多可怜!他们的文艺生活未免太贫乏了!

正是在这里,我产生了一个想法、一个判断:谁耍谁的猴?

你们看着刘姥姥可笑,我要是刘姥姥,我看着你们才可笑呢!你们这些城里的人,你们这些养尊处优惯了的人,你们见过什么呀!你们知道人生的艰难吗?你们知道世界上什么事?你们要知道人会出什么洋相,这点洋相就算了,人能出的洋相多了。所以,我始终有个感觉,就是这些阔人富人高官有时候拿穷人弱势的人开玩笑,而弱势的人就坡下驴也拿你开玩笑。我耍你,用我的无知来增加你的盲目自信,我用我的出洋相来增加你对我的好感,最后谁达到目的了?我达到目的了,我来要求办的事办成了,我要求得到的补助我得到了。因此并不是你耍我,而是我耍你。

那么,为什么刘姥姥会这个以被耍的姿态耍弄对方的高级伎俩呢?关键在于,人与人是不平等的,贾家那样高高在上,刘姥姥与板儿那样贫穷低微。平等平等,讲了几百年了,哪里能做到真正的完全的相当可触摸的平等呢?美国的百万富翁与失业工人是平等的吗?苏联的首长与环卫工人是平等的吗?各种明星要人与蜗居蚁族是平等的吗?当然,我们可以讲人格的平等、法律的平等、思想观念上的平等、公民权利与义务上的平等等,而我们日常用肉眼看到的仍然是太多的不平等、太多的弱势群体。不平等怎么办？处在上层的人可能奴役榨取，敲骨吸髓，不留百姓的活路，最后逼得百姓革命造反；也可能有所调剂平衡改善，求得一个更均衡的发展与稳定。处在弱势的，可能是奋起反抗以改朝换代，再产生新的不平等，然后新的革命造反；也可能是暂时还过得去，努力上进，上进不了也只好认命认头，想办法在既定格局之下求得一点儿改善的可能。

那么刘姥姥可能有革命造反之意吗？显然没有。她只能借这一点点人脉关系，尤其是当初她的女婿王家曾经帮助过周瑞一家，来尽可能实现与贾府的高攀中自身利益的最大化。借力打力，你们这一帮子"老细"活得腻腻歪歪，干脆我"老粗"给你表演点儿不同风格不同套路，让你们乐呵乐呵，我也得到点儿好处。

我不能不说贾母对刘姥姥态度是不错的。王熙凤和鸳鸯把刘姥姥当猴耍，目的是为了哄贾母。王熙凤单独对刘姥姥时也还不错。故而说好人好报，即使是不太好的人如王熙凤者，对刘姥姥做过好事，也就有一点儿好报——王熙凤死后，是刘姥姥救了王熙凤的女儿巧姐。对刘姥姥态度最不好、不拿刘姥姥当人的，一个是林黛玉，一个是妙玉。她们是真不拿刘姥姥当人。林黛玉说刘姥姥是母蝗虫，建议惜春给大观园作画时把刘姥姥当草虫画上，题名可以叫《携蝗大嚼图》。而妙玉呢，只因贾母带刘姥姥等到她那里喝茶，贾母赏了刘姥姥一口茶，妙玉就不再收刘姥姥用过的茶杯，是听了宝玉的话才把那茶杯赐给了刘姥姥。给了就给了，妙玉也买宝玉的账嘛，但妙玉要声明：幸亏那茶杯是她本人没有用过的，如是她本人用过的茶杯，宁可砸碎那茶杯也不能赏给刘姥姥。

呜呼，世界上所以必然有人闹革命，不仅是因为有南霸天黄世仁夏桀商纣，也还因为有林黛玉妙玉这样不把穷人当人的精英女子。所以，好人也有不太好的事，耍人的人也有被耍的时候。"世事洞明皆学问，人情练达即文章"，千万不要随便想着耍谁，耍别人的结果，自己却成了被耍的猴。

第十三讲　中国的情面文化

上一讲讲到了刘姥姥逛大观园的故事,意犹未尽,我再比较一下刘姥姥与贾母以及贾府的哲学。

刘姥姥目的很明确、实在、低调,求点儿物质上的好处,同时也保持这样一个社会关系,现在时兴叫公共关系。来到贾府,她是蹭吃蹭喝蹭景儿,全是干赚,是无本万利,当然这又与当年的连宗套上与王家的血缘关系以及做过有助于周瑞家的事情有关。这就是说,平日要多烧香、多敬神、多行好事,到时自有回报。

刘姥姥头一回见贾母,二人叙过年龄,贾母说,你比我大好几岁,说明当时贾母不过七十挂零,贾母说刘姥姥硬朗,而自己如果到了刘姥姥这个年纪恐怕动不得了。刘姥姥此时没有像读者想象的去说"老太太身体很好,届时一定比我棒多了",不,她没有这样说,她说的是什么呢?她说:老太太是天生享福的,我们是天生受苦的,如果我们一老也是这不能动那不能干,庄稼活该让谁去干呢。她的话今天听起来,如同讽刺,如同愤怒,如同划分了两大阶级即享福阶级与受苦阶级,往前再走一步可以"号召天生受苦的阶级弟兄们团结起来,要扫除一切害人虫,全无敌"!但是,刘姥姥只有乐天知命,只有甘居受苦人的行列,甘心为享受者做庄稼活,能有机会接受点儿赏赐已经感恩不尽,乃至不忘图报。她们的善良和贫穷,反而使她们过着比较安稳的生活。

而贾府这边,一大堆寄生虫,肩不能挑,手不能提,一个主子十几二十几个内内外外的奴才侍候着,吃饭如同等人来喂,穿衣变成了被穿衣,运动也是被运动,不是这个捶肩就是那个揉腿。被贵族、被娇惯、被孔孟、被恩宠,最后又是被抄家。贾宝玉走在路上解手,也是一大堆女奴伺候,又是围着挡风又是帮忙解裤子,又是递热水盆洗手又是递毛巾擦。宝玉撒尿完全是被撒尿,我怀疑这样的情况下能不能尿得出来,这样的情况下会不会很快长出尿道结石。

注意,宝玉还算是最纯洁、最尊重妇女与奴隶的,甚至还沾点反封建的边。其他男人则个个卑鄙无耻、纵欲淫乱、猥琐下作、窝囊废物、自私自利、欲壑难填,一面是对朝廷歌功颂德,行礼如仪,煞有介事,一面是无恶不作,再无用处,坐吃山空,静候灭顶。中国封建王朝厚赏功臣的政策,不知害掉了多少功臣的后代!

我们不妨假设:贾母在赞叹刘姥姥的身板硬朗之中是有些模模糊糊的感觉,她应该朦胧地预感到刘姥姥的阶级比她的阶级更有前途。

事实却又不尽然。在《红楼梦》一百二十回的正中间,就是第五十九回、第六十回和第六十一回这一部分,花了大量篇幅写下人奴婢那一层面,描写这些人之间的矛盾和斗争,描写他们的卑劣和黑暗。

王熙凤因为生病,把相当一部分管理权力转移到李纨、宝钗和探春手里,成了"三驾马车"的执政。其间因为有位老太妃去世,贾家的很多头面人物要参加治丧、守灵、吊唁等,家里有点儿没人管似的,外国喜欢称这种情况为"权力真空",总之权力运用略显减弱,下人就整天打架,这个跟那个打,那个跟这个打。尤其是赵姨娘也冲上去寻衅,与芳官等小戏子们大打出手,丑态百出,言语污秽,行事恶劣,举止卑贱……这也颇让人感叹。如曹雪芹这样的非正统人士,开个玩笑甚至可以叫"体制外人士",对于众下人以及赵姨娘那一类人,写得如此不堪,是下人们确实素质太低吗?是曹某照样有阶级偏见,硬是看不到下人中好的一面吗?那就暂且按下不表了。

《红楼梦》里写人物基本都是写得非常饱满、非常立体的,但不知道为什么,曹雪芹把赵姨娘和贾环这俩人写得特别差劲——赵姨娘从出场到最后死就没说过一句通情达理的话,她与儿子贾环不说人话,不做人事,而且一张嘴,那话就是横着出来,特别恶心人。

这期间出了一件事,就是王夫人房里少了一罐(有的地方写罐,有的地方是写瓶)玫瑰露。玫瑰露就是用玫瑰花瓣经过蒸馏浓缩制作成的浓缩饮料,有的地方说它是冷饮,用干净的冷水把它和好了喝。之前贾宝玉挨揍,打坏了,问想喝什么,提到过玫瑰露,王夫人给他拿了一罐去。

这时王夫人房里忽然发现丢了东西,其中就有玫瑰露。谁手脚不干净,跑到王夫人屋里偷来了呢?首先被怀疑的是玉钏,即金钏的妹妹。金钏被王夫人打了个嘴巴,说要把她卖了,让她家里领走,她羞愤不过,投井自杀了。后来王夫人有一点儿悔意,把原来金钏那份月钱(工资)给了玉钏,让玉钏一人领两份钱。这个玫瑰露丢了,玉钏就有嫌疑,因为她是王夫人身边人,伺候王夫人的。但是大家都知道是怎么回事,玉钏也知道是怎么回事,玫瑰露是赵姨娘死乞白赖地央求着王夫人屋里另一个丫头彩云给偷了的。赵姨娘这人本来就整天闹腾,一会儿想要这个,一会儿又想要那个,其实她又得不到。这也是一种人的品性或疾病,整天觉得自己获得的太少了,亏了,损失了,受了气了,受了害了,整天觉得人人乃至天地都欠她一百吊钱。

事情就闹到临时执政的李纨等人面前。这"三驾马车"执政,李纨是个老好人,地位高,岁数也大些,守着寡,道义上有优势,但她不怎么管事。薛宝钗也不多管事,因为她是亲戚,是来做客的,是客卿,是等于聘了个外籍球员或教练,不好管太多太深,管也是只管比赛规则,管不了潜规则。真正管事的是探春。探春人小心大,眼里不掺沙子,王熙凤也敬她三分,特别盼咐平儿:当三姑娘(探春)如果有什么指示与原来我(王熙凤)的规矩不一致时,一定要按三姑娘的指示办,不得迟疑。

探春的唯一"短处"是先天的,她不是太太(王夫人)所生,而是赵姨娘生的,是庶出。如果是王夫人所生,就算嫡出了。

三姑娘是她爸的小老婆所生,但是她只承认她的母亲是王夫人,因为她的种来自贾政,是主子,而她的亲妈赵姨娘是小老婆,是奴才,最多算半个主子。探春在贾府树立起了自己的威信与尊严,靠的是她坚守主奴有别的原则线,大事小事只认贾、王,不认赵氏。而赵氏偏偏愚蠢地、纠缠地、不依不饶地要给探春天天讲月月讲时时讲,你是我肠子(是不是肠子,不议)里头爬出来的。为此探春怒过哭过,奋斗到底。赵姨娘的弟弟赵国基死了,赵姨娘想趁机捞点儿好处,被探春驳回。赵姨娘大讲什么你舅舅(赵国基)如何如何,探春立即表态,她的舅舅是刚刚升了官的王子腾,即王夫人的弟弟,她不知道如何又出来了一个舅舅。这话听了,也令人浑身寒战。

王夫人丢玫瑰露的事,探春告诉平儿,说这事怎么处理你回去跟你二奶奶(凤姐)去商量。平儿就提出自己的看法,说这个事非常明显,是彩云偷的,怎么回事怎么回事我都知道。但彩云是个好丫头,是我的好姐妹,支使她偷的人是贾环和赵姨娘。贾环和赵姨娘很讨人厌,不值一提,但赵姨娘的亲生女儿就是探春,探春是个很有脸面的人,她的行事、她的智商等各个方面是无懈可击的,没有什么可议论的。揭发与得罪赵姨娘贾环事小,伤害触犯了探春事大。投鼠忌器,自古就有这个说法,于今仍然有此类事情。例如"文革"中对"四人帮"如何处理,最大的困难在于投鼠忌器,后来老人家一过世,"四人帮"立马完蛋。

这是政治,更是文化,中国的文化注重情面,注重人情味,注重感情上是否过得去。合情合理,入情入理,任何时候情面的考虑高于许多东西。简单地批评中国文化传统没有以人为本是不全面的,在统治集团执政集团内部还是非常重视人情味儿的,问题是中国古代只承认主子是人,而百姓则只是民——这又牵扯到更复杂的问题,这里说不清楚了。

即使是在封建社会,我们也看到它有两种舆论,一种是主人对奴才们的舆论,一种是奴才对主子们的舆论。千万不要以为那高高在上的人永远可以养尊处优,说三道四,既能施恩,又能惩戒;下边人照样能阳奉阴违,自有对策,忽悠做局,令你上当。你研究人家,人家也研究你,对你也有评头论足,无所不至。

平儿认为,探春非常好,还执着政,是"三驾马车"的实际主力,如果一追究说这是赵姨娘和贾环(一个是其亲妈,一个是其亲弟弟)做的事,竟然在家里生盗,很伤人。所以平儿就提出"投鼠忌器"。这个人非常坏,大家都对他有意见,都想收拾他,但偏偏他得了皇上的宠爱,你一整治他就把皇上得罪了,而做臣子的不能够得罪皇上,为了皇上你也应该受委屈——中国是这种观念。

这个事儿到底怎么办,平儿想了个办法,就把彩云和玉钏都找了来,说得非常严肃、非常大方:这里丢了一罐玫瑰露,谁拿的我已知道了,但拿的人是我的一个好姐妹,我不愿意伤害她。至于窝主(就是拿了东西后藏到她那儿的赵姨娘)倒比较平常——"平常"就是贬义,这个人平常,这个人一般,实际上是对她没兴趣的表现——我并不是给她面子,也不想照顾她的面子;可如果我追究这个事情,又会牵扯到一个很有地位很有威信的人,因此这个事我就不能追究了,我就把它推到别人身上去,不提这个事了。但我们心里要明白,这种事我不是不知道,以后不能这么做了。

彩云一听,脸红了:既然姐姐这么说了,我承认玫瑰露是我拿的。这个事闹到这一步,我不能缩在一边,你带我去自首,该怎么处罚我一个人担着。书中写的是大家赞叹彩云很有肝胆很有良心。而平儿讲义气,最后把这个事就遮掩了。

这是个非常小的情节,但它说明了中国文化有个特点,就是特别重情面。鲁迅曾经看到这一点,他大骂中国人光知道面子。情面对于中国人来说非常重要,无论你觉得它对或觉得它不对。你活在世界上,当差也好,经商也好,在社区在村镇与人交往,一定要注意情面。情面是一个主观的东西。

为什么中国人这么注重情面？外国人也有研究。我就觉得，这和中国传统文化尤其儒家文化关系密切。儒家特别注重道德，看一件事，首先要看做得符不符合道德，它不是从成败上来看，也不是从是非上来看，也不是从利害上来看。你当皇帝，首先要做一个有道德的人；做一个有道德的榜样和表率，你的统治才有合法性。你做大臣，在家里做父亲做兄长做儿子做丈夫做妻子，都要讲究道德。但道德又很深奥，你说不清楚，因为道德本身充满悖论。每次我看《三国演义》都觉得非常矛盾，比如说关公在华容道上放走曹操，当时各为其主，他和刘备是那样的关系，刘备是他的主子，正在用生命用鲜血夺取政权，他却在关键时刻放走了敌人，违反了"忠"的道德。但是，从来没有人这样批评关公，反而都非常佩服关公，因为关公此举是符合"义"的道德。"义"有一点，就是知恩图报，不做对不起人的事，宁可为人损害自己。曹操之前从个人来说太对得起关公了，关公这里也总算还了他的情。

　　中国戏曲最讲究的是"忠孝节义"四字。"忠孝"主要是下对上。"节"主要是自我把握，要严以律己，给自己画一条道德底线。"义"则主要是针对同辈的，你对得起我，我也得对得起你，知恩图报，绝对不允许出卖朋友。卖友求荣则最最令人不齿。

　　把道德表面化了以后，尤其是把"义"字表面化了以后，就是一个情面。情面的背后有两个很重要的儒学道德观念，一个是"义"，得讲义气，一个就是"礼"，做事要有分寸，合乎礼数。"礼"的后面又有儒家的一个很重要的观念，就是"敬"——对什么事保持一种尊敬敬畏，总要有所顾忌，有所收敛。

　　平儿在这件事上的做法就符合这种情面的观念。应该说，所有人看到这儿都会感觉到平儿这个人真好。

　　底下又延伸出一个更严重的矛盾，也跟玫瑰露有关系——芳官把宝玉这边的玫瑰露弄了半瓶给了柳五儿。柳五儿是大厨柳家的的女儿，病歪歪的，很有姿色，一心要投靠贾宝玉，希望能够补缺当他身边的丫环。柳五儿走了谁的后门？她要走芳官的后门,因为她跟芳官个人关系挺好。芳官把已经打开喝过几次的玫瑰露给了柳五儿。柳家的是厨房大厨,一见着这个挺高兴,说这个我得分一点儿给我哥哥,就是给柳五儿的舅舅——他在荣国府当门房,经常有油水,外边人为了能得到通报能顺利进门常常要给门房塞礼物,这些礼物有一些被转送到柳家的这边来了。从门房来说,柳家的的哥哥是雁过拔毛、以权谋私,甚至是敲诈勒索、罪不可赦,却又司空见惯,是已经形成的潜规则。从他们兄妹来说却是亲情温馨、人伦情义。柳家的说哥哥常常带给咱们东西,这个无论如何得给他分一点儿。柳五儿就不赞成,说本来这东西也不是正经道上来的,是芳官给我的,你现在拿出去,这不是找事吗？柳家的说,谁能知道？别人不可能知道。一切潜规则,乃至一切情面的特点是只能你知我知、天知地知,不能公开宣布,不能上媒体宣扬。这又是一个道德悖论,情面了半天有时仍然只能是偷偷摸摸。

这说明什么？就是在贾府里,这种物资上经济上的各种非正常流动非常多,不值一提,不当回事,实际上又都是非常不正常的。柳家的拿这个就给她哥哥了,她哥哥要还情,就把当门房时客人送给他的茯苓霜（也是一种营养品,野生的菌类压成面,可以用牛奶等液态食品调着喝）分了一份给了柳家的。结果柳五儿一看她妈有茯苓霜,这东西特别好,非常高兴——那我得给芳官送点儿去。她又要还芳官的情。

这种事就是这样：你把主人屋里的平常我看不到的、连知道都不知道的高级浓缩饮料玫瑰露给了我半瓶,而且是我求你办事,我还吃你的拿你的,那不行——她赶紧要去送。结果在路上被林之孝家的发现,说连老太太、太太都没看到,这茯苓霜却先到了你手里了,你是贼！就下令把柳五儿和柳家的拘禁起来了,等第二天来审。这事就越闹越大了。

第十四讲　鸽派、鹰派与夺权

有了潜规则,就有了潜观念。潜规则是各种职务有各种职务的油水,雁过拔毛,各寻各的租;潜观念就是不打勤的不打懒的,专打没眼的,就是说人人拔毛、个个分赃,谁撞着了查核者、缉查者,谁活该倒霉。各种贪官污吏贪污受贿欺行霸市,都不足为奇,关键不在于你的操守,而在于你的运气。这种潜观念是封建社会风气永远好不起来的一个原因。前面说到大厨柳家的与女儿柳五儿犯了事,被拘起来了。这也说明了当时主子对奴才的人身是有处置权的。

厨房里不能没人,第二天早晨还得开饭呢,林之孝家的就派了秦显家的掌管厨房。秦显家的是喜出望外,做梦吃肉包,天上掉馅饼。在厨房里当大厨那是很受尊敬的,她掌握着多少人的吃食!这是最切身利益的东西。此前书中描写过,柳家的只认贾府里的主流派,如王熙凤、王夫人、贾母、贾宝玉这些人,她也是看人下菜碟,她对迎春这些人非常冷淡。迎春的大丫头司棋想吃鸡蛋羹,她居然说鸡蛋太贵,储存的鸡蛋不够用,要吃鸡蛋羹得自己单交钱。为这事,气得司棋带着一群小丫头来打砸抢。柳家的是这种人,依附主流势力,她不注意非主流的人的情面。非主流者虽然处处不得烟抽,但急了眼就会耍流氓,搞打砸抢等非主流行事方式。所以,一个聪明人,对于非主流派也不能大意,更不能得罪狠了。柳家的与柳五儿有被拘留审察之灾,应该说也是事出有因、咎由自取。

这秦显家的进了厨房,干了几件事。第一件事,就是找前任的茬子。一上台先搞前任,一看就是狗肚鸡肠、小里小气、心术不正、难成正果。厨房里都有账本,进了多少肉多少油多少盐多少醋多少鸡蛋等等都有记录。她一查,有亏空,有账目不符的地方,即说柳家的账目不清。粳米短了两担,常用米多支了一个月的,炭也欠着额数,即实有数少于应有数,类似这样的。她查出一大堆亏空,高兴得不得了,有种小人得志的表现。接着她打点了一篓炭和一担粳米给林之孝家的送去,因为是林之孝家的提拔她的。却原来她查柳家的账目的目的,是不许柳家的做手脚,而只许她自己做手脚。这叫什么呢?反贪污盗窃的实质是,不许你贪,要贪还得我贪。以贪反贪,贼喊捉贼,那不笑死人也黑暗死人了吗?

秦显家的正兴奋着呢,一来二去,这些事就闹到了王熙凤那里。王熙凤主张采取刑罚,说她们不承认谁拿了玫瑰露,就在地上搁一些碎瓷片,让她们太阳底下跪在上头,不给茶饭吃,看她们承不承认。平儿就说服王熙凤,说是:"何苦来操这心!得放手时须放手,什么大不了的事,乐得不施恩呢。依我说,纵在这屋里操上一百分的心,终久是回那边屋里去的,没的结些小人仇恨,使人含怨。况且自己又三灾八难的,好容易怀了一个哥儿,到了六七个月还掉了,焉知不是素日操劳太过,气恼伤着的。如今趁早儿见一半不见一半的,也倒罢了。"

我们可以说,这里凤姐行的是鹰派路线,是眼里不揉沙子的路线,她主张严刑峻法,通过肉刑逼供查出究竟,以严明法纪,加强管理。她还主张,虽然柳家的责任待定,反正事情已经牵扯到她身上,她已涉嫌手脚不干净,应该革出不用。朝廷也是这样办事的,受了牵累不再用的事例多得很呢,这样处理并不为过。而平儿提的是鸽派路线,是睁一只眼闭一只眼的路线,是有所不问、难得糊涂的路线。她居然说得凤姐笑了,说随你们吧,没的怄气,不必为一些不值得的事情生闲气。

平儿就出去了,找了林之孝家的来,吩咐说:"大事化为小事,小事化为没事,方是兴旺之家。若是一点子小事便扬铃打鼓乱折腾起来,不成道理。如今将他母女带回照旧当差。将秦显家的仍旧追回。再不必提此事。只是每日小心巡察要紧。"就是原来干什么还干什么,一切恢复旧貌。这样,秦显家的就在厨房待了半天,忽然晴天霹雳,来人通知她说:柳家的没事了,官复原职,你回去吧。秦显家的叫苦不迭,因为她不但没来得及汇报柳家的账目亏空,她自己刚送完礼,更亏空了。她须用自己的钱把送的那些东西赶紧再买回来,得放在那儿。原来是做梦吃肉包,最后变成了狗咬猪尿脬,一场空欢喜。

这一段故事在《红楼梦》中只是一个小插曲,嘛都不算,但这是我个人十分喜爱的一段文字,读之余味无穷。

其一是秦显家的夺权,绝了,我无法不联想起一九六七年春中国大地上发生的事,当时就叫做夺权,即由造反派组织夺掉党政机关的大权。一时各组织纷纷夺取本单位的橡皮图章,全国陷入混乱与准无政府状态。由于一些地区和单位不止一派造反派组织,搞得造反派组织间大闹起来,四分五裂,乌烟瘴气。于是采取了措施,搞军管,搞三结合,即很快将被夺掉的所谓权转移到军代表加群众组织代表与革命的领导干部中。那也是一次短命的夺权,与开玩笑一样,如同幼儿园里演出的小戏。想不到《红楼梦》中就有这样的事例,天下之大无奇不有,太阳每天都是新的,这是一。天下之大,无事不曾有,太阳底下并没有多少完全的绝对新鲜的东西,往往很多事历史上都有先例,这是二。"文革"中还有一本书令我笑破肚皮而又欲哭无泪,就是斯威夫特的《格列佛游记》。这书里写了一个虚幻的国家,国王因为吃煮鸡蛋时剥蛋壳前磕大头割破了手,便下令全国人民吃煮鸡蛋时必须先磕小头。为此形成了全国的两大政治派别,即大头党和小头党,前者反对王权,后者坚决保皇,斗了个不亦乐乎。这不能不让我想起造反派组织间的斗争。

其二,平儿对林之孝家的讲的那一段话,堪称是鸽派政客的政纲。大事化小,小事化无,就是说对于众多内政外交问题采取"化"

的方针,用疏导转化尤其是淡化的方针,冷处理的方针,不了了之的方针,见怪不怪、其怪自败的方针,调和、协调、折中、和稀泥的方针。不是说一切问题都是如此,而是某些没什么大不了的事情不妨这样处理。这个说法不无道理,而且这样的管理者容易受到被管理者的欢迎和称颂。这简直有点儿仁政的意味。仁者爱人,你好我好,小小不言地有点儿不好,屁随风散,流言止于智者,算了。

我国还有一个说法叫做"保境安民",又叫做"护民"。"护民"这个词我最早是在北京郊区下乡时听一个农妇说的,她评论某个先进人物,说他好是好,积极是积极,但是他不护民。这个说法使我过耳不忘,赞叹中国农民政治经验之丰富、政治词汇之丰富。而"保境安民"云云则是我在一次政治运动中听到的。而有的人正相反,唯恐本单位的事情出小了,弄平滑了,因为他本人业务上一窍不通,只有出点儿什么政治或人事麻烦或难题时,他才能大大地咋呼一番。

平儿说不要遇事就扬铃打鼓地乱折腾起来。这可了不得了,平儿已经提出了类似不折腾的口号了。不要扬铃打鼓,就是不要无限上纲,不要高调搅和,不要一个人生病全民吃药,不要大言欺世,不要提那些个自己也做不到的标准。权在谁的手里,你向百姓提出的要求口号最后就落到你身上,你以扬铃打鼓的方式忽悠百姓,百姓没准也会以扬铃打鼓的方式忽悠你议论你批评你。而不折腾的提法,平儿讲得就更好了。但是这里也有一个因素:柳家的柳五儿还有柳门房,虽然手脚不算太干净,大致无大碍,关键在于她们是忠于贾府的"老太太—王夫人—王熙凤—贾宝玉"这个主流派系的。平儿对柳家的显然无恶感而有好感,她的关于柳氏母女与秦显家的工作安排问题的指示充分流露出了这一点。如果玫瑰露事件出在赵姨娘一系中,平儿如何说法,存疑。

平儿的思路甚至还让人想起咱们中国人爱说的"中庸之道"。我们的传统文化缺少权力制衡与监督的观念,我们的平衡常常表现在时间的纵轴上,而不是同一时间内共时性的多元制约平衡,我们的平衡叫做"三十年河东,三十年河西"。晋景公重用屠岸贾,诛杀赵盾后人,仅留一遗腹子,由此上演了荡气回肠的"赵氏孤儿"的故事,十多年后赵氏获平反,当年的孤儿为赵家报了仇吐了气。大家都明白这个"物极必反,河东变河西"的理,所以要讲不为已甚,讲适可而止,讲"身后有余忘缩手,眼前无路想回头"——这是智通寺的一副对联,是贾雨村看到的,告诫人们不要太贪婪太强梁太极端,要趁着日子还过得去的时候停住脚步反思一下,不要等到眼前没有路了才想起转弯回头。人要留后路留拐弯的余地,这是中国式的智慧。中国传统文化甚至认为太强梁了会遭报应,故此平儿说服王熙凤,提到她也是"三灾八难",提到她怀了一个男孩却"掉了"、流产了,劝她不要一味强硬又清楚下去,有些事宁可马马虎虎。

　　平儿这么做,我们看了都觉得非常对,符合咱们中国人的文化心理。平儿为人显得厚道,甚至有人说平儿是做人臣的榜样。最可笑的是,林彪也说过他要学平儿。可见平儿这一形象的出现,与我们的文化心理积淀是分不开的。但是,一味地鸽派下去,又埋伏下了很多祸根。因为要按照平儿这样把情面放在前头,把积德与示好放在前头,把大事化小放在前头,这大观园这荣国府宁国府的种种弊端,什么以权谋私、小偷小摸、多吃多占、私相传送、倾轧争夺等等就会越来越严重,越来越腐化,大观园最后只能变成腐烂园、糊涂园、对付园。

　　中国传统上各式各样的腐化比较多,和这种情面文化、鸽派文化有很大关系。我们太注重情面人际关系,我们缺少西方那种科学精神与法治精神。科学精神就是,不管事大事小,我必须弄清楚,是你偷的就是你偷的,你偷了一分钱也是偷。而中国人为了情面可以遮蔽真相,为了情面可以不追究清楚,所以腐化问题总解决不了,法治也总建立不起来。因为要按法治的话,你很多情面都不能讲。所以,从这样一段故事里,可使我们对中国文化进行某种反思。

　　其实鸽派与鹰派可以互补,不是注定了要你死我活、势不两立。关键在于,平儿对王熙凤是忠心耿耿的。王熙凤虽然给过平儿嘴巴子,那是在醋意大发的时候,至于管理上,二人合作得很好,不存在鸽派与鹰派的路线斗争。这也造成了平儿的自相矛盾。尤其在后来,是她把贾琏在外另娶了尤二姐的事报告给王熙凤的,说明大节上她忠于王熙凤。但王熙凤将苦尤娘赚入(骗进来)大观园后,平儿见到尤二姐被折磨蹂躏,看不过去,时而又力所能及地给尤二姐以照顾。遇到这种地方,我们就不能不叹息:平儿平儿,好人乎坏人乎,好人亦可能害人乎,害人者亦可能乃是好人乎!

最后令人回味的是王熙凤的鹰派。王熙凤的特点是敢出手、不怵头、令人敬畏。她的在太阳底下跪碎瓷片的血腥方法,一是说明了中国的肉刑是如何之发达之群众化普及化,不需要日本宪兵队的老虎凳,也不用渣滓洞的竹签,各种日常器具都可用来刑讯逼供;二是说明她"老人家"对运用肉刑实行管理视为当然,视为小菜一碟,不但是敢出手,而且是动辄下毒手。无怪关乎她的歌词里称"机关算尽太聪明,反算了卿卿性命",我们还可以补充一句——"勇于出手过强硬,岂可能招招制胜"。王熙凤一靠强硬,二靠阴谋,三靠取宠。兴儿在向尤二姐介绍情况的时候,说凤姐是"心里歹毒,口里尖快",又说是"合家大小除了老太太、太太两个,没有不恨他的"。太鹰派了必定是积怨如山、存仇如海,对于太过鹰派的人来说,处处是陷阱,人人是对手。显然兴儿对于王熙凤的观察,远远比她对兴儿的观察更细致清楚。这一点恐怕是王熙凤料想不到的。

另外,所有的下人包括鲍二家的与兴儿,都是在骂王熙凤的同时夸奖平儿,平儿的存在客观上凸显了王熙凤的不得人心,这也是王熙凤所想不到的。只是不知道平儿是想到了有意为之呢,还是一心报主,结果却事与愿违呢?

强硬是弄权的结果,有权不用过期作废,以权威胁旁人、折磨旁人、摧毁旁人、少数时候也施恩于旁人,这是小人得志小人得权的一大乐趣。时至今日,某些小官僚的摆架子、装腔作势、吹嘘冒泡、挑拨是非、拉帮结派、压人一头而又嘟嘟囔囔、怨气冲天、冤气冲天、认为人人欠他一百吊钱,这样的人多着呢,而真正大一点儿的领导反而可能好得多。其实,从名分上说,王熙凤离真正掌权还远着呢,无非她依仗着贾母与王夫人的信赖,一时用用权罢了,并不是长治久安的位置。可怜的凤姐呀,她哪里懂得庄子所讲的权位只不过是临时借用的道理呢。

阴谋是弄计的结果,凤姐文化不高,鬼点子绰绰有余。玩花招成了游戏乐趣,许多与她并无直接利害关系的事,她也是既弄权又弄计,生怕伤人不够、害人不足、得罪人不多。收拾贾瑞,害尤二姐至死,她用的都是成龙配套的连环计,她都是"将欲废之,必固兴之,将欲取之,必固与之,是谓微明"(语出《老子》)。她要废贾瑞废尤二姐,先给予甜言蜜语,给予鼓励,使之兴头起来、兴奋起来、做梦吃起肉包子来。她要取贾瑞尤二姐的性命,先给予保证,给予美好的暗示,给予若干许诺,把好听的话说尽说绝,令贾瑞尤二姐两个傻子彻底入局,她得到莫大的快乐、胜利的欢欣、以智取之的欢欣。老子说的将欲如何必固如何,她都做到了,这是微明,这是奥妙的智慧,这是隐隐约约的光亮。小小王熙凤无师自通地掌握了老子的这一段,无怪朱熹说老子之心最毒。

但总体上,王熙凤与老子背道而驰。老子反对贪欲,主张慈俭、不为天下先。老子认为物壮则老,是为不道。老子是最反对一味鹰派的。老子甚至认为天下之柔弱能胜刚强。柔弱才是活的特质,而坚强是僵死的表现。这些不但是王熙凤所无法理解与接受的,也是朱熹所视而不见的。

第十五讲　不可没有的红楼二尤

中国的四大才子书中,《三国演义》《水浒传》《西游记》都被改编过京剧与地方戏,《失空斩》《甘露寺》《野猪林》《坐楼杀惜》《夜奔》《盘丝洞》《三打白骨精》等都脍炙人口。《红楼梦》被改编成曲艺唱段的极多,也都成功,籍薇演唱的梅花大鼓《黛玉葬花》我极欣赏。越剧、黄梅戏也都有全本《红楼梦》。京剧中梅兰芳先生演过折子戏《葬花》,但久演不衰的只有《红楼二尤》。我想这与《红楼梦》擅长抒情,多生活细事而少大开大阖的戏剧化情节有关。

整天看大观园,小男小女,哥哥妹妹,姐姐奶奶,吃吃喝喝,哭哭啼啼,恩恩怨怨,活的死的,看久了确实闷气。需要一个刘姥姥,用陌生的眼光、陌生的话语,说笑一番,耍弄一番,出出洋相逗逗趣儿。不然一辈子生活在荣府宁府这样的大富大贵之家,非憋出一身病不可。别说宝玉觉得生活百无聊赖,连老王看多了《红楼梦》,老了老了都忽然怀疑起来:他们的生活究竟有什么意思? 他们穷极无聊的一生究竟有什么可说的? 在封建中国,你干脆当个官,忠奸顺逆;当个匪,烧杀劫掠;当个孔乙己,烧酒就茴香豆而且连年赶考;当个佃户,还不起欠账喝盐卤……怎么也比当宝玉当黛玉当宝钗痛快一点儿,闹腾两番,大骂大笑大哭大怒那么一次,也算尝到了生活的酸甜苦辣,也算尝到了活着的滋味,然后死而无怨。

所以不可没有"红楼二尤",不可没有主院落主园林之外尤二姐与贾琏的"二奶别墅",不能没有尤二姐尤三姐类的另类人物与另类风景。

"红楼二尤"是写贾珍老婆尤氏的继母尤老娘的两个未嫁女儿的,闹不太清她们与尤氏算不算同父异母姐妹。她们来到宁府是帮忙看屋子的,因为贾敬吞金丹致死、众人因故都不能料理他的丧事(也说明贾敬为人乖僻而无人重视他的丧事),只剩了尤氏一人,叫做"独艳理亲丧"。此二位尤姐儿似乎早与宁府有所来往,也有名声影响在这边,所以她们一来贾珍贾蓉父子与贾琏等都兴奋异常,都往发情处表演,从一开头他们就想入非非,没安好心,走上邪路去了。他们一边办着爷爷爹爹的丧事,一边癞皮狗似的追逐着自己的姨娘小姨子,这种行径着实叫人看不下去。而且贾蓉公开声明什么"脏唐臭汉",就是说汉唐宫廷都是极肮脏极龌龊的、性关系是一塌糊涂的。恰恰是西汉的董仲舒等人树立了孔夫子的主流地位,罢黜百家,独尊儒术,还提倡什么大一统、天人感应,为帝王术建立了理论基础,帮助西汉统一了思想。而董仲舒又是最标榜三纲五常的。三纲说的是君为臣纲、父为子纲、夫为妻纲,确立君父夫的统治地位、臣子妻的被管制地位,为封建社会建立秩序规矩,一建立就维持了两千年。五常是仁义礼智信,为封建社会树立道德与价值标准。此后孔子成为万世师表,三纲五常一直高唱着。如今五常在新社会也仍然唱得很响亮。可惜这里出来个贾蓉,闹出了"脏唐臭汉"的说法,叫人听着挺别扭挺憋气怪犹疑的。

尤二姐尤三姐,看来都不是善茬儿。尤二姐一见贾蓉就与他轻薄说笑斗嘴,还将嚼着的槟榔碎渣吐了贾蓉一脸。而贾蓉的反应是将脸上的槟榔碎渣都舔着吃了。这种场面,电视剧里是轻描淡写,没法表现贾蓉这种无耻加上色情狂才会出现的举止,也没能表现出尤二姐的轻狂与放肆,如果不说是打情骂俏的话。一男一女,用农村人爱说的话,都在育龄,都在发情的年纪,将嘴里食物吐到异性的脸上,再被一一舔吃,如何可以想象,如何可以表现?不算三级片,也算二点八级片的镜头了;不算毛片,也算儿童不宜的镜头了。

后来尤二姐让贾琏不费吹灰之力就搞到了手,只能说是打的愿打,挨的愿挨,双方自愿,各有所图。尤二姐接受贾琏的信物九龙珮就是目的清晰、情节贯穿、一气呵成的。贾琏图的是尤二姐的美貌与身体,是肉的无限贪欲与消费。尤二姐图的是贾家的地位财富,是一种投资行为。《红楼梦》中的众丫环一个个都是如果被主子驱逐则宁可自杀,我讽刺地称之为"不奴隶,毋宁死",而主子惩戒丫环最凶恶的方法是拉出去配个小子。本来丫环配小子很合适,是本阶级同命运的男女结合,但荣宁二府的丫环们却宁死不走,可以看出贾府是何等的诱人。物质上的特权,再加意识上的以随主奉主殉主为荣,以得罪主子为奇耻大辱,使她们出现了一心给主子当小老婆的奇观。当然鸳鸯例外,她的事另说。

再后来,尤二姐变得温顺和平、贤良淑静起来。我以为,以二人的背景,尤二姐不可能对贾琏的话句句相信、百依百顺,她原非百依百顺之人。她也不可能对贾琏的大老婆毫无防范,她不是纯情少女,她不是家教无瑕,她不是温柔如水,她压根并不天真烂漫。她是为了世俗的利益才接受了这样一个不伦不类、非妻非妾的婚姻。如果是大户人家的淑女,如宝钗湘云之属,根本不可能进入这样的局。一般读者评者,在尤二姐的命运中读出来王熙凤的阴毒凶悍多,读出来贾琏策划他与尤二姐的婚姻的名不正言不顺、没有合法性、没有正当性、不受舆论与亲属的接受与保护等情况少。关键是此处把王熙凤写到了极致绝顶,贾琏与尤二姐的戏份被王熙凤抢占了,一切情节的发展只剩下了一个问责人:王熙凤。这也成了"独艳理亲丧"——王熙凤"独艳",料理承担从此接踵而来的一切一切的丧病灾祸。

当然,作者这样写尤二姐还有一个意图,还可以有一种解释:尤二姐带几分小市民气,能嫁上贾琏,不论是不是明媒正娶、是不是正规夫人,她已经因此不愁吃喝,不愁养老。嫁汉嫁汉,穿衣吃饭,她已经满足,船到码头车到站,她再无其他欲求,她以为别人也完全有可能接受她这点儿并不张扬的卑微欲求。她当真沉醉在与贾琏的短期恩爱当中了,这样的傻女子,其出现与遭难应该属于可能与合理。

说到王熙凤收拾尤二姐,已经做到了文武、内外、上下、软硬、雅俗以及人前人后的全活,成龙配套,煎炒烹炸、两面三刀、八面机关、十面埋伏、千手千眼,使得尤二姐上天无路,入地无门,求生不成,求死不得。她也算是害人有道有理有招有词。她对尤二姐的情况做了调查研究,知道她原已许配张华为妻,张华是一个赌徒无赖,张华的父亲收了尤家银子退了婚。凤姐便用二十两银子买通了张华,让他上告非要回尤二姐不可,同时告来旺等贾家人仗势欺人。旺儿是凤姐的亲信,凤姐是总导演。凤姐又拿三百两银子到察院,让人虚张声势吓唬贾琏贾蓉等人。贾珍等也用了二百两银子打点察院。察院真正做到了吃了原告吃被告,有暗无天日之朝廷便有暗无天日之家族。凤姐紧紧抓住大旗大帽子,强调贾琏是在国孝(老太妃丧礼期间)家孝(贾敬丧礼期间)时做了这些鸡鸣狗盗之事。她假装后来才知道此事,鼻涕眼泪脏口撒泼大闹宁国府,闹到尤氏身上,叫做"揉搓"尤氏。然后她又布置好了以提供服务为名派到尤二姐处的下人,虐待折磨污辱尤二姐,还莫名其妙地让尤二姐的胎儿流产……等到把尤二姐也"揉搓"得活不下去之时,她干脆派人去杀张华灭口。

凤姐为了打击尤二姐与贾琏,真正是做到了层围聚歼,用十倍百倍千倍之力,以雷霆万钧之势,做到了战无不胜、攻无不克。其勇气,其胆识,以及借刀杀人的技巧,都入了化境。当张华与有关审案官员不敢向贾府挑战时,她声明,就告我们家谋反也没有关系……好一个王熙凤,胆大包天,她算是作孽到头啦!

而尤三姐泼辣激烈,完全放开了手脚,令人咋舌。贾珍贾琏找她吃酒,本来要吃她的豆腐,结果是她以毒攻毒,满嘴脏话,骂骂咧咧,硬是以女流氓的姿态与气势压倒了两个男流氓,把贾珍贾琏两个恶棍整得灰头土脸、垂头丧气、自愧弗如、甘拜下风。这两个坏家伙根本不是尤三姐的个儿。他们吃酒这一段,读起来十分痛快淋漓!

这是《红楼梦》写人物的一个方法,拴对写,配对写。宝玉贾环兄弟二人，品性举止言语都是恰恰相反。探春贾环亲姐弟，一个堂堂正正，求的是大方大气大器，一个是窝窝囊囊，猥琐阴暗，不堪入目。宝钗与黛玉，处处成为鲜明的对比。一个袭人一个晴雯，是宝玉房中的一号二号服务组长，二人对比强烈。尤二姐与尤三姐，一静一动，一柔一烈，也算绝对儿绝配。

尤三姐的故事更加戏剧化，谁也想不到她等的竟是柳湘莲。柳湘莲未必等得着却自己找上门来。本来八竿子打不着的一男一女，差点儿成了恩爱夫妻，最后功亏一篑。柳湘莲听了对贾家对尤氏姐妹的不好说法，悔婚退婚，三姐毅然自杀了断。满不论的尤三姐刚烈殉情，壮烈牺牲，激烈一生，慷慨豪迈！想不到《红楼梦》中还有这样的人物、这样的情节、这样的壮怀激烈、这样的血溅情场！

我始终较一个劲：人们都说《红楼梦》是作者自传、作者亲历，大致言之也许不是没有道理，但是"红楼二尤"的故事不像亲历，不像自传，更像说书，更像传奇，更像戏曲场面与故事。亲历性往往表现为细节的真实，哪怕大情节有虚构，写到纤细部一定会特别真切，不但可听可看，而且可触可摸、可抻可捏。但二尤故事戏剧性大于真实性，情节性大于细节性。尤其是尤三姐自杀，只一个动作，叫做"左手将剑并鞘送与湘莲，右手回肘只往项上一横，可怜'揉碎桃花红满地，玉山倾倒再难扶'……"这不是写实，更与亲历无关，这是说书，这是传奇故事，这是戏而已。前面后面，曹雪芹写喝杯酒喝杯茶都比这详细上十倍二十倍，独独写尤三姐的自杀竟这样潦草粗线条，而"桃花""玉山"之句，更像是没词了虚晃一枪，借两句俗套子搪塞过去。这里的文字与写贾府大观园吃喝拉撒睡的文字一比，你甚至怀疑不是一个人写的。

还有许多具体问题想不通：这把宝剑竟然如此锋利，是实战武器？是吹毛断发、削铁如泥的干将莫邪？是倚天屠龙之利器？婚姻信物能这样锋利危险吗？以这样的武器做信物，不等于现时给对方一个冲锋枪并且装满子弹吗？以剑自刎并不是那么容易，我知道有些个自杀者拿着切菜刀砍自己多少次,惨不忍睹,仍未能有哪一刀致命,割断的是食管没死,割断的是气管也死不了,只有割断动脉才会死,也不是说死就死,总得有一个过程。尤三姐不会武功,而柳湘莲会武功,他怎么连任何举动阻挡的反应都没有,莫非他来到这里退婚就是要了结尤三姐的性命,不是吧?如果他有这样的动机,此后他又怎么可能为此冷彻骨髓地遁入空门了呢?

即便对这些细节抱有疑惑,"二尤"的故事仍然感人至深。尤二姐嫁贾琏,读者看到这儿就已经捏了一把汗,明摆着二姐是死路一条,没有王熙凤的阴谋诡计,二姐也不会有好下场。你想不到王熙凤害起人来竟然这样老谋深算,做系统工程。尤三姐挑中柳湘莲,可就让人击掌喝彩了,亏曹雪芹想得出,把这两人拴成对!可还是不成,一个也成不了。谁谁爱上谁了,谁谁与谁就一定倒霉铁定了,这是什么逻辑?这是什么命运?这是什么世道、什么小说啊?太难受啦,太悲伤啦!

读《红楼梦》我常常觉得"二尤"故事是一个转折点,从此凤姐的阴损坏狠毒都达到了极致,暴露到了顶峰。这以前,应该说读者对凤姐不无好感,说话幽默、办事麻利、维护主流、通情达理、镇压赵姨娘、拖走李嬷嬷,都得人心。看到她整治尤二姐,你实在无法再为之辩护了。王熙凤从此走向灭亡,走向反面。她在整治尤二姐上的大获全胜,正是她此生一败涂地的开始,是红楼衰落灭亡的预兆,是贾府自杀自灭的突出事例。贾府众人的罪恶已经滔天,恶贯已经满盈,贾府已经完全烂掉了,名声已经垮台,影响已经坏极,家业开始崩溃,谁也拦不住啦!

"箕裘颓堕皆从敬",家道颓废堕落就是从贾敬开始的。贾敬最后吞丹成仙不成,要了自己的性命,死时肚皮如铁,真够呛!而他的丧事带来的是贾珍贾琏贾蓉的畜生行为,糜烂透顶。贾府的这帮爷们也真是登峰造极,坏得不能再坏了!

"红楼二尤"故事从一个侧面告诉我们:贾府是该完蛋了,中国封建社会是该完蛋了,上下内外可说是一片黑暗。堂堂正正、合情合理的孔孟之道已经岌岌可危,哪怕只是打旗也打不起来了。中华老戏老字号老部件老光辉,不论当初怎样精致威风滋润强大,现在已经有点儿唱不下去了,买卖经营不下去了,旗子打不下去了,日子过不下去了!在《红楼梦》里,"红楼二尤"的故事,是凶音、丧音、哀音、乖戾之音、脏臭腐恶之音,出现这样故事的家族已经存在不下去了,出现这样恶音的《红楼梦》狠狠地出了我们古老宗族社会一个洋相:醒醒吧,伟大的炎黄子孙,呜呼哀哉尚飨!中国该出个五四运动了!

第十六讲　钗黛对决还是钗黛合一

一九四九年以后,新的红学一般是按照阶级分析的方法和二元对立、一分为二的方法来分析《红楼梦》中的人物。他们大致把书中人物划分了阵营,比如把贾母、贾政、王夫人、王熙凤划成封建统治者与维护封建者,把袭人等划成封建势力的忠实奴才,把贾宝玉、林黛玉、晴雯这些人划成封建叛逆者,甚至是反封建的、个性解放的代表,或是清代资本主义萌芽的代表。当然,这是一种思路,这种思路也很清晰,也有助于我们理解《红楼梦》的内容,而且大大激发了《红楼梦》的批判性、批判力、斗争性。

贾宝玉处在一个很特殊的情况,为众女儿所簇拥。那么多姑娘都挺漂亮都挺聪明,能够跟她们打交道的男性只有贾宝玉。剩下些小厮使唤人,什么茗烟、李贵,那是另一个阶级的,根本不能够有平等对话的权利。贾宝玉在这么多人里,他认真尊敬的,一个是林黛玉,一个则是薛宝钗。有时候我想,这也是文艺的需要。文艺故事里最常用的一种方法就是三角恋爱的格局。当年都很熟悉的苏俄民歌《山楂树》说的也是这个,两个都一样可爱,选哪个,是说一个女孩对两个男孩。贾宝玉这边是一个男孩对两个女孩。对这种故事,读者特别容易接受,而且很有吸引力,都想看看他们到底怎么样。

你要看这个书上,也怪了,林黛玉和薛宝钗的性格相差得太远了。两人都挺聪明,也都挺好看,但处处不同:薛肥林瘦,薛理智而林性情,薛冷静而林情绪化,薛不露声色而林耍尽小性,薛有兄有母有资产而林一无所有,薛人气人缘俱佳而林少有知己……尤其是薛有金锁与宝玉的玉相配,玉上写的是"莫失莫忘,仙寿恒昌",锁上写的是"不离不弃,芳龄永继",文字也正好联成对。可贾宝玉从他个人感情上性情上认同的是林黛玉。这就是性情至上、爱情至上、个性至上、生命体验至上,而把当时一些社会舆论、功利、成败、世俗价值观、习俗不放在眼里,这一点上贾宝玉对林黛玉特别引为知音。

偏偏就有这么一个薛宝钗和他们正相反。薛宝钗是什么?她不像贾政满嘴的仁义道德,她也不责备教训别人,也不压迫别人;宝钗做到了诚于中而形于外,她完全自觉自愿愉快地接受了当时主流文化的熏陶,她的一举一动都那么合理,她的所有说法都那么合情合理,符合主流意识形态、主流价值观的一切要求,她非常自然。在封建社会中,越是像这种符合主流意识形态的,越容易被认为是虚伪。这个说起来也让人非常叹息。孔夫子提倡了多少年道德,现在我们也还在尊敬孔夫子学习孔夫子,但孔夫子本人受到的最大攻击就是巧与伪。因为他说得太理想了、太合情合理了,什么话他说得都那么正确、没法更正确了、完美无缺了,别人反倒不相信,认为你是在装相、你是在作秀。庄子甚至通过一个书中人物之口,提出"盗丘"的观念,说孔丘是强盗——他欺世盗名,因为他说的那么多东西他自己也做不到。《三国演义》里最符合这种道德要求的是刘备,但刘备也被认为是虚伪的。到现在民间歇后语里就有"刘备摔孩子——邀买人心"。又如《水浒传》里的宋江,又是忠又是义的,也不被人信任。

研究《红楼梦》的,就始终有一派认为薛宝钗是虚伪的,甚至说薛宝钗之所以有个金锁,原本是他们早就制定的一个和林黛玉进行PK的战略,她一定要淘汰掉林黛玉。她知道贾宝玉脖子上有一块玉,就给自己打了个金锁,总之,把她说得非常不堪、非常虚伪。

但是,现在也有越来越多实事求是的读书人,包括红学家,他们看完了以后,觉得薛宝钗没有这方面的表现。原本是林黛玉时时在计较,老说是她那儿有金锁,贾宝玉你见着姐姐就忘了妹妹了。相反，薛宝钗很大方，人家根本不在乎这些。而且薛宝钗在《红楼梦》里通过几次交流彻底使林黛玉折服。一次是在喝酒的时候，林黛玉说出了"良辰美景奈何天"，这是《牡丹亭》上的词，你用在酒令上，暴露了你林黛玉看了一些当时认为不应该看的、涉嫌淫秽的有害书籍。但是，薛宝钗并没有给她揭短，也没有压服她，而是另外找时间跟她个别谈话，说我要审问审问你：你说什么来着？那种话你能公开说吗？说得林黛玉面红耳赤、羞愧不已。而且薛宝钗用很善良的态度，说我小时候也淘气，也爱看这个，后来大人又是打又是烧——中国烧书也有传统——我这才改过来的。咱们可千万注意，别整天看这些书，更不能挂在嘴上，这样的话说漏了嘴，咱们女儿家的多丢人啊！《牡丹亭》《西厢记》写得非常之美、非常之好，但里边也都有一些沾点黄的段落，不甚适合未成年少女少男阅读。所以薛宝钗把林黛玉给说服了。

有时候我也不理解。比如写黛玉葬花，这是《红楼梦》的一个贡献，是写青春期的苦闷。我在别的书上很少看到这个，就是西洋书里也都没有《红楼梦》写得那么细，写林黛玉那种青春期的苦闷，写贾宝玉那种青春期的苦闷、百无聊赖、心里头起火、莫名其妙地烦躁、不安心不踏实……但你看来看去，薛宝钗她绝不苦闷。这个也要命。你看，一个美女从来不苦闷，从来不寂寞，从来不悲观，也从来没有别的想法，也不要求有朋友，她硬是只有天理，没有人欲，没有人的一切私密、弱点、狂热与贪图，她没有体温也没有体香或体臭，不出汗也不流泪，你能不为她感到难受吗？所以有时候我觉得，人的性格总包括着两面，一面是天生的情性，一面是后天的文化。林黛玉就是天生情性的代表，很强烈，很动感情，动不动就哭，动不动就生气，很真诚。她那种对贾宝玉的爱高于一切，可以说"我这一生就只认这一条，就是我爱上了宝玉"。而薛宝钗成了人间文化的代表、道德与礼数的教化的体现，她是淑女。全世界都讲淑女，萧伯纳有个著名戏剧就叫《窈窕淑女》，写一个乡下女子通过学好伦敦口音变成了符合上流社会要求的淑女,就是你的所有言谈举止都那么得体那么合适。

前面我讲到赵姨娘就没说过一句得体的话,什么时候都像个又疯又傻五毒俱全的坏女人,但赵姨娘说薛宝钗人好,因为薛宝钗对赵姨娘等非主流人物也都非常尊重。她对主流人物也并不特别去巴结。一个人能做到薛宝钗这样,不得了。见着强势的人她不巴结,什么时候她巴结人,什么时候她讨好她们了?见到弱势的人、有缺点的人、小人物、出丑的人物,她也不轻视。所以,薛宝钗在做人方面,有时候我真是佩服,对谁都是不太热也不太冷。《红楼梦》里多次说到她的冷,还说她吃一种奇异的"冷香丸",其实很难说宝钗多么冷,而是我们的国人、我们的贾府诸君太"热"了,贾母、王熙凤、王夫人、黛玉、宝玉、晴雯等动不动就情绪化就激动。与欧洲很多国家的人比较,我们国人是爱激动的。中国的政治、中国的戏曲都是特别情绪化的。从小说学的角度,林黛玉和薛宝钗绝对是一对情敌。但中国封建文化对于爱情有一种管制压抑,绝不允许它失控,所以两人闹不起来,情了半天敌,最多是潜情敌,明好友,明好姐妹。辜鸿铭当年就公开批评欧洲文明,说中国男人可以讨三妻四妾而且可以家庭和睦,要在欧洲早斗个你死我活了——当然,这是歪理。以欧洲的观点,好像是林薛这两个人要对决,但在书中,慢慢地两个人关系还挺好,起码在前八十回里根本没有两个人要对决的意思。

《红楼梦》中还有一个很奇怪的处理,就是老是把黛玉和宝钗放在一块儿来叙述描写。最有趣的就是贾宝玉神游太虚幻境,看到了金陵十二钗的正册,第一页写着四行字:"可叹停机德(你有当年做贤妻的停了织布机劝夫上进之德),堪怜咏絮才(你有非常值得人喜爱的如同谢道韫吟咏柳絮一般的才华);玉带林中挂(最后这个玉带就挂在林中树上了),金簪雪里埋(而这个金簪就埋在雪里)。"这里,"可叹停机德"称颂的是薛宝钗,"堪怜咏絮才"称颂的是林黛玉。"玉带林中挂","玉带"就是"黛玉",它悲悼的、不平的是林黛玉。"金簪雪里埋",所同情的、不平的是薛宝钗。书中把这两个人合着写，所以俞平伯当年曾经提出，说薛宝钗和林黛玉在这本书里实际上是合一的。贾宝玉也好，曹雪芹也好，他们最理想的女性是兼具林黛玉的真诚性情和薛宝钗的端庄大方。这个说法当时受到严厉批判，被指责是调和阶级斗争。但这是一个现实，书中有这种处理。在太虚幻境中，第一个和贾宝玉发生虚拟男女之情的人，长得又像林黛玉又像薛宝钗，名叫兼美，就是兼具林黛玉和薛宝钗之美。那么《红楼梦》里，薛宝钗究竟是一个被批判的对象，还是一个兼美的对象和林黛玉一样可爱？我觉得这全看读者怎么理解。

无疑，《红楼梦》是用生命用真情用最大的痛苦来描写聪明美丽苦命而精神上又高高在上的林黛玉，它把林黛玉的爱情写成了天情，是用生命来烧灼来点燃的爱情，它是用满腔的眼泪来写宝黛之情爱。同样，作者又是用相当矛盾的遗憾与尊敬、欣赏与观照的态度来写薛宝钗。作者（也是宝玉）一直挚爱着林黛玉，为林黛玉大恸；又时而向宝钗投去羡慕（应该说是爱慕）的一瞥，仍然有无限的喜悦与哀伤。鱼与熊掌是不可兼得的呀！所以幻境梦境中有了兼美。"识分定情悟梨香院"一回，写宝玉从戏子间的相爱上明白了每个女儿的爱情各有所属，他不可能垄断天下女儿的爱情——也许其用意不在于说那两个戏子，而在于其对薛宝钗与林黛玉的"分定"吧。

如果我们挑剔，可以找到薛宝钗的缺点。她太不暴露自己的情感，她对自己的控制太严丝合缝了，你摸不清她的底，这让人有点儿别扭，产生了对她的距离感、陌生感。反过来，要挑缺点，林黛玉的也不少，可能更多——她任性、小心眼、多疑、悲观、抱怨、牢骚满腹。一个是性情，一个是文化，这是人类生活中始终很难解决平衡的矛盾。这使我想起一个很可笑的故事："四人帮"刚倒台时中央电视台放过一个电视剧，是美国人拍的《安娜·卡列尼娜》，其中安娜·卡列尼娜完全陷入焚毁一切的火热爱情中，她和渥伦斯基搞婚外恋，完全陷进去了。她的丈夫卡列宁是个级别还不太低的官员，一心上班工作，他对夫人红杏出墙采取了特别冷静（应该说是非常温和）的态度。

他向安娜·卡列尼娜提出:你只要不在公开场合把婚外恋闹出去,我也就不追究了。可是,你要是看安娜·卡列尼娜,你越看会越同情她,因为她是真性情。安娜·卡列尼娜最受不了她这个丈夫。如果丈夫吃醋,跟她着急,甚至揍她一顿,安娜·卡列尼娜反倒能容忍,因为她觉得这是一个活人,是一个男人。而丈夫那么绅士派头,那么宽大文雅,简直把安娜气得……她觉得太恐怖了!一个人要是在爱情问题上能够这么严密这么正确,一点儿真情都不露,这样的人还不如一头野蛮的发火的闹腾的公牛!当时就有群众来信——还受"文革"影响——说《安娜·卡列尼娜》是讽刺打压老干部的,因为我们老干部工作忙碌,每天都献身工作,如果又赶上一个年轻点儿的老婆,就这样,会出一些不宜出的事儿……有这种非常奇怪的反应,当然可笑。

一个性情、一个文化,这中间的矛盾和悖论由来已久。既然是一个悖论,为什么曹雪芹又有某种合一的描写呢?这里我要说一个非常个人的观点,就是我们不要忘记,我们读的是小说,不是读法院关于婚姻事件的一个记录,它不是一般非常客观的一个描述。小说是什么?第一,它可能是客观的,它有生活的依据;第二,它又是十分主观的,有生活依据的它可以写,没有生活依据的它也可以写。生活里的依据,它的素材原型可能是这个样子的,但如果是老王把它写出来肯定就带有老王的特点,如果是老李把它写出来肯定就带有老李的特点。每一个作家都是用自己的人生体验,用自己灵魂最活跃的部分来和他要写的那个人物对接来互化互动的。在这个意义上说,一个作者的一本书,他说一百个人物也好,两三个人物也好,都是有作者灵魂在的。因此我们可以说:林黛玉是作者的一种理想,是作者对于钟情的美丽的少女的颂歌;薛宝钗也是作者的一个理想,是作者对于美丽的、不无情感的,同时又高度文化化了的、几乎没有缺点毛病可讲的这样一个少女的颂歌。

人生,它的悲剧恰恰在于你许许多多的理想不见得都能一致,有时候有了这一面就丢了那一面,有时候你有了那一面又丢了这一面,有时候你看重这一面但仍然放不下那一面,有时候你看重了那一面又实在放不下这一面……金玉良缘本来也很"良",木石前盟却更加让人牵肠挂肚。薛宝钗本是理想的贤内助,却有个林妹妹爱能爱死你、怨能怨死你、冤又能活活冤死人。《红楼梦》曾经命名或被命名《金玉缘》,又命名为《石头记》,这两个书名明明也在打架。所以,如果我们把写作不仅仅看做客观的记录,而是看成作者心灵的一个呈现,那我们就会觉得:钗黛既是严重的对立,又都是曹雪芹的构思与寄托,是他的心灵想象的产物,都是曹雪芹的心灵外化,都是曹雪芹的心灵投影。在长篇小说中,万物出于一心,万人出于一心,不但钗黛合一,宝玉与柳湘莲以至于与薛蟠也能合一。贾宝玉与柳湘莲都在爱情中吃够了苦,最后看破红尘。薛蟠与贾宝玉都是公子哥儿,都有些任性与霸道,但是宝玉的文化质素高些。从人物的分化与合一中,我们会感觉到很多的遗憾,但是这样说,丝毫也不意味着这两者是同等分量。小说里写得很清楚,"都道是金玉良姻,俺只念木石前盟",贾宝玉和林黛玉的感情还是最深厚的、最难忘怀的。

　　小说就是小说,不是民事案件,不是痴男怨女或者花男浪女的三角多角风波,不是政治斗争。思考体悟钗黛合一的一面,绝对不意味着生活中可以搞多妻制或多面首(男性二房、以男子为性消费对象)制,也不可能意味着社会实践中实现两种体制、两种意识形态的合一,或战争中敌我双方的合一。人生啊人生,"横看成岭侧成峰",把玩着一部小说,换几个角度多看几回,你不是更丰富一点儿了吗?

第十七讲　无懈可击与偶露峥嵘

《红楼梦》里鸳鸯的亲事一节,闹腾得挺大。

鸳鸯是贾母的亲信,是"贾母办公室主任"。她的身份是奴婢,她得到了贾母的青睐,她又很善于处理和王熙凤等实际掌权人的关系,各种事都处理得非常好,无懈可击。书中还提到鸳鸯的个儿比较高,我联想到如今时装模特,那种类型的女性容易给人非常美好的印象。

有一次邢夫人突然找到王熙凤,提出大老爷贾赦看中了鸳鸯,想把鸳鸯收到房里来当小老婆。王熙凤一听,说这事千万可别去惹,肯定碰钉子,现在老太太最信任的就是鸳鸯,什么事也离不开鸳鸯。邢夫人这人糊涂,书上说她有股子"左性子",就是别扭,什么事轻易弄不明白、想不开、较劲。邢夫人就说:还没听说过,她怎么可能不愿意呢?她到了这边就是半个主子啊,提高了好几级呀,如何如何。王熙凤马上就脑筋急转弯,转得快,立刻一百八十度大转变,说我太年轻了,幼稚,您说得对啊,太好了,您快去吧!

王熙凤就知道想劝阻邢夫人是不可能的,她是防止自己陷进去,她知道这个事没有好结果。王熙凤在每一方面每一步都想得非常细致,先说要去咱们现在就去,为什么呢?她不能先走,她如果先走,到了老太太或者王夫人这边,过了两小时邢夫人来了,再一问碰了钉子,她就有了嫌疑,因为她本来就是反对的,很可能被邢夫人猜想——王熙凤去那边散布舆论,说鸳鸯你可别过去,到那儿可是活受罪,大老爷(贾赦是王熙凤的公公)可不是一个玩意儿,你可千万别落在他手里——她有这个嫌疑,所以说要去就现在去,咱们就坐一个马车去,马上说到另一个马车在修理,没有别的合适的车。这样我就坐在你身边,不可能有别的活动,你完全看见我了,我是一句话没多说,你碰钉子是你自己的事儿,与我无关。她防这个。

进了园子以后王熙凤又防什么呢?因为邢夫人提出来的路线图,是先找鸳鸯本人,让鸳鸯本人同意了后再找贾母,到那时贾母不同意也没法办——人家本人同意,男大当婚,女大当嫁,她一个奴婢能够做小老婆也不错了,尤其是给大老爷做小老婆——这是邢夫人的逻辑。王熙凤是估计:如果邢夫人到那儿碰了钉子,那她很可能动员和鸳鸯接近的人如平儿去说服鸳鸯,而平儿一旦被牵扯进去,自己再想脱身也脱不了了。所以她中间又找了个借口,有点儿什么事要先下车,再找平儿,把平儿支出去——你别在家待着,别让他们找着你。

在这些地方,我觉得王熙凤已经做得无懈可击、滴水不漏。因为王熙凤没有别的办法,邢夫人不是一个可以理喻的人,王熙凤辈分又小(邢夫人是她婆婆,贾赦是她公公),所以她明知道十拿十稳肯定碰钉子,但她又不能够去制止。不能制止那怎么办?我躲开,这事儿与我无关。

尽管王熙凤做得无懈可击、滴水不漏,等到我们看完整本《红楼梦》就知道,王熙凤仍然是得罪了邢夫人,仍然是得罪了贾赦。因为从根本上讲,贾赦和邢夫人在这个家里没有贾政和王夫人有地位,没有王熙凤有地位,他们不是主流派,是不得烟抽的、靠边站的那一派。前边讲故事讲笑话的时候,贾赦就发过牢骚,说有个老太太心口疼,找人扎针,结果这医生扎针往肋条骨上扎(古人认为心是长在正中间的,其实心也不是正中间,要偏左一点儿),人家就问心口疼你怎么扎肋条骨上,医生说这个老太太偏心,心长在肋叉子上了。这是骂人的话。贾母非常敏感,马上就接过去了,说我就是把心长在肋叉子上了。贾母等于是正式宣告:老娘我的心就是长在了肋叉子上,你怎么办吧?贾赦毫无办法,觉得刚才这个故事说得有点儿冒失,就先逃掉了。

这说明他们早就有这个问题。贾赦这样一个空虚又荒淫、无耻又下作的人,又是大老爷的身份,还继承着荣国公头衔。王熙凤你把自己守护得再严,虽然在这一件事上是无懈可击,却怎奈贾家已经病入膏肓了,瞧瞧贾赦的那副嘴脸,瞧瞧邢夫人的那副嘴脸,头顶长疮,脚底板流脓,这个家没希望,谁也救不了它,在这样的烂酱缸浸泡中谁也素净不了,谁救不了自己!

此后,鸳鸯哭着闹着直接找贾母:请老太太给我做主。大老爷要我,我不去。我不但他那儿不去,我谁那儿都不去。他们认为我要找年轻的,说我想到贾琏那儿,我也不会去,到贾宝玉那儿,我也不会去。不管他是宝玉还是宝金宝银宝天王宝皇帝,我就是不去!贾母一听就火了,说的话特别的毒、特别的绝。贾母气得浑身乱颤,气大发了,说我统共只剩下了这么一个可靠的人,你们还要来算计——贾母不把它仅仅认为是贾赦的好色荒淫无耻,用咱们现代的话说,不认为这是一个道德和生活作风问题,而认为他们的目标是算计自己——现在已经把我孤立起来了,我年岁越来越大了,就剩下这个人可靠,她对我很忠实,而且她有能力办好事,你们现在要把她搞到贾赦那儿当小老婆,就是为了要晾我的台,是要剥夺我的左膀右臂……

贾母一上来把这个问题可以说是从政治上提出来的,而且她指着王夫人,说原来你们都是哄我的,外头孝敬,暗地里盘算我,又要人又要东西,你们弄开了她是调虎离山,然后好摆弄我。这话说得太过了。前边一直写老太太养尊处优,其乐融融,周围又是儿子儿媳妇又是孙子孙女孙媳妇儿,这么多人围着她都供着她,个个都向老太太致敬尽孝说笑话,哄着老太太高兴,她突然说出这么狠的话来,这难道是偶然的吗?难道她真是一听说鸳鸯要走就完全脑子乱了吗?

我觉得不是。关键在哪儿呢?贾母心里也明白,她已经七十多往八十岁走了,又是个老太太,所以她有两方面的弱点:一个是年龄的弱点,她老了;一个是性别的弱点,旧社会是男尊女卑,她是女性。所以,她地位虽然高,她对自己并不完全有信心。大家虽然都尊敬她,但她头脑相当清醒。此前有些描写,大家想办法哄贾母高兴,贾母出个谜语,说"猴子身轻站树梢",打一水果名。谜底是荔枝。荔枝的"荔"和站立的"立"一个音,猴子身轻站在树梢上,不就是"立"在树"枝"上嘛!大家都知道这个谜底是荔枝,但都往错了猜,就说老太太出的这个谜语不好猜,什么都猜,就是不猜是荔枝。有点儿像当今某些广播电视节目,出个猜谜节目,谁也猜不对,越容易越猜不着,吸引百万千万条短信发来,各方都有很好的效益。有个谜语大家硬是猜不着,这样老太太就乐,瞅着他们,这个输了,这个罚了,逗你玩儿。然后老太太就说,你们给我题目我来猜。贾政就出了一个谜语:"身自端方,体自坚硬,虽不能言,言则必应。"说的是砚台。砚台是方的,身体也很硬,它本身不说话,如果你想说话,蘸上砚台上的墨就可以写字,就把话写出来了。贾政出完题就把谜底告诉了宝玉,然后宝玉跑到贾母旁边小声说了。贾母就表示:我还不知道吗?是砚台。大家都说,老太太真叫聪明,老太太这智商无与伦比,谁能比得过老太太?这就是公开的、明目张胆的作弊。难道贾母那么聪明的人还不知道这是贾政哄着她玩吗?她难道不知道宝玉是奉贾政之命来透露答案的?贾母都知道。

但我们要知道,这样做,伺候老太太,让老太太高兴,符合礼的要求,符合敬的要求,符合情面的要求,更是符合孝的要求。能够让老人在子孙面前高高兴兴,在那儿又笑又说话,这是大家都有面子的事情。反过来说,老人给儿女们提供致敬和尽孝的空间,这是老人的快乐。老人你不能说不让孩子们哄着自己玩,不让孩子们跟着你一块儿高兴。假的也好,假有什么不好?人常常会弄假成真。比如说大家一块儿哄老太太,说老太太猜谜语的能力强,老太太聪明,比我们年轻人都强,老太太记性比我们好,见识比我们多⋯⋯没完没了地在那儿说,说来说去成真的了,没人敢说老太太糊涂了,没人敢说老太太年老昏聩了,没人敢对老太太的任何判断任何说法提出质疑了。所以,老太太越讲,大伙儿的情绪越高。但不等于贾母心中对自己的衰老和不可避免的智力体力的下降就没有某些恐惧之感,有不放心之感,有某些不愉快之感。甚至于贾母对她的亲近,对她最宠爱的这群人如贾政、王夫人、王熙凤、贾宝玉都有防范,她有防范心理。

封建社会不是一个真诚、真实、坦直的社会,而是一个处处看礼数、处处要表演自己忠孝的社会。我们到北京故宫参观,看到有皇帝题的"正大光明"四个字,可见当年的正大光明是多么需要提倡、多么缺货。所以她偶尔露峥嵘,让我们看到了另一个贾母——一个对自己并无信心的贾母,一个充满了警惕性和防范心的贾母,一个头上长角身上长刺的贾母。这是一个不惜以最坏动机来揣测别人的贾母。所以邢夫人过来讨鸳鸯,贾母的愤怒一下子淹没了一切,她不是只骂邢夫人,她不是只骂贾赦,她甚至牵扯到王夫人,连薛姨妈都在,那么多人都在,宝玉也在,她全否了!这一招非常重要,千万不要以为养尊处优、嘻嘻哈哈、自称老废物的贾母真是一个吃吃喝喝享受生活的快乐的老年动物。不是的,她不是一只快乐的猩猩,她更不是一条快乐的金鱼。她是一个曾经经历过创业维艰、明争暗斗、身上长着好多机关、随时准备和别人作战的老太太。我们认识到这一点是非常重要的。

最后还有一个细节也精彩得很。贾母生气了,把打击面扩大到王夫人,不好办了。贾宝玉无法为妈妈辩护而反驳奶奶,更不能趁机分析责任在伯父贾赦与伯母邢夫人身上。王熙凤也不好为姑姑王夫人说话。在这种场合,探春的用处显现出来了,她出来说明:大伯子讨妾,兄弟媳妇是不会与闻其事的。中国的习俗,大伯子与兄弟媳妇要保持足够的距离,保持男女大防。但是小叔子与嫂嫂却可以随随便便。探春讲得有理,贾母趁势转弯子,反过来责备宝玉与凤姐忘了提醒她。然后凤姐不放过这个奉承与取笑的机会,她是什么时候都不会落下空子的。她说只怪老太太自己把鸳鸯调理得好,把鸳鸯搞得人见人爱,我要是个男人我也想要她呀。老太太说那就给贾琏吧,凤姐说贾琏不配,自己与平儿这对烧糊了的卷子陪着他也就够了。如此这般皆大欢喜,却令人回忆起尤二姐的遭遇,王熙凤绕不过去贾琏纳妾的麻烦。而当时呢,一个小小的危机,一个大大的尴尬,化解为一场笑谈。此时,贾府表面上仍然是形势大好,贾母仍然是专门享福,子孙媳妇仍然是尽忠尽孝,鸳鸯仍然是得力的"贾母办公室主任",荣府照荣,宁府照宁,一直发展到"荣"不下去了"宁"不下去了,贾琏那儿也不止一对卷子了,不可救药了,彻底完蛋了为止。

这里还有一个问题:古往今来几乎所有的读红、爱红、评红的人都歌颂鸳鸯,说鸳鸯太棒了,是女中豪杰,有骨气。为什么说她有骨气呢?她说了,谁也不嫁,等老太太死了,我或者剪了头发去当姑子,或者我也死。哪个男人我都不嫁,糟老头子像贾赦这样的,我不嫁;年轻点儿的像贾琏我也不嫁;哪怕是公认靓仔俊小伙的贾宝玉我也不嫁,我谁都不嫁……读《红楼梦》的人至此一片热烈的掌声。而我每次看到这里都觉得恐怖,心都紧一下。如果说鸳鸯被糟老头子贾赦给讨到房里当小老婆,我们会很替鸳鸯憋屈难过,很替鸳鸯感到屈辱,那么鸳鸯下决心一个都不嫁,我们鼓什么掌?我们鼓掌,我们有病啊!好模好样的,挺健康的,个儿挺高的,长得跟时装模特一样,说不定模样与高个儿美人潘金莲也有一拼,这样一个女子,在特殊情况下不得不宣布一辈子不嫁人(到后四十回,贾母死了,写的是鸳鸯"殉主登太虚",她自杀了),还有人在这儿鼓掌,说鸳鸯真伟大,认为袭人很卑劣(袭人与宝玉已经试过云雨之情了,宝玉走后她不自杀,她不守节,她嫁给蒋玉菡了,嫁给一个戏子了,证明袭人是不忠不孝、不节不义,而鸳鸯是又忠又孝、又节又义)?!

我就觉得,人们脑子里的封建思想也太多了。在我说吧,鸳鸯如果嫁给贾赦,是进了火坑,肯定受到的是炼狱般折磨;如果鸳鸯下了决心,为了不受这种耻辱就任谁都不嫁,就永远自己过或者当尼姑或者自杀,这就不是进了火坑,而是进了冰窖,是把自己活活冻死。哪个比哪个好,我看不出来。至于鸳鸯为贾母而殉,以她年轻的生命来陪着已经过了八十岁的一个老太太去死,有什么值得歌颂的地方?有什么值得赞美的地方?我觉得这非常悲哀。鸳鸯完全是被封建制度、封建意识形态害死的,在鸳鸯面前没有别的活路。对鸳鸯的不嫁而那么高兴地加以称赞,实在不是一个现代的中国读者应有的态度。

我们这里还受着一种封建思想的影响,就是把女人嫁人或者女人和男人生活在一起当成"不洁"的表现。林黛玉就是这样,她临死还要说一句"我这身子是干净的",什么意思呢?说我这身子没让男人碰过。这是变态,这是偏执,这是对生命的否定,这是对人类的否定。怎么能够这样看问题呢?

这里讲到鸳鸯的故事,我实在是非常感慨。我希望我们能用一种新的现代人的态度来解读来感受鸳鸯的故事。

第十八讲 大观园里的青春万岁

《青春万岁》是我在一九五三年十九岁的时候写的,是我的处女作,也是一部长篇小说,它表现了二十世纪五十年代建国初期青年人的那种欢乐和希望。其实每一代人都有每一代人的"青春万岁",即使在大观园里,即使在黑暗的年代也是一样。我读王朔的《动物凶猛》(后改编为影片《阳光灿烂的日子》)时就感觉,那也是一代人的"青春万岁"。至今有一些那个年代成长起来的人,谈到政治运动,谈到上山下乡,仍然心潮澎湃,始终不轻言否定,就是例证。

前面我讲了大观园里的那些黑暗、那些卑鄙、那些仇恨、那些压抑压迫阴谋诡计,但大观园里是不是只有压抑呢?是不是只有压迫呢?是不是只有黑暗和丑恶呢?不是。有生命的地方就有活力,有青春的地方就有希望,有人的地方就有人与人之间的温暖和友谊。大观园里也是一样。

从前有人读《红楼梦》,说贾宝玉太有福气了,说大观园是贾宝玉的天堂。你想想,他一个男孩子,长得很俊美秀气,许多的美少女包围着他,伺候着他,簇拥着他,关心着他,争取他的青睐,希望得到他的顾盼,谁有这个好处啊?谁有这种生活待遇啊?只有一种人会有这种待遇,那就是皇帝。皇帝是有三宫六院七十二嫔妃,但皇帝太辛苦太忙,他顾不上。每天他得忙着朝廷内外各种大事小事、各种危险忧患、各种宫廷阴谋特洛伊木马,他根本顾不上青春美好,顾不上美女。凡是能够钟情的、凡是一心怜香惜玉的皇帝,都是亡国之君,没有一个有好下场。所以说贾宝玉太幸福了,以至于有红学索隐派认为贾宝玉暗示影射的是顺治皇帝,因为只有顺治皇帝才可能生活在这样多的女性的美艳和注视之中。

起码咱们得承认,贾宝玉生活的环境够吸引人。贾宝玉算够"青春万岁"的了。《红楼梦》最吸引人的是什么?《红楼梦》的可读性在哪里?《红楼梦》的最大卖点在哪里?有人从商业角度说,就是它满足了许多男人的那种虚荣心、那种欲望、那种梦寐以求——一个男人受到那么多女性的喜爱与簇拥,那是一种福气。是不是真的幸福,那是另外的问题。好莱坞就有过一部片子,说一个男人到处拈花惹草,最后一大堆女子追着要嫁给他,把他吓坏了——很好笑。

同时我们还看到,《红楼梦》里这批年轻人,他们在一块儿并不是天天痛苦不幸、哭天抹泪,也不是天天在那儿吵架,他们有很多有趣快活的生活。其中表现最多的就是他们在一起吟诗,他们的诗歌活动非常活跃。

为什么说《红楼梦》是封建社会的百科全书?日常生活中的一些事,你在《红楼梦》里都能找到影子。当今大学中学和机关单位里有些个文学社团,《红楼梦》中也有。探春发起组织了一个诗歌社团,命名为海棠社,因为那天正好赶上贾芸给贾宝玉孝敬了两盆非常漂亮的白海棠。探春邀请了宝玉,邀请了黛玉、宝钗,邀请了姐姐迎春和妹妹惜春,邀请了嫂子李纨和王熙凤,在一块儿命题作诗,规定韵脚——中国传统诗词对用韵上有很严格的要求。

海棠社设有社长,李纨就宣布:当仁不让,这个社长我来当。第一,我年龄大——那没错,她是嫂子,是贾珠留下的寡妇;第二,我不会作诗,但我也不排除某些时候我高兴的时候也跟着作两首,只要题目出得容易。另外,她还任命了两个助手来管理诗社,一个是迎春,一个是惜春,因为她们俩作诗上都差点儿,让她们来做管理和监督。这看着挺好玩:业务上太强了,你当成员就行了;业务上差点儿,更适合做管理当领导。这倒符合了我的一个说法:完全外行领导内行,可能不是好办法；完全内行领导内行，也不见得是好办法。领导与成员从业务上就争起来了，陷入业务门户具体问题之争，如何是好？最好是半内行半外行来当领导，这样你领你的导，我业我的务，大家分工合作。第一次海棠诗社诸君写了很多诗，是从各个角度来写海棠。后来又想起了史湘云，又让史湘云做东，接着做下去。

《红楼梦》的作诗传统对我们现今生活仍有一定的影响。大概四年前的春节，都是我这种年龄（七十多岁）的一批文化人聚会，我们也弄了个游戏，就把《红楼梦》中的诗写在纸条上让大家抓阄，看看每一个人抓到什么。我抓到的就是史湘云《咏海棠》的诗，上面写着"也宜墙角也宜盆"，就是你可以种在墙角，也可以种在大花盆里。这当然是玩了，我抓着这个，他们都认为这是《红楼梦》在天之灵对我的判断，很恰当很正确——可以放墙角，也可以摆在台面上，可以冷落，也可以热乎那么几下子。所以说《红楼梦》很有意思。

作海棠的诗，是薛宝钗夺魁。贾宝玉说，究竟是薛宝钗夺魁还是林黛玉夺魁，需要研究。李纨就表示，既然我是社长，我说了算，不用讨论了，就是薛宝钗夺魁。

后来一次吟咏菊花，是林黛玉夺魁。其中有两句给人深刻的印象，"孤标傲世偕谁隐，一样开花为底迟"——你很孤独，像菊花一样，谁能陪着你隐居在这个世界上呢？你打算与谁为友为伴呢？一样都开花，为什么你老是落在别人的后边？这里有一番人生感慨，反映了她的不合群。

然后又咏螃蟹，借着螃蟹讽刺社会。薛宝钗有几句诗，众人说你对社会讽刺得太毒了些，可见薛宝钗也有她很尖锐辛辣的一面。她说螃蟹"眼前道路无经纬"，就是它走道分不清横竖，"皮里春秋空黑黄"，它对壳子里那些东西自己也没个判断，分不出是非黑白，不知道哪些事情可以做哪些事情不可以做。社会上有这么一种人，分不清是非的，不懂得怎样选择自己人生道路的，不知道高下前后真伪的。当然，这首诗是针对螃蟹说的，螃蟹横行，影射某些无经纬无章法的人的横行霸道;"皮里春秋",是说表面上不动声色,实际上有很多盘算或见解,如说一个人城府很深;"空黑黄"是说螃蟹壳子里有黑膜,也有黄黄的油膏子,但是没用,螃蟹逃脱不了被捕食的命运。

《红楼梦》里作诗联欢有个特点,好几次都跟吃有关系。吃螃蟹就是一回。周汝昌先生说大观园就是北京的恭王府,对他们在哪个地方吃螃蟹都说得非常具体。《红楼梦》描写得最高潮的是吃鹿肉的那一回。那次有很多人参与,贾府又来了各种亲戚:有宝琴,特别漂亮,是宝钗的堂妹;有李绮、李纹,是李纨的亲戚;有邢岫烟,是邢夫人的侄女。多了五六个人,阵营声势一下就大了,再加上旁边伺候的丫头,人就更多了。一般小户人家的女孩哪会有这种与众姐妹联欢热闹的机会?那天他们弄到了鹿肉,就在芦雪庵那边烤着吃。吃得最邪乎的、最来精神的是史湘云,她吃得比别人多,吃的劲头也大。后来这场诗会变成联诗,就是有一个人先说头一句,底下的人每个人说两句,这样整个"联"下来。

第一句是请王熙凤说的。为什么要请王熙凤参加呢?王熙凤知道,说你们主要是跟我要银子,我要不参加,可就成了大观园的反叛了。你们并不是找我来作诗,你们也知道我不会作诗,你们拉上我参加是为了解决经济开支……这个让人看着也挺亲切,现在作协文联或文学刊物有时候想搞点儿什么活动,也得拉几个不见得文章写得最好却有经济实力的人或单位公司来参加,有经济实力的人有时候也愿意跟这些文人打打交道,所以就能把这个事办成了。

王熙凤开的第一句叫"一夜北风紧",众人都说她开得特别好,这底下的话好说,特别像一首长诗的开头。王熙凤虽然没有文化,但她毕竟生活在那种环境当中,她耳濡目染,肯定也知道不少诗词戏文之类,也知道一些孔孟的名言之类。我小时与外祖母常在一起,她是文盲,但是她会背诵《唐诗三百首》《千家诗》中的许多作品,也最爱背诵林黛玉的题帕诗。

凤姐开了头,然后这个一句那个一句,越联越多,越联越快,跟抢命似的,大家都争着说,描写得非常热闹。不光是写了他们的那些诗,而且还写了他们的神情——

"一夜北风紧",然后就是"开门雪尚飘。入泥怜洁白"……然后黛玉说"香粘壁上椒。斜风仍故故",宝玉说"清梦转聊聊。何处梅花笛"……他们联诗的方法是,王熙凤说了第一句,然后下边的一个人说二与三句,再一个说四与五句,再一个说六与七句……每个人先说一句下联,是偶数序的句子,再起一句,即说下一句的上联,把难题出给下一位"选手"。这个速度根本不容思考,像曹植那样七步为诗也不行,你走了七步,至少三个人已经抢答过去了。这就是说,参加这个活动,第一要快,不失时机,争分夺秒;第二要准,韵脚要准,要合辙押韵,对对子要准,平声对仄声,虚字对虚字,实字对实字,天对地、云对雨、来对去、海对山等等;第三还要通畅合理,接得了上头,开得了(启发得了)下头,还要即景、新奇而又古雅,不能是薛蟠式的下半身写作加个恶搞。

果然,一个个地联,越联越快,是"岫烟抢着联道""湘云丢了茶杯联道""黛玉忙联道""湘云忙笑联道""宝琴也忙笑联道""湘云又忙道""黛玉不容她道出,接着便道""湘云忙联道""宝琴也不容情,也忙道""湘云见这般,自为得趣,又是笑,又忙联道"……然后是"湘云笑的弯了腰,忙念了一句,众人问'到底说的是什么'",就是她笑着说,她说话别人都听不清楚了,但她还要说。"黛玉笑得握着胸口""宝琴又笑道",然后"湘云忙联道""宝玉忙笑道""宝钗笑称'好句',也忙联道""宝琴也忙道""湘云忙联道""黛玉又忙道""宝琴又忙笑联道""湘云伏着已笑软了。众人看他三人对抢,也都不顾作诗,看着也只是笑。黛玉还推他往下联,又道:'你也有才尽之时。我听听还有什么舌根嚼了!'"这是黛玉说湘云。"湘云只伏在宝钗怀里,笑个不住。宝钗推他起来道:'你有本事,把"二萧"的韵全用完了,我才伏你。'湘云起身笑道:'我也不是作诗,竟是抢命呢。'"……

他们用抢答的方法一共联了七十句诗,我认为这个属于大观园的诗歌奥林匹克,是大观园的诗歌节、大观园的青年联欢节,又是大观园的白雪节或初雪节,是大观园的 BBQ(烤肉)节。这样一帮年轻人,用这样一种抢命的速度联诗——即兴地有这么一个题目,你得接别人的茬,该对偶的时候你得对偶,该押韵的时候你得押韵,该起韵的时候你得起韵,这太棒了!这是一种心智游戏,是文字的文学的比赛,谁聪明谁笨、谁有墨水谁只有糨糊,一联诗就看出来了。

看到这儿,我有个感想,就说咱们现在组织一个联诗活动,也是十六个人,肯定达不到大观园里的水平。我先保证,我本人如果参加这次诗歌联欢节比赛,我肯定是不及格的,也可能只得零分。不但我做不到即时联句,着急阅读起来甚至有跟不上速度之感。这里有个非常难说的事。一方面,从它的社会制度、意识形态、生活条件、清规戒律等这些方面看,封建社会太落后了,有很多不合理的东西,有很多气死人愁死人的东西。而那时候这些小姐们文化素质都非常高,脑子也非常快,连娱乐的文化含量都这么高。现在咱们的年轻人、中年人、老年人,娱乐的文化含量有这么高吗?我不敢说,说不定如今就低于那个时候。现在我们一块儿娱乐,比较能够容易接受的是,喝酒可以,喝酒时联诗根本不成,喝酒时说些不干不净的话倒是可能,说些庸俗的话段子什么的倒是可能,我们没有联诗的文化了,我们没有联诗的水准了。《红楼梦》里描写喝酒,不是猜灯谜就是讲故事,在文字上下功夫,连人家刘姥姥都会说什么左边是个人,是个庄稼人,什么绿什么红,是大火烧了毛毛虫——她也会说一些押韵的话。

在我看来,《红楼梦》里这场芦雪庵联诗,是一个青春万岁的高潮,是诗歌奥林匹克,还是青年联欢节。《红楼梦》再往后一点儿的青年联欢节就是"寿怡红群芳开夜宴",是到了贾宝玉的生日了,由一帮小丫头们出钱——白天她们已经给贾宝玉贺过生日了,晚上她们偷偷地再过一次——又把宝钗、黛玉、湘云这些人也叫过来,一块儿开宴喝酒。这次喝酒喝得特别热闹,后来芳官喝醉了,是和贾宝玉在一个床上睡着了的(当然都穿着衣服,并没有别的乱七八糟的事儿)。贾宝玉提出,天太热了,你们把外衣都脱了吧。这些女孩就把外边的正装脱了,花花绿绿的小打扮,在那儿又喝又闹。他们行的酒令是"占花名",通过抽签确定自己是什么花,然后出节目、饮酒等等。宝钗头一个掣的是牡丹花,叫做"艳冠群芳",而且签上题的词是"任是无情也动人"。这可了不得了,薛宝钗是冠军呀,无怪乎贾宝玉念着"任是无情也动人"几个字怅惘不已。林黛玉抽到的签是芙蓉,题的字是"风露清愁",题的话是"莫怨东风当自嗟"——不要怨风不合适,您自我叹息一阵子就对了,谁让您那样不走运呢?

这种玩法也够雅的了,还适应在场的人中有许多文化不高的丫环这样的一个情况,降了格。我要说一句哪壶不开提哪壶的话,我们今天再做这样的游戏,抽出签子来,那上面的字,认得齐全,念得出来,讲得清楚吗?

一个缺陷从另一方面来说成全了某些长处,大观园里的女儿们当然不会田径、球类、电脑上网、骑自行车、开摩托、开汽车,不会外语、数理化、跆拳道、五线谱,她们能够做的集中到了文字文学上,她们的文学知识高于今日的人。

而依着贾政,作诗也是要压制的。第九回,全书开始不久,贾政问李贵关于宝玉的读书情况,李贵说宝玉正在读《诗经》,贾政竟说读诗是"掩耳盗铃,虚应故事",贾政只准宝玉读《论语》《孟子》《大学》《中庸》这"四书",而且要求背诵。在贾政眼中,连孔子亲自编辑的《诗经》也靠不住,一切有生活气息、有人气人味、有文学味道的东西都是危险的,都让人往脑筋活泛上走,是不利于封建统治的。这个观点也很惊人。看来在我国视文学为坏东西,为涉嫌毒品,为不合正轨、不合道德、不敬长上的另类,这种观点也是源远流长的啦。

这样的青年联欢节,大观园里的"青春万岁",让我想起来一句西方谚语,说"生活并不公正,仍然十分可爱"。大观园里绝对不公正,但是大观园里仍然可爱,青春仍然可爱,诗歌仍然可爱,青春的友谊仍然可爱。我们不会忘记大观园里青春的美丽和欢乐……

第十九讲　扫荡青春

前面我们讲到"大观园里的青春万岁",紧接着我要讲大观园里最凶险的对青春的讨伐、对青春的扫荡、对青春的重创。这就是前八十回快要结束时的抄检大观园。

傻大姐捡到一个荷包,荷包上绣着两个没穿衣服的男女,被邢夫人碰上了,邢夫人就把这个送到王夫人跟前。王夫人一看到这个不雅物品,吓得浑身发抖,真是跟晴天霹雳一般,跟白日见鬼一样。她马上判断是王熙凤的,她就直奔凤姐那边,喝令平儿出去,进行个别谈话,审问责备王熙凤。然后她任命邢夫人的陪房王善保家的为急先锋、稽查队长,对大观园各处翻箱倒柜进行抄家式搜检,借这个机会清洗了一大批王夫人所不满意的人,包括晴雯、司棋、芳官等。这事搞得鸡飞狗跳、腥风血雨,简直是不得了。这是一个关键,从此,充满了青春欢乐和美丽真情的大观园变成了一个肃杀的地方,变成了一个危机四伏、阴谋到处、令人不忍卒睹的地方。

发生这场抄检很偶然,由头就是一个小丫头捡到一个涉嫌不雅的小玩意儿。实际上发生这个事是必然的,是有它的思想基础和权力格局基础的。贾宝玉的年龄越来越大,王夫人对贾宝玉的道德成长、健康成长是越来越不放心了。王夫人坚信万恶淫为首,你什么坏事都可以干,但你不能够轻易牵扯上"淫乱"二字。尤其是女子,女子淫乱,比妖孽还可怕。而在男女关系上不检点是会牵扯到儿子名声的。贾宝玉十五六岁,所以王夫人也是做未成年保护,她的这个未成年保护的基础思想是"万恶淫为首,万险美为先"。那么,怎样防止未成年的贾宝玉受到污染,尤其是不受到坏女孩的勾引?在王夫人的心头,贾宝玉是天真无邪的,可这帮女孩什么坏思想都有,越是漂亮的丫环越是危险,她们必然会勾引人。王夫人明确表示过:谁谁谁长得不太好、傻呆呆的,这样的人是靠得住的;谁谁谁长得自以为是个美人坯子,这样的人是靠不住的。所以在抄检大观园中,王夫人采取的方针是"除美务尽,灭情必绝"。好看的女孩就是祸水,就是引诱,就是魔鬼。有了好看的女孩,那贾宝玉还怎么能够有端端庄庄、正正派派的学习,还怎么能够进步,还怎么做到修身齐家治国平天下?所以她瞅着谁漂亮她就发火。

这里既有价值观念的问题,也有王夫人个人生理心理状态的问题。我们不能排除像王夫人的这种处境、这种年龄,她自己的女性魅力已经完全丧失……《红楼梦》里有些小情节不妨提一下,书中把赵姨娘写得非常不堪,但它不止一次提到赵姨娘伺候贾政睡下,说明贾政是和赵姨娘同床的,是接受赵姨娘各方面的服务与温存的。而王夫人只有这么一个名,是一个大主子,权力大,而她的个人生活是没有什么乐趣的。这种情况下,尤其是一见晴雯,她这火就上来了。这是一种非理性之火,又是"万恶淫为首"这样一个价值观念的火,是"万险美为先"这样一种敌情观念。所以,抄检大观园,立竿见影的一个效果就是驱逐晴雯。思想根源还不仅仅是王夫人要保护贾宝玉,要"除美"要"灭情",认为情是最危险的东西,还加上一个更有分量的因素,就是贾母对下人的高度警惕——搜检抄家,扫荡讨伐围剿青春,已经不可避免。

此前发生了一件事,就是探春奉命调查大观园的夜间保安状况。这事其实是贾宝玉他们自己造出来的。贾政做官回任,一旦到家就会检查贾宝玉的作业。贾宝玉根本就没有做作业,于是天天赶造,开夜车恶补。有一次正赶着呢,陪着熬夜而不得安睡的一个小丫头"砰"的一声,打瞌睡脑袋撞到了墙上。后来不知是从房梁还是哪儿

"嘣"一声,晴雯出主意,借机造舆论,说了不得了,有人从房上跳下来了,吓着二爷了,连着几天不能写字了,所以作业没完成……是她们自作聪明造了这么一个假象。可是造了事端就要盘查,就要有个交代。正在联合执政的探春查后,说咱们家下人的夜间保安虽不算严密,也没有大问题,不过就是吃吃酒斗斗牌而已。不料贾母立即严正指出:你姑娘家的如何知道厉害,既耍钱保不住不吃酒,既吃酒他就要开锁就要开门,开门开锁就能藏贼引盗,甚至他们本身就是贼也未可知。一旦护院的本身就是贼,藏贼引盗何等事做不出来!他们既然是贼,就又会把外边的贼也引来,无恶不作,杀人放火绑架各种手段他们都会使。而且这里鱼龙混杂,也有傻瓜也有好人,根本就靠不住,倘有别事如何是好。贾母说,我见过的坏人多了,你小孩子不懂得。

一番话说得探春无语。探春没有资格跟她的祖母进行理论性讨论,分析大观园的形势如何如何,就是贾母忽然一根弦绷紧起来了,忽然认为大观园是岌岌可危,是处处有盗,护院的保安人员和盗贼可能是一丘之貉,这是贾母的认识。

贾母的认识也不是偶然的,因为她是"杀"出来的,她和贾赦贾珍贾琏这些废物这些吃喝玩乐的寄生虫不一样。从贾母那里定了一个"要把反犯罪、反恶人、反内外勾结这根斗争的弦拧紧"的方针,王夫人又定了个"为贾宝玉的健康成长严厉扫荡青春貌美丫环"的方针,这就是抄检大观园的思想基础。在这样的思想基础上,谁也不敢多话,因为贾母和王夫人讲得堂堂正正,她们是大观园里最最有权力有威望之人。

搜检大观园事件还有一个权力格局的基础。贾府一直有个矛盾,贾母信任王熙凤,偏爱贾政王夫人和宝玉,也就有不得烟抽的人如贾赦和邢夫人。贾赦名为大老爷,袭着爵位,但他屁事都管不了。他本身表现也不好,那是另说。所以,邢夫人从傻大姐那里得到不雅的荷包,喜出望外,她让王善保家的给王夫人送去,这等于是下战表,是将王夫人的军。她的潜台词就是：你们这个系统，你和你的内侄女管这个大观园，已经败坏到了什么地步，已经混乱到了什么程度！连这样的绣春囊都出笼了，你们有何面目见贾府众人，有何面目见贾家祖宗与后代！邢夫人贾赦那边一直憋着火呢！

还有个人的原因，就是王熙凤她太能干，她得到贾母的宠爱太多，这样就把她凸显暴露出来了，她在一个被大家所注意也是被大家所挑剔的位置，能找到她的短处，那可真是天从人愿，兴高采烈，此时不攻主流派，更待何时！

由邢夫人下战表，由王夫人接战表，使王熙凤暂时靠边站，而由邢夫人的陪房亲信王善保家的任"风化侦缉队"队长。王熙凤由于种种原因，还曾被王夫人怀疑过那不雅物品就是她的东西。至少，她也有管理不善不严、不无失职的责任。这次事件，王熙凤就守在一边，跟着走，而由王善保家的到处逞威风。在这过程中表现出来的每个人情况又是不一样。

第一个就是晴雯。晴雯对王善保家的带着一批人来搜检非常反感。形势对晴雯非常不利，因为王夫人已经放下话，对晴雯就当一个坏人当狐狸精来对待。晴雯也是憋着一口气：你不是要来查我吗？她就把自己的箱子打开，把里边东西哗啦全倒出来，你查吧！你看我这里有什么东西，有犯私的没有？有犯忌的没有？有来源不明的没有？这样就给了王善保家的非常不好看。这是晴雯，她有这么非常强烈的反应。

有些人的反应就是胆小如鼠，吓得不得了。晴雯表现出她的反感和不计得失的反抗，而号称比较具有反叛精神反封建意识的贾宝玉和林黛玉，对抄检大观园毫无反应，这是我至今百思不得其解的。我不能不对它得出一个我非常不愿意得出的结论——贾宝玉实际上是非常怯懦的。对林黛玉我也不明白，平常越是小事她越计较，这次跑到她房里翻箱倒柜，她反而若无其事？莫非有的人只是小处反叛，而一闹大了，他反而老老实实了？

贾宝玉作为贾家最核心的人物,是个小少爷,可以任性胡闹,可以吃丫头脸上擦的胭脂,可以跟股麻糖一样腻在人家身上……但在王夫人面前,在贾母面前,在王熙凤面前,他从来不敢替那些忠心耿耿的丫头们说一句话,他没有。贾宝玉其实是极端怯懦的,我甚至要说他是极端自私的。像把金钏逼死,贾宝玉也有责任:他跑到金钏那里胡闹瞎逗,说些无聊的话,金钏刚跟他逗一句,被王夫人"啪"打一个嘴巴,打得她投了井。贾宝玉他就不能帮说一句话吗?他可以说"和金钏姐姐没什么事,是我跟她瞎逗,我们没说别的,这赖我",但他没说。王夫人那样痛骂晴雯,他也不敢说一句话;比如可以说晴雯什么事都没有、晴雯是最干净的、晴雯就是脾气不好,可他没说。所以,我们在这里看到贾宝玉的怯懦。

　　甚至我也怀疑林黛玉的怯懦。林黛玉的本领就是治贾宝玉——因为贾宝玉太爱你了,所以你跟贾宝玉那儿没完没了,你不能让贾宝玉踏实了,你老是对贾宝玉不满意。这王善保家的什么玩意儿,这么个小人,带着一批人如狼似虎地开箱倒柜,一件一件地检查,等于是抄家,按说林黛玉那么有尊严的人,你不能骂两句,说"你滚出去"吗?你不能骂,你还不能哭吗?她也没有哭。

　　抄检大观园事件中,还有个人的表现很离奇。当有什么事情发生的时候,每个人会是什么情况你真是不好预料,每个人会有什么样的表演你真是不知道。我说的是惜春。惜春是个小孩,贾家这一辈中最小的姑娘,爱画画。惜春跟上面这些事都没有关系,没有一个人说过她不好。她为人清高,也不贪热闹,也不去求宠,也不去说任何人的坏话,看来惜春是最好的人了。可是,在惜春身边有个伺候她的丫头叫入画,搜检时在入画的箱里发现了一些财物,也是有来源的,是她哥哥伺候贾珍得的赏银赏物,一些银子衣服袜子什么的,让她收着的。出了这场面,惜春的态度是要把入画轰走——我这里不要这样的人。后来连尤氏都来央求惜春,说入画一直不错,她这些财产是有来源的,并没犯财产来历不明罪,都证实了是贾珍送给她哥哥的,你为什么非要把她轰走呢？你给她留个改过的机会……可惜春说：我就怕你们这些肮肮脏脏的人，我就怕你们这些肮肮脏脏的事！其清高的另一面很是惊人，是绝对的自私、绝对的无情、绝对的只顾自己。《红楼梦》的这一笔，令人寒心，也令人深思。自命清高的人可能非常自私，傻里傻气管闲事的人可能助人为乐，但助人为乐的人又可能手伸得太长，呜呼，要了命啦！

那么，抄检大观园事件里也有个人形象非常高大，令人难忘，就是探春。

探春从一上来在理论上就和老太太发生了分歧：探春主张大事化小、小事化无，大观园没有太严重的问题；可老太太说不行，要从严要求，要防微杜渐，这些人都靠不住。

这已经够厉害的了。探春还有一大段话，说像我们这样的家庭，自杀自灭是最危险的，从外边杀过来杀不灭。这么大一个家，这么有力量，但我们现在自杀自灭起来了，自己抄自己的家了，早晚有抄家的日子……她的话说得非常厉害。

探春面对王善保家的更显得正义凛然，说你要知道，我这人心毒，丫环们根本没有自己的财产，所有的财产就都放在我箱子里，你想搜就搜我，搜丫环们是不可能的，搜吧！就把自己的箱子打开。王善保家的得寸进尺，给她鼻子就上脸，她搜完后，居然还过来对探春作搜身状，这时候探春说：什么狗奴才敢动手动脚的！"啪"一个嘴巴扇得王善保家的几乎倒在那里。然后王熙凤说你这老婆子也太不知进退了，竟随便敢动小姐的身子，这不是找没趣吗？探春这一个嘴巴打到王善保家的脸上，是《红楼梦》中最令人痛快的事。我看《红楼梦》里没有哪件事能痛快，就打的这嘴巴痛快。像王善保家的这种挑拨是非、仗势欺人、迫害善良、耀武扬威、狗仗人势的奴才，缺的就是探春打嘴巴！

我说过，《红楼梦》是一部让人看着窝囊的书，但我们看完了《红楼梦》后并没有得抑郁症，我们看完了《红楼梦》还爱看，靠的就是探春打的这个嘴巴,余音绕梁,三百年不绝。挑拨是非、仗势欺人的狗奴才们,你们就等着这个嘴巴吧!

抄检大观园的结果是惨不忍睹。好好的驱逐了晴雯,使得晴雯活活气死病死,"伟大"的贾宝玉偷偷去看了一趟晴雯,就被大鼓书说唱至今。其实晴雯是为宝玉死的,病补孔雀裘不也是为他吗?却使得已经患重感冒上呼吸道感染的晴雯病上加病。芳官如何如何,还有那个小丫头四儿说过的什么笑话,王夫人那里都知道了,连宝玉也怀疑起袭人来了,被袭人不软不硬地顶了回去。还有司棋,她与表弟潘又安有私情,曾被鸳鸯发现,并被鸳鸯掩护。此次搜检后被逐,司棋满不在乎,她没搞"不奴隶,毋宁死",她是等着出去与表弟过好日子。倒是潘又安败退逃走,司棋殉情,最后潘又安也殉情了,称得上是惊天地而泣鬼神。此次的抄检大观园真是个血债累累!

一帮小小文艺工作者也在此次搜检后被扫地出门,她们的命运还能让人说什么呢?你需要文艺,你欣赏文艺,你至少要用文艺解闷消遣,你同时又视"文"为离经叛道,视"艺"为妖孽邪祟,视文艺为污染之源、瓦解之由、懈怠之根、混乱之兆,碰到了不好的事就整她们,可叹乎可悲乎可笑乎!

第二十讲　林黛玉之死

关于《红楼梦》后四十回，各种专家学者考证，多认定原稿已经遗失，现在通行的文字是高鹗的续作，所以对它有许多批评，叫做"颇有微词"，全部否定的意见也不少。我在这里也不打算多讲，但是我至少要说一件事：第九十五回从元妃之死写到宝玉的玉又丢了，宝玉有了奇祸，即宝玉的意识丧失，精神趋向痴呆与分裂；第九十六回写到凤姐奇谋惊天，竟在婚姻上搞调包之计，以宝钗充黛玉嫁给宝玉，给宝玉"冲喜"，黛玉知道后迷了本性，也成了精神病患者，像癔症也像精神分裂；第九十七回黛玉焚稿，断了痴情，与"狠心短命"的贾宝玉告别，与自己的一生告别，与爱彻底告别……恰在此时，吹吹打打的，宝钗以林黛玉的名义嫁了过来，"出闺成大礼"；第九十八回"苦绛珠魂归离恨天　病神瑛泪洒相思地"，孽债终还，欠泪的泪已尽，欠命的命已完，《红楼梦》的悲剧到了头到了顶。贾宝玉虽生犹死，他再无活下去的兴头，他再没有活着的精气神了。薛宝钗也从此注定了守活寡的命运，她的一切聪明一切礼数，她的一切"经纬黑黄"（见她的咏蟹诗），已经完全无济于事。

人再精，精不过命；人再诚，诚不过天；人再苦，也苦不过爱恋深情！

后四十回写的这一段，即宝玉与宝钗"被成婚"而黛玉归西，这个时机恰到好处。黛玉死早了不行，无论如何，宝黛之情是《红楼梦》的主线，宝玉与黛玉是《红楼梦》的主角，没了黛玉，没了宝黛之情,再换上一百个美少女来,读者继续读下去的耐性恐怕有限。除了黛玉,唯一能让读者略略接受那么百分之一千分之一的还就是宝钗了——虽是"赝品",还能摆摆看,还有点儿悬念。如果是按诸位专家的思路,最后是宝玉与湘云或其他人成双终老,能不能不被读者退货,老王实在没有什么把握。

宝钗"被嫁"宝玉,是以那样一种屈辱和惨无人道、完全作贱人的路子被嫁,也算古今一绝。古今中外,殉情不算新鲜,乱伦也不新鲜,民间文学里就有;强暴、买卖、包办、乱点鸳鸯谱,嫁给代表死人的木偶(《红色娘子军》中的情节),都不足为奇,以代理假冒的方式上阵出阁,以薛宝钗代林黛玉的方式嫁给宝玉,这倒成了前无古人后无来者,可以上吉尼斯纪录的奇婚栏目了。这个世界上的代用品已经够多的了,代科长、代部长、代乳粉、代牛油,居然还能代妻代老婆!

有了这样的奇婚,谁上?只有宝钗。本书一上来就不断地搞什么钗黛合一,钗不离黛,黛不离钗,是吉是凶,是真是假,是恶是善,都是第二位的问题。既生瑜,必生亮,既生黛,必生钗,否则就不符合一阴一阳谓之道的天理,不符合老子与黑格尔的辩证法。老子的说法是"皆知美之为美,斯恶矣。皆知善之为善,斯不善矣"。皆知黛之为黛,斯宝钗矣,皆知钗之为钗,斯黛玉矣。宝钗与黛玉,从老子与黑格尔的哲学理念上看,本来就是谁也离不开谁的呀!有了黛玉,宝钗才显出更清醒得体,谈言微中,什么都恰到好处。有了宝钗,黛玉才显出深情挚爱,情比天大,此生彼生,此世彼世,这一辈子下一辈子,永远让人忘不了的是黛玉与宝玉的相爱!

必须宝钗上,别人不行。晴雯复活也不行,哪个小姐上也不行,再调来一张新面孔就更不行。这与脂不脂砚斋毫无关系,这是一个对于人生的根本理念问题,是文学尤其是《红楼梦》构成的基本模式,"都道是金玉良姻,俺只念木石前盟",如果只有其一,还哪来的"悲金悼玉"的《红楼梦》!

这甚至也是《三国演义》的模式,既生瑜何生亮?如果有瑜无亮或有亮无瑜,或有曹无孙无刘,或有刘无曹,还哪儿来的人生好戏!

黛玉死晚了也不行,后四十回要办的丧事太多,要收的遗体太多:黛玉必死、元妃必死(虎兔相逢大梦归)、香菱必死(致使香魂返故乡)、迎春必死(一载赴黄粱)、贾母必死、凤姐必死(哭向金陵事更哀)……光这一系列的死亡,也是小说家的大忌和大难。你写的死亡太密了,除非是鬼子进了村用机枪点射或扫射,要不就是 H1N1 甲型流感。另外还有宝玉出家这样一个关键的情节,也得细细交代。有的说宝玉应不是出家而是潦倒终老,那可就没有现在的出家刺激与惆怅了。潦倒终老,更现实主义一些,反过来会影响读者对于宝黛之恋揪心撕肺的关切,死了也就死了,什么都淡下来了,宝玉娶了旁人或者打了一辈子光棍,像《胭脂扣》里那个百无聊赖、麻木不仁的糟老头子,喝喝散装白酒,赊赊账,一脸的鼻涕,一身的牛皮癣……倒也不妨想想,越想越泄气。而现在高氏对宝玉的"出家"处理,仍然相当出彩夺目。尤其是写宝玉最后向他爸爸贾政告别,脸上表情"似喜似悲",这简直是弘一法师的临终书法"悲欣交集"啊!这样的写法更古典也更小说。而如果是《胭脂扣》式的呢?更像是西洋哲学家尼采的宣布:上帝死了,然后是人死了,然后是爱情死了,然后是《红楼梦》也死了……这倒是白茫茫大地真干净了,甚至有点儿后现代的空无平坦广漠之意了。

还是在第九十四回至第九十七回这样写黛玉之死好。从距小说结束五分之一至六分之一处写,以黛玉之死为契机,再留下十三回写一批重要人物各自死去归去,写贾府的彻底败亡。哪怕留下个兰桂齐芳(李纨的儿子贾兰与宝玉的莫名其妙的儿子贾桂又中了举),所谓家道复苏,其实是伪复苏、伪齐芳,实为见证灭亡。

这一切先与宝玉丢玉联系起来,玉已经成为本书的主要道具、主要符号、主要情节承载物。本书第二十五回,已经在赵姨娘马道婆的阴谋蛊术中发生过一次事件,即灵玉蒙蔽无光,宝玉与凤姐遇到五鬼,后来一僧一道用这块玉救了叔嫂二人。这次,又是玉参加到最世俗通俗鄙俗的风波混闹中来。失玉、悬赏玉、扶乩找玉、测字寻玉、假冒此玉、打击假冒伪劣之玉,还有什么护玉、砸玉……再加上失玉的背景是由于出了海棠花妖,几株已经入秋枯萎了的海棠花却在秋天十月小阳春(就是说阴历十月天气忽然转好,气温给人们的感受不像深秋,倒像春季一样了)开起花来了。晚秋春花,这种事在新疆其实常见,有一部新疆题材的影片就叫《晚秋春花》。或以为是喜,或如探春者认为海棠逆时而动必为妖孽。还有元春之突然死掉,此前还有什么大观园里的鬼魂叹气,还有什么捉妖驱鬼,渐显贾府的乌烟瘴气,也是没落的兆头。

说来可叹,通灵宝玉本来是从女娲(中华民族的始祖神)那里来的神物,它陪着宝玉,象征着宝玉,见证着宝玉的红尘一游,也时时保护着宝玉,但既入了红尘,免不了也俗得一塌糊涂了一番,卷入了红尘的诸种乌烟瘴气。这是宝玉与黛玉妙玉不同的地方。黛玉妙玉确是至少从主观上一味地洁了还要洁、清高了还要清高。说是妙玉最后未能保住自己的雅洁,这个另说。起码黛玉强调自己至死身子是干净的。而宝玉则是雅俗兼而有之,大雅大俗,来者不拒,至少对俗是不完全拒绝。你看他与薛蟠、蒋玉菡、秦钟的交往便见一斑。整部书中,他一会儿是贾宝玉,一会儿是假宝玉,一会儿还有甄宝玉(却也未必是真宝玉),一会儿是神性的通灵宝玉,一会儿是蠢物宝玉。

丢失宝玉的最大用意,是叫宝玉一天天变成了青春痴呆症患者,从而诱发了用婚姻为宝玉冲喜的事件。一谈到婚姻,就面临宝黛之恋的问题了。这时候的贾府,上上下下已经知道了宝黛之恋的存在与绕不过去了,偏偏婚姻也要弄权弄计弄谋略弄强迫弄木已成舟,既成事实,不怕你不依,不依也得依。于是王熙凤总参谋总设计,贾母王夫人拍板,薛代林嫁,骗己骗人,害己害人。一场令人发指的强奸青春、扼杀青春、污辱情爱与婚姻、污辱所有有关各方人格尊严的大戏上演,一直演到林妹妹香消玉殒、宝哥哥魂断心碎为止。

书中写黛玉之悲达到了煽情的极致,泪流得太多了,到了此时已经没有什么眼泪可流,只剩下了痴呆呆地发怔。林黛玉是从傻大姐那里听到了宝玉宝钗"二宝"成婚的事,她先是心头乱跳,然后如打碎了五味瓶子、身子重如千斤,然后脚底下踩起了棉花、两腿发软、颜色雪白、身子晃晃荡荡、眼睛发直,然后她见了紫鹃却一下子认不出来,然后去贾母处,然后去宝玉处,还说是要"问问宝玉去"。是的,她要质问贾母,她要质问宝玉,这是她人生的最后一搏,最后一拼一跳,死也要死个明白,丢人也干脆丢它个痛快。但是贾母在休息,她也就作罢了。见到宝玉,一个是呆呆傻傻,一个是恍恍惚惚,两人一坐,互对着作傻笑。然后黛玉问:"宝玉,你为什么病了?"宝玉答:"我为林姑娘病了!"他们已经公开宣布他们相爱,他们有病,是心病,心病就是不准他们相爱。那时候什么都准许,可以三妻四妾,可以偷鸡摸狗,可以强霸民女,可以依势逼婚,可以逼良为娼,可以变态胡闹,可以另辟一房,可以李代桃僵……就是不准许两个真正相爱的青年人相爱,活着时不准,逼出人命来还是不准!这是什么样的混账规则、混账文化、混账传统!疾呼而起、疾呼而出、泣血而写的《红楼梦》这几回是何等动人!这才是"笔落惊风雨,'文'成泣鬼神"!伟大呀,高鹗!

　　哀莫大于心死,悲莫哭于无泪,情莫深于无情,言莫痛于无言,表达莫强烈于无所表达。黛玉说:"宝玉,你为什么病了?"宝玉答:"我为林姑娘病了。"这就是以命相争、以死相许、以爱相告、一辈子相爱的宣言书。"执子之手,与子偕老"是《诗经》上的爱情宣言,那么"不得子手,与子偕亡"便是《红楼梦》中宝黛之恋的惊天动地!当然,不是每一个人都有这样的爱情体验,这样的爱情体验带来的也不仅仅是欢乐与身体的享受。所以,现代美国有医学家断言爱情属于精神病现象,这是另类的"爱即病论"。北欧不但越来越多的青年男女不结婚,而且不同居,双方最好不在一个城市,做爱完毕就拜拜,而且各自付账 AA 制,尽最大力量压缩一男一女在一块生活的时间与内容,免得发生个性冲撞或财产纠纷。这样的选择有它很实际很明智的一面,加上性的日益开放、避孕日益方便,搞点儿垫上体操肉体接触又算得了什么？什么情死呀情斗呀情敌呀爱情不成反目成仇呀失恋就自杀杀人呀,越来越少了,这很好。但同时感天动地的爱情也越来越少了,活一辈子,也和几个异性睡过,但没有一个能够真正激发起自己的热情、悲情、喜悦与近乎疯狂的巅峰体验,然后再读《红楼梦》再读《安娜·卡列尼娜》,再看《罗密欧与朱丽叶》,读不懂看不懂读不进看不进了,这是人类的进步还是人生最重要的体验的失去呢?

……然后是黛玉吐血,她吐血后反而清醒了些,这里还有点儿临床经验。贾母知道了黛玉的病情,评论或者叫做结论说:什么病都可以有,只不许有心病。就是说,什么天条都可以犯,就是不允许"爱",不允许"情",不允许自己选择人生伴侣。老太太说得斩钉截铁,已是千年不移的定论。人为什么这样偏偏与自己过不去! 人为什么非得把自己的不是心病而是整个的心剜出来! 这种非爱主义、非情主义、非青春主义、非人性论,真是骇人听闻! 然后发展到非诗歌非文学非艺术论……幸亏中国还有点儿文学,还有《牡丹亭》为"情"字大书特书,还有《诗经》歌颂淳朴健康的相爱,还有元稹、李商隐、陆游等诗人词人写作着美化着相悦相思相忆相叹相泣之情,还有《梁山伯与祝英台》里化蝶的幻梦,还有《红楼梦》里林黛玉之死的大悲情描写,为中华民族中华文化留下了人气人味儿,为我们留下了这样的文艺瑰宝！

黛玉焚稿,隆重地自我火葬,隆重地自我告别。该写(稿)则写,该焚则焚。谁能不写？ 至少要有家长替你填写出生登记表嘛。该焚则焚,庄子说过"大块假我以形,劳我以生,佚我以老,息我以死"嘛,就是说这个世界借给我以身形,让我为生活和生命而劳累辛苦,包括为爱情而辛苦,然后给我休息即死亡。爱恋自然会变成嗔怨,如佛家说的,有爱就有欲,就有期待,就有愿望;达不到期待,不能如愿以偿,黛玉只能怨恨地叫着"宝玉,宝玉！ 你好……"而离去。你好什么？你好没良心！ 你好没气性！ 你好一个说话不算话……反正不像是会说什么"你好好地过吧"。

都说中国缺少希腊式的悲剧作品,那种毁灭,那种遗憾,那种绝望,那种无一人得逞无一人得胜的悲哀,每个人都在忙碌,每个人都是心劳日拙,每个人都以为自己做得对做得好,而事实上每个人都在自挖陷阱,缘木求鱼,自作聪明,全然溃败……其实未必,《红楼梦》就是一例。说到这里,黛玉之死的描写与其说是谴责性,其实更是悲悯性的了。罪过哟,罪恶哟,心病哟,愚蠢哟,这悲金悼玉的《红楼梦》!这叫人哭也哭不完、死也死不光的《红楼梦》!我们的祖宗先人怎么会过这样的日子!

第二十一讲　独一无二的《红楼梦》

为什么说《红楼梦》是独一无二的呢？首先说，《红楼梦》有一种与人生的同质性，它有一种别的书上所没有的"人生质感"。如果《红楼梦》是一件纺织品，你一摸，里面既有人的感觉，也有世界的感觉，也有春夏秋冬的感觉，也有悲欢离合的感觉。

我从来不认为全世界就一本《红楼梦》伟大。世界上有许多伟大的作品，雨果的作品也伟大，巴尔扎克的作品也伟大，托尔斯泰的作品也伟大，陀思妥耶夫斯基的作品也伟大，外国这么多伟大的作品，给我最突出的感觉是写得真棒。巴尔扎克就像拿着一把手术刀，把法国社会的各个角落都作了解剖。托尔斯泰就好像手里拿着支画笔，把上上下下俄国人的生活描绘得那样生动那样迷人。雨果的小说里处处让你感觉到有火焰，有种同情弱者的火焰。就是说，在他们的作品里，你永远不会忘记，这是一个伟大的作家，这是一部伟大的文学作品。

而在《红楼梦》里，你常常会忘记这是一个伟大作家的伟大文学作品。它让你看到的是，原来人生如此罪恶又如此美好。它是全景的人生，它是细腻的人生。怎么开句玩笑，怎么一块逗个闷子，怎么尖酸刻薄……它都写上了；怎么喝酒，怎么吃饭，拿什么筷子用什么碗……它都写上了；什么季节什么天气，戴什么帽子穿什么衣服……它都写上了。写什么都栩栩如生，人的善恶、美丑、高尚文雅与卑鄙下作，皇室、亲王、贵族、僧道尼姑、农民奴婢、戏子盗匪，荤的素的，它是什么都有。让你看《红楼梦》如见其人,如闻其声,如入其境,如与其盛,好像你参与到那个活动里一样。没什么了不起的活动,就一块作诗,一块喝酒行酒令,哄着贾母在那儿开开玩笑,还有些无耻男人干一些无耻的事情,就是这些东西,零零碎碎的,但它就感动了你。

因此,对《红楼梦》的反应往往不像是对小说的反应,而像是对真人的反应,是像对真事的反应,是对真的一家一府一坪一院的反应。几百年以来就一直争论《红楼梦》里是薛宝钗可爱还是林黛玉可爱,甚至有两个读书人,都有一定的名气,一个拥林,一个拥薛,两个人说着说着打起来了,动了老拳。为一个《红楼梦》你至于吗?它又不是政治投票,你选民主党,我选共和党,两个人吵吵起来了;他们讨论的是林黛玉和薛宝钗,是两个抽象的人、纸上的人。别的小说里很难有这种情形,虽然你也谈论,但它不让你牵肠挂肚,不让你那么心心相印……这是个怪事,它有这种质感。

再比如《红楼梦》中这些人的命运,到底谁会怎么样,有这么说的,也有那么说的,意见不一致,它牵引你的心,好像是说你的一个邻居,好像是说你的亲戚。我女儿就跟我反映过,她说这《红楼梦》看长了,说话语气都变了,她受《红楼梦》的影响。《红楼梦》里爱说"可巧"——可巧他就来了,可巧赶上这一天——咱们现在口语很多时候不说"可巧"了。我们说"儿"的地方,《红楼梦》里都说"子"。"这会儿"是北京话,《红楼梦》里说"这会子"——这会子赶上他来了。《红楼梦》里的口语最没有规则,你要按现代汉语规范就觉得特别别扭,好多地方你都得改。有时候它这个字看起来是多余的,比如加了个"不"字,没有那个"不"字说得更通——"这不是他来了吗",其实就是"这是他来了",但它说"这不是",说话的口气就变了。

正因为如此,《红楼梦》也就具有人生的那种丰富性、立体性、多义性、多元性,你永远掰扯不清楚,你怎么说得清楚?你想,人生有多少事啊,生老病死、悲欢离合、盛衰荣辱、上下高低、恩恩怨怨、祸福通塞……事多了去了,《红楼梦》里都有,没有它没有的。

《红楼梦》里有夺权,夺厨房的权。《红楼梦》里有企业家和文学家联合,冷子兴是企业家,贾雨村懂点儿文墨,这两个人就互相需要。《红楼梦》里要什么事就有什么事。《红楼梦》里有抄家,《红楼梦》里有很多生老病死,死一个人就跟捻死一只蚂蚁一样。

　　为什么对《红楼梦》的争论有这么多？因为这样的一些争论就跟对现实的争论一样,你不可能不说。有学者说这大观园就在北京恭王府,又有人说《红楼梦》写的是随园(江南才子袁枚住地),这个争论非常认真,根本不是拿它当小说看,是当绝对的实物当家史来看。有人说《红楼梦》实际上写的是纳兰性德,他的坟墓就在北京海淀。还有人说大观园写的是西湖湿地。这都是把《红楼梦》当成一种最最强烈的人生质地来对待。全世界好书多得不得了,但这么富有人生质感的,只有《红楼梦》。

　　第二点来说,《红楼梦》有极大的残缺性。按现在一般说法,前八十回是曹雪芹的,后四十回是高鹗的,它的文本就是残缺的。对于我来说,这是一个死结,我到死也不会明白的——高鹗怎么可能给曹雪芹续四十回,续了三分之一？开玩笑！谁能给谁续？小说能续吗？我不但不能给别人续,明确地说,自己给自己续也是没门儿。我的第一部长篇小说是一九五三年写的《青春万岁》,现在甭说续四十回,就是让我续三回两万字,你打死我我也续不出。《活动变人形》我是一九八六年写的,你让我续一千字我都办不到。所有的书都是这样,短篇也没法续。音乐剧有续的。美国人根据雨果的小说《悲惨世界》改编音乐剧,反响特别好,就把《悲惨世界》里柯赛特的故事又编一个,因为剧作要的是情节,情节是可以往下续的。小说是没法续的,小说不但要情节,还要细节,还要语言。说《红楼梦》是残缺的,这些事我弄不清楚。

　　关于曹雪芹,说他是曹寅的后代,大家基本上都是这么看的。其他的就说得太高不可攀了或者各有各的说法了。《红楼梦》的争议性特别大,至今仍有人说《红楼梦》不是曹雪芹写的……你没法办,这不犯法,也不能用法律手段行政手段或领导作决议的手段,都不行。曹雪芹是哪儿的人?是辽阳人还是丰润人?不知道。他的资料残缺不全。而越残缺不全越引起专家的兴趣,要穷尽一生之力寻找他的资料。这种残缺性留下了大量想象的空间。都说后四十回不是曹雪芹写的,是高鹗写的,而高鹗写得不好,于是古往今来无数人在写《红楼圆梦》《红楼续梦》《红楼新梦》《红楼真梦》……残缺性就带来了神秘性,带来了无限想象和搜集资料的空间。每个人都拿着有限的材料,来作无限的扩张及猜想。残缺性变成了《红楼梦》的一大魅力、一大奇观。

第三点,是《红楼梦》的含蓄性。残缺性是客观上造成的,含蓄性是什么呢?这本书涉嫌夫子自道,好像是写他们家的事,所以好多话他不能说,很多话说了又让人给改掉了。比如"送宫花贾琏戏熙凤"一节,要看那章回的内容,没看到有戏熙凤的文字,有送宫花,有平儿吩咐大白天打盆水进去,这底下内容没了。还有"因麒麟伏白首双星"更是莫名其妙,什么叫白首双星啊?这是一种隐藏暗示,到底怎么回事,却吞吞吐吐欲说还休,它没有告诉你是怎么回事。这个含蓄的结果,就又引起人们进一步想象,所以对《红楼梦》的想象就越来越丰富。蔡元培当过教育总长和北大校长,不是等闲之辈,他就说《红楼梦》是有别的含义,文本底下都有别的含义,说写宝玉实际是写顺治皇帝——不是顺治皇帝,哪有那么多女性供他欣赏,谁有那个福气?说写袭人也是写皇帝,"袭"就是"龙衣","袭人"是穿着龙袍的人,是说李自成。如此就有各种说法。最近这几年又出来了新的考证,说林黛玉实际上是刺杀清朝皇帝的一个刺客,林黛玉是女侠,是间谍潜伏下来的……

对这个,我也一概不评论。为什么呢?这是文人无法抵御的一个诱惑——对文字重新组合进行破译。你拿《红楼梦》当密电码,让密电码专家来研究《红楼梦》,不定研究出什么结果来!外国没有拿《红楼梦》进行索隐的,外国最喜欢索隐的是《圣经》。台湾就出过一本书叫《圣经密码》,是请了中央情报局退休了的密电码专家来破译《圣经》。《圣经》一被破译,邪了门了,连中东战争、苏联解体、两伊战争什么的,说是《圣经》上早都写过了。这样一种破译的兴趣,人很难抵御。占星术也是种破译,就是用星星当密码,从中发现人生的种种机关,我称之为趣味性研究。《红楼梦》的含蓄性是藏头露尾、欲说还休,所以人们看它就跟猜谜语一样。

《红楼梦》有与生活的同质性,有残缺性,有含蓄性,而人们往往忘记了它最根本的一个性,就是其文学性。全国前前后后起码有成千上万部关于《红楼梦》的书,有上亿的读者,其中破译密电码的人占不了一百万,但他们有兴趣破译,也挺好玩。拿它去考证残缺史料的,这样的人也占不了一二百万。绝大多数人是拿它当小说来读的,可你拿它当小说来读,往往看着看着就把它当真事看,你就老琢磨其中的真事。其实人家小说里没完没了地在说:我这不是真事,我这个是小说,说"假作真时真亦假,无为有处有还无"。本来是一个虚构情节,我把它当真的情节写进去了,我虽然也加进了一些真的情节,和那个虚构的情节放在一块,我只能告诉你这是虚构的。因为这个真与假是这样的:假的里头可以掺真的,越掺真的越有说服力;但真的里头是不能掺假的,如果真的里头掺了一部分假的,你整个只能算假的,不能算真的。我上法庭作了一百句证,头九十句都是真的,有十句是假的,那么你这个算是真实的证词还是虚假的证词呢?只能算虚假的证词。你为杀人犯作证,前边说的是他穿什么衣服、从哪儿来、平常表现怎么样,你说的是真的,至于他杀没杀人,说的是假的,当然这就是一个假证词。

"假作真时真亦假,无为有处有还无",你把没有的东西当有的东西来写,比如"元春省亲"根本没有这回事,清朝没这事,明朝也没这事,元朝也没这事,宋朝还没这事,唐朝也没这事。哪有嫁给皇帝老子了,还能回娘家探亲去的?没有这事。这是无的东西,你把它写进去了,里头有些细节你有根据,那你整个写的生活还是子虚乌有。

即使是高鹗续作的,在《红楼梦》快要结束的时候,作者还是苦口婆心,通过书中的曹雪芹之口来批评空空道人:既然是假语村言,你就不要刨根问底;刨根问底,就是刻舟求剑、胶柱鼓瑟、死心眼、杠头!我告诉你了这是我虚构的故事,然后你还今天查宝钗到哪儿去了,明天查宝钗的那小丫环到哪儿去了,你这是刻舟求剑、胶柱鼓瑟,你这是犯死心眼!你不能够用这种方法读《红楼梦》。

《红楼梦》前后有两首偈语。一上来说的是:"满纸荒唐言,一把辛酸泪;都云作者痴,谁解其中味?"什么叫"荒唐言"?第一,不符合主流意识形态,不符合孔孟之道;第二,有很多虚构的话。他这个不是《史记》,不是每句话都有准的,里边还有些非常明显的神魔虚构,有女娲补天,又有这个石头,又有绛珠仙草还泪等等。所以他强调这书是虚构的。后边临尾又说:"说到辛酸处,荒唐愈可悲;由来同一梦,休笑世人痴!"第一,他是荒唐;第二,他是痴情,是犯傻,真真假假,有幻想也有真实;第三,这是梦,人人都会做这样的梦,有爱情的梦,有富贵荣华的梦,有最后失败的梦,有夭折的梦,也有步步高升的梦。他讲得很清楚。

所以,我觉得我所选择的就是在对《红楼梦》进行一次体贴和穿透。我要告诉你:越是细节,越不好想象虚构。许许多多细节是真实的,而越是大的东西越要虚构,它才有气氛。尤其是那种最最鲜明的性格,里头虚构的成分最大。人的性格没有那么鲜明,一个社会它有政府,有教师,有学校,有舆论导向……所有这些东西,它注意培养的是人的共通性,是不让你个性太各,不让你个性太鲜明。是到了小说家的手里,人的个性才那么鲜明。实际上,林黛玉不能那么"林黛玉",要是林黛玉式"林黛玉"了,她活三天都很困难。薛宝钗也不可能那么"薛宝钗",她要真是跟"薛宝钗"一样,她也活活憋死了。

第一,我们看《红楼梦》,非常感动。对于宝玉你只能用合乎宝玉身份的眼光去观察,你才能理解宝玉。对于袭人,你也只能从袭人的角度去理解,便知道她思想行为的逻辑。甚至对于备受讨厌的赵姨娘,你也不妨替她想一想,你会发现曹雪芹过分地讨厌她了。例如堂堂探春,对她的亲娘竟视如奴婢,也真够赵姨娘喝一壶的。还有贾政,他不但在省亲那段启禀元春的时候有动人之处,在他对宝玉大打出手的时候,他的心情也有可以理解之处。坏人也是这样,你越是了解他越知道他的坏,不理解地批判一通则作用有限。

第二,我要告诉你们,《红楼梦》是小说,你们别完全相信,以为世界上就有这么一个林黛玉、薛宝钗,这不可能。就算《红楼梦》有许多的作者亲历在里头,你还是要分得清,里边同样有许多艺术夸张、道听途说、故作惊人之笔、不足为凭的东西。例如"红楼二尤"就写得过于戏剧化,精彩是精彩,不可能是其亲历亲见亲闻。再比如衔玉而生就是想象,不可能是妇产科的档案。再比如宝玉那么受女孩们的喜爱,这里头已经加上了作者的幻梦,作者也在那儿做梦吃肉包。穿透,就是看得透,你能看透多少呢?

我们读《红楼梦》,要有一个体贴的眼光,要有一个穿透的眼光。我希望,我们对《红楼梦》的理解认识也能更上一层楼!

专题讲说一 《红楼梦》的自我评价

这里我们谈《红楼梦》的自我评价。

《红楼梦》第一回就自我评价,作者曹雪芹讲到这本书的缘起:"列位看官:你道此书从何而来?说起根由虽近荒唐,细按则深有趣味。"这就提出了两个概念,一个是荒唐,一个是趣味。你光荒唐没有趣味也没有人听你的。接着,他又借空空道人的口评价这本书:"据我看来,第一件,无朝代年纪可考;第二件,并无大贤大忠、理朝廷、治风俗的善政,其中只不过几个异样女子,或情或痴,或小才微善"。这个也值得玩味,无朝代年纪可考,是为了不干涉时政。我不说是哪个朝代,尤其不能说是清朝,你一说清朝不是往枪口上撞吗?从时间上说,它跳出了具体的时间范畴。看得出来,这个不是来自西方现代主义的艺术思路,而是中国小说本身所有的这么一种灵动性。中国人办事不够认真,但中国人脑子特别灵活,这样不行就那样,他总能想出一种方法来,至少在写作上可以办得到。然后他说没有大贤大忠理朝廷治风俗的善政,这也是自我边缘化的意思。女子在那个社会本来就比男人低一等,而且又是小才微善,不是女王,不是女相,不是女将军,既不是武则天,也不是花木兰。这样降格以求、自我边缘化有什么好处呢?好处就是多一点儿空间。你如果讲朝廷讲风俗讲善政讲大才大善,那任务太重了。你写出来的个个都如周公孔子,如尧舜嬴政,那怎么写?曹雪芹写不了,也可能有人写得了。

第一回还有些自我评价,说此书不过是"大旨谈情,亦不过实录其事,又非假拟妄称,一味淫邀艳约"。这也很有意思:"大旨谈情",只是谈点儿爱情,当然他没有用"爱情"这个词。"实录其事",这和前边的"虽近荒唐"有一点儿矛盾。"并无伤时骂世之旨",再一次声明,没有对社会的不满,没有对那个时代、朝代的不满;没有"一味淫邀艳约",就是不属于扫黄打非对象。

而最关键的《红楼梦》的自我评价,我觉得还是那几句:"满纸荒唐言,一把辛酸泪。都云作者痴,谁解其中味?"你很难再找到这么短又这么到位的几句话,二十个字,来对本书进行评价。为什么说它是荒唐言?一个是人生的荒唐感。我说人生感,没说人生观,因为很难说《红楼梦》里宣传了人生的一种观点、一种理论、一种信仰。但他有很多的感慨,而且把这个人生感慨写到了极限极致。这里有人生本身的荒唐,更重要的是他选择了小说这样一个形式,而小说本身就有几分荒唐的。

我们不妨讨论一下中国和西洋对"小说"的解释。《辞源》上讲"小说"一词最早见于《庄子》。庄子说:"饰小说以干县令,其于大达亦远矣。"时称小说是些浅薄琐屑的言论,所以庄子说,你用小说来讲那些比较大比较高的事情,那距离太远了。《汉书·艺文志》将小说列为九流十家之末,说:"小说家者流,盖出于稗官。"稗官就是小官,像稗子一样的。不是稻子,不是谷子,是稗子,它不成材的。街谈巷议,道听途说,所谓稗官野史,到后来把它发展成引车卖浆者流。从中国古人的眼光来说,小说家是很低的,官大了是不能写小说的,写了小说也是不能做大官的。它更多的是一种民间性,而且是一种城市性,街谈巷议,它不是田头村头,也不是河边。汉代桓谭又称小说"治身理家,有可观之辞"。就是说,小说虽然是稗官野史、道听途说、街谈巷议的不经之言,但里边也能牵扯到一个人的修身和齐家,家庭关系呀,孝悌忠信呀,也有"可观之辞",也有两下子,也还可以一读。小说在末流之中,靠自己的贡献,引起了社会的一点点重视。清朝罗浮居士写《蜃楼志序》,说"小说者何别乎大言",它不是"大言"、"一言乎小"。第一是小,"则凡天经地义,治国化民,与夫汉儒之羽翼经传、宋儒之正心诚意,概勿讲焉",这里不讲经传,不讲正心诚意,不讲治国化民,所以它是小。第二,"一言乎说",它不是文,它更加口语化,"则凡迁、固之瑰玮博丽,子云、相如之异曲同工,与夫艳富、辩裁、清婉之殊科,宗经、原道、辨骚之异制,概勿道焉",就是它这儿没有那种非常文雅的、非常经典的东西。它没有特别重大的内容,没有那种经典性,"其事为家人父子、日用饮食、往来酬酢之细故,是以谓之小;其辞为一方一隅、男女琐碎之闲谈,是以谓之说。然则,最浅易最明白者,乃小说之正宗也……《大雅》犹多隙漏,复何讥于自《邶》以下乎",意思是说,它是比较通俗的。

当然,以上只是一方面的说法,我们马上可以找到另一面的说法。比如梁启超,他就认为小说特别重要:"兴一国之政治者,先兴一国之小说;兴一国之经济者,先兴一国之小说;兴一国之风俗者,先兴一国之小说。"就是不管什么事,先从小说开始,要改革社会,你小说写出理想的社会来;要改革家庭,你写出理想的家庭来;要改革市场,你写出理想的市场来。我们还知道鲁迅的说法,鲁迅说他辍医转文是为了疗救所谓国民的灵魂。这些说法也都是非常重要的。

就是它起码有这一面,就是"小"和"说",它有一定的边缘性。在十几年以前,我们有几个评论家抨击时下小说都喜欢写些小东西,写的都是小猫小狗、小男小女、小花小草、小屋小河、小这个小那个。我当时对他们的抨击不太赞成,就提醒他们说,还有一小——小说,我们要改革这几个"小"呀,首先要把小说改成"大说",以后不许写小说,要写"大说",那么一上来就不是小猫小狗,一上来就是国家的命运、社会的前途、人类的未来。几个评论家的抨击,反映了中国对小说的另一种观念。

那么曹雪芹呢,他选择了写小说,这本身就是荒唐。他不阐述四书五经,不写策论,不写《出师表》,不写《过秦论》,而写什么贾宝玉呀林黛玉呀,这就是荒唐嘛。正经一个大男人读书识字,不好好干大事，你写小说干什么，这就是荒唐。这种荒唐本身就是它所描写的女娲补天无材入选，这块石头被淘汰下来成了一块顽石。被社会主流所淘汰，所搁置闲置，就属于无用废物，是中国式的多余的人。

这是中国人对小说的观念。外国人对小说的观念，我也查了很多资料，也很有意思。英语的构词和汉语不一样。我们构词都是这样的，比如说牛，小牛、奶牛、乳牛、公牛、水牛，以牛为基础。我们一定要弄清楚它首先是牛。又比如羊，有山羊、绵羊、羔羊。所以我们说小说，就有长篇小说、短篇小说、中篇小说、微型小说、小小说等。而英美不是这种构词方法，绵羊是 sheep，小山羊是 goat，它们之间没有什么固定的关系。短篇小说是 short story，长篇小说是 novel，中篇小说则英语中没有这个词。英语有个词比较接近咱们的小说，就是 fiction。fiction 主要意思是指虚构，它有虚构的、想象的意思，也有荒唐的意思。fiction 也有谎言的意思，这是谎言，这是假的，所以欧美人侧重的是虚构的意思。我觉得这也挺好玩，你从一个字的选择上可以看出一种文化的特色。外国人注重的是认知判断，富有实证主义的传统，任何一个东西他先弄清楚，就像咱们做选择题似的，true 还是 false，是对的还是假的。fiction 侧重它是虚构的，它不是报道，不是新闻，不是纪录，不是传记。外国人这种判断也给自己造成了麻烦，我看那个《大美百科全书》，它解释说在一些本来属实录的东西里面，有时候也有 fiction 的因素，比如说历史小说、传记小说。但是，历史和小说、传记和小说，这本身是非常矛盾的。所以它又出了一个 nonfiction，就是非虚构的，甚至有人把它翻译成"非小说的"。非小说的小说、非虚构的小说，这是它碰到的矛盾。对中国人而言，真的假的都在其次，注重的是其价值判断，特别是它的道德价值是大还是小。你这是小意思、小东西，就不屑一顾，所以不管从哪一个观点来看，曹雪芹写小说本身是荒唐的，这本身就是一个荒唐的选择。

其次，他在这部小说里，一方面说是据实写来，常常还用两个词，一个叫"事迹原委",一个叫"事体情理"。"事迹原委",就是它的因果关系,在发展链条上它的发展过程是很认真的。"事体情理",就是符合现实的逻辑,符合社会生活、家庭生活、个人生活的逻辑。但是另一面,中国人没有那么多主义,说我是现实主义者、我是浪漫主义者、我是象征主义者、我是神秘主义者、我是印象主义者,他没有。他一边写一边抢,一边写一边随时出现各种幻影幻想虚构想象。譬如你说他是写实的,里头又有大荒山无稽崖青埂峰,又有太虚幻境警幻仙子,显然不是写实的。还有神瑛侍者和绛珠仙子的这段关系,绛珠仙子是要来还泪的,这是非常美的故事。还有,贾宝玉一生出来嘴里衔着一块玉,这让人百思不得其解。一块玉已经够麻烦的了,又出来个薛宝钗的金锁;而薛宝钗的金锁又不是胎里带的,是癞头和尚送的;有了金锁已经麻烦了,又出来史湘云的金麒麟……这些东西你弄不清楚,你觉得他是信口而来,但是全书的重要情节就在这个上面。这个玉本身既是贾宝玉的一个系命符,又是他的原形。他原来就是一块石头,石头变成一块玉。

我非常佩服胡适先生的学问成就,可我看了胡适对《红楼梦》的评价,我就特别难受,我不相信这是胡适写的。胡适说:"《红楼梦》算什么写实的著作,就冲它的衔玉而生这种乱七八糟的描写,这算什么好作品……"哎呀,我就觉得咱们这个胡适博士呀是学科学的,他是从妇产科学的观点来要求《红楼梦》的呀!他要求产科医院有个记录,那么到现在为止,我不知道全世界有没有这个记录,就是一个孩子出生时嘴里含着点儿什么,不是玉,哪怕是一粒沙子也行……他一个是批评这个,还一个是批评曹雪芹缺少良好的教育。我就说,如果曹雪芹也是大学里的博士,他还写得成《红楼梦》吗?他可以当博导有教授职称,但他写不成《红楼梦》。

有时候一些随随便便的描写,给你一种非现实的感觉,让你毛骨悚然。刘姥姥二进荣国府有个回目叫"村老老是信口开河,情哥哥偏寻根究底"。刘姥姥讲故事:正下着大雪,突然听见放柴火那儿哗啦哗啦地响。我想这么早的天,刚刚微明,谁在偷我的柴火了。我趴窗户一看,看到一个很标致的十几岁的小女孩……她一说是个小女孩,贾宝玉就来精神了。可正说到这个的时候,一阵吵闹声,一问,说是走了水了,失火了。贾母说不要再讲这个故事了——你看一讲柴火这就失火了。于是刘姥姥就又信口开河讲别的故事。

这段描写我到现在为止没看到任何人分析,我看到这儿有一种恐怖感。贾母很重视这件事,虽然别人说不要惊动了老太太,那个火没着起来。这带有预演性质,因为后来它着起来了。贾母说赶紧到火神庙里头去烧香吧,她很恐惧。然后底下刘姥姥又胡诌别的事。但贾宝玉听到一个女孩来拿柴火他就感兴趣,他穷追不舍问刘姥姥这个女孩是谁,刘姥姥说这个女孩叫茗玉(另有个版本叫若玉,更神了)。这就绝了,刘姥姥文化很低,很糙的一个人,怎么一下子起出个名字叫茗玉?这"茗玉"很雅啊,而且很神妙啊,模糊处理,大写意。此后刘姥姥接着讲的故事,是她原来想的那个故事吗?没人知道。因为她正在讲那个故事的时候,贾母说不许说了。这样一种真真假假,假假真真,是不可思议的,它究竟有什么含义?类似的问题还多得很。

很多人喜欢看《红楼梦》,很多人对《红楼梦》的故事对林妹妹、二哥哥的故事耳熟能详。书中有大量的情节,使你感到惊疑、不安,甚至使你感到恐怖。譬如说薛宝钗到底有什么病,说她从胎里带着热毒,所以要吃冷香丸。薛宝钗在书中,按现代心理学的观点,她是最健康的,她在各个方面的表现是最有控制的,非常理性。那她那个病到底是什么病呢?她到底是哪儿热呀?这里还有一个对比描写,她吃的那些是用各种的花做的,好像有点儿花粉素的意思。薛宝钗吃的是高级花粉素,所以她身上有香味儿;可林黛玉不吃任何花粉素,身上也有香味儿。林黛玉还讽刺说,没有人给我配那些药吃。再就是,秦可卿到底是什么病,更弄不清。再比如有个贾宝玉,还有个甄宝玉,甄宝玉到底是干吗的呀?是甄(真)宝玉呀,还是贾(假)宝玉？贾宝玉睡午觉前照镜子,然后就梦到一个甄(真)宝玉。但这又很重要,一上来就写甄(真)宝玉,最后结局又扯到甄(真)宝玉。所以这种荒唐,既是小说形式本身没有社会地位所决定的,又是小说里的内容情节链条上的不衔接或者作者独特用心不被理解所造成的。所以你觉得它是一个荒唐事。

当然,最大的荒唐是人生的荒唐。中国人是不喜欢想这些问题的。所谓好了空无,所谓生老病死,所有人都须面对。从你出生的第一天起,你就得面对,就是你是会死的。生命的过程就是一个通向死亡的过程。孔夫子说"未知生焉知死",这也是个很健康的态度。所以中国有个说法叫"六合之外,存而不论",就是我们只在长宽高组成目前的这个空间里。所以中国的宗教神学并不发达,不赞成人去想这些终极的东西,但它又面对着这个东西。生老病死,生住坏灭,这是佛家的一个说法,人生无常。《好了歌》讲的就是这个意思。你现在是青春年少,但再过几十年你就老了;你现在非常富有,中间出个什么事,你就一下子赤贫了;两个人蜜里调油,关系非常好,出了事后就各奔东西了。所以什么东西都不相信,这是一种荒唐。

第二种荒唐,对于曹雪芹来说,是家庭亲情的荒唐。中国人最欣赏的就是一户大家庭,父慈子孝,兄弟也团结,情如手足。实际上家庭内部是充满了各种的虚伪机诈,你骗我我骗你的,这个也是一种荒唐。特别是这样一个大家庭,除了亲情的荒唐,还有家道的荒唐。家道由盛而衰,由繁花着锦烈火烹油到最后彻底完蛋毁灭,这也是一种荒唐。所以书中把人生的荒唐说得这么多,说得这样刺心刺骨。贾宝玉才十几岁,也没得癌症,但他整天想的就是这些——再过多少年这些花容月貌见不到了,再过多少年妹妹姐姐们都见不到了,再过多少年自己也不知道上哪儿去了……这样活着还有什么意思,还不如现在干脆一下都死了算了。人,想到死亡的时候他有一种悲剧感,想到死亡的时候他有一种无奈,这都是可以理解的。贾宝玉从早到晚总这么想,十四五岁,自己说算了吧不用再活了——这也有点儿奇特,本身就有点儿荒唐,这是对于人生荒唐的一种荒唐态度。

前面讲的"荒唐言",接着讲"辛酸泪"。

其实人生的荒唐感就是一种辛酸感,除了这个辛酸,我觉着《红楼梦》里还有一个特殊的辛酸,它是一种价值的失落。问题不在于个体的生命有终结的那一天,只要你的生活有一个追求有一个价值,那么你在有生之年活着是有意义的。古今中外有很多哲人讲人生荒唐的这一面,但他们的目的并不是让你承认荒唐就永远荒唐下去,或者既然这么荒唐干脆明天就自杀吧。他的目的是让你皈依于一种价值。既然人生是很短促的,你要及时行乐,这也是一种价值。既然人生是很短促的,你要吃斋念佛,要修来世,这也是一种价值。既然人生是很短促的,你要多做好事,要多做对社会对人民对周围的人有益的事。既然人生是很短促的,碰到一些困扰,你不要自己跟自己过不去,不要太较劲,这也是一种说法。但是,到贾宝玉这里,它干脆是一片辛酸。这个就不仅仅是人生本身的虚无啊死亡啊或者终结带来的,所谓家道衰落呀人伦关系恶劣化也是重要因素。这尤其是价值的失落造成的。

我们很难找到一本书像《红楼梦》这样告诉我们:到了那个时代,到了荣国府宁国府里头,那些有价值的东西都不灵了。孝悌忠信礼义廉耻等孔子教的那一套已经都不灵了。能比较认真地按照封建的价值、封建的道德来做的,是贾政。有人说贾政是假正经,有人考证说,他如果不是假正经,为什么赵姨娘能那么恶劣?实际赵姨娘是得到了贾政的宠爱,否则赵姨娘是没有市场的。这些我也分析不清楚,但我觉得贾政很多地方的表现也有他真诚的一面。他管教贾宝玉,他听说了贾宝玉的某些行为,激动到那一步。元妃省亲的时候,他见到他的大女儿,行君臣之礼给贾元春跪下,然后说今上(皇帝)如何伟大如何好,你的任务就是照顾好皇帝,无须考虑你的爹妈已经是"残年"(岁数大了)。这话说得太辛酸了,这话简直是忠得一塌糊涂了。我每次看到这里,眼泪都出来了。但是又非常明显的,贾政的那一套是一切都实现不了的,做官他实现不了,管家他也实现不了。能够派上用场的还是王熙凤那一套,而王熙凤是根本不管那一套道德的。所以除了人生的荒唐,除了家道的衰落,除了人伦人情的恶化,还有价值的失落。所以它是"一把辛酸泪"。这里还有一个暗示,就是说他写得非常真实。前面我们讲了荒唐的一面,你如果只有荒唐没有真实,它就没有辛酸。荒唐的故事也可以写得非常好,那是一个喜剧,那是一种智力游戏。你站得非常高,你嘲笑人生的这些体验,你解构人生的这些体验。人生的一切在当时看很了不起的、不得了的体验,都有它可笑的一面。爱情在文学里是最美好的东西,被多少人写,但美国精神病学家研究得出结论,说爱情是精神病现象,因为它完全符合精神病的各种定义。比如说幻觉,对方明明就是很普通的一个人,你非把他看成一个白马王子,非把她看成朱丽叶看成天使。你有幻听,你的情人不来吧,但你老听见他(她)的声音。你有偏执,你认为她就是世界上最好的女人,哪儿的事儿!世上好女人多了,排一万个都不一定能排上她,但你就认定了,强迫观念——没有她我就得死。

这是事物的一个方面,就是你洞悉了它的荒唐性,你用一种科学的观点或智者的观点嘲笑解构这种荒唐。"辛酸泪"包含着一个意义,就是它非常真实非常可信。《红楼梦》有许多不可信的东西。譬如说刘姥姥她想来就来,来了就受重视,来则必胜,说什么都特别合适。这刘姥姥简直神了,她用粗话,但特别得体,而且要什么有什么。王熙凤拿刘姥姥开涮,给她脑袋上插花,脸上抹胭脂,旁人就说王熙凤别糟践人家,给人家涂抹成一个老妖精了。刘姥姥说,不碍事,我小时候就喜欢红的绿的。你看刘姥姥简直是公关界的精英,如此熟练,应付自如,装傻充愣,哄得人人都高兴——这可信吗?还比如尤二姐尤三姐的死,一个吞金一个横剑,但都不应像书中写的那样子,有许多疑点。

有很多东西不可信,但总体来说你又非常相信,为什么?这就是我说的"事体情理",因为它有大量的可信情节。书中写林黛玉的心理,写贾宝玉跟她怎么斗嘴,你就觉得它可信极了。我最喜欢的一段就是贾宝玉到处闯祸,先是为锁啊玉啊把林妹妹得罪了,又随便说话把薛宝钗得罪了——"怪不得他们拿宝姐姐比杨贵妃,原也体胖怯热"。这贾宝玉真是罪该万死,真是讨厌,你怎么能跟女孩子这样讲话呢,太没有教养了!这让薛宝钗找机会正言厉色——我什么时候跟你这样了,少上脸……把贾宝玉弄得极为无趣,然后他又跑到他妈妈那儿,跟金钏死皮赖脸捣乱。贾宝玉的这一面,绝不是反封建的英雄,是无赖呀!把金钏害了,贾宝玉回怡红院,因门开得晚了点儿,生气,一脚把袭人都踹吐血了。你看他的行为,到处闯祸捣乱,但他本身又不是那种特别坏的人。说老实话,这些地方描写得何等真实,真是服得不得了。

"司棋闹厨房"噼里啪啦的,就跟看电影画面一样;吃螃蟹作诗,那么真实;贾宝玉挨打,大家乱成一团,你看贾政说的话、王夫人说的话,李纨也跟着哭,贾母一来把贾政镇住了,然后是王熙凤安排用藤屉子春凳……它里面是这种非常真实的人和人的关系。那些真实的和那些不太真实的、带有夸张性的,结合在一块描写,这才是小说。

你只有真实的一面,不会有那些趣味,不会有那些吸引人的地方。我仔细琢磨过"黛玉葬花",写得非常美,我总觉得黛玉葬花不像真实而像行为艺术——我非常心疼这些花,以至于看到花落后我伤春我作诗,这都可以;看到花瓣被踩了,我很难受,把它扫一扫,适当地归落归落,这是可以的——她把它夸张,变成葬花,专门为花修冢。书中很多人物的描写都非常真实,写王熙凤写小红写晴雯都是。如小红刚刚"越权"给贾宝玉倒了一杯茶,就被秋纹和碧痕给损了一顿。

有些地方有夸张,有些地方有牵强附会,有些地方又有拉扯,还有些地方让你感到是曹雪芹借着人物的口来讲他要说的话。抄检大观园时,探春突然讲了一段话:"百足之虫,死而不僵",像我们这样的家道,要完蛋也得有个过程。但是呢,我们会自杀自灭,果然现在自杀自灭了,我们这个家就完了。这段话上纲上得太高了,这个批判太高了。探春那个时候不至于这么受刺激,她并不是个离经叛道之人,她敢上这么高的纲,从根本上把荣国府的命运给否定了。我怎么看它怎么是曹雪芹的话,不是探春的话。包括秦可卿托梦的那段话,从哲学到治家到管理,也有很多是曹雪芹的想法。小说家是"假语村言",它里面有许多东西并不是就是照相式的对现实的记录和反映,但同时它最根本的东西又是从人生刻骨铭心的记忆感受到的,所以它叫做"一把辛酸泪"。

"都云作者痴","痴"是两个意思,一个是痴迷,一个是痴狂。从正面来说,痴的意思就是执着,一个是艺术的执着,一个是爱情的执着、情的执着。痴并不是傻,并不是智商低,但它解不开,永远解不开。所以曹雪芹在《红楼梦》里经常陷入一种自相矛盾的地步。譬如他一上来就写大荒山无稽崖青埂峰,一上来就说这些都是虚妄的,说大家看着我这个书,茶余饭饱之后消遣消遣,付之一笑,也就不要再追求人生中那些追不到、即便得到了也保不住的那些东西了……这些都是过眼烟云,转眼就过去了。他不停地重复这些话,但他写到这些东西的时候你觉得这东西不是空虚,是刻骨铭心的,有这个经历的和没这个经历的是不一样的。咱直说了吧:人最后都是一死,但没死以前的经历呢,你和林妹妹交往过,他没有,那感觉是不一样的。吃过鹿肉、吃过螃蟹、写过很多的诗,和没吃过鹿肉、没吃过螃蟹、什么书也没有读过,也是不一样的。写秦可卿的丧事和元春省亲这样的大事件,还有他们的吃喝玩乐享受生活,你可以从笔触看出来,曹雪芹写到这儿仍然充满着得意,仍然在炫耀。别人你写不了,你没有见过那世面,你没进去过,不知道人家吃的、人家喝的、人家的规矩。王熙凤搞"智力支援"上宁国府协助办丧事,去的时候带多少随员,到了那儿后怎么站开,是真有派——那个咱们写得出来吗?所以这是自相矛盾的东西。他一方面说美人是骷髅,可美人在没变成骷髅以前就是美人,她不是骷髅。你永远不会觉得林黛玉是骷髅,不会觉得晴雯是骷髅,鸳鸯也不是骷髅,小红也不是骷髅……所以这里他有一种痴,是对艺术的痴。

这个痴是用什么作为价值标准呢?基本上是实用主义,用利害的观点。但你的艺术有什么用呢?你吭唧吭唧一辈子就写一部《红楼梦》,你有什么意思?你的一生在当时来说不是毫无价值吗?你连科级干部都没当上,是不是?你没有铁饭碗,也没有退休金,你写了《红楼梦》也没有加入作协,也没当理事,你有什么意义?这本身就是一种痴,所以艺术永远是痴人的选择。这让我想起了英国作家格林写的画家高更,画家在四十岁以后突然不回家了,妻子买通人去调查,报告说他迷上艺术了。妻子一听就哭了,说:完了!如果他迷上一个女人了,这事好办,没几年他就不迷了,那个女人也会变老的,跟我一样,我当初也不见得这么老;他迷上股票迷上赌钱了,也好办,钱输光了他就不赌了……他迷上艺术了,那完了,我彻底没丈夫了。他迷上艺术,永远不知道他什么时候成功,也永远不知道他什么时候失败,失败了还说"我这是最大的成功,人人骂,五百年后你们就知道我的价值了",老婆能陪他五百年吗?所以,痴是对艺术的一种献身,是和那种实力、实用主义、功利主义不一样的。

第二个痴就是爱情。对爱情你可以不这么痴。好人多了去,跟这个不行,跟那个也一样呀,差不多,但是要那样,就永远体会不到爱情。体会一次刻骨铭心的爱情、痴的爱情,那么你也算没白走这一遭!吃那么多粮食,活了一辈子,没有痴情,一直很清静很聪明——既然今天她(他)对我那么好,先跟她(他)睡一觉吧,跟别人睡也差不多,你说你这个心情你这个人生理念多么可怕呀!所以我们最容易责备一个人的痴,一个是痴心于艺术,痴心于永恒,痴心于一种非功利的精神升华,另一个是痴心于情,用一种与天地同辉、与日月同在、与江河一块奔流的情感,来拥抱一个人,来爱一个人,为这个人付出代价直至生命。你若是有过这么一次体验,痴过这么一次,我觉得挺棒的。所以,"都云作者痴",这里既表达了曹雪芹对艺术的痴,也表达了他对爱情的痴。

再说一下"谁解其中味"——这个话你可以从很多方面理解,除了表面的这些。因为《红楼梦》是雅俗共赏的,高小文化程度的人都可以读,但是你能不能理解它的味道呢？就是说,它的文本后面还有一些什么意思呢？

最近我看薛海燕博士写的文章,她说"谁解其中味"表达的是曹雪芹的绝望,我觉得这样理解挺好。"谁解其中味",就是他有很多话要说而不能说。由于各种原因,而且语言文字有一种特性,就是在表达出很多东西来的同时又隐藏着一些东西。任何一个东西,当用语言说出来以后,它就局限化了,而且隐藏了。譬如你爱上一个人,你觉得有无数话要对他说,这时候她问你了:你爱上我了吗？是的。那你为什么爱我呢？你想了想,然后说:我爱你能写能算能劳动,我爱你下地生产有本领……完了！你这么一说你这个爱情就不像爱情了。语言是表达的最重要方式,有时候是唯一的方式,但是语言有时候又是表达的坟墓。当它变成了语言以后,就自己把自己捆上了。而最重要的内容、最重要的那个味道,是无法用语言来表达的。

《红楼梦》里有许多无法用语言来表达的东西,所以很多人探索《红楼梦》,作出各种或稀奇古怪或精彩绝伦的解释。前些年还有人把《红楼梦》解释为一个太极图,广西有个青年人说《红楼梦》讲的是宇宙史——这个说得有点儿道理,怎么形成、怎么腐烂、怎么最后消亡。还有索隐派,说《红楼梦》讲的是反清复明。为什么会产生索隐派？就是人们一直有种冲动,希望在现存符号系统之外再找一个密电码式的符号系统。到现在为止,我知道的,对文本进行密电码式破译的只有两个,一个是《红楼梦》,一个是《圣经》。有人研究后说《圣经》实际上是一个预言,甚至从《圣经》里查出来苏联什么时候解体、海湾战争什么时候爆发。这些解释是荒谬的,我从来不信。人们老希望知道秘密,知道自己未知的东西。《红楼梦》已经出了三百多年了,那么多人读它,那么多人评论它研究它,但是"谁解其中味"? 我们解的这个味对吗? 还有多少味可解呢? 还有多少《红楼梦》之谜能够揭出谜底来呢? 也许我们说了半天,离《红楼梦》真正的味还甚远甚远……

专题讲说二 《红楼梦》纵横谈

其实我对于非常专门的红学,比如对版本的研究、对曹雪芹家世的研究、对明清历史的研究,可以说都接近于零,所以我不能算是红学家。但是作为《红楼梦》的一个读者,我有自己的一些感受。

第一个问题,我想谈一下红楼梦的"人生性"。这是我独出心裁的一个词。我们喜欢看一部文学作品,特别是长篇小说,原因说来不过有两条,一是文学性,一是人生性。文学性包括作者才华、作品风格,以及人物描写、情节安排、故事结构、遣词造句、语言运用等等。任何一部文学作品都具有人生性,也都具有文学性。文学性也离不开人生。但是有一类作品,看完了之后能让你感觉到它描述的是活生生的人生,是血淋淋的人生,是充满着血泪又充满了各种美好事物的人生,以至于你会忘了它是一部小说,忘记了它是一个作家写出来的,忘记了它是作家精心编织的锦缎,忘记了你是在面对真实的生活。清朝就有人由于读《红楼梦》得精神病的,历史都有记载的。一个青年男子读完《红楼梦》,整天惦记林黛玉、晴雯、芳官等,得了精神疾患,于是家里人把《红楼梦》烧了,那人就呼天抢地的:为什么烧了我的林黛玉?为什么烧了我的晴雯?不吃不喝,最后死了。1977年发生过一件事,还不是直接关于《红楼梦》这部书,说的是越剧《红楼梦》。有一对青年男女的爱情不是很顺畅,但也没碰到太大的问题,看完越剧《红楼梦》后太难过了,想着天下有几个有情人能成眷属、有几个男女爱情能给人带来幸福、爱来爱去最后能得到什么,最后双双殉情。这是很极端的例子。这说明,《红楼梦》能够给人一种人生的悲凉感、荒谬感和罪恶感,曹雪芹就写到了这种程度!

鲁迅先生说《红楼梦》"悲凉之雾,遍被华林",在一砖一瓦一石一柱之上,在美丽的风景之中,处处透露着悲凉。《红楼梦》一开始就告诉读者,这一切都已经不存在了,都已经过去了,只剩下了大荒山无稽崖青埂峰,只剩下了一块石头,是这块石头上记载着这些往事。它先宣布那些人物已经死亡消失,再写那些人物,而且从头到尾,中间不断地提醒读者这种死亡和消失,生怕你会忘记这个人物已经死了。为什么老在玉上做文章?为什么老在一僧一道上做文章?就是要告诉读者这个现实世界是虚无的,是转瞬即逝的,一切的美貌都会消失,一切的青春都会淹没,一切的富贵荣华都会无影无踪,一切的一切都逃不过宿命,命运是那样残酷,那样令人无奈。

我想来想去,还是用"悲凉感"这个词来描述《红楼梦》,本来可以用"虚无感"这个词,但《红楼梦》又没有真正做到虚无,因为还有一块石头,石头上还有记载,记载中还有故事,而且仍然让人看了之后感觉到是那么悲哀。记得二十世纪五十年代我二十多岁的时候,一个在食堂做饭的师傅就告诉我说他不爱看《红楼梦》。他说不爱看,实际是对《红楼梦》的表扬,因为他说他看《红楼梦》看到荣国府被抄家那一段,实在看不下去,太痛苦了,太难过了,以至于饭都吃不下。

中国小说一般是教化性的,《红楼梦》里却充满着罪恶。贾宝玉就充满着罪恶。书中一开始就说他辜负了天恩祖德。他是公子哥儿,同茗烟闹书房的时候,那种强梁,那种不讲道理,见到一个稍微漂亮点儿的,不管是男性女性,表现出来那种轻薄。还有回去的时候叫门,开门慢了点儿,开门的是袭人——袭人是对他最好的人,他既接受袭人的关爱,接受袭人的引导,而且同袭人还有试云雨情的关系——他照着袭人就是一个窝心脚。

再比如王夫人,似乎是无懈可击的,怎么看也不像个坏人,她是为了维护封建道德,为了维护男女之大防。但她手底下又有多少条人命啊?金钏是被她迫害死的,司棋是被她迫害死的,晴雯是被她迫害死的……所有这些充斥着罪恶感。

至于《红楼梦》里的那些男人,那些下三滥的行径就更充满着罪恶。像贾雨村,刚开始还想搞廉政,但搞廉政这官就没法做了,经过手底下人对他的"教育","葫芦僧判断葫芦案",睁一只眼闭一只眼了。《红楼梦》能将罪恶感写到这种程度,正如柳湘莲所言:贾府里除了两个石狮子以外都是不干净的,都是肮脏的。

还有就是《红楼梦》表现出的荒谬感,什么都是事与愿违,特别是几件大事。一个就是为秦可卿办丧事,交钱捐了个官给秦可卿的丈夫贾蓉,又是北静王路祭,贾宝玉受到北静王的赏识……轰轰烈烈,将一场丧事变成了一场没落官僚的示威,真是荒谬绝伦。何况秦可卿的死还有诸多可疑之处。贾宝玉挨打也荒谬,贾政打得荒谬,非要把他打死不可。贾母一出来,她一句话就让贾政直挺挺地跪在地上——比他高一级的人出来了,贾政威风就没了。到了抄检大观园,就更加荒谬。为了追查一个所谓淫秽其实没有什么的工艺品搞抄家,闹得大观园杀气腾腾,鸡飞狗跳。这绣春囊到底是谁的?责任到底是谁的?没有人出来负责。王夫人做这件事的时候充满了一种道德责任感,好像维系家国的道德面貌就靠此一举。

要是只有这一面还好说,我们可以认为《红楼梦》是一部颓废的作品,是一部悲哀的小说,但是不,问题是在充满着悲凉感、屈辱感、荒谬感、罪恶感的同时,又有爱恋感与亲和感。我想了半天,用什么词儿好呢?可以叫依恋,可以叫眷恋。我想《红楼梦》还是讲"爱恋",因为不管讲多少"色即是空,空即是色",其中心还是讲"情"。情在《红楼梦》里是难分难舍的,比生死还要强烈。对于文学家来说,情就是生命的价值,情就是生命的理由,情就是最终对悲凉荒谬虚无的战胜。贾宝玉是小说的中心人物,他不但对林黛玉充满了情,对其他姐妹也充满了情。这种情是真诚的,我无法用道德的观念去分析,说贾宝玉爱情应该专一。他对林黛玉是真情,以至于紫鹃的一句玩笑话引发他差点儿得了神经病。他对薛宝钗也有情,对史湘云也有情,对晴雯也有情,对袭人也有情,对芳官也有情,对金钏玉钏也有情,他见一个"情"一个,是不是? 都是为了性吗? 我想不能这么理解。他对爸爸妈妈奶奶也有情,你能说这种情是假的? 空虚的? 荒谬的? 不错,最后这些情都完了,都没有开出花结出果来,是没有结果的,但又是难分难舍、难以释怀、刻骨铭心的。"到底意难平",即便最后贾宝玉变成石头了,整个贾府没了,整个世界灰飞烟灭了,《红楼梦》里的这种爱恋之情依然弥漫在天地间,弥漫在宇宙中。

虽然它抽象地说一切都是空的,一切都是虚幻的,一切都是泡影,一切都要毁灭,白茫茫一片大地真干净,但《红楼梦》会让你觉得是这么亲和,一进入具体的场面,一切又都是那么可爱:一块儿吃螃蟹,吃螃蟹不是空虚的,有没有螃蟹吃感觉是不一样的;一块儿作诗,一块儿说说笑笑。譬如芦雪庵联诗简直就是一次青年联欢节,也是一次诗歌节,即便是现在,倘若能够参加这么一次活动也是非常好的,既有美女,又有靓仔,又有美酒,又有烤鹿肉,外面天空飘着大雪,你一句我一句竞相联诗,才思敏捷,诗作得非常好……《红楼梦》充满了生活的魅力。你会觉得空虚,但又觉得这种空虚很值得,因为它不是一开始就空,不是从空到空,不是从无到无,而是无中生有,有再归于无。从无到有,从有到无,有就是无,有最后会变成无,这是中国哲学思想的妙处——无之前本来是有,如果压根没有过,无从何来? 我们说某某某没了,走了,前提是他曾经有过。谁能设想一个压根没有过的人的变无呢? "有"本身是非常可爱的,是值得我们为之付出一切的,是值得为之承担对"无"的种种焦虑和悲哀的——即使感到种种焦虑和悲哀,也能觉得到此世界上走这一趟是值得的。这正是中国哲学"无"的概念最高明的地方,它讲的是无非有,同时无非无,就是万物生于有,而有生于无。无包容了有又否定了有,大哉虚无!

《红楼梦》就是这样,一方面给人的感觉是很荒谬的很空虚的,另一方面又是很真实的很值得的。贾宝玉,一个年轻人,体验了那么多爱爱愁愁,享受了那么多女孩子对他的情谊,就是活十几岁二十几岁也是值得的,不一定非得活一百零八岁。还有贾母,刻画得很真实,栩栩如生,很容易为读者接受。

再谈《红楼梦》的总体性。

有很多好的小说最终只能算是行业小说。武侠小说是行业小说,《儒林外史》也是一部行业小说,只写当时读书人的事。再比如农村题材、商业题材、工业题材、环保题材等都属于行业小说,凡是能够用题材划分的小说,一般都有行业小说的痕迹。而《红楼梦》是超行业的。不仅如此,《红楼梦》最大的总体性,在于它超越了中国文学自古以来以道德教化为剪裁标准的观念。在这里,善和恶、美和丑、兽性和人性乃至佛性,都是结合在一起的。没有回避任何东西。

解放以后,新红学侧重于从阶级斗争和社会发展的观念去看《红楼梦》,往往把人物分为两类:一类是反封建,一类是封建的鹰犬。前一类是正面人物,如贾宝玉、林黛玉、晴雯等,后一类是维护封建道德和封建秩序的,如贾政、王熙凤、袭人等。同时我们细细看来,不管是林黛玉还是晴雯,不能说她们没有毛病,她们也有很讨厌的地方。整个贾府,整个大观园,美和丑糅合在一块儿。比如贾琏、贾蓉、薛蟠,他们有些做法就像野兽一样,但是古人还都挺喜欢薛蟠。其实现在也是这样,一个人粗俗是不怕的,假如自己承认粗俗,别人就能理解他原谅他,人性就是这样的。其实刘姥姥也很粗俗,可刘姥姥的粗俗是贾府所需要的,尤其是贾母所需要的。因为贾母经常接触的都是一些上层人物,人五人六的、装模作样的接触得多了,就希望见识一个粗俗的人。即使是读者,读到薛蟠口中那些低级下流的语言的时候,也觉得很过瘾。本来,世界上有子曰诗云的高雅,也有一张口什么都来的大荤大素。

《红楼梦》有一点尤其难得,在一部爱情小说里居然写了如此多的经世致用的东西,写了如此多的"政"。

《红楼梦》有两条线,一条是"情"(感情),一条是"政"(政治)。《红楼梦》具体表现的不是朝廷政治,而是家族政治,有那么多的人情世故。曹雪芹一再强调"事体情理"。自古以来中国都强调这些,《红楼梦》也说"世事洞明皆学问,人情练达即文章"。所以说,《红楼梦》是一部超题材的小说,它有爱情的主线,可政治家也喜欢读(有材料证明慈禧太后就喜欢读《红楼梦》,而且还有批语,只是批语已经找不到了)。这恰恰反映了文学的一个特点,文学的特色不在于开药方,不在于把生活和人生分成一条一条的,再给一条一条的生活和人生开出一条一条的药方。文学的力量在于把生活的状态、生命的状态揭示出来,横看成岭侧成峰,文学必定要揭示人生的本质,但提供给人的永远不是本质,文学要是纯粹本质化就变成哲学了。文学提供给人的,永远是剪不断理还乱,永远是纷繁的现象、形象、情感、色彩和声音。而中国的文学作品能够做到从总体上反映人生的,只有《红楼梦》。外国作品中,讲老实话,就我所读过的来讲(我虽然读过一些外国作品,但不算多,也不是专家),能够和《红楼梦》相并提的,不好找。托尔斯泰很伟大,著作比曹雪芹多得多,《安娜·卡列尼娜》《战争与和平》《复活》,卷卷是精品,但托尔斯泰在自己精致的天才的笔端有着过多的取舍,写舞会写一群贵妇人在说无聊的话,用法语对话很精致,但是不像《红楼梦》那样,滋味是如此的难以咂摸、难以拿捏、难以掌握。我个人愿意非常谨慎低调地说,到现在为止,《红楼梦》是唯一的一部这样的小说:能从总体上逼近人生的一切方面,酸甜苦辣咸、美丑善恶、空无与实在、情与政、有趣与无聊、吃喝拉撒睡、生老病死、金木水火土、地水火风等,全都有。

第三,我讲一下《红楼梦》的开放性。

《红楼梦》有一种活性,有一种开放性,给人一种动感。这本书是活的,让人觉得就像一棵树,看完了这本书,这棵树就种在心里了,种在脑子里了,然后慢慢长出枝杈,长出叶子,开出花来。一夜没见,又开出一朵花来;又一夜没见,又长出一个枝杈来。这样的书非常少。

《红楼梦》的一个最大特点,现在被各派专家普遍认定的,就是前八十回是曹雪芹的原作,后四十回是高鹗的续作。这是一个非常大的遗憾,因为人们找不到最后那四十回的原作了。但这遗憾又给《红楼梦》带来了很多开放性和活性。为什么呢?既然已考证出《红楼梦》的后四十回是高鹗的续作,不是原作,那么我们读者立刻就增加了信心,我们的专家立刻就增加了信心,指出后四十回这一点是不对的那一点是不对的、应该是这样的应该是那样的。解放以后,大家尤其指责他写到了兰桂齐芳。本来曹雪芹就已经讲了《红楼梦》的最后结果是为官的当不成官了,有家的家业凋零了,飞鸟各投林,落了个白茫茫大地真干净。哪像高鹗写的那样,荣国府被抄家以后,后来又还给他们了,贾政又恢复了原来的级别待遇。哪有这事儿?说他写得不对。俞平伯也分析过,说用调包之计(明明娶的是薛宝钗,偏要告诉贾宝玉是娶林黛玉,贾宝玉把盖头掀起来才知道不是林黛玉而是薛宝钗)写得也不对,不合理。

对后四十回有各种各样的推测、各种各样的说法,这种现象使我产生一种奇怪想法:《红楼梦》压根儿就是无法结局的。因为前八十回实在是写得太生动了、太繁复了。它的层次太多了,方面太多了,可能性太多了。在这种情况下,你想把它收拢已经不可能了。曹雪芹也是没有办法控制了,怎么给它结束?怎么给它收拢?要想把它变成一部能收拢的书,前面的线索必须明确,必须有一种封闭式的结构。什么封闭式的结构?譬如一件侦探案,一上来是一具女尸,中间有四五个人都不是凶手,但是你看着都像是,最后真凶出来了——从哪儿开始,到哪儿结束,它是封闭式的。再譬如奸臣陷害忠良,把忠臣搞得好不狼狈,但最后忠臣又翻过身来,原来是你砍我的脑袋,现在变成了我砍你的脑袋了。再或者是才子佳人,已经定了亲,小姐慧眼识英雄,但又有很多的坎坷,中间有很多的风波,最后仍然是成功了,男的做了大官,女的封了一品夫人,五男二女,子多孙多,这才结束。可《红楼梦》不行,写出来以后就结尾不了了。

世界上许多事都是这样。你看,《圣经》一上来就讲世界是怎么制造的。上帝说应有光,所以就出来太阳;上帝说应有水,就出来海河;上帝说应有陆地,就有了陆地;上帝说应有植物,就有了植物……基本上还是有条有理的,你觉得上帝造世的时候很有章法很有条理。但是上帝造出世界以后,上帝也管不了了。上帝造出了这么多的人,人越繁殖越多,人越活越聪明,还有各种的主义、各种的意识形态,而且人还会杀人,会用刀片杀人,会用毒药杀人,会活埋人,然后有了枪炮,有了导弹,有了原子弹,有了化学武器、大规模杀伤性武器。你说这时候上帝怎么办?他管得住谁?我从《红楼梦》里得到这么一种启示:它是一种开放性的结构,它各种矛盾、各种问题、各种任务、各种关系,都有无穷的可能性。尽管曹雪芹在开始的时候,通过金陵十二钗的判词对一些人物结局作了估计,但这个判词本身就是很玄妙的、模棱两可的,是无法让她们一步一步地走下去的。有时候我就想,是不是曹雪芹压根儿就没有把这后四十回写完?这是第一个问题。

第二个问题,如果我们现在真找出曹雪芹的后四十回来了,很多问题就都解决了。为什么史湘云也有个金麒麟?为什么王熙凤"一从二令三人木,哭向金陵事更哀"?都解决了。这是不是好事呢?这会不会反倒使《红楼梦》减少了一些魅力呢?当你一切都知道,既知道它从哪儿来,又知道它往哪儿去,而且知道它一步一步怎么走,那你对它的关切是不是反倒减少了呢?命运的吸引力就在于它的不可预知性。有人说命运就像下棋一样,说他能看好几步。有人看三步,有人看五步,有人能看到十几步,如果他一上来就把这一百二十步全看完了,那这棋还用下吗?就不用下了。人活一辈子也是这样,算卦也好,科学预见也好,计算机预测也好,假如一生下来某人就能把他一生的年表制定出来,一直看到哪一年生病,哪一年寿终正寝或死于非命,这就没有人生了,是不是?连人生都没有了,还要文学干什么？

所以，我们从这后四十回的不可靠，体会到《红楼梦》的开放性、不完整性乃至于神秘性。残缺并不是这本书的弱点。手稿的丢失完全是偶然的，也许可以说是不幸的，是一个遗憾；但是现在，它已经变成了一种文化现象，已经合乎天意了，已经是必然的了，已经是《红楼梦》魅力的一部分了。

还有一个奇怪的事，是我始终不得其解的。高鹗后四十回已经被读者接受了，已经被历代的读者接受了，后来是胡适、俞平伯这些人考证出来这是个续作，乃至是伪作，而不是原本。《红楼梦》能被续四十回，而且续得能被读者普遍接受，这是不合乎情理的，这是不合乎文学的基本常识的。当有人说要严格按照曹雪芹的原意拍电视剧，我听后相当紧张。因为就按照后四十回高鹗续作拍，它起码是个东西，有个小说续作作依据；而说按原意拍，原意在哪儿呢？你有没有办法请曹雪芹复活，给你这个电视剧当顾问？因此，所谓按原意，就是按你所理解的原意是不是？譬如说是张教授，就按张教授的原意拍，是李教授，就按李教授的原意拍……更可怕的，是按八个教授的原意拍，是不是张王马郑赵钱孙李八个教授都是专家，都洞彻曹雪芹的原意，都明白高鹗的糊涂呢？天知道！高鹗至少离曹雪芹还近一点儿。这八个教授加在一块儿重新拍《红楼梦》，我怎么觉得这么恐怖呢！我说还不如就按高鹗的拍。现在有人要改后四十回，要突出刘姥姥的作用。看到后来，刘姥姥一出来，我就感觉到像抗日战争时期的贫农老大妈，遇到好人有难就出来照顾，那个味儿就不如高鹗的，高鹗的起码是当年清朝的味儿。

高鹗的续作，增加了《红楼梦》结构上的一种神秘感。我没有考据学的功夫，也没有做这方面的学问，我宁愿相信后四十回曹雪芹是有一些断稿残篇，而高鹗做了高级编辑的工作，这个比较能够让人相信。如果说这就是高鹗续作，而且完全违背了作者的原意，这是我的常识所不能接受的。有人做这方面的研究，把《红楼梦》的前八十回和后四十回作语言的定量分析,比如他喜欢用哪些语气词、喜欢主谓宾的结构怎样排列、喜欢用哪些定语和状语、有哪些和正常的语法相违背的,把这些输入计算机进行搜索,结果说是后四十回和前八十回没有差别。

所以,我觉得《红楼梦》后四十回是一个特别有趣有魅力的问题,使你老惦记着,使你老不踏实。有时候我想,《红楼梦》就像是人生,对后四十回的讨论就像是对人生的关切、对亲人的关切、对一切人的下场的关切。不知道后四十回是什么,是好事,要是什么都知道,也就没有这种关切,没有这种惦念了!

下面我想谈一下《红楼梦》的本体性。

《红楼梦》给人不一样的感觉,往往使人忘记了它是一本书,而是将它看做宇宙的本体、人生的本体。举个例子,托尔斯泰的《安娜·卡列尼娜》内容也很繁复,文字也很多,除了写安娜一家,写安娜和渥伦斯基的婚外情,还写了有作家自况在内的列文和吉提,写他们爱情的成功等等。但从总体来说,《安娜·卡列尼娜》写的是一个爱情悲剧,是在宇宙和人生的本体上长出来的一棵树,这棵树的姿态、命运、形状能够引起读者无限的悲伤、忧思和沉重感,甚至是罪恶感,但这并不是本体本身。《红楼梦》不一样。《红楼梦》虽然写了贾宝玉和林黛玉的爱情,用的笔墨也很多,也被许多人所接受,特别戏剧戏曲改编《红楼梦》都是突出爱情,但《红楼梦》更多的是表达人生的本身。再譬如《三国演义》,写得也够全面的,里面人物众多,事件众多,但它只是人生的一个方面,就是所谓乱世出英雄,合久必分,分久必合,政治和军事的种种争斗是一个"景",像拉洋片。但《红楼梦》给人的感觉就不同。怎么不同呢?从物质层面来说,宇宙也好,人生也好,它是由一些最基本的元素所构成的,中国最普遍的说法就是五行金木水火土,印度的说法就是地水火风"四大"。《红楼梦》没有具体写金木水火土和地水火风,但是它写到了阴阳,写到了月盈则亏、水满则溢,写到了世界的消长变化,写到了世界的永久性与变异性。

《红楼梦》写到了生老病死、聚散离合、兴衰荣辱、吉凶祸福、是非功过、善恶曲直。人的一生,生老病死,是与生俱来的忧患痛苦。生也不容易,老了也很苦,生病不好,死亡更痛苦。《红楼梦》里的生老病死很多。探春的远嫁,《红楼梦》里作为非常不幸的事情,这和当时的空间观念有关。《红楼梦》写到兴衰荣辱。贾家是名门之后、功臣之后,是贵族,是豪门,是特权阶层当中的人物,但又没有实权,他们最关心的事情,最担心的事情,而且往往又是无法避免的事情,就是终有衰败的那一天。吉凶祸福也是这样,《红楼梦》里还经常出现一些预兆,特别是到后四十回。现在古今中外再找不着一本书像《红楼梦》一样能够写这么多的生老病死、聚散离合、兴衰荣辱、吉凶祸福。《红楼梦》并不着重进行道德价值的判定和道德上的歌颂与谴责,虽然里边也有一些比较激烈的话。比如通过柳湘莲之口,说贾府里非常肮脏,只有门口两个石头狮子是干净的。但这种谴责非常笼统,在写到具体人物时,作家的心情是非常复杂的。读《红楼梦》的时候,你会感到对人生命运的沧桑体验甚至超过了对实际生活的提示。《红楼梦》里有一种宿命论和报应论,这是中国人对命运最普遍的两种感受。这两种感受是并存的,又是对立的。宿命论认为盛极则衰,荣尽则辱,水满则溢,一切都是命,没有道理。贾家女儿被册封,元妃省亲等,所谓"鲜花着锦,烈火烹油",忽然又出事了,被抄家了,这是命运,一切都是命中注定的,所谓"气数已尽"。与此同时,又有报应论,是说每一件坏事都有它的结果,贾家的衰败也并不是无计可施。锦衣军查抄荣国府的时候,说的那些问题,大部分和王熙凤所作所为有关。另外,管理混乱、道德败坏、仗势欺人、逼出人命……各种低级下流的事情贾府里都有。

所以《红楼梦》里既有宿命论又有报应论,既有宿命感又有罪恶感。说《红楼梦》有本体性,就是说它充满了人生的酸甜苦辣、喜怒哀乐,它写到了人性的各个方面。从情感上来说,甚至从审美的角度来说,人生的过程就是一个酸甜苦辣的过程,就是一个感受的过程。在《红楼梦》里大荤大素、大文大白、大粗大细都有。

那么,为什么说《红楼梦》好像人生的本体一样,好像是宇宙的本体一样呢?我有一个观点,就是本体先于方法,本体产生方法,本体先于价值,本体产生价值。中国文学一直强调教化传统,所谓"不关风化题,纵好也枉然"。在道德上,文学作品体现的是一种二元对立的观念,一种是君子,一种是小人,一种是忠臣,一种是奸臣……分得是非常清楚的。《红楼梦》的可贵之处,就在于不急于作先验的价值判断,缺少二元对立的色彩,更多的是让你知道这样一个家庭这样一批人,他们是怎么生活的,他们的可爱之处在什么地方,他们的令人叹惜之处在什么地方,他们的窝囊无用之处在什么地方,他们的卑劣下作之处在什么地方。《红楼梦》是本体在前,在方法之前,在价值之前,本体先于方法。

所以我有一种说法,我认为《红楼梦》有一种耐方法论性。文学有各种各样不同的方法、不同的流派,用这些方法、流派分析《红楼梦》都有收获,都行。如写实主义、现实主义讲典型人物、典型性格、典型环境,也是非常合适的。贾宝玉、林黛玉、薛宝钗、贾政、王熙凤、晴雯、探春都是典型,这是现实主义。魔幻现实主义在《红楼梦》里也有,有和尚、道士、太虚幻境、青埂峰无稽崖、神瑛侍者、绛珠草的故事。再说象征主义,《红楼梦》里的象征太多了。要在《红楼梦》里找象征,每个人的姓名都是一个象征,而且我们都已经接受了,不能改了。紫鹃只能叫紫鹃,绝对不能叫红鹃。包括吃的什么样的饭,提的什么样的灯,穿的什么样的衣服,似乎在日常生活的背后还有一种深层的意义,这就是象征主义。还有神秘主义,《红楼梦》有多少神秘?紫鹃拿贾宝玉开玩笑,说林黛玉很快就要被接走了,于是贾宝玉一下就乱了,脑子就昏了,等于是发了一次青春期的癔症。这是贾宝玉青春期的一种性意识,包括情感上的意识流。还有,虽然我对索隐派的说法和做法不敢苟同,但这也说明了一个问题,就是《红楼梦》具有一种符号的丰富性,这个符号的量太大了,而且可以解释。

还有就是耐价值论,耐价值判断。《红楼梦》同情女人,歌颂女人,好像有点儿女权主义的意思。儒释道在《红楼梦》里也都有所表现,对于儒家的东西如忠君尊卑长幼等也是歌颂的。贾宝玉不喜欢读经,不喜欢做官,主要原因是任性。中国自古以来有两种人:一种人提倡性灵,就像魏晋时的文人;另一种人提倡仕途经济要入世,要做官做事发财才对得起天恩祖德。为了性灵而忘记仕途经济,自古以来也是有的。《红楼梦》客观上有很多反封建的东西,却不能说《红楼梦》是有意识地反封建。还有,贾宝玉批判"文死谏,武死战",目的也不是为了反封建,他是在用极左的方法来批判左。至于释、道的那些思想,确实是真有的虚无,一切归于虚无,所谓"色即是空,空即是色"。但是"色即是空,空即是色"又有一种悖论,因为在时间坐标上,最后色变成空;而如果把时间坐标放在色中,色就是缤纷灿烂的,色不是空的,色是充满吸引力的。色和空是互相背离的。所以在价值判断上,《红楼梦》能够容许你有多种的价值判断。

从清朝开始,喜欢林黛玉的人多把薛宝钗说成是奸佞小人,说成是诡诈虚伪的人。我想,一方面这和人们同情弱者有关系,再一点就是人们看书,特别是看闲书,喜欢性灵型的人,不喜欢一举一动都符合礼教符合社会规范的人。讨厌规范,喜欢性灵,这是看闲书的人的特色。所以《红楼梦》在价值判断上,在文学创作上,给我们的启发很大。所以,注重本体的作品,都是把方法和价值看做从本体延伸出来的东西。

最后,我再讲一下《红楼梦》里面的原生性和可比照性。

世界上无论什么事都可以从《红楼梦》里找出来比照一下,特别有参照价值。这种参照有时候你会觉得匪夷所思,因为一方面人间的各种事是不断变化的、变动不拘的,另一方面其中又有一些不变的东西。《红楼梦》讲的很多事情都合乎事体情理。事体指本体,情理指逻辑。人的职业可以总在变,比如说经商、从政、教学、读书还是务农,是可以变化的,但是有些事体情理是不变的,比如说人应该真诚待人,应该精益求精,应该敬业。《红楼梦》给人一种百科全书的感觉,一种万物皆备于我的感觉。

《红楼梦》写各种各样的人生,千奇百怪,各种故事都可以在《红楼梦》里找到某种比照,或者是反面的,或者是对比。《红楼梦》写人生的这些东西,生命力这么强,真可谓是封建社会的百科全书,是人生的百科全书。

《红楼梦》还有一个很特殊的命运,就是外国人基本上不接受它。西方人容易接受《西游记》,东南亚容易接受《三国演义》,认为能够教人们智能。《红楼梦》虽然也有各种译本,但是大部分人不知道,因为它不是作为阅读书籍而是作为专家研究书籍翻译介绍过去的。而且翻译后的《红楼梦》,无论如何是传达不出原汁原味来的。我有一年到新西兰,见过《红楼梦》的一个译者,中文名字叫闵福德,送我一本他译的《红楼梦》。我一看王夫人全部是"Lady Wang",贾母全都是"Lady Jia",贾政一说话是"ladies and gentlemen",味道就全变了。文化有它的共性,又有它的不可通约性,你没法找到它的最小公分母,没法化成它的符号。毛主席说,中国有什么了不起?中国就是地大物博,历史悠久,人口众多,还有部《红楼梦》。这是将《红楼梦》作为中国的一个特点,既然我们是中国人,我们就应该好好体会《红楼梦》里的人生沧桑,好好体会其中的人生智能吧!

专题讲说三 《红楼梦》与现代文论

这里先从《红楼梦》的时间讲起。

二十世纪七十年代末八十年代初,哥伦比亚作家加西亚·马尔克斯的《百年孤独》被介绍到中国,这是个大事件,这本书对于中国的作家影响非常之大,许多著名作家的著名作品中都看得出马尔克斯的影子,比如说王安忆的《小鲍庄》、莫言的《丰乳肥臀》、韩少功的《马桥词典》、张炜的《九月寓言》等。《百年孤独》一上来就用一个非常奇特的对时间的叙述方法,迷倒了许多中国的作家:"多年之后,奥雷良诺·布恩地亚上校站在行刑队面前,准会回想起父亲带他去见识冰块的那个遥远的下午。那时的马贡多是一个有二十户人家的村落,用泥巴和芦苇盖的房屋就排列在一条河边。清澈的河水急急地流过,河心那些光滑、洁白的巨石,宛若史前动物留下的巨大的蛋。"这个写得非常的灵动,也相当令人迷惑。他说"多年以后",就是说他是写未来,时间是未来时,不是现在,是多年以后;"奥雷良诺·布恩地亚上校站在行刑队前",这也很惊人,就是说他被枪决了,然后他"准会",仍然是一个预料性的语言,准会想起"父亲带他去见识冰块的那个遥远的下午",就是说是对未来的回忆,但又不是现在。它这里有一种对时间的把握。其实这个观点对中国人来说并不新鲜,因为王羲之在《兰亭集序》里已经讲过,"后之视今,亦犹今之视昔"——今天我们讲过去的人和事,和后人回想我们差不多。每一个时间,对于过去来说那是未来,对于当时来说那是现在,对于未来来说那是过去。而这种时间观念,很少能找到一部小说像《红楼梦》里写得那么多重,而且令人感慨、牵心动肺。

《红楼梦》里有些什么样的时间呢?我给它分成几种:第一重时间是女娲时间。《红楼梦》一上来就讲在女娲补天的时候有块石头。女娲时间是什么时间呢?是一个神话时间,是一个前宇宙时间——那时候宇宙还没有形成、天还没有完成、地也没有完成。《红楼梦》讲这块石头后来落在了大荒山无稽崖青埂峰,这就是宇宙时间,一个相当久远接近于无限的时间,在这个无限时间的坐标上你很难寻找到确定位置。《红楼梦》还有第三个时间——贾府时间。在这个贾府时间里,也往前追溯到贾政贾敬贾赦的上面两代,就是荣国公宁国公,然后一直写到贾府时间的结束,写到锦衣府来查抄,写到他们不再存在。这里也有一段时间,荣国公、宁国公时间只是略略提及,主要的还是贾宝玉这段时间——从他的出生,尤其是从他进入少年时期,一直写到青年时期,这又是一个时间。一般的长篇小说都有一个忌讳,就是你不要把小说的结局一上来就告诉读者,总要让读者有一个悬念——最后会怎样,他和她的爱情能不能成功,坏人的挑拨离间能不能得逞,好人的冤屈能不能得到洗雪等等。但是《红楼梦》恰恰相反,它一上来就告诉你这一切都已经成空、万事已成空、人物已经凋零、往昔的繁华已经不再,它告诉你而且还不断地提醒你,生怕你忘记。通过这个石头,就说你是来自大荒山无稽崖青埂峰,你枉入红尘若干年,然后你还要回到这里。因此,你把《红楼梦》当一个正在发生的事情看,也是可以的,那是《红楼梦》的魅力。你永远不会觉得贾宝玉是个老人,永远不会觉得这里面的一个个少女老了以后会怎么样。你可以把它当做过往的人对一个已经完全衰败的家族的遥远的回忆来读。《红楼梦》里的这种时间处理,说明了中国式的文学视野和文学感应的一种灵动性。你看我们的动词,并不是特别讲究,除了专门注上的,不是特别讲究它的时间性、它的时间特征。这是我们所说的《红楼梦》三重时间。

每一个读《红楼梦》的人不会忘记,它是清朝开始走向没落的这个时间的产物,但它又特别申明并无朝代纪年可考,就是说我无意专门写哪一段时间。这个第四重时间我们也可以把它命名为"文学时间"或者"曹雪芹时间"。正是《红楼梦》的前宇宙时间、宇宙时间、贾府时间和曹雪芹时间的高度融合,平添了我们阅读《红楼梦》时的沧桑感。譬如说读元妃省亲那段,你会觉得曹雪芹很得意,写了一个大的场面,但即使在这里,由于你有前前后后的参照,你知道这荣华富贵只不过是过眼烟云,一下子就会增加那种苍凉,增加那种深厚。看到这儿,因为大家都是俗人,会觉得贾府真不简单,曾经这么盛大过,社会地位真高,跟皇宫有这么密切的关系,还了得吗? 即使在这里,你又感觉到,这一切都是靠不住的,无从仗之。这种时间的观念实际上很现代,当然比加西亚·马尔克斯早很多,在中国早就有这种对时间的多重性体认。

第二,我们谈谈《红楼梦》的各种人物、情节和弗洛伊德理论的关系。弗洛伊德被认为是二十世纪最重要的思想家、理论家之一。曹雪芹写《红楼梦》的时候当然还没有奥地利医生弗洛伊德的理论,但《红楼梦》由于对生活的忠实、对生活的敏感,你可以到处都看到弗洛伊德的影子。比如贾宝玉喜欢女孩,见了女孩要吃人脸上的胭脂。我们可以设想一下,他怎么吃的呢? 他肯定要用舌头舔女孩的脸庞,他从这里得到一些快感。书中描写贾宝玉和林黛玉忽然在一个时候觉得不自在起来,这也不是那也不是,这是种青春期的反应。而且,贾宝玉还不仅仅对女孩子感兴趣,他对男孩子也感兴趣,他有某种同性恋的前期倾向。贾宝玉如果生活在美国,也可能成为一个真正的 gay。贾宝玉见到秦钟,因为秦钟很好看、很奶油(奶油小生),就觉得自己简直和泥猪癞狗一样。这是种青春期的自卑,也很有趣。因为贾宝玉就够奶油的,长得跟女孩一样,常常被认为是女孩,见到秦钟更奶油,把他爱得不行。贾宝玉见到蒋玉菡恋恋不舍,见了柳湘莲也是这样。贾宝玉见谁都喜欢,以至于他得出一个结论:

女孩多好啊,女人是水做的,男人是泥做的。现在有些研究者说贾宝玉重女轻男、爱女厌男、爱少女厌成年女人都反映了"反封建"的特点,我觉得也很有道理,至少客观上是这样。但如果从弗洛伊德理论来看,贾宝玉对女性的那种兴趣,我觉得也可以解释,而且中国早就有人描写过这样的男孩子——喜欢女孩子,不喜欢男孩子,不喜欢成年女人。当然女孩子漂亮,女孩子比成年女人漂亮。贾宝玉的性关系,这个研究的人更多了。

我觉得最好玩的是——我没有细研究过——有人说贾母跟张道士有特殊关系。贾母应该没有机会的,她的地位、意识形态,她的环境,生活在封闭的贵族府邸里,还有她的年龄,都不适合她和异性哪怕发生仅仅精神相悦的关系。但是自古以来中国有火眼金睛的人很多,不用学弗洛伊德,中国人有这方面的敏感。中国有一个最恶劣的传统就是捉奸,他捉出来了,就是说贾母和张道士怎么样了。这有一点儿道理,当然这只是猜测,但他们的关系确实不一样。贾母到张道士的道观,王熙凤说把张道士叫过来,张道士就说:小道本该到老太太这边伺候,但来了很多内眷女孩,没得到命令不敢擅入。王熙凤的反应是你这牛鼻子老道少跟我来这一套……张道士一见贾宝玉就说:哎呀,他怎么和国公爷一个稿子——相同模式、same model!这就很不一样了。《红楼梦》里能够和贾母交流,对国公爷(贾母的丈夫)有这种回忆这种怀念的,只有张道士一人,说得贾母眼圈都红了。贾母在《红楼梦》里炼就了金刚不坏之身,只知道玩乐,属于超级乐观主义者,但在这里她动了感情。然后张道士就问贾宝玉说了亲没有,贾母说:没有啊。你看有没有合适的啊,有合适的话,只要人好,门第怎么样、有钱没钱、地位权势怎么样,我们不在乎。这个张道士算什么东西,他怎么敢过问贾宝玉的婚姻呢?他算老几?而这个话你可以做一个翻译,你把他当做没话找话、随便说说,彼此太熟悉。你还可以翻译成:张道士通过对贾宝玉的婚姻的询问和关怀,表达了"愿天下有情人皆成眷属"的意味,眷眷深情,其情眷眷焉。然后,贾母通过说不在乎门第只要人好,是在表白:我并不在乎你的地位低,我不是那种人,本老太太绝非嫌贫爱富,本老太太重视的是人,你明白了吗?本老太太从来都是这样。后面张道士的面子就更大了——听说哥儿是衔玉而生,能不能让小道看看?贾宝玉的玉可是了不得,那属于核心机密啊!他不但要看玉,还弄了一个盘子,把这个玉放上给众道士们传阅。张道士的面子超过了北静王,敢向贾宝玉要玉看的只有北静王,而北静王是荣国府的靠山,各种事上都是靠北静王。所以看来贾母和张道士的关系有点儿不同,这个确实。但我们无意把它落实着实,着实了就没意思了。

还有就说王熙凤和贾蓉之间也有暧昧关系。程乙本里还专门加了一句,贾蓉和王熙凤谈完事,贾蓉要走时,王熙凤说"你等等",然后没说,有点儿欲盖弥彰的味道。王熙凤一见贾蓉面就骂他,这也是中国文化的特色,所谓一男一女间有了 something 时,见面就可以骂。其他如妙玉不近人情的性格怪癖等都可以看成是某种潜在的关系。

回过头来讲,《红楼梦》是中国的一部古典作品,是三百多年前的一部大作品。那个时候曹雪芹不会有现代观念。一个真正天才的文本,各种方法都适用,对象大于方法,本体大于方法,这正是《红楼梦》的可贵之处。他可以完全不知道什么弗洛伊德,他可以完全不知道时间的多重概念,但是他的作品里面已经描写到这种感觉,已经描写到这种本体,已经成为这样一个研究的对象。

第三,我们再讲一下《红楼梦》对人生的怀疑和追问。这不光是现代文论,也是现代哲学的一个重要命题。人生的意义到底是什么?讲人生的荒谬感,讲人生的孤独感,讲人生的焦虑忧患感,讲人生的虚无感等,这些东西我们现在不作价值判断,我们不能用一种消极颓废的态度来构建我们的人生观和价值观。但是,这种荒谬感孤独感在《红楼梦》里表现得非常突出,尤其是贾宝玉,有些方面也包括林黛玉。譬如时间,这是一个古往今来所有作家共有的叹息,叹息生命短暂,叹息时间的匆迫,叹息青春不再,叹息亲人的离散……李白曰:

"夫天地者,万物之逆旅;光阴者,百代之过客。而浮生若梦,为欢几何?"陈子昂曰:"前不见古人,后不见来者,念天地之悠悠,独怆然而涕下。"这种描写早已存在,并不是什么新鲜的。光阴如箭,日月如梭。朱自清的散文说:"燕子去了,有再来的时候;杨柳枯了,有再青的时候;桃花谢了,有再开的时候。但是,聪明的,你告诉我,我们的日子为什么一去不复返呢?"贾宝玉和林黛玉年纪那么轻,想到的却是"一朝春尽红颜老,花落人亡两不知",起码你拿了癌症三期的诊断书再讲嘛,是不是?还有贾宝玉喜聚不喜散,林黛玉喜散不喜聚。其实喜聚不喜散、喜散不喜聚之间并无区别,林黛玉的意思是说既然聚完以后还要散,还不如干脆不聚;贾宝玉的意思是咱们先聚,先热热闹闹,闹尽这些悲哀,忘记将来,忘记死亡的阴影临近。贾宝玉在那么小的时候,才十几岁还没有到领取居民身份证的年龄,就想着:我死了以后化成灰,然后这些心疼我的女孩都哭,用眼泪把我的魂冲走,从此我再不托生为人……连下一辈子他都否定了。这很奇特。当然这是书这是小说,里头有夸张,但表达了这些东西。

在这些对生命的叩问质疑中,还有一个当代西方非常流行的说法,就是他想知道自己的身份——我到底是什么?现代西方讲"认同危机",对贾宝玉的描写本身就有这么一个危机存在:贾宝玉究竟是什么?是一块石头,是一块玉,是一个贵公子,是神瑛侍者下凡,是女娲当年弃用的材料,是一个泥猪癫狗?他究竟是个什么东西,他不知道一个人到底能够成为什么样。一个人为什么你就是你,我就是我;我为什么不会是你,你为什么不是我……

《红楼梦》里有一个最有趣的东西,作者的思路奇妙极了,但我认为他没有写好,就是甄宝玉。除了一个贾宝玉还有一个甄宝玉,这个绝了。甄宝玉和贾宝玉长得一模一样,甄宝玉的家和贾宝玉的家一模一样,甄宝玉小的时候那些坏毛病和贾宝玉也一模一样,但是,甄宝玉后来接受了封建主流意识形态教育,学好了,变成了孔孟之徒了,变成了有用之材了,进入仕途。而贾宝玉梦见甄宝玉是在什么情况之下呢？他在午睡，床对面有一面镜子，镜子里是他的影像，是一个反的形象……你看了这个描写会有毛骨悚然之感。设想一下，如果世界除了你还有和你长得一模一样、遭遇也一模一样，而某些方面恰恰相反的另一个人存在，你会不会脊背发凉？当一个人抓不住自己的时候，他就有这种心情。

设想另一个我、另一种方式存在的可能性，对人来说既是一种魔力，又是一种挑战，又是一种憧憬。比如芳官，她有时候女扮男装，她还有胡人名字，她的法国名字翻译成中文是"金星玻璃"。这里写得很特别，也很现代或后现代。后现代一个很重要的说法，是说人死了。过去尼采说上帝死了，因为早先知识说世界是上帝创造的，地球是世界的中心，后来有很多例子证明并不是这样，所以尼采说上帝死了，上帝已经管不了你了，然后人死了。原来地球不是宇宙的中心，太阳系也不是银河系的中心，银河系也并不是宇宙的中心，人类更不是世界的中心……这样就产生人对自己的怀疑，这是一个很难避免的过程。而像这样的类似萌芽在《红楼梦》已经有过，这是非常惊人的。这也是《红楼梦》和中国其他小说不同的地方。其他小说往往就是一个忠臣蒙冤，又碰上了明主，把奸臣抓起来了，然后好人都当了国之重臣，他们的老婆都封了一品夫人，生了五男二女，皆大欢喜。《红楼梦》不是这样的，它接触许多生命的体验，这种体验当时还没有概念名词，还没有一种语言来加以描述。

第四，讲讲《红楼梦》的文化符号。《红楼梦》里文化符号很多，因为玉本身就是一个符号，这和中国文化是分不开的。中国人喜欢玉推崇玉，认为玉有一种君子之性，认为玉比较温润，金银比之要俗气得多。玉显得高雅，从手感，从视觉形象，它的许多特色，你会觉得可贵可爱。白先勇先生也研究《红楼梦》，他有一些非常有趣的观点。他说《红楼梦》里名字能够叫上玉的是很不容易的，那个小红原来叫红玉，后来被王熙凤听见，说你玉我也玉，不许你叫玉，小红是没有资格叫玉的。《红楼梦》中有资格叫玉的只有贾宝玉、林黛玉、妙玉,再一个就是蒋玉菡了,只有这四个人。这个玉的符号在《红楼梦》中不断地闪现,而且后来变成了一个情节奇迹,赵姨娘和马道婆搞妖术行蛊术,暗害王熙凤和贾宝玉,搞得两人都得了精神疾患,然后来了一僧一道,说你们自己有宝贝为什么不用来治病?宝贝就是这块玉,拿着这块玉在贾宝玉王熙凤眼前晃一晃转一转,然后病就好了。林黛玉又经常因为没有玉而使性子,表示悲伤而痛不欲生;贾宝玉又为了有玉而顿足长叹,甚至要摔玉砸玉,然后"佳人双护玉",丢玉找玉,乱七八糟的。没有这玉,好像就勾结不起《红楼梦》。

《红楼梦》里作诗所咏的东西都是文化符号。比如咏菊咏风等咏海棠,这都是文化符号,这些植物在中国文化里已经分了三六九等。林黛玉的院子里是以斑斑点点的湘妃竹为特色的,显得很清凉很孤高。别人的院子里那是另外的植物,是不一样的。他们做的谜语里也都是文化符号,有很多的暗示。比如元妃的谜语,谜底是爆竹,一声响惊恐人,而它本身已经成灰……这一节写贾政一看这些灯谜,谜底都这么不吉利都这么晦气。每一句诗似乎都有暗示,都有符号,成为谶语,不知道在哪一点就变成了命运的预告。还有讲到秦可卿房间里的摆设,什么唐伯虎画的《海棠春睡图》、武则天当日的宝镜、赵飞燕的金盘、安禄山的木瓜等等,所以刘心武先生就认为秦可卿来历非凡——你看她房间里摆的都和皇帝妃子有关。后来有朋友说,明清小说的这种描写是陈词滥调,是当时描写的习惯,并不是特别写秦可卿。这个问题可以按下不表,我们可以说,它总是流露了作者的一些不好说、不方便说、不想多说的东西。他不说出来,增加了我们在解读上的难度,也增加了解读的乐趣。海明威有一个理论,说文学就像冰山,四分之一在外头,四分之三在水里,也许《红楼梦》真正做到了。

《红楼梦》符号重组的可能性,也是到了现代、后现代所发生的一种文学试验,这种文学试验你可以说是旁门左道走火入魔,也可以说它是标新立异。比如扑克牌小说,小说写完就像扑克牌一样,然后你一洗,第一页变第八十二页……重新再看,你会获得新的感受。把《红楼梦》各种文化符号进行重组,从《红楼梦》问世后就没有中断过。比如索隐派就说《红楼梦》像密电码一样,它里面都有暗语,提倡的是反清复明,里面有许多考证,他讲得头头是道。这几年引起相当大反应的就是刘心武的"猜谜说",说《红楼梦》写的是宫廷斗争。还有分析得更离奇的,说林黛玉是刺杀雍正的刺客。对一部书能解释得这么神奇,发挥想象力到这种程度,一方面他可能是不沾边的,另一方面也说明这个文本提供的可能性太多。所以曹雪芹说:"满纸荒唐言,一把辛酸泪。都云作者痴,谁解其中味。"既然"谁解其中味",大家就爱怎么解怎么解吧,所以就变成了这样一个结果。还有一种说法,说《红楼梦》的实质是讲宇宙史,讲宇宙是怎样发生的、怎样发展的、又怎样终结毁灭的。这个说法被红学家斥为胡说八道,我觉得也有一点儿可爱之处,就是我们从《红楼梦》找到它和宇宙相同的东西,它既有贾府时间,又有宇宙时间,可以看到贾府从起家鼎盛到衰败灭亡,这道理和宇宙的发生发展是分不开的。《红楼梦》写灭亡也是非常精彩的,它不是归咎为哪个个别的坏人或哪一件事,只要它是一种趋势,它就不可避免。所以我觉得,就是这些地方,人类重组符号的努力,是对人智力上的一个极大诱惑。

我们再谈谈《红楼梦》的现实主义。《红楼梦》算不算现实主义的作品?可以说算,因为它里面有些地方非常写实,一次吃饭、一次过生日、一次喝酒行酒令、一次游玩、一次冲突、斗牌、猜谜、穿的什么衣、吃的什么饭、用的什么餐具以及每个人说话的语气腔调,写得真实。但里面也有许多非写实的东西,比如说衔玉而生,比如说编了一层又一层的神话故事——女娲补天已经是一个神话,在天宫里神瑛侍者给绛珠仙草浇水又是一个神话,比如有一个贾宝玉又有一个甄宝玉,比如风月宝鉴照正面是一个美女,照反面是一个骷髅,这都不像写实。所以用简单的写实的眼光来要求《红楼梦》是不对的。它强调"满纸荒唐言",并不说所写的都是实际,但是又在说"事体情理"不敢穿凿,就是说在人物的逻辑、情节发展的逻辑上是很写实、很认真的。我觉得这样一种中国式的写作方法,它并不执着而带有一种相当大的灵动性。《红楼梦》里的有些说法非常有意思,含义也非常之深,"假作真时真亦假,无为有处有还无",这个对文学的真实,你如果变成了对档案的考证的真实,也就无趣了。

最后我讲一下《红楼梦》与结构主义和结构现实主义的关系。结构主义是从语言学的研究出发的,认为文学的许多东西其实可以用一个句子、一个原型或一个语法加以解释。《红楼梦》里有个非常有趣的现象,所写的人物非常多,往往形成一种对称,既有相似的又有相反的。譬如薛宝钗和林黛玉是一个对称,薛宝钗和薛蟠又是一个对称,薛蟠和贾宝玉也是一个对称。薛蟠和贾宝玉有很多共同之处,虽然薛蟠那么粗俗,贾宝玉比他可爱得多,这是一个对称之处。晴雯和袭人是一个对称,晴雯和林黛玉又是一个对称。晴雯和林黛玉好像是一种同一或者近似的关系,好像是同义词或近义词。晴雯和袭人变成了一个反义词的关系。尤二姐和尤三姐又是一个对称。所以《红楼梦》在人物结构上是非常与众不同的。

结构现实主义在拉丁美洲以略萨为代表,有《绿房子》等。结构现实主义,按照我的肤浅理解,就是说对一个事物和环境的描写是立体的,围绕着不同的视觉、不同的人物,可以有不同的感受。这一点在中国其他章回小说里是没有的,但在《红楼梦》里头有。就拿贾府来说,先有冷子兴演说荣国府。贾雨村和冷子兴一块儿喝酒吃饭,谈起了贾家,冷子兴有一个对贾家鸟瞰似的整个的描述,贾雨村对贾宝玉有个性格分析,从阴阳五行清浊二气来说。再后来又有林黛玉进入荣国府,从她眼中看荣国府。再后来又有元妃眼中看荣国府看大观园,之前又有贾政带着贾宝玉试才题对游了一通大观园。又有刘姥姥三进荣国府来看这里。这实在写得很高明,它既是对人物的描写,也是对情节的描写,又是对环境的静态描写。这个大观园,你如果要用西洋巴尔扎克的办法,一上来先写环境,估计前三章都是讲建筑和环境、各种屋子都住了些什么人、每个人和每个人之间是什么关系，那就没办法读下去了。当导游导读是非常困难的事，这也是一个我至今没完全解决的问题。研究《红楼梦》的结构，有时候它还有点儿元小说的味道，作者跳出来说话。贾府里有很多的事不知道从何说起，那就从最不重要的说起吧——刘姥姥就是这样出场的。

我介绍这些方面的情况，想说明一个东西（我很早就提出来的，有很多红学家不喜欢我这个说法）：一个杰出的作品，它具有用不同的文论加以解读的可能。一部杰出的作品有一种耐方法论性，你用不同的方法都从中找得出结论来。毛主席说《红楼梦》是阶级斗争，一上来就是多少条人命案，金钏是被王夫人迫害而死、晴雯是因什么而死、秦钟因什么而死、贾瑞算不算是被王熙凤迫害而死……然后再说贾府的账目，你看快过年了，庄户头子带了多少礼物来，给了他们多少张貂皮多少张熊皮……王国维用叔本华的生存的悲剧、欲望的悲剧说讲《红楼梦》，也可以；包括用非常现代的一些观念、一些命题、一些语言，你都可以从《红楼梦》中得到呼应。这实在是一种快乐，也说明《红楼梦》作为中国独一无二的文本，它所提供的这种欣赏和知识，或者说它的可能性还远远没有穷尽……

专题讲说四 《红楼梦》的文化情怀

《红楼梦》与中国文化情怀,这是一个自身和自身同构的命题。因为《红楼梦》就是中国文化,你谈《红楼梦》的什么事都是中国文化。《红楼梦》是中国文化的瑰宝,是中国文化的代表作,是中华民族的骄傲。毛泽东曾经把《红楼梦》与中国地大物博、历史悠久、人口众多相提并论。毛泽东是这样说的:中国无非就是历史长一点,地方大一点,人口也很多,我们还有半部《红楼梦》。"半部《红楼梦》",后来据说发表的时候觉得说半部不是特别准确,不是特别好,后来就改成了"一部《红楼梦》"。其实说半部也是对的,因为后四十回是高鹗续写的。

首先说说《红楼梦》所表现出来的文化观念,尤其是人生观念、人生嗟叹,说一下《红楼梦》所表现的"家国之思,兴亡之叹"。家庭在中国文化中所占的位置,在中国人思维方式中所占的位置,是无与伦比的。很多民族都重视家庭,印度人也很重视家庭重视传宗接代,犹太人也重视家庭,但是把家庭和国家结合起来,只有在中国才有。"国家"这个词我还没有考证清楚,这是近现代的词,我们过去的词是"家国"。你如果研究源起,那么"国家"原来就叫做"家国"。但是很奇怪,《辞源》和《辞海》中都没有这个词。谈到陆放翁辛弃疾的词,人人都会想起家国这个概念。家就是国,国就是家的扩大和延伸。齐家治国,家和国是分不开的。爱国爱家,保家卫国,我们抗美援朝的口号是"保家卫国"。这个"家"是中国人非常根本的观点。

用现在的名词，我们把人分成个人主义者、集体主义者、社会主义者。在中国历史，你很难说中国人是集体主义者还是社会主义者。就中国人而言，他是家庭主义者，不是个人主义者，他要对祖宗负责。法国的启蒙哲学家们曾高度评价中国的祖宗崇拜。这个祖宗崇拜很合理也非常简单，它是一种责任，就是你对祖宗有一种责任。如谢晋的电影《鸦片战争》，结尾是道光皇帝带着他的子孙在雷雨交加的夜晚给列祖列宗磕头，痛哭流涕，因为他把香港割让出去了，对不起列祖列宗。"列祖列宗"非常神圣，因为家族有血缘关系，非常重感情。

中华民族是一个非常重感情的民族，中国政治是一个充满感情的政治。你看《红楼梦》里面，也有钩心斗角，但是它非常重感情，不是没有感情的。他们都那么爱宝玉。王夫人爱宝玉，贾母爱宝玉，事实上贾政也非常爱宝玉，只是他急于让宝玉按照他的意愿模式去成长。中国的政治也是非常讲感情的。你看中国戏曲都是大哭大笑、大吵大闹、大忠大奸、大悲大喜、大锣大鼓一个劲地猛敲，都是激情燃烧如雷似电，都是在那样的激情里搞政治。这种家国之思，《红楼梦》集中精力写了贾府的没落。所谓兴亡之叹就是你止不住它没落的命运。它曾经辉煌过，荣国公宁国公都是有战功的，家底"鲜花着锦，烈火烹油"，但它在没落，用胡适的话说，它在坐吃山空，有这样的一种忧思。

家庭里的文化就深了。《红楼梦》里有许多人际关系，一个是长幼关系：贾母是顶尖人物，下面有贾政贾赦贾敬，再下面才是宝玉这一辈，再往下还有贾蓉贾兰。这里很强调秩序。中国文化强调秩序强调义务，强调尊老敬上，强调服从，否则难以维持如此大的一个家庭。还有一个秩序就是主奴秩序。这么大的一个家庭，除了有血缘关系的主子，还有一批奴才。主人对奴才有压迫，毛主席说《红楼梦》里讲阶级斗争，说赶人就赶人，说把金钏赶走，还没赶走呢，金钏就跳井自杀了。还有赖大家里的，也有软性的一面。赖大家的赖尚荣后来做了官。还有就是赖嬷嬷，她以一个长辈的姿态来说宝玉，说你要学好,你对于家族是有责任的。还有一点,就是一些丫环后来就成了妾,变成姨太太,甚至还能扶正。它有这种主奴关系。当然这么大一个家庭,里面有许多中国文化藏污纳垢的愚昧的不符合现代启蒙运动的观点。很多人说中国有很多文化是别的国家没有的,其一就是"姨娘文化",第一要嫉妒,第二要争宠,另外就是要搞两面派。你非常嫉妒,但是你要装得非常不嫉妒;你一心想当主子,但是你表面看起来要甘当奴才。其二有"寡妇文化"。《红楼梦》里有几个很重要的寡妇或准寡妇,如李纨在《红楼梦》里身份很高。李纨敢骂王熙凤,虽然是开玩笑。她敢说平儿的好话,敢说平儿该当正室王熙凤只配当小老婆。她敢开这样的玩笑,为什么? 因为她是寡妇,她守寡守得严格严肃,在道义上占领了制高点。还有"奴才文化",例如平儿与花袭人就是奴才文化的榜样。

这样大的家庭能够维持运转也并不简单。比如说贾母,她并不简单。她该糊涂的时候糊涂,该不糊涂的时候就不糊涂,该发狠的时候就发狠。在锦衣府抄家之后,贾母显示出了临危不乱、安排适当、早有准备的高姿态,尽管这是高鹗续写的。大家发愁说抄家之后什么都没有了,连贾母百年之后做丧事的财政储备都没了。贾母说,你们不用愁,我早就为自己准备好了。《红楼梦》里的家人之间,就是动之以情,晓之以理。它有一套管理方法,又有一定的灵活性和原则性。赵姨娘的兄弟死了该给多少丧葬费,它有规定;他是后来的奴才还是家生的奴才,也有不同的标准。所以把《红楼梦》里的家庭运转研究清楚,对中国国情也会有很多的了解。但是,《红楼梦》表现的是没落是失败,所以有很多方面并不符合中国的治家之道。关于勤俭、勤劳、和睦,书里是有很多不和谐的,可以说是提供了反面的教训。所以从《红楼梦》中可以看出中国的"家国之思,兴亡之叹"。

关于兴亡之道,就是中国面对家庭和民族的兴亡有一种近似于宿命的观点,那就是"盛极必衰,水满则溢,月盈则亏"。荣宁两府赫赫扬扬好几代,到这一代该衰败了。这种兴亡之叹在中国传统文化中长盛不衰。《红楼梦》是清朝中叶以后的,你如果看《三国演义》"滚滚长江东逝水……古今多少事,都付笑谈中",看淡兴亡。中国有二十四史,这沧桑之感、兴亡之叹,确是非常值得我们去研究的。

第二点我想说的是"富贵之花,享乐之福"。《红楼梦》描写的不是普通的生活,而是一个权贵上层人家。它充分表达了中国人对于什么叫幸福、什么叫富贵荣华、什么叫享福的理解。中国文化有个特色,就是我们没有统一的人格神的崇拜。这有好处,就是中国很少发生教派冲突;但也有不好的地方,即我们没有因为宗教而引发敬畏感安全感。中国人往往倾向于一种世俗享乐,"富贵荣华"是我们常说的,一到春节就听到各方的祝福。鲁迅说过,大多数中国人认为人生最大的幸福就是当皇帝。《红楼梦》里本不该如此,但它在开篇没多久就花了很大的篇幅写了元妃归省。这是作者的想象,清朝没有这样的事。很多研究者认为这是以康熙下江南为模本来写的,曹雪芹的祖上接待过康熙,故按皇帝来到他们家的排场写贵妃。看他写的那个派头,先过了几个小宅,再过了几条街道,人人大气都不敢出。道路实行高度管制,第一辆什么车来,第二辆什么车来,然后他们全家按君臣之礼给元妃行礼。这在其他书里看不到的。《三国演义》里也写了谁当了宰相谁自立为王了,但那缺少细节,缺少这种自我享受、精神享受的细节。

还有个有趣的事。《红楼梦》一上来就写石头,写大荒山青埂峰,写这一切都是空的,一切都是虚妄。所写这本书的目的就是告诉大家一切都是空的。它是弥漫着这样空虚颓废的气氛。但是写到元妃归省,我可以断言,曹雪芹先生他一定是写得得意扬扬的,因为他有这种经验,别人没有这种经验,别人写不出来。他写吃喝玩乐,顿顿饭没有一个重复的菜,不断地写吃,写得胡适都看烦了。刘姥姥吃了口菜,问这什么东西怎么这么好吃,王熙凤告诉她这是茄子。刘姥姥说,别骗人了,我们乡下人还没吃过茄子!然后告诉她:这茄子不是一般的茄子,是先用五只母鸡炖的汤,再用那汤来做……反正为了做这个茄子菜差不多得配一百多只鸡,讲究得不得了,豪华得不得了。曹雪芹写这个是得意扬扬的啊,如果没有这样的经历,由别人写,比如我吧,就写把茄子过完了油,加点肉片洋葱片,那就不得了,做梦也想不到那样写。多说一句:不止一个餐馆为了附庸风雅也为了扩大销售开发新产品,按《红楼梦》的方法做过茄子,但都失败了,不好吃。所以说曹雪芹写的这个菜不是正经的烹调法,而是为了炫耀富贵荣华者吃起东西来有多么讲究。

饮食很讲究但是不注意营养。你说他不注意,它又有从阴阳五行来的根据,什么阴性什么阳性,里面有一段薛宝钗论吃大闸蟹。薛宝钗说的这个是直觉,没有科学依据,说螃蟹是生活在泥水里,是极度寒性的,所以吃螃蟹要放姜,姜性热,还要喝酒。

穿的也一样。光是贾宝玉穿的,唱京剧都不能这么穿啊!什么袜子什么鞋,脖子上挂着什么,上身什么样,下身什么样。

我们可以看到,书中把享福和闲适联系起来,所以《红楼梦》里从没有体育观念,没有长跑,没有西方关于热量的观念。所以《红楼梦》中的人是最闲着没事干的,一切需要动的事最好都由别人来做。宝玉穿衣服都是别人帮他穿,洗澡是别人帮他洗。说不好听点儿,他就是寄生虫。贾母的一大特点就是她会享福。她曾经和刘姥姥有过一段对话。刘姥姥的话现在看来形同讽刺,但在当时绝对没有讽刺的意思,她说,你们这些人活着就是享福的,我们生来就是该干活的该受苦的。贾母也表示,什么福啊,我不过是个老废物罢了,趁着能吃就赶紧吃点儿,能玩就玩点儿。按照她的观点,废物就是福。谁有资格宣布自己是老废物啊?没有充分的自信,没有充分的资产,没有子女的孝顺,没有朝廷的照顾,谁敢宣布自己是废物啊!你要真宣布自己是废物,明天就把你送垃圾站里去了。但是贾母敢宣布"我是废物",以废物的姿态活着,不但有吃喝,也有玩乐。

他们也有精神的享乐。贾母逢节日、过生日,她听戏。戏子也可以买,派人去南方花钱采购。这让我想到古希腊时期,伊索就是奴隶,被人买来说故事的,进行文学创作。吹拉弹唱,这是买来的。最惊人的是,不但小戏子、奏乐的这些人是买来的,尼姑也是买来的。《红楼梦》里还有去道观的描写,张道士和贾母谈话聊天,他要为宝玉说亲。王熙凤在尼姑庵里接受人家走后门。不管是文艺活动还是宗教活动,都纳入到富贵人家的生活秩序里了。这种观念也比较特殊。外国都把宗教看得比世俗还重还高,人要皈依一种彼岸力量,那不是人间的。但是,我们在中国经常看到,这种非人间的力量服从了人间的要求。中国人敬重的很多神都是为人间服务的。门神给人看门,灶王爷管你的饮食与祸福,送子娘娘给你解决生育问题。而灶王爷上天前要给他吃糖瓜,其实就是对神行贿,让他回宫降吉祥——每年腊月二十三他要上天向玉皇大帝汇报情况,由于糖把他嘴粘住了,那么你的一些不良行为就不会被说出……

当然,如果只是这些也还好,《红楼梦》里也写到了非常肮脏的非常不像样的剥削阶级,写了一些富贵闲人穷奢极欲、腐烂透顶的一面,比如说贾琏、薛蟠、贾赦这些人的所作所为。还有贾敬是修道去了,最后吃金丹中毒死掉了。

所以我觉得《红楼梦》关于富贵享乐的描写,既有一种得意扬扬,也确实写出了另一面,即富贵和罪恶之间的关联。那么除了饮食男女、精神需要(包括看演出)、到道观尼姑庵里拜佛外,还有另外一面,叫弄权。有一回叫"王熙凤弄权铁槛寺"。中国字非常奇妙,叫"弄权",不叫"用权"也不叫"争权"。争权用权哪里都有,这里是弄权,玩弄权势,为了弄权而弄权,是在显示自己的权威上得到一种享受。

第三点我想讲《红楼梦》里所表达的"人生之悲,情爱之苦"。这个在《红楼梦》里写得非常透彻也非常动人。人生的不幸,人生的苦恼,其实也是自从有人类以来人们始终在研讨的问题。释迦牟尼总结出的就是生老病死。全世界的文人墨客都爱叹息人生的短暂、死亡的不可避免、人生不如意事常八九,或用佛学的观点说是"欲望生嗔怨,嗔怨生烦恼",人生是一个极大的悲哀。

《红楼梦》里一个是写林黛玉,一个是写贾宝玉,把这个"悲"写到了极致。他们年龄都很小,有人考证他们初见面的时候林黛玉周岁不过才十一岁。当然《红楼梦》里不是很注意年份,写得不是很详细。他们的年纪非常小,但他们都有一种观念,是对人生短促及对青春的感慨,有无限的悲哀。这充分表现在黛玉葬花上。"花谢花飞花满天,红消香断有谁怜",她从春天的短促感悟到人生的短促、青春的短促,叫做"一朝春尽红颜老,花落人亡两不知"。当时也没有诊断出林黛玉得了白血病或是肺癌。十二三岁,或者再大一点,到了她十五岁的时候,她就开始感叹春尽人老、花落人亡,这也太超前了。这个问题,是古往今来许多哲学家都探讨的问题,萨特就探讨过。贾宝玉也很悲观。你说林黛玉悲观还可以找到点儿原因,一个是她有疾病,另一个是她父母双亡,怕别人看不起,而且性子不够豁达。贾宝玉是家里的中心,并且他也表示家里再困难也少不了我们的(他对林黛玉这么说)。可贾宝玉表示:我不求别的,我就求我死了以后大家哭,哭得眼泪成了条河,然后我就漂到了虚无缥缈地,永世不再托生为人。这有点儿过火。

为什么贾宝玉对人生采取这么悲观的态度,对人生如此厌倦消极?如果我们用社会历史的角度来解释很容易得出:这反映了绝望没落的地主阶级意识。这句话也能说得通,但我们不完全信服。从病理学上我们也可以说,这也许是一种青春忧郁症。有时候我想这可能是性压抑造成的,但又不像。黛玉、妙玉也许可以说受压抑,但宝玉他压抑什么呀,他胡来啊,和袭人不就胡来了吗!而他就觉得人生是一个大悲剧。还有情爱呢,这简直就是一种病啊!你胡来没关系,最怕碰到的就是真正的爱情。宝玉有几次就像得了神经病一样。一次宝玉想向黛玉表明心迹,却把袭人当黛玉了,然后就被袭人掌握了内心世界。他太痛苦了。这种痛苦是封建社会造成的。

爱情、情爱,带来的不仅仅是幸福的感觉,也带来痛苦的感觉。

古往今来,如果爱情能成为悲剧,就太感人了。罗密欧与朱丽叶、陆游和他的表妹唐婉,有情人而不能成眷属,这真是一种病。黛玉整天地不放心,又不能正面表达,又受传统的限制。宝玉和她开玩笑过了点儿,她就表示愤怒表示坚定地拒绝。我曾经说过:如果你被林黛玉爱上,可能最后你会被逼得跳了井;但是你被林黛玉爱过,你这辈子就没有白活,你活得很有价值。这种东西在中国文化里是一个异数,是一个变数。因为中国文化讲究的是乐而不淫、哀而不伤,不允许你过分渲染人生如梦、人生悲哀啊。正经文人里很少这样写,但在《红楼梦》里有些地方已经写到了极致。

这也和中国文化缺少神的崇拜有关系。我在《文汇报》上看到杨澜写的一篇文章,说她采访克林顿。克林顿从总统的位置下来后做过两次心脏大手术,老得很快,但是克林顿说:如果我现在死了,我的寿命已经超过了我们家族的平均寿命了,我感到我没有白活,我对我的一生是满意的。我看到这段话很震动,就是说人也可以用另外一种态度对待生死。生死不能由自己选择,除非像秦始皇你追求长生不老,否则你就没必要把生死看得那么重,就不会小家子气了。《红楼梦》里的人生悲剧感,作为文学作品是极其感人的,因为它不是人生观教科书,这一点写得非常之好。

第四点我想讲一下"好了之辩,色空之悟"。书中作为全书主旨来写的一段话:"世人都晓神仙好,唯有功名忘不了……"它的意思就是人要从所追求的东西里解脱出来。这是中国文化非常重要的一点,就是自己给自己一个解脱、一个解放。一切转瞬即逝,了就是结束,好就是了,了便是好,你知道什么时候是结束就好了。你也不着急不生气不失望不愤怒了。作者还借别人之口,说写这本书的目的就是为了让大家消愁解闷,茶余酒后把此一玩,省却许多的虚妄,省却把许多的寿命和精力放在虚妄的事情上。

社会也是一样,像《红楼梦》中的风月宝鉴有更深的象征旨义,通过对它的解读,我们能从另一种角度把握到《红楼梦》深层文化底蕴所在。像贾瑞对凤姐图谋不轨,凤姐采取狠毒的手段,把贾瑞害得痨病在身,活不成了。用风月宝鉴正面看像一个美人,背面看像一个骷髅,其实美人就是骷髅,骷髅就是美人。你要多看这骷髅,你的病就好了;你要多看美人,你的病就坏了。这么一个故事,也就讲一个道理:美人最终都是骷髅。

但这个道理也是讲不通的,因为人生本来讲的就是你生命存在的这一段时间。至于是不是骷髅,就看时间了。你活着你什么都好,死了什么都没有了,只剩下空架子。红颜要等到几十年以后才会变成骷髅,那再几十年以后这骷髅总不能变成红颜是不是?这写书的、听书的、讲课的、听讲的、造房子的,都可能变成骷髅,但在没有变之前,红颜就是红颜,骷髅就是骷髅——你怀里抱着一个红颜和你怀里抱着一个骷髅,感觉就是不一样啊! 就比如我二十多岁时身体健壮和现在的一个白发苍苍的七十多岁的人,能有一样的感觉吗? 事物都在发展,这是一个很简单的道理。人活着就在等待死亡,而活着的时候要多规划人生,不能活着就按死的标准。我饿了就要吃饭,死后就不能吃饭,活着与死后各有各的办法,不能等同。有些人想解脱但解脱不了。佛教也好,道教也好,还有许多的哲学著作和宗教著作,都在寻求解脱。其实人呢,该执着的时候执着,该认命的时候认命,该解脱的时候解脱,养成很好的文化修养。中国人实际上就有这样一个文化情怀。

第五点我讲一下"用藏之惑,邪正之疑"。贾宝玉的一大特点就是他否定了儒家的"体仁致用,修齐治平"的思想,他对读书做官这些东西不屑一顾,而且嘲笑这些人"太迂腐了",再不就是"太禄蠹了"。他就是不肯看书,他觉得就是跟姐妹们一起玩好。我觉得他有一种单纯、一种任性。贾宝玉是不是做到了反封建,我个人有怀疑,但他是个性情中人。他有许多才学,他喜欢作诗拟对联,就是不喜欢四书五经,不喜欢追求功名追求利禄。很多人都认为他是在反封建,因为中国有封建文化啊,他"毁僧谤道",视读书上进者为"禄蠹",称"除'明明德'外无书",挑剔"文死谏,武死战"的忠烈观。当时文官敢于给皇上提意见,不怕激怒皇上被砍了脑袋,众人即说这是真正的忠臣。而武将宁愿死在战场上,不惜一腔热血,也受到称赞。贾宝玉就批判他们,如果文的武的都这么死了,谁来护卫皇帝?为了自己的名声,把事情弄大,陷皇帝于不义,根本就是沽名钓誉,不足为训。贾宝玉讲得相当老到,他确实善于表达对儒家思想封建秩序的不屑一顾。还有一个就是,贾宝玉生活在一个这样的家庭里,使他的生活很空虚,精神很困惑,但是他又不需要为衣食操劳,地位是高贵的。

邪正之疑就是指贾雨村总结《红楼梦》说,贾府集天地之正气、邪气。正气就是正道正人君子,邪气就是小人之气遗臭万年。这正也没正到哪里,邪也没有邪到哪里,聪明灵秀居万人之上,不近人情又在万人之下,就是宝玉,将正气和邪气结合起来就产生了这种人物。

中国古代认为阴阳八卦相生相克变化无端,有这样一个世界观,宇宙万物生生不息。我个人觉得用"邪气"来形容贾宝玉是过分的,很难说服人,但这种争议也有中国文化韵味在里面。一个人的性格,一个人的道德伦理,不仅仅是自己造就,也是受宇宙大自然万物的影响而成。还有什么天人合一、天人感应呀等一套说法,都极具中国特色。

第六点,我要讲一下"吉凶之异,宿命之威"。《红楼梦》里常常表现的是"天有不测风云,人有旦夕祸福"。一个典型就是金钏之死。金钏本来什么事都没有,王夫人睡午觉,金钏正在给她捶腿按摩。宝玉这个无聊人来找她,说这个说那个,金钏也就与他开玩笑。宝玉与金钏本是嬉笑,无非年轻人的口角,并无真心之逗,却无意中捅了王夫人的心窝。王夫人醒来以后就给了金钏一个嘴巴,说好好的爷们都让你们给教坏了。接着就把金钏除名,让家人把她领回去。金钏就跳井了,做了冤死鬼。吉凶难料,《红楼梦》里的宿命就如此。

金陵十二钗，每人的名字都被写进册子里，人的宿命似是不可避免、无法抵抗的。

第七点讲"词字之谜，诗文之意"。中国文化离不开中国的语言文字，《红楼梦》里突显了中国文字表形、表意。《红楼梦》里很多词句都有其他的意思，都充满着谜。比如说贾府的几个姑娘，元春、迎春、探春、惜春，连在一起有"原应叹息"的意思。其他如"千红一窟（哭），万艳同杯（悲）"，每一个字每一个词都有很奇怪的一些含义。

《红楼梦》里的诗文非常多，这有一个原因，传统中国文化是把诗文放在"雅文学"里，把小说和戏曲放在"俗文学"里。当年的人，必须有诗文的功夫才算是真正的文人，所以曹雪芹在《红楼梦》里是左一首词右一首词、左一首诗右一首诗，用各种文体来作文。他的一些诗文非常不容易。一个人要替许多不同的人物来写诗作赋，带有各个人物的特点和形象特征。

诗文还有一个好处，就是可以从中悟出道理，提高文化层次。如宝玉，是任性放纵的集大成者，热衷于以歪理邪说掩盖自己的荒唐，不惟无法，也属无天。你要从物质生活方式看，包括从男女关系方面看，贾宝玉并非与薛蟠如何地不同，但只要看看薛蟠的属于恶搞性质的诗，再看看宝玉的诗，两人的分野就明显了。这也说明诗文对一个人的文化修养文化层次有极其重要的影响。

专题讲说五 《红楼梦》中的政治

《红楼梦》中的政治,更正确的界定,其实是贾府里的政治。关于《红楼梦》中的政治一直有索隐派的研究,是从字里行间找反清复明的痕迹,这个置而不论。我这里要讲的是贾府里的政治,分三个大问题讲:第一个是《红楼梦》的政治主题,主要就是对兴亡、盛衰、治乱(理乱)、浮沉这样的一些规律的研究;第二个大问题就是《红楼梦》的权力格局,它的山头划分与人际关系;第三个大问题是《红楼梦》里的政治人物与政治事件。

第一个大问题,先讲《红楼梦》的政治主题,兴亡、盛衰、治乱、浮沉等这一套是中国士人或经典著作关注的一个核心,四书五经、策论文章都在探讨这个问题,《红楼梦》也在探讨这个问题。

《红楼梦》开篇不久,冷子兴就先透露说贾府快不行了,要盛极而衰了。在小说学上这是大忌,你不能在还没有进行具体的人物与情节之前先把总趋势说了,如福尔摩斯破案以前绝对不能交底。但曹雪芹不管这套,他一上来先说石头的故事,然后又由冷子兴作一个概括介绍,再回过头细细地写。这也是"文无定法"的一例。

兴亡盛衰在《红楼梦》里首先是作为一种哲学的宿命的不可抗拒的规律来谈的。中国人有一种看法,所谓盛极则衰、兴久必亡、月盈则亏、水满则溢。秦可卿死前托梦说:"如今我们家赫赫扬扬,已将百载,倘或乐极生悲,若应了那句'树倒猢狲散'的俗语……"她并没有说任何理由,这是不可抗拒的——如果你很坏,你当然要完蛋;

即使你很好,那你也会完蛋,因为"赫赫扬扬,已将百载",一个家族哪有百年的兴旺呢?普通的说法就是"人无百日好,花无十日红",就是说,百日之内人难免病灾祸患,十日之内花难免枯凋,这是必然的现象。所以秦可卿又说"否极泰来,荣辱自古周而复始",凋谢也不是永远凋谢,一切都是周而复始。这话倒可以成为高鹗后四十回什么"兰桂齐芳"的注脚。

秦氏提了两条具体措施:一个就是把祖茔(坟茔)健全起来,把它从家产中剥离出来。这个很有意思,就是说如果家里犯了事要没收财产,却不会没收你的祖茔。中国人是很尊敬死人的,死者为大。第二条就是办家塾私塾,把家族教育也要分离出来,要使家族教育长治久安。私塾有孔子圣人在那儿当招牌,遇事也可得到优惠处理。

这样一种思想,月盈则亏,水满则溢,到了最高潮的时候也就是开始走下坡路的时候,就要做最坏的准备。你可以对它作虚无主义的解释,也可以把它看成一种自我提醒,就是说你要小心,务必谨慎,适可而止,得放手时且放手,应回头时猛回头。特别是你处在高潮的时候不要一个劲儿地高下去,你已经是 C 调之王了,你要是想比女高音还高,那你的嗓子会破裂——它有这个意思。《红楼梦》很多地方都讲这个,就是做人做事不要太过,勿为已甚。

分析贾府由盛到衰、由兴到亡的原因,很重要的一条是它政治资源的耗散。第一个政治资源就是背景。贾府的背景,一是荣国公之后,够得上名门;二是有元春,元春是皇帝册封的贵妃,那他们就是皇亲国戚。但这个背景,我们要看到它的不可仗恃处。尽管是名门之后,但已经过了好几代,"君子之泽,三世而斩",你不能总是靠着"我祖爷爷是谁谁谁",那这碗饭你很难一直吃下去。再者就是元妃死得比较早。她为什么死了?可以单纯作为一个病理现象来说,如患了某种病不治;也有人认为元妃实际是死于宫廷内部斗争,因为她死后不久荣国府就被抄家,贾氏大家族一下子都变成罪人了。这个说法没有那么多的根据,但也可以提出来,可以存疑。我们在国外可以找到例子。印度最有名的建筑古迹就是泰姬陵,我去过,真是好看。那是国王不惜动用全国财力来修这样一个陵墓,来纪念他的宠妃。再有就是在西班牙的格拉纳达,有个阿拉伯花园,也是阿拉伯王为最宠爱的妃子修起来的,惊人的美丽,像天堂一样——我看着那个花园,有人生到此为止的熔化感、绝对的满足感,却也是失落感。或者有这个可能,就是贾府在政治上和皇室出现了某种疏远的迹象。中国宫廷的政治斗争是很隐蔽的,宫廷之外的人时时刻刻面临着一个押宝的问题,不能站错队,站错了就够你喝一壶的。

第二个政治资源就是要靠他自己的德行和形象,以德服人,他有很好的记录。这一点上,贾府的情况是走向反面,他们出现了道德危机。用焦大的话来说,就是"爬灰的爬灰,养小叔子的养小叔子",什么坏事都有;用柳湘莲的话来说,除了门口的石狮子,全是不干净的。所以贾府的德行资源是负面的,有一系列恶劣的记录,恶名渐出,积怨日多。

第三,我们说它的政治资本,就是说他有功劳,立过功,有政绩,你总得有点儿事迹,你是把一个学校办好了?还是抵御外敌斩首立功了?……贾府到了这一辈,是"零功劳"。

第四,就是它确实有超出常人的本领。这个得分显然也是零,贾府的这些人到底有什么本事,实在是看不出来。

第五就是人气,就是它有有形的或者无形的选票,哪怕是哗众取宠得来的,选票多的人不见得真好,但选票是一种资源,你没这个选票,就和人家比不了。即使是在一个自上而下的选择占主导地位的社会,这种无形的选票仍然是重要的。这些上级、上尊,最高的老板就是皇帝,他为你犯众怒是有限度的。他可以为了你犯一次众怒,因为他太喜欢你了,对你有恩宠,所以要提升你,给你重要的职位;这个时候很多人都谏,都曰不可,但为了你他会犯一次众怒:"就这么定了,不要再讨论了。"他就给你提上来了。这可以。但他不可能永远为你一个人犯众怒。所以人气和选票也非常重要。那么贾府是个什么情况呢？他们的票是负数，他们干的坏事很多，犯罪记录很多，如为薛蟠打死冯公子脱罪，为了抢扇子贾赦逼死了石呆子等都是恶行。这方面它也不行，在人气上它是负的。

第六点，他能够受到上层（特别是第一把手，在封建社会就是皇帝）的特殊宠爱。这种特殊宠爱，我分析古往今来有两种：一种就是个人特别投上司的缘，比如说高俅，足球踢得好，王爷的球快掉地上了，他过去给救了，后来王爷做了皇帝，他就做了太尉。这是特殊的本事，或是因为你的形象，或是因为你的特长，或是你说的某句话领导特别爱听……有些人在政治上得意也很简单。但是，更重要的，要想取得上司的宠爱，就是要不怕冒风险地敢于勇于和暗中威胁上司的政敌作斗争，有的上司不想自己出面斗争。在这一方面贾府也一无建树。

最后第七点，上面这些东西你都没有，你很平庸，但你有很长的资历，这也行。当上一个什么官儿，哪怕一个闲官，你一直谨谨慎慎、恭恭敬敬，资历极长。

一般来说，一个家族的政治资源很难离开我说的这七样。而这些方面，贾府的得分不是零就是负，或者是由一上来还不错慢慢趋向于零，所以它必然失败。

再讲贾府其他资源的耗散和危机。

首先是贾府的文化危机和意识形态危机。贾府一些重要人物和封建社会主流意识形态的要求距离越来越远。有一个重要的人物，少有人研究他，这就是贾敬，宁国府那边的老爷子。这个人好道求仙，整天不是打坐就是炼丹，最后就是吞丹——这个丹无非就是水银、氧化汞之类的东西——吃多了，吃出毛病，死了。这样的人物，在小说家叶广芩所写的清朝没落皇族里也有，每天吃丹吃得浑身哪哪都是结石，膀胱也是结石，胆囊也是结石，肾脏也是结石。判词里有这么一句话，是"箕裘颓堕皆从敬"，箕裘讲的是一个行业的本事，这些本事的颓败和堕落都是由于贾敬造成的。贾敬为什么走了这条路,他这条路对贾家命运发生了什么样的影响,作者有意识地把他点出来了,没有细说,也闹不清怎么回事。然后在书里大写特写的是贾宝玉,贾宝玉对所谓仕途经济的道儿一点儿也不感兴趣,对主流意识形态一点儿兴趣都没有。这其实是必然的。任何一种意识形态本身都具有强大的力量,中国儒家思想是有很强大的力量,孝悌忠信礼义廉耻,至今仍然有很大的力量。但往往它会产生一种背反疏离的倾向,也是自古有之的。许由听到尧要把政权交给他,觉得脏了自己的耳朵,他要洗耳朵。嵇康,山巨源劝他出山,他就和山巨源绝交了。到了贾宝玉这里,他那么绝望,绝望得那么彻底,他说:我就是希望我死了,然后众人哭我的眼泪变成一条河,把我冲到不知道什么地方。这种全面的绝望,既是对社会的绝望、对政治的绝望、对仕途的绝望,也是对人生的绝望。这是非常特殊的。我要说把贾宝玉和贾敬放在一块儿,可能会引起很多红学家的愤怒,因为他们觉得贾敬那么坏而贾宝玉那么可爱。现在我是从文化危机这条线上来讲,并没有等同这两个人。这是一种危机。还有一种危机就是表面上不疏离,叫做"满口的仁义道德,满肚子的男盗女娼",这样的人贾府里更多,特别是男人。

再就是贾府的管理与人才危机。冷子兴就讲这个,说贾府里没有人才了,没有一个人会运筹谋划,只知道养尊处优,就是借着这个大家庭借着贵族地位吃喝玩乐,没有人对家里的事有责任感,没有能管事儿的。《红楼梦》里的男人都显得非常没用,有人说曹雪芹反封建,因为封建社会是男尊女卑,他就女尊男卑。恐怕未必。我觉得这里男人不中用主要有三个原因:一个是男主外女主内,所以在家事上男人本来就不大管,当甩手掌柜是一种"派",是一种境界、一种风格。二是男人要读书,而中国的书很多是理想主义的,和现实距离远,读得越多越蠢,越读书越不知道该怎么好。儒家讲仁政非常好,讲礼治也很绝,大家都彬彬有礼,自我约束,靠自律天下大治,也不用惩罚,自然而然人们就讲道德教化,皇帝就是道德教化的模范,所以国家就不乱,不出事。正心诚意,修身齐家,然后就国治天下平,没有任何斗争了。这是非常理想的。但它和实际又太远了,没有人能够做到大治,没有太多的人能够做到仁政。老子讲无为而治,就更高明了。我最喜欢《道德经》上的一句话,看了之后简直就是手舞足蹈,这就是"治大国若烹小鲜"。十几亿人口,到了我这里不过是一锅小鱼儿,拨拉拨拉,行了,把火增点儿,热乎了,把火小点儿,就不至于潽锅了。可这个东西怎么操作呢?别说是熬小鱼儿的方法,你就是用做东坡肘子的方法也治不了国。我觉得这些经典著作带有一些理想性和审美性,有时候是一种理想的完成和审美的完成,不是很实际的。所以这些男人们读书读得多,一遇到什么事,不知道该怎么处理。三是男人腐化所受的限制比女人少。贾赦都糟朽到什么程度了,还相上了鸳鸯,还要把她弄过来做小老婆。而女人在这方面是被管住了,不是说她没有问题,而是她心里受的约束非常大。贾母的位置很高,王熙凤的权力很大,但是这娘俩没有说"既然我位置这么高,给我找俩小伙子来玩玩"。因为这个,男人就更不灵了,更不起作用了。

至于贾府管理上的混乱,很多地方都有表现。特别是王熙凤协理宁国府时,她总结了宁国府在管理上的问题:"头一件是人口混杂,遗失东西;第二件,事无专执,临期推委;第三件,需用过费,滥支冒领;第四件,任无大小,苦乐不均;第五件,家人豪纵,有脸者不服钤束,无脸者不能上进……"底下还说到"无头绪,慌乱,推脱,偷闲,窃取等弊"。"人口混杂,遗失东西",这是编制问题、财产关系问题;"事无专执,临期推委",这是分工问题、组织问题;"需用过费,滥支冒领",是说其财政上没有预算,也没有结算,也缺少审计;"任无大小,苦乐不均",这主要是人事上的问题;"家人豪纵",里头分有脸的和无脸的,有脸的是有面子的有特权的……王熙凤的方法是鹰派,就是要强硬。有一个晚到的,她立刻就说拉出去打她二十板子,革一个月的钱粮;明天还有迟到的,打四十板子,后天还有晚到的,打六十板子。王熙凤治乱世用重刑,在宁国府立刻建立了自己的威望,起了很大的作用。但是从这里也可以看出一些人很不好管。后来王熙凤生病,荣国府由探春、李纨、薛宝钗"三驾马车"代行管理职权,便碰到下面办事人员故意不说明情况来考验管事的人。赵姨娘的弟弟赵国基死了(赵国基从血统上说是探春的亲舅舅),说应该给多少钱,按照袭人母亲死后的旧例是四十两银子,但探春非常精明,家生仔的抚恤金只能是二十两银子,她就把上来请示工作的管家申斥了一顿。所以说,底下的人也欺负上头没有一两个真正能管事的人,他们只服从王熙凤那种强硬的重刑的管理,所以在这方面的危机也很严重。

　　第三方面就是财政危机,所谓寅吃卯粮。这个和曹家的经验也有关,据说曹家的没落就是因为接待了康熙的南巡,接待了四次,钱花得非常多,欠了大量的债,所以说寅吃卯粮。写元妃省亲的时候,也写了各个方面的人(包括王熙凤在内)雁过拔毛、以权谋私、贪污腐化、牟取暴利等。回过头来说政治资源,财产也是个很大的政治资源,很多在政治上有所进取的人都有很多的财产,所以财政的危机也会变成政治的危机。

　　第二个大问题,贾府的权力格局,即山头划分及人际关系。

　　贾母在贾府处在一个女王的地位,从辈分上来说她最高,而且这个人有相当的分量。真正能管事的,也是出自于贾母的直接信任,所以我称之为"摄政王"——女王是贾母,而摄政王是王熙凤。王熙凤受到贾母的宠爱,得到了贾母的全面信任,邢夫人对这个愤愤不平。邢夫人对迎春说过,你那哥哥嫂子两口子遮天盖日。这点说王熙凤是对的,说贾琏是不对的。贾琏处在一个中间的地位,他作为王熙凤的丈夫,也参与管理和决策,比如为了元妃省亲修建大观园时有很多事情他都要参加,但他和王熙凤之间缺少互信。王熙凤这个人逞强好胜,不但表现在和别人身上,也表现在和贾琏身上。所以贾芸想找个事由、肥缺,想在里头帮忙办点儿事捞点儿油水,找贾琏找了好多次没有用,找了王熙凤,两句话就办成了。王熙凤表示:你光找他,你就等着吧,你找到老娘我头上,才易如反掌,不费吹灰之力。所以贾琏不能够遮天盖日,邢夫人不很了解内情。

在贾母和王熙凤之间还有一个人,表面上也算一极,就是王夫人。王夫人平常不管事,出了点儿什么事,就一下子发挥一极的作用,就凸显出来。特别是在抄检大观园时,王夫人成了决策者。如果划一条权力的线,最高权在贾母那里,董事长是贾母,总经理是王熙凤,中间必要的时候王夫人还可以管上王熙凤,这是权中还有权。与此同时,这个格局还有不太通畅的地方,就是按照封建规矩,一切按照尊卑长幼来分,那还有谁呢?贾政他们哥儿俩。贾政是弟弟,哥哥是贾赦。贾赦的妻子是邢夫人。但贾赦既不受贾母的喜爱,也不受《红楼梦》作者的喜爱,虽然笔墨不多,但已经给人一个腐朽堕落、处处惹人厌烦的老不死的形象。而邢夫人,书中已经明确说她有一股子左性子,脾气别扭,不通情理,你这么说她非得那么干,非得跟你别扭着干。在这一点来说,《红楼梦》中的权力格局并不完全合乎封建社会的惯例乃至于礼法。如果完全按书本按教导按规矩来办,贾母不应该是女王,只应该是太上皇,因为你是女性;男尊女卑,你辈分再高,也不要管那么多事,做太上皇就行了,真正的王应该是贾赦,那样贾政只能是亲王……现在状况不太合乎这套规矩,贾赦和邢夫人是靠边站的,所以他们就老要出点儿事,老要生事。中秋聚会讲笑话,贾赦就讲了一个,说是有个老母亲生病扎针,大夫给往肋条扎,说是心长得偏,长在肋条这儿了。这实际上是在骂贾母,而贾母也毫不含糊,听了后就略一沉吟(我估计是五秒至十秒的时间),就答道:我大概就需要这么扎一针。这也是政治手段,意思是:你不是说我偏心吗?我就偏心,我烦你,我就是喜欢你弟弟。一句话弄得贾赦讪讪而退。

所以贾府的权力格局有这样一些问题。本来王熙凤应该是属于贾赦这边的,贾琏是贾赦的儿子,但这里面有变数:贾琏虽然是贾赦的儿子,邢夫人并不是他亲妈,而贾赦和邢夫人对贾琏还有很多不满意的地方,贾赦还揍过贾琏,虽然贾琏已经很大了,贾赦已经是糟老头子了,他的力气还是够揍贾琏的。贾琏在贾赦那里并不受信任和宠爱,而王熙凤是王夫人的内侄女(我们看到王熙凤和王夫人贾政,远比和贾赦邢夫人要亲近),这条线划来划去又划到这边来了,这也叫具体情况具体分析。可是,这些人的存在并不等于一无作用,绣春囊事件上,邢夫人就起了一个煽风点火、下战表、呼风唤雨的大作用。

这样,和贾母、凤姐、贾政有关系的人,譬如说李纨、宝玉、探春等就变成了主流派的人物。宝玉是在待遇上属于主流派,在宠爱上属于主流派,在意识形态上属于疏离派。贾琏在这个意义上也算是主流派。贾琏既是主流派又是靠边儿的,贾宝玉既是主流派又是疏离派。连丫环都跟着分开了,忠于这个管理体制、忠于这个权力格局的丫环看起来很明显,如鸳鸯、袭人、平儿。另外还有称之为边缘派或者说是在野派的,他老等着你犯错误出事儿,老等着看你的笑话,而且随时对你感到不满,觉得你对他照顾得不够,这就是贾赦、邢夫人。

这里有趣的是,你中有我,我中有你。除了贾赦和邢夫人有强烈的在野情绪,赵姨娘和贾环也有强烈的在野情绪。赵姨娘本来是贾政屋里的人,但在每一件事上她都表达了那种不满、那种怨气、那种不得烟抽的愤慨,甚至是仇恨。所以赵姨娘就和马道婆联系,想用巫术扎小人的方法来治死王熙凤和贾宝玉。这本身是荒诞不稽的,甚至于可以说它反映了曹雪芹缺乏现代科学观念。但是这种事情是值得研究的。如果是研究人类学研究比较文化,这是一个很有趣的话题,全世界很多民族都有类似的东西,用蛊作法害对手。赵姨娘和贾环在那儿随时伺机而入,唯恐天下不乱,唯恐主流派日子过得好。赵姨娘和马道婆合作的这个方案并未成功,虽然王熙凤和贾宝玉都发生过属于癔症的现象。贾环的不满也起过作用,他在贾宝玉挨打的事件里起了非常重要的作用。对于这种满腔怨恨的在野的边缘的这些人物的能力,不可低估。曹雪芹对赵姨娘贾环是一点儿好印象都没有,写到别人的时候都是比较细,比较立体客观,但一写到他们,一句说得合适的话都没有,一个像样的动作都没有,他们所有的话语、所有的举止都不成样子。所以我就觉得,曹雪芹肯定有过被庶出兄弟或是姨娘欺负的经验,他写这个并不冷静超脱,而是带着很大的厌恶。

除了这些边缘的在野的人,还有一种是疏离的、离心离德的,那就是说贾宝玉。为什么说贾宝玉是疏离派?这是我的一个新提法。因为有很多人都认为贾宝玉是反对派,我觉得贾宝玉够不上反对派或造反派。贾宝玉造什么反了?贾宝玉在大事上,真正与体制相关的,他不造反。他对国君很尊重,何以见得呢?见一个北静王他都受宠若惊屁滚尿流得意扬扬,以至于把北静王送的念珠得意扬扬地拿给林黛玉,结果林黛玉说什么臭男人的东西,给他扔回来了。贾宝玉在大的事情上没有什么,每次见着父亲都是唯唯诺诺,但他和这个家庭和当时社会的主流意识是离心离德的。如果一定要给贾宝玉找一派,我宁可说他是青春派、诗歌派、性灵派,我看他不是造反派。他哪里有造反的心?最多就是要当和尚,他没有别的。当和尚就更不造反了,凡是对主流社会有意见的人都当了和尚了,那主流社会就更安全了。林黛玉和妙玉,如果从高里说还有贾敬这样的,他们都是疏离派的。

还有贾府一些外围的人,如贾芸、贾蔷、贾芹,以至于贾雨村,这些人就是附着在贾府身上的一些毒菌毒蘑菇,一个个一肚子坏水,都是成事不足而坏事有余,一个豪门周围会有一些这样的人。还有像倪二、鲍二、刘姥姥这样的人。刘姥姥变成了贾府的一个朋友,她们对她有恩,她也反过来回报这些恩情。像倪二、鲍二这些人,也不可轻看,他们都有这么一种精神,就是"舍得一身剐,敢把皇帝拉下马"。在一个非常专制的制度下,处在最底层的人就像蝼蚁一般,非常容易被消灭掉,像张华石呆子都是这样的人。可这些人在某种气候之下会变成非常危险的人物,最后(这里有后四十回所描写的,现在我把这一百二十回作为一个整体来讲)他们也能起很大的作用。

贾府的人际关系里，还要注意到奴才之间的关系，有三点比较有趣的。第一点，就是我们只知道"不自由，毋宁死"的话，但在贾府里表现出来的是"不奴隶，毋宁死"，因为这里的丫环受的最大惩罚就是拉出去配个小子。其实拉出去呢是得到了自由，配个小子和自己的阶级弟兄相结合也是最理想的事情，但是这里都变成了最大的灾难。王夫人打了金钏一个耳光，让她家里人把她领走了；晴雯的出局也是这样，通知她哥哥嫂子把她领回去。这有两方面的原因。一个就是平民百姓的生活实在是太差了，描写晴雯出去后喝的茶是绛红色的，碗是粗瓷的，都很差劲。这些丫环，特别是小姐少爷的丫环，她们在贾府里实际上过着远远高于平民百姓的物质生活，这使得她们无法再做平民。她们穿的衣服，她们吃的东西，她们住的房间，比平民百姓强很多。这真是触目惊心，使做平民显得这么可怕。第二个原因就是封建意识形态的厉害，不但占有了你的身体，而且占有了你的心，使这些丫环奴才都认为被主人驱逐是最丢人的事，是没法活的事，宁可给主人打骂，宁可给主人当小老婆，宁可把自己的劳动力和青春全部献给主人，也不能被主人轰走。这种精神的控制，这种"不奴隶，毋宁死"，从反面控诉了封建社会对人精神的控制。

第二点是奴隶也分三六九等，非常严格。比如说贾宝玉的房里有那么多丫环，谁能够走近贾宝玉、谁能够进贾宝玉的房间、谁能够给贾宝玉倒水、谁能够给贾宝玉铺被、谁能够给贾宝玉脱衣裳，这些是资格，这些是级别，你不够这个级别根本就休想凑上去。比如说小红，别人都不在，都去办事儿了，贾宝玉要喝水，小红就给倒了一杯水，贾宝玉对小红很有好感，但是在这些大丫头袭人秋纹之流控制之下，贾宝玉也不敢多重用小红，连多替小红说一句话都不敢，说多了还引起罢工。解放后红学家都把晴雯当革命者加以歌颂，但坠儿偷了点儿什么东西，晴雯震怒，就对坠儿实行肉刑。我也很喜欢晴雯，但是晴雯有这一面，我们不能为贤者讳。这里面主人在某些情况下还受制于有头有脸的大丫头，宝玉跟晴雯生过气，跟袭人也生过气，他一点儿办法都没有。奴隶分三六九等,并不是清一色的阶级姐妹。

第三点是有些老资格的奴隶有一些失落感,形象最光辉的就是焦大。焦大曾经舍死救过主子,有过功劳,是老资格。因为他是老资格,别人拿他没办法。除了焦大,还有一个老资格,就是李嬷嬷。宝玉吃过她的奶,她生怕别人忘记了她是宝玉的奶妈,她非常嫉妒袭人,用些很恶劣的语言骂袭人,我称李嬷嬷对袭人的嫉妒为"忘年妒"——你都那么老的人了,还跟小丫头们起什么哄?她还就是嫉妒,而且这种嫉妒在政治生活中可以起很大的作用,是政治生活的一个因素。焦大的失落看起来还很正义,因为焦大是以主流意识形态为武器来批判一代不如一代的贾氏家族。李嬷嬷嫉妒袭人,王善保家的嫉妒晴雯,连王夫人一见晴雯那么漂亮也立刻充满了怀疑和反感。这是一种逆向淘汰的人事——不是说择优汰劣吗?我偏择劣汰优。王夫人为什么觉得袭人比较好呢?袭人比起晴雯,一个是"丑"一个是"笨",实际一点儿都不笨,但她一见王夫人就笨。现在我也看出来了:有的人平时非常能说话,一见领导说话就结巴,而且有时候领导还挺喜欢一见他说话就结巴的人,这个也是很有趣的。

第三大点,我讲一下《红楼梦》的政治人物和政治事件。《红楼梦》里最重要的政治人物首先是贾母。贾母从表面上看非常善良,而且非常放手,她特别明白,特别懂事儿。她曾经对刘姥姥说:我不过是能吃口子就吃、能乐会子就乐的一个老废物罢了。这话充满了尊严和自信,一个大权在握的人才敢这么说,否则她绝不承认自己是老废物。她如果刚掌权,她一定会强调:别看我老了,谁能逃出我的眼睛?我想让谁死他就活不了。到了贾母这个份儿,说自己不过是个老废物,这是自信心的表现。你要真信这个话,把她当做老废物来对待,你就是作死。第二我要提一下:贾母平常那么喜欢贾政和王夫人,那么喜欢王熙凤,但在贾赦要讨鸳鸯的时候,鸳鸯一哭诉,贾母勃然大怒,说我就知道你们都是算计我的,她一指在场的所有人,连王夫人王熙凤都在内。她一生气,王夫人这些人连薛姨妈全都站起来了,她显出很凶恶的一面,而且不分青红皂白打击一大片,"横扫一切牛鬼蛇神",全是牛鬼蛇神。这里当然还有很多分析:因为她在生气,在骂王夫人,贾宝玉不能说话,不能说向着亲娘而不向着奶奶,这里有一个站队的问题,有一个原则的问题,只能站在奶奶这一边;但他又不能跟着奶奶一块儿说,揭发自己的亲娘那当然也不可能,所以他只能沉默,只能低头不语。薛姨妈不能说话,因为她是亲戚,王夫人是她姐妹;王熙凤也不能说话……这个时候探春说话了,探春是庶出,并不是王夫人肚子里生出来的。探春就说:您老也糊涂了,哪有大伯子讨妾先跟弟妹商量的呀。这么一说,贾母说:哎呀真是。回过头来埋怨宝玉说:你怎么也不提醒我,我错怪你妈妈了……

贾母在这个家族的巅峰上,实际上有一种阴暗心理,她并不是真信任周围的人,但她不信任也没有别的办法,所以碰到一点儿事她就火了,就口吐真言,说你们全算计我。为什么呢?因为贾母的尊严在某种程度上是建立在虚假的基础之上。举一个例子,过年猜灯谜,大家串通好了哄老太太,假装难猜,反过来又透露谜底,做皆大欢喜状。这个骗局对于贾母来说是必要的,她要享受这种骗局,可是她内心里仍然有警惕,知道有很多人不见得真的爱她,只不过是碍着她的地位。所以她要随时提防着:不要上当,不要让他们给骗了。还有就是在七十三回,贾母闻听宝玉被吓着了,于是加岗查夜,发现有些人值夜班时在赌钱。当时探春当家,表示查了查倒是没有发现什么太大的问题,而贾母忽然说了一段非常凶恶的话,"我必料到有此事",这个事情不是偶然的,是必然的,"如今各处上夜都不小心""只怕他们就是贼也未可知",突然来了这个邪气儿,然后她批评探春,"你姑娘家如何知道这里头的利害?"你不要以为耍钱是小事,然后底下说,"既耍钱就保不住不吃酒,既吃酒免不了门户任意开锁,或买东西,寻张觅李,其中夜静人稀,趁便藏贼引奸引盗,何等事作不出来"。这个逻辑非常可怕,因为我们从现代法学观点来说,耍钱就是耍钱,偷摸就是偷摸,你不能说既然你偷摸了那证明你杀过五个人,这个逻辑是不存在的。这说明贾母的阴暗心理还不仅仅是表现在讨鸳鸯的事上,贾母并不是等闲人,她是充满了警惕的,她认为她的处境实际是险恶的。在她说她是老废物的时候,她是充满自信的;当她说他们都是贼的时候,她的自信正在消失。虽然这一点并没有细写。

贾母又有最好的表现、最精彩的表现,是在抄家之后。抄家之后第一她不埋怨任何人,尤其她不埋怨王熙凤。这里有很多坏事都是王熙凤办的,像放高利贷、包揽诉讼、迫害尤二姐致死,所以王熙凤非常恐惧,她最恐惧的是她在贾母那里失宠。但是贾母丝毫不埋怨她,因为在这个时候如果再埋怨人只能够引起内讧,贾母很有这个风度,谁都不埋怨。第二她把自己的私产拿出来解决问题,而且鼓励大家要欢笑,要保持乐观情绪。她做到了"处变不惊,庄敬自强",这是贾母的能耐,确实是一个重量级的人物。

其次重要的,我结合在一块儿说,就是凤姐和平儿。有几件事,凤姐和平儿的表现都是可圈可点的。凤姐最得贾母的宠爱,除了她会办事她还会说话,老哄得贾母笑,所以这个重臣同时是弄臣,贾母管她叫"猴儿"。到贾母的面前,她就像逗贾母开心的猴子,她能做到这一点。真正碰到事情上她决不手软,比如贾母给她过生日,她酒喝得多了,想回去换一件衣服。正好贾琏和鲍二家的胡搞,贾琏派了两个小丫头在那里望风。第一个小丫环一看见凤姐来了回头就跑,凤姐叫一声"站住"她不站,再大喝一声她站住了,凤姐过去啪啪就两嘴巴。这里她启发我们:管理是一种潜暴力,没有暴力哪有管理。凤姐打完第一个小丫环以后,第二个小丫环很聪明,赶紧过来说"正要向您报告呢",跪下来了。凤姐啪又一个嘴巴子打过去,说你现在来跟我说正要向我报告了。底下她听见鲍二家的说希望凤姐早点儿死了,把平儿扶了正,没准能好一点儿,她回头又给平儿一嘴巴。平儿这也绝了,平儿挨完这个嘴巴她不打还凤姐,她过去打鲍二家的,说本来凤姐对我是很好的,都是被鲍二家的这个淫妇咒的,所以我挨了嘴巴我要向鲍二家的讨还。北京话叫做"惹不起锅惹笊篱",你不敢跟锅对阵那就摔笊篱呗,所以她就打鲍二家的。接着贾琏就火了,还抽出剑来,王熙凤就跑,跑到贾母那儿去了,贾琏在后边持剑追来,这就闹剧化了。

最近我看一个青年朋友的分析,就说王熙凤往贾母那儿跑得非常好——这个是我过去没有认识到的,虽然我觉得我的人生经验够丰富的,我没想到这一点——说贾母这种地位的人,她希望有人有时候为了点儿小事去麻烦她。比如凤姐这一跑去求救,去麻烦贾母,说明凤姐虽然是年轻力壮、能说会道、敢于出手,但我还只是你所袒护的一条小狗,我有点儿什么事还得向你求救:"救命啊,老太太!"贾母从中就感到一种满足:哎呀,凤姐怪可怜的,差点儿没让她丈夫给杀喽!你能够为领导分忧,这是很好的;你能给领导办事儿,这也很好;你能逗着领导哈哈笑,这也很好;你还要让领导感觉到你离了她不行,明明你比她都厉害多了,但你要表示"离了您我不行,你看这离了您差点儿没让贾琏把我给宰了"……这时贾母她很感到一种满足。所以贾母在处理贾琏和凤姐的事时,她有一种成就感,有一种权威感,有一种力量感。我觉得这个朋友分析得实在是太好了,他给了我很大的启发。有时候弱者为什么能够受到宠爱呢?你太强了就不受宠爱了,太强了你就不需要老太太帮你的忙了。

王熙凤处理得更好的是贾赦讨妾的事,当时没让邢夫人抓住毛病。但即使是这样,她在别的方面还有很多问题,她永远做不好。她最大的一个错误就是没有团结住贾琏,到了关键时刻贾琏是站在另一面的。不管是在鲍二家的的问题上,还是在尤二姐的问题上,她伤贾琏伤得太深了。当然从男女平等,从女权观点上来说,她是正义的,因为贾琏总到处胡搞,凤姐要是不整个明白那就枉为凤姐了;但要是从真正大的眼光来说,从消除异己的感情来说,她本来应该团结贾琏。凤姐还有一个很大的尴尬,就是她的权威是贾母和王夫人给她的,因为从辈分上来说她是晚辈,从性别上来说她是女性,从文化上来说她是文盲,给她权她就有权,不给她权她立刻就没权。在抄检大观园上,邢夫人是主谋,王夫人是被激起来的,是吃了将了,立刻就收回了王熙凤的权,何以见得呢?绣春囊是邢夫人先拿到的,然后把这个送到王夫人那儿去,就像下战表一样,就是说,你看你的内侄女,你们这一家子管事儿已经管到了何等危险的地步,咱们这里头的道德已经崩溃了,这责任在你这儿。然后王夫人一看绣春囊上画着一男一女裸体的小人儿,浑身哆嗦。她到了凤姐那里第一句话就是"平儿,出去!"哎呀,真厉害呀!平儿平常那么有头有脸,那么会办事,一个人都不得罪,处处给凤姐补台,但这个时候主奴的身份非常重要,平儿一句话不说就出去了——你不能参与这些核心的问题。王夫人的逻辑,这绣春囊没别人的,就是你王熙凤的。王熙凤跪在地上说:您说是我的我不敢分辩,先听您的,我罪该万死,底下再说别的事。就在这一瞬间,王熙凤的权力被拿了,无权了,然后权力到了邢夫人陪房王善保家的手里了。底下抄检大观园的时候是王善保家的在那里冲杀,在那儿发威,凤姐在那里当提包的。当然凤姐也有看笑话的意思,她也没有那么简单就认输。所以我觉得,王熙凤是有权无势,没有势能,什么元老、祖先、功臣或者背子曰诗云啊,她没有这方面的势。她还有威无戴,就是说,她有威风,她敢下手,她也很精明,但她并没有受到爱戴,没有几个人对她感恩戴德。王熙凤虽聪明但是不智慧,她没有那种更长远的战略眼光,因为她老是把鲍二家的、尤二姐之类的看成她的主要敌人,其实她主要的敌人是邢夫人,这一点她没有看清楚。还有平儿,起了非常有趣的作用。她对凤姐实在是非常忠实,所以汇报尤二姐事件的是平儿,可是尤二姐被赚入大观园、王熙凤对尤二姐非常恶劣的时候,平儿又不过意,偷偷地来,往回找补找补,老想做点儿什么事帮助一下尤二姐。她是这种矛盾的处境。平儿忠心耿耿,忍辱负重,她挨过嘴巴,叫出去立刻就出去,经常弥补王熙凤做得太过的事情,所以历来有人认为平儿是人臣的典范。这已经够可笑的了,原来当人臣需要有姨太太的功夫,非常惊人了,够受刺激的了。

再讲一个事件就是宝玉挨打,有非常复杂的情况,牵扯到前面讲的政治资源问题。我们可以看到,北静王对贾府是特别有好感的,跟他们是一个大山头,而后来查贾府的平西王和追要蒋玉菡的忠顺王则跟他们的关系相当紧张。忠顺王派管家来追问贾宝玉蒋玉菡的下落,贾政非常紧张,因为贾政想到他们家和忠顺王素无来往,从来没有走动,现在派一个总管来找一个戏子,他觉得这个事情非常凶恶。贾政打贾宝玉实在是贾宝玉捅下的这娄子太大了,他私藏蒋玉菡,这里头的厉害、给贾政所带来的危险是宝玉所没有想到的。而在这个挨打事件里还有贾环的表演,他是个天才的进谗者,非常会找时候。

说到进谗言,袭人也非常高明。因为她不点明,她不说是谁,她并不像是对谁有仇,这是第一点。不点明的进谗是高雅的进谗。第二她牢牢掌握着主流的意识形态,因为主流意识形态看得最重的就是防淫,就是所谓王夫人说的"好好的爷们,都叫你们教坏了"。我的孩子这么好,都被你们这些丫头教坏了,这是王夫人的一个心病,宝玉越大她就越觉得危险,觉得他有陷入邪恶的危险。所以袭人在宝玉挨打之后说也该管教管教了。当时所有人都在那里为宝玉哭,连薛宝钗这个平常不流露情感的人,眼圈都红了,为宝玉把她哥哥薛蟠都说急了。袭人独具慧眼,看问题高人一等,说这个该管,一下子就使王夫人起了敬意。然后袭人就说宝玉越来越大了,虽然说是姐姐妹妹的,整天老这么一块儿,不怎么像话,有危险,应该采取必要的防范措施。王夫人感动得……后来提起袭人,说袭人的好处你们哪里知道啊!说这话的时候眼泪都掉下来了。袭人也是一个高级进谗者。

《红楼梦》里的大事件,还有后边的抄家,不管后四十回是谁写的,抄家的前前后后应该说写得还是很精彩的,很可信,也很见人物的性格。但是,我觉得最大的事件,如果我们从政治的角度来看,就是抄检大观园。这个事件实在是写得又生动,又真实,又合情合理。迎春的乳母因为赌钱也被抓,乳母的儿媳妇王柱儿媳妇来说情,但是迎春不管,然后王柱儿媳妇就说了许多埋怨迎春的话。这里又发生了乳母盗窃贾母给迎春的攒珠累金凤把它典当后耍钱的事件,探春来帮迎春说话,其中探春又流露了对王熙凤的不满,说二奶奶病糊涂了吗?弄这些人来辖制我们,像王柱儿媳妇这种人是先要把二姐迎春制服,然后制服我和四妹惜春……她把平儿叫来,说的话非常难听。

　　我一次一次地看《红楼梦》,渐渐感觉到探春对王熙凤有一种意见,有一种腹诽,但她没有办法说。探春的水平实际上比王熙凤高。王熙凤也表示过,说探春这人厉害,她的心计、心眼、脑袋够用度跟我不相上下,并且她有文化,掌握着文化这个利器,知识就是力量,她比我强多了。所以在探春代理家政时,王熙凤告诉平儿,对探春的话说什么是什么,尤其是探春要驳回一些我的什么事,你一句都不要辩驳。但探春又有不利的地方,因为她是庶出,不是大老婆生的,再一个她是个女孩,早晚要嫁出去的,所以她不可能管太多的事。所以探春也抑制着自己,不多表示自己的不满。但是最后她把自己的不满表示出来了,在抄检大观园中,连黛玉都一句抗议的话没说,只有探春表现出了强烈的反抗情绪,说了一大通话,打了王善保家的一个大嘴巴。冰心说她从小就看不进去《红楼梦》,看着实在生气、没劲,但我们看完了《红楼梦》为什么没有得抑郁症?就因为探春打的这一个嘴巴,这一个嘴巴就把所有的鸟气都发泄出来了。探春给王善保家的这一个嘴巴叫做金声玉振、响彻乾坤、余音绕梁、千年不绝!王善保家的这种丑陋、挑拨是非、制造事端、迫害青年、坏事做尽、丑恶已极的人,如果她不挨一个嘴巴,中国还有希望吗?世界还有希望吗?这个历史任务由探春来完成了。而且探春上纲上得大,她的意思就是说,果然渐渐地来了,原来咱们不是议论着甄家吗?甄家被抄了,现在轮到咱们了,须知"百足之虫,死而不僵"——这是第二次说,第一次是冷子兴说的——光靠外边杀过来我们一时死不了,但我们自杀自灭,我们就一定完蛋!这纲上得多么高啊!这是从治国平天下的角度来考虑问题啊,再没有这么高明的话了!

　　探春说的话是有道理的,其实她早就对王熙凤有意见,但她那身份她又没法提。再者她对贾母的恶声恶气又有意见,认为这是人为制造紧张气氛。闹腾这么大,就是为搜查一个绣春囊的主人,结果还没搜到。最后绣春囊是哪来的,还是不知道。是司棋的吗?是司棋的表弟带来的吗?也没有明确说。最后弄得鸡飞狗跳,弄了好几条人命,司棋死了,晴雯也死了。所以探春有这么一套上纲上线、非常沉痛、非常激烈的批判,这实在是全书的一个高峰。

　　《红楼梦》一上来就讲"世事洞明皆学问,人情练达即文章",有很多人认为这句话说得不好,认为我们的文学不应该提倡"世事洞明",不应该提倡"人情练达",我们的文学应该提倡真情,应该提倡放弃利害和得失,应该歌颂那些失败的追求……所以文学绝对是歌颂楚霸王,没有一篇文学作品歌颂刘邦,所以不能够说"世事洞明皆学问",这也是一种观点。但我个人觉得,如果一个人既善良又聪明,既经验丰富又有正义感,不是比那傻善良的人更好吗?所以我上述所讲的《红楼梦》里的政治,有很多人性的黑暗,有很多人性邪恶的东西,我们需要了解它。我们有时候说一个人幼稚,或者说一个人成熟,恰恰是说他对于邪恶的了解与抵制程度。我们说这个人很可爱很天真,如同赤子一般,如同婴儿一般,他同时又很小儿科,就是说他好心是有的,但他不能洞察邪恶。看完了《红楼梦》,好处是让你能洞察邪恶,同时让你仍然欣赏真情,你仍然欣赏贾宝玉、林黛玉、史湘云、晴雯等,仍然能够欣赏世界的另一面,即青春的、光明的、美丽的那一面……

专题讲说六　放谈《红楼梦》诸公案

所谓《红楼梦》诸公案,是指和《红楼梦》有关的各种争论,现在已成为了公共话题。我作为一个"红迷",对这些争议有一些自己的看法,基本属于业余爱好,所谓"放谈",是因为我对这些问题没有做过科班的研究。

关于《红楼梦》的争论有的也很有趣,清朝有两位老头,一位说薛宝钗可爱,一位说林黛玉可爱,争论到最后演变成了肢体接触。所以,我在这里的"放谈"万一不小心触到了某一学派的观点,或者触到了知识上的"地雷",我事先告饶一下,我绝没有赞成哪一派或者反对哪一派的意图图谋,只是谈一下自己的看法。要是不小心冒犯了哪位学者,我愿意再去接受一次知识的启蒙;反过来,如果我无意中迎合了某个学派的观点,欢迎大家组织"专案调查",我绝没有喝过那个人的酒,也没有收过红包,我可以用我的身家性命担保。

《红楼梦》争论最多的一个问题:这本书的主题到底是什么? 这个问题有各种各样的答案,我就我所知道的引用一下。

一是以王国维为代表的,运用叔本华的哲学来解释,认为《红楼梦》的主题是欲望的悲剧,或者说是人生的悲剧。王国维说《红楼梦》彻头彻尾是悲剧。叔本华有"男女之爱是形而上学"的理论,王国维就用这个理论来介绍《红楼梦》。叔本华认为,人生欲望永远没有止境,人生的欲望就像乞丐乞讨,得到了一点儿,不是满足,而是期待更多! 有人认为,不仅叔本华有这种思想,老庄也有这种思想。老子曰："五色乱其目，五味乱其腹。"又曰："天下皆知美之为美，斯恶已；皆知善之为善，斯不善已。"得到的越多，产生的不满足会越多。佛家认为，爱恋生贪欲，贪欲生烦恼，烦恼生嗔怨。林黛玉最爱的是贾宝玉，但是嗔怨最多、烦恼最多的也是贾宝玉。这样的解释和《好了歌》也是一致的，歌里唱道："世人都说神仙好，唯有功名忘不了；古今将相在何方，荒冢一堆草没了……"王国维认为，《红楼梦》给人最大的教育就是思想的解脱。但我个人认为，看完《红楼梦》之后，既得到了解脱，同时也变得更加执着。《红楼梦》说"好"便是"了"，但《红楼梦》本身有另一面，"好"便是"好"，"了"便是"了"。曹雪芹作为一个没落贵族的后代，描写吃螃蟹、过生日、作诗、元妃省亲很是欢快，这怎么是"了"呢？何等富贵荣华啊！所以，从逻辑上看，《好了歌》并不能让人真正地"了"。古今将相死后是荒冢一堆，但活着的时候依旧是将相啊，活着就要建功立业！《红楼梦》又名《风月宝鉴》，这风月宝鉴正面看是美人，反面看是骷髅，意为美人终究要变成白骨。其实这是没有说服力的，美人就是美人，我们说的是"现在"，没必要考虑八十年之后的事，八十年之后我们都将变成白骨。所以，看《红楼梦》会让人感到非常矛盾，看到"好"的地方还真是好，看到"了"的地方未必了。

也有人把《红楼梦》的主题思想解释成阶级斗争，代表人物是毛主席。毛主席说，《红楼梦》我看了五遍，但没有受其不好的影响，我把它当历史读，里面阶级斗争很厉害，有几十条人命！毛主席还有一句名言：《红楼梦》是王薛贾史四大家族的兴衰史。这种观点完全符合毛主席的身份，如果毛主席看《红楼梦》就看黛玉葬花、黛玉悲秋之类的，那就不是毛主席了。所以，毛主席的见解的确很有独到性、启发性，说明《红楼梦》里的确写到了很多阶级斗争。当然，这是不是曹雪芹的原意，我们就不知道了。如果我们让曹雪芹复活，告诉他，你的作品已经被毛主席概括为阶级斗争史，我相信他会吓一跳。

第三种看法呢，跟毛主席的观点有些接近，但不像他这么尖锐，是认为《红楼梦》的主题思想是反封建。书里面描写了大家族对少女的迫害,如晴雯、金钏等的命运,其他呢毫无自由恋爱可言,毫无人权可言,毫无民主可言,客观上对封建社会确实有很深刻的控诉。这种反封建说在今天是占有主导地位的,从李希凡先生到现在的冯其庸先生等,都是强调《红楼梦》的反封建,而且把反封建和明末清初中国出现资本主义萌芽联系起来。我个人认为,大致上,反封建的思想在《红楼梦》里确实存在,因为曹雪芹写出了封建理法、意识形态、家族观念对青年人的戕害。是不是这些都和资本主义萌芽有关系呢?有时候我也犯糊涂。比如有人认为,贾宝玉说女孩子可爱女孩子是水做的、男人不好男人是泥做的,把这个看成能证明贾宝玉有妇女解放思想,我不同意,这和女权主义不沾边。贾宝玉喜欢女孩,与男性作者的弗洛伊德心理有关。我在自己十四岁到二十二岁期间,怎么看怎么觉得女孩比男孩可爱。而且我还有一个理论,即女孩容易革命,因为在旧社会女孩受的压迫更深。说《红楼梦》反封建是不错的,但这是不是它的主题思想呢?我看没有这么简单。

第四种观点是把《红楼梦》说成是爱情悲剧,有情人难成眷属。这派观点认为《红楼梦》的主线是宝黛的爱情悲剧,在"文革"期间被狠狠地批判,认为这个观点是资产阶级观点,没有把注意力集中在阶级斗争上。说《红楼梦》是爱情悲剧,是符合事实的;说《红楼梦》是以宝黛的爱情悲剧为主线,也是符合事实的。其他部分写得也很精彩,但是没有这个突出。

以上是第一个公案,简单作一下评论,我觉得对《红楼梦》的主题思想不要企图用一个简单的命题、一个简单的主谓宾结构就把它说清楚,《红楼梦》本身是一部立体的作品,其中包含着金木水火土,包含着喜怒哀乐、生老病死、悲欢离合。因此,对《红楼梦》的主题也应该进行立体的研究和阐述,而不能用一句话来概括。

第二个公案是关于宝钗和黛玉的,《红楼梦》在处理宝钗和黛玉时与众不同。在太虚幻境中,有关宝钗和黛玉的判词是把这两人合着一块儿描写的。"可叹停机德,堪怜咏絮才。玉带林中挂,金簪雪里埋。""停机德""金簪雪里埋"指的是薛宝钗,她很有德行,她很符合封建道德的标准。"咏絮才""玉带林中挂"是指林黛玉。而贾宝玉呢,叫做"都道是金玉良姻,俺只念木石前盟。空对着,山中高士晶莹雪;终不忘,世外仙姝寂寞林。叹人间,美中不足今方信。纵然是齐眉举案,到底意难平"。"金玉良姻"讲的是贾宝玉和薛宝钗,"木石前盟"是指贾宝玉和林黛玉,"空对着,山中高士晶莹雪"指薛宝钗,"世外仙姝"是指黛玉。这曲子后来就成了《红楼梦》的主题了,非常悲哀。

在曹雪芹来看,他并没有认为薛宝钗不好,但贾宝玉始终爱着林黛玉,这是《红楼梦》最尖锐的问题,从清代起,大家就为此争论。

第一种观点是"拥黛抑钗",认为林黛玉真诚、重感情、单纯,而薛宝钗是阴谋家,她从进入荣国府那天起,每一项行动都是为了当贾宝玉的夫人。

第二种观点认为薛宝钗更好。宝钗宽厚,黛玉促狭;宝钗身心健康,黛玉颇多病态;宝钗令人愉快,黛玉令人烦恼;宝钗能做贤妻良母,而黛玉不能。

第三种观点是"钗黛二元论",即在小说中喜欢林黛玉,在实际生活中喜欢薛宝钗;谈恋爱的对象可以是林黛玉,但娶老婆得是薛宝钗。

第四种观点是"钗黛一元论",以俞平伯先生为代表,认为薛宝钗和林黛玉是"双峰并峙,二水合流",她们各代表人生的不同方面。林黛玉是性情的,薛宝钗是理智的;林黛玉是瘦弱的,薛宝钗是健康的;林黛玉不擅长社交,而薛宝钗擅长社交。

薛宝钗代表了一种文化,而这种文化在别人看来是假的,就像鲁迅评论刘备——刘备太仁义了,所以大家就觉得刘备虚伪。但实际上,读者又看不出曹雪芹把薛宝钗当成一个伪善者。作者把这两个人做了统一和相关的处理,薛宝钗和林黛玉确实是两种不同的性格,这也是人类面临的两难选择——在文化与性情之间,在理智与感情之间,在真诚与礼数之间。而所有的人物都是出自作家之手的,都代表着作家的观念。从这个意义上看,《红楼梦》也提出了极为有趣的问题。

第三个公案是《红楼梦》中人物阵营的划分与价值判断。1949年后的"新红学"都习惯于把《红楼梦》中的人物分成两大阵营,其中一大阵营就是封建主义、封建体制、封建意识形态的维护者,其中包括贾母、贾政、王熙凤、袭人、探春。王昆仑先生很早就提出,袭人是贾母和王夫人派到贾宝玉身边的特务。著名美学家王朝闻先生写过一本三十万字的《论凤姐》,里面就专门有一章批判探春,认为探春是站在封建统治者的立场维护封建专制的利益,她的聪明智慧只能反映她的狰狞面目。另一个阵营,贾宝玉、林黛玉和晴雯是封建统治的反叛者,尤其是晴雯。

这两大阵营的划分是有道理的,我认为这可以帮助我们理解《红楼梦》的人事格局;但这样的划分又是不严格的,可能把事物简单化。我尤其不赞成全面否定探春,探春在大观园里实行"包产到户",劳动大众很是拥护。在抄检大观园时,反封建的象征如贾宝玉、林黛玉者一声没吭,而只有探春对抄检大观园进行义正词严的批判。所以,简单地用一分为二的方法来进行划分是不全面的。

第四个问题是关于《红楼梦》是不是自传,即"另有本事"。除了我们现在看到的《红楼梦》,是不是曹雪芹当时真的有这样的经历?曹雪芹是南京人,家里也经历了很曲折的事,这是第一个"另有本事"的含义。第二个"另有本事"的含义是曹雪芹在写作过程中,由于种种世俗的原因,很多内容运用了曲笔的写法,除了表面上的故事,里面还有一个故事。胡适说过,《红楼梦》的作者是曹雪芹,《红楼梦》是一部隐去真事的曹家自述。

当然,还有说《红楼梦》是根据纳兰性德的事迹写的。纳兰性德是皇族,他的词写得极好,三十多岁就死了,也是性情中人。

说到《红楼梦》"另有本事"的,还有更进一步的一派,那就是索隐派,他们认为《红楼梦》实际上是一本密码簿,其中心思想是反清复明,贾宝玉影射的是顺治皇帝,袭人是李自成。有人认为世界上很多事物带有符码的性质,在符码背后有没有说出来的话,甲骨文、电报都是如此。诸葛亮夜观天象,知晓天下大事,世界上其他国家也有人把星星的组合当成符号分析人间的事情。我看过一本名为《圣经密码》的书,说可以从《圣经》中知道美国的历任总统。被评为全球第一畅销书的《达·芬奇密码》以达·芬奇的画作为密码,来阐述西洋基督教各派之间的斗争。金庸的《连城诀》中用唐诗作密码来讲练功。蔡元培等人把《红楼梦》作为密码,也想从中破译出一些东西来。这可能从学理上看是不成立的,但确是一种智力游戏,可以不相信它,但我看的时候也确实为其拍案叫绝。

最近比较流行的说法,《红楼梦》是一部谜语书。特别是刘心武在中央电视台以这个观点讲了《红楼梦》,又出了书,还引起了争议。曾有媒体朋友让我就此表态,我十分警惕,这事千万不能随便表态。我没有看他的书,就看过他写的一篇关于秦可卿的文章,现在看来也挺有道理的。书中说秦可卿是从孤儿院里出来的,他认为,贾家很讲门第,这个可能性不大。而且,秦可卿模样标致,行事又大方,风度举止也很完美,得万千宠爱于一身,又是王熙凤的知音。书里还写到秦可卿的闺房里有赵飞燕、武则天、杨贵妃等使用过的用具,都是皇家器具。于是刘心武先生认为,秦可卿的出身并不寒微,而是贵族出身。我学问不够,当时听刘心武先生这么一说,觉得很不错。后来,有几个高校里教中国小说史的教授跟我说,那时候小说写到貌美风流的女子都这样描述,这是套话,根本不是什么凭据。究竟谁说得对呢?我说不清楚。有时就会陷入这样一个怪圈,觉得这个观点有道理,那个观点也挺有道理,无所适从。胡适、俞平伯都分析说贾珍和秦可卿有乱伦的关系,因为秦可卿淫丧天香楼是一个证据。另一个证据是秦可卿死的时候贾珍哭得像一个泪人儿。但近几年周汝昌分析说贾珍和秦可卿没有问题,如果公公和媳妇之间有问题,贾珍这时应该唯恐避之不及才是,反之不就是不打自招吗?听了这话,我也觉得挺有道理的。在工作生活中也有这样的情况,男女之间存在暧昧关系,他们的行为都非常隐蔽,让人根本想不到他们有这样的关系。

我说这些想表达的意思是,对《红楼梦》"本事"还只是猜测多,证据证物少,真正能作出结论的证据几乎没有。《红楼梦》写到的内容太多,头绪太多,人物也太多,不可能一一交代清楚,于是留下了大量的空白,而填补这些空白就是阅读的极大乐趣,是小说对读者的极大诱惑。海明威说过,作品是冰山,只露出四分之一,还有四分之三在水里。我们在阅读作品的时候往往就对这四分之三产生极大的兴趣。所以,对《红楼梦》"本事"的讨论是一个不可避免的诱惑,但不可能完全证明真伪。我个人觉得,刘心武的贡献在于他找出了《红楼梦》的一些细节之处,比如关于秦可卿的出身、关于元妃的病等。对这些作出解释对于一个写小说的人如刘心武来说,是一个难以克制的诱惑。但他解释得过于凿实了,使自己陷于被攻击的境地。"猜谜"要适可而止,不然就会引起很多非议,这是我的见解。

对红学的研究实际上是非常芜杂的:有关于"史"的研究,比如研究曹雪芹的家史;有图书学方面的研究,比如关于《红楼梦》的各种版本的研究;有民俗学、文化学方面的研究,比如其中提到的某种纺织品、某种建筑。除了这些,还有属于文学欣赏方面的一些感悟、联想、审美等,这些比较难以量化讨论。不可否认的是,对《红楼梦》还有意识形态的研究,封建与反封建。《红楼梦》的研究分很多方面,有很多并不符合学术规范。即使从史学角度研究《红楼梦》,我们也面临着一个窘境,即材料少、课题多、空白多。所以,对红学的各种派别,我们也只能希望其自成一家、自圆其说,以供大家参考。

第五个关于《红楼梦》的大问题：后四十回是续作还是原作？

根据胡适、俞平伯考察，《红楼梦》后四十回是高鹗的续作，现在这大致上已经成为了定论。有很多红学家对《红楼梦》的后四十回抱有一种愤怒、谴责的态度，认为后四十回续写得很不好，歪曲了曹雪芹的原意。曹雪芹说过"一片白茫茫大地真干净"，结局应该是荣国府宁国府家破人亡，可由于高鹗的封建思想严重，写贾宝玉在出家前让薛宝钗怀上了他的孩子，他当了和尚，还让皇帝封了个"文妙真人"……红学家们认为这样的结局简直是胡闹，糟糕透了！这种观点也是被广泛接受的。

但在这个问题上，我时常和自己过不去，有很多想不通的地方。

第一，从理论上说，我认为，续书是根本不可能的。古今中外没有这样的例子，不但给别人续书不可能，给自己续书都是不可能的，哪怕是重写一遍也是不可能的——作家一旦把稿子丢了，再重新写，写出来的肯定和第一遍是不一样的。

第二，不管如何批判高鹗，基本上没有哪家出版社出版《红楼梦》敢只出前八十回的，即一百二十回已经被大多数读者所接受。我觉得，后四十回的扑朔迷离以及与前八十回的稍稍有些不接洽，更增加了《红楼梦》的魅力。当然，后四十回确实没前八十回那么精彩，灵气也没那么足，有些地方格调也比较低。据说现在重拍电视连续剧《红楼梦》，请了一批红学专家来研究，按照他们的主导意见来设计后四十回。我觉得很可怕，因为红学专家的意见即使在学理上是一百二十分的正确，却没有细节，没有语言，没有形象的描写，没有道具。我想说的是，即使高鹗的续作有几百个缺点，但是我们今天的续写肯定赶不上高鹗。

第三，有些学者认为《红楼梦》前八十回和后四十回在语言上是一致的。这是不可能的，毕竟两者所处的时代是不一样的，语气词、助词、句式等都是不同的。

第四,那句"白茫茫大地真干净"让我很想不通。《红楼梦》里人物众多,重要的人物有上百个,到了后面几十回每章得死三到五个人才行。真要做到"白茫茫大地真干净",我看只有一个办法,必须在最后几章,在荣国府宁国府门口架起一挺重机枪进行扫射,要不这么多人怎么死啊?把一个活的人物写死是非常难的。书中写林黛玉的死写得多好啊,贾母的死也写得很棒。

第五,什么叫悲剧?贾宝玉出家了,探春远嫁了,史湘云守寡了,迎春被丈夫折磨死了,林黛玉也死了,薛宝钗即使有个贾太太的头衔,也过着很悲惨的生活……举个例子,一架飞机失事,机上四百人全部遇难,大家一定觉得这是很恐怖的事,却并不觉得特别悲哀;但是,假如还有两个幸存者,向世人不断讲述飞机坠毁时的惨烈景象,岂不是更悲哀吗?《小兵张嘎》中有个经典场景,日本兵屠杀完中国老百姓后,张嘎子跪在奶奶的尸体旁声嘶力竭地痛哭,喊着"奶奶!奶奶!"设想一下,如果张嘎子也死了,"白茫茫大地真干净",地上全是尸体,那谁也甭哭谁了。悲剧不是要让当事人全都死光了,留下一个次要人物更能见证悲剧。

第六,关于《红楼梦》的创作方法,也有争论。最早胡适提出《红楼梦》是自然主义,并认为写得平平淡淡,还不是彻底的自然主义。他说,贾宝玉含着玉就出生了,这不是真正的自然主义。胡适的学问确实很大,我们对他的评价也很高,但他对《红楼梦》的批评我实在不敢接受,他是从妇产科的角度来考证小孩出生时嘴里应该含什么。曹雪芹不知道什么是现实主义,也不知道什么是自然主义、浪漫主义,是很随性地写作。当然,《红楼梦》里绝大多数篇章是现实主义。在描写尤二姐、尤三姐时更多地运用了古典主义,非常戏剧化。《红楼梦》是反戏剧化的,大多数描写都是非常生活化的。

还有许多其他的公案,例如什么是"红学"。有些老专家指出,"红学"一指"曹学",二指版本学,三指文化学,因此把《红楼梦》作为一部小说来阅读,分析其艺术成就、主题思想、人物故事、结构特点等方面,这些文学赏析与文学评论不能算"红学"。当然,也有很多人反对这个观点,但都没有结论。二是关于曹雪芹的身世以及《红楼梦》作者的争论。现在,百分之九十九的人认为《红楼梦》的作者是曹雪芹,但一直有人提出曹雪芹不是《红楼梦》的作者,他只是编辑者。关于曹雪芹籍贯的争论更多些,有"冀东(丰润)说"和"辽阳说"之别。三是关于史湘云的故事,《红楼梦》里有一回目叫"因麒麟伏白首双星",有人认为这是讲贾宝玉最后和史湘云结婚了。四是关于脂砚斋,这到底是化名还是笔名、斋名、道号?这些都不是我有能力作出解释的,我只能谈些感到的困惑和倾向,供大家参考。我相信,关于《红楼梦》今后还会有别的高论、怪论出现,我们不必为此感到惊奇,希望大家多看《红楼梦》,立自己的论。

答讲座听众问

问：《红楼梦》里的《好了歌》可不可以看成是《红楼梦》的纲？

答：我觉得曹雪芹是企图把《好了歌》当成纲，但事实上却无法当成纲。他说"好"就是"了"、"了"就是"好"，但当写到人生中种种画面的时候，仍然充满了对人生的眷恋、悲伤，所以他没有"了"，也"了"不了。而且《好了歌》本身有过于通俗和过于简单化的地方。比如说当年是什么样的大官，现在都是尘土，都成了纱窗上的蛛网了。这些话太通俗，太简单化了，也太不讲逻辑了。因为一定的判断是和一定的时间空间分不开的。当年是大官当年就是大官，现在不是现在就不是，不能说当年他就不是大官。同样，说娇妻对你怎么好，但是等你一死马上就嫁别人了——如果你活着她就嫁人了，你可以说感到遗憾，但你死了她才嫁人那你不会遗憾的，对不对？你已经在仙界了，你遗憾什么劲儿？所以《好了歌》和实际的感情也不一样。在写到青年联欢节、生日派对的时候，你感觉不到"了"，你感觉到的是眷恋。这是我的看法。

问：请您分析一下晴雯与黛玉、袭人与宝钗之间的关系是否暗喻？曹雪芹为什么要用这种写法？

答：一种是性灵式的人物，一种是社会规范化的人物，对这两种人物都不能简单地肯定与否定。另外，这也不是截然对立的。所谓规范，我们现在往往是看到社会规范违背人的性灵的这一面，但也有另一面，就是人的性灵本身就有规范的要求。人的性灵并不仅仅要求放纵,要求任意而为,要求绝对自由;人的性灵也要求节制,要求有某种秩序和规范。比如说吃东西是人的性灵,豪饮、饕餮都是人的性灵,但连着饕餮了几次,肚子疼了,有意识地少吃一些,这就违反了人性?不能这样说。所以,我并不认为薛宝钗符合社会规范就是大逆不道,就是罪恶滔天,就是虚伪甚至是奸佞,我没有这种观念。相反,我觉得这是人生的一个悲剧,就是说性灵的一面和规范的一面是并存的,是矛盾的,是和人生永远纠缠在一起的。

那么袭人和薛宝钗是什么关系呢?人有两大类,丫环里也有这两大类,有性灵一面的也有规范一面的,袭人是符合规范的。符合规范也是表面上符合规范,实际上她也有见不得人的事。比较起来,袭人给我的印象就不能和薛宝钗相提并论。古往今来指责袭人的人几乎都有一条,说是贾宝玉走了以后嫁给蒋玉菡了,没当烈女,苟且偷生。对这一点我是非常不赞成的,因为袭人没有道理非得为贾宝玉就义,连正式的身份都没有。就跟我们歌颂鸳鸯的自杀一样,我觉得这个也非常奇怪。歌颂鸳鸯像歌颂烈士,批判袭人如批判叛徒,是完全没有道理的。

至于晴雯的情况也非常复杂,她心直口快,也是受害者。袭人对于晴雯的死,客观上起了陷害的作用,因为她见着王夫人讲了要注意风化这样一套道学,就使王夫人想到了晴雯。晴雯人聪明,又漂亮,有时候能够说一些别人不敢说的话,能够揭露袭人。晴雯也有不好的地方,有人偷了东西,晴雯对其使用肉刑。不过解放后,我们一直是为贤者讳,所以对于林黛玉和晴雯的缺点我们就很少批判。林黛玉对劳动人民的态度非常不好,她说刘姥姥是母蝗虫,林黛玉洁癖里也包含着一种反人民的错误观念。

问:作为一部真正伟大的作品,不应该受到年代和民族不同的限制,《红楼梦》不能被外国人接受,我们中国人倒是能够接受外国名著。您认为《红楼梦》不能为外国读者接受的原因是什么?《红楼梦》不能为外国读者接受,是不是说明《红楼梦》确实存在着某一方面的问题？

答：我没有说《红楼梦》不能够被外国接受，而是至今尚未被接受。有很多原因，其中一条就是中国文化在世界上仍然是弱势的。为什么我们容易接受外国人的作品，因为人家是强势文化。一说到巴尔扎克、托尔斯泰，我们都肃然起敬，而且现在也有一些年轻的文学爱好者，甚至一些年轻作家，一张口只有外国文学，从来不提中国文学。我想这是原因之一。那么语言之间有翻译不过去的现象，也不足为奇，但我们也不妨不那么特别悲观，也许若干年以后就有了更好的翻译，或是外国人对中国文化有了更高的兴趣，就会有越来越多的人去读《红楼梦》，这是有可能的。至于现在就说是它的缺点，我觉得也性急了一点儿，因为被不被外国人接受并不是一个决定性的价值判断根据。有的中国作品被外国人接受了，但我们中国读者并不觉得特别好，这样的例子太多了。

问：《红楼梦》是不是您最喜欢的文学作品？有没有另外一部文学作品您更喜欢？

答：最喜欢，也只能是大概地说，有的东西是不能够相比的。比如我也喜欢读《道德经》，可以作为哲学著作看，也可以作为文学来看。《红楼梦》的确是我比较喜欢的，《红楼梦》的滋味儿比较全，也比较深。如果议论起来，研究起来，里面可扩展的天地比较宽。其他有些作品我也很喜欢，但大家交谈几次议论几次也就完了，而《红楼梦》却让你感觉到，它终其一生是研究不完的，是说不完的，也是争论不完的。

问：《红楼梦》的研究方向究竟向何处去？

答：《红楼梦》是中国的一个永远的话题，它的研究我认为基本上有三种：

第一种是对《红楼梦》进行历史学、版本学的考证，这个应是非常科学非常严格的，对曹雪芹的家世，对于版本的演变，对高鹗等进行考证。由于材料少、问题多，许许多多的论断仍然带有一半材料一半猜测性质,如果你不加猜测,这个材料你没办法找到,材料你找不到,人证物证什么都找不到。

第二种是把它作为文学作品来研究。作为文学作品来研究,又有相当的主观性,因为有一部分是欣赏是接受美学,接受美学很难进行科学的界定和考证。比如有人很喜欢贾宝玉,有人不喜欢贾宝玉,有人喜欢林黛玉,有人喜欢薛宝钗。比如周汝昌周老他最喜欢的是史湘云,简直找不到比史湘云更可爱的。我觉得周老对史湘云很有找到了红颜知己的那种蓬勃的青春的感情,我很羡慕。这种东西,你说谁对谁不对？我讲的大部分都属于这一类,但我并不认为我是方向;我哪儿是方向啊,我这是业余爱好。

第三种就是趣味研究。《红楼梦》里还有很多趣味问题,有没写到的一些情节,有有意避讳的一些情节。比如"寿怡红群芳开夜宴",俞平伯先生就画过一个平面图,标他们的座次,根据什么两个牌子,轮到他来,行酒令谁指到谁了,然后大概知道谁挨着谁坐。我认为这就是属于趣味研究,非常好。文字上也有许多趣味研究,包括刘心武先生的猜谜。你说你用什么东西来证明或者证伪,根本不可能,不能证明的你也很难证伪。欧洲早就有一种哲学的观点,认为科学的定义在于它是可证伪的,证明是很困难的。比如,根据一百次试验都得到了相同的结果,这就是定律,但这从严格逻辑上还不能证明,一旦第一百零一次的结果是另外的,就得推翻。反正有些东西是不可以证伪,这种趣味性研究能够各抒己见,但你可以讲他的破绽,比如他的这个研究不符合常识,这都是可以的。

《红楼梦》研究一个很大的好处,就是三教九流都可以对它产生兴趣,你可以从中谈中国文字,还有人研究红楼宴,里面有最具体的茄子的做法。从我个人来说,更喜欢把它当做一个文学读物。《红楼梦》发行那么多,各种版本那么多,大家读它,因为它是小说,很少为了查历史事件而读《红楼梦》。

问:《红楼梦》里有没有女权主义和女性主义？

答:我个人阅读的感觉,《红楼梦》的作者本身没有女性主义或女权主义的自觉,但他从生活出发,从他自己的经验出发,他对女性确实抱着比其他小说更多的好感、尊敬和褒扬。尤其是拿《红楼梦》和《水浒传》相比,《水浒传》里对女性太不像话了,那种残酷和野蛮,我对中国英雄有过这样的记录感到非常羞愧。《红楼梦》在这些方面比他们强,但谈不上女权主义、女性主义。

问:钱锺书先生在《围城》里说,在城里的人想出城,城外的人想进城。《红楼梦》里有两件大事,一个是秦可卿的丧事,一个是元妃省亲,您说其间好像曹雪芹显得很得意似的,就是自己见过这样的世面,才写得出来。那么我想问:您通过读《红楼梦》,能不能评论一下,曹雪芹到底在哪座城里头,被哪个城困住了,或者说他想进哪座城?

答:曹雪芹的矛盾就在于他又想进城又想出城,他出了城老回忆自己在城里头,就是"想当年",好汉爱提当年勇,一想到当年自己也阔过,他有这个心理。但是,他是在回忆中到城里去的,他想,哎呀,有什么意思,转眼即逝,全是一场空……所以他两面折腾。曹雪芹的伟大,是一会在城里一会出来,穿堂门一样,让你体验这种又进又出、又出又进的无限滋味,也有无限的悲哀。

问:《红楼梦》那个"满纸荒唐言"的说法,让我想起了萨特说过,人生是荒唐的、非逻辑性的。您说,曹雪芹在写《红楼梦》的时候,是否也想到了人生荒唐,想向世人传达一种不是按照"三纲五常"来运作的人生哲学?

答:我不能够完全肯定曹雪芹的动机,但觉出生活的一种荒诞感,这并不是任何人的专利。当人们碰到生老病死、生住坏灭种种现象时,他会产生这种荒诞的消极的情绪。当然从这种荒诞的消极的情绪中,他也可以得出比较健康比较积极的结论来,这是另外的问题。特别是曹雪芹,他有这样一种经验,他描写的是一个极尽富贵繁华的家庭的败落,那么这里一步步都饱含着这样一种荒诞感,这样一种叹息,一种早知今日何必当初的咏叹……这是很正常的,他可能是为了传播某种哲学,也可能是真诚地把自己人生中的体验传达给读者。

问:《芙蓉女儿诔》中有一句是"钳诐奴之口,剖悍妇之心",请问,"剖悍妇之心"指的是奴还是主?如果是主,其人是谁?

答:对不起,这个我回答不上来。它是一个诔,是篇文章,既是就事论事的,又是把感情的一种文字化、一种修辞化。做这个诔的过程是一个修辞的过程,修辞的过程既是表达的过程又是消解的过程。所以他念完了这个诔后,林黛玉出来了,然后还帮着他改字,讨论起文字方面的问题,其实是移情的。所以《芙蓉女儿诔》既是对晴雯的一个纪念,又是对晴雯的一个忘却。贾宝玉和林黛玉两个人讨论的是修辞问题、选词造句的问题、文章的形式问题,所以它是种消解和忘却,这里面说悍妇也好,说这个说那个也好,我们可以从修辞意义上来理解它,不一定非得从专案的立意来理解它,说你这个指的谁、谁负刑事责任谁负民事责任,不一定非得那样理解。

问:《红楼梦》里表现林黛玉是非常至美的感觉,但随着时间的迁移,又有说薛宝钗比较适合现代人的审美的观点。有个调查,有百分之六七十的人更喜欢薛宝钗,我不知道您是怎么看的,是薛宝钗美还是林黛玉美?

答:薛宝钗和林黛玉,实际上是人生的一个悖论:有偏重于性情的所谓性情中人,就是林黛玉这种的,她比较任性,比较讲感情,使小性,感情至上;有偏重于理智的、偏重于公共关系的,就是薛宝钗这种的。如果说一个人他一点儿不讲性情、一点儿痴劲都没有,别人就觉得这人太冷静了、太功利了,所以要吃冷香丸了;但如果你要真爱上跟林黛玉一样的,实际上,又缺少那个承受能力,你受得了吗?要按现在审美的观点,林黛玉和薛宝钗我看都够呛。我们希望有更理想的美人出现。

问:您说曹雪芹写的《红楼梦》,把他的一段生活变成了作品,那么请问,您也写了很多作品,您是怎么把生活变成作品的？当您把生活变成作品,是怎么剔去了那些不必要的东西,而提炼出生活最精华的东西？

答: 我想所有写作者都是从自己的经验,从自己的记忆,从自己的感受出发。经验是他所经历的各种事;记忆本身就有挑选了,有的就记得非常牢,有的记得非常淡;而感受本身有许多主观的因素,同一件事,别人无感受,但是他非常纤细敏锐,就从中感受到了喜悦悲伤或侮辱。至于表达,十个人就有十种表达,同一件事讲出来是不同的。而作家应该说是特别善于表达的,他的表达本身就让你增进了对他的经验、记忆和感受的认知,开拓了你由此及彼的一个精神空间。所以表达本身成为一种艺术,成为一种专业,成为一种职业,就是他特别地把一件事情娓娓动听或振聋发聩或淡淡地表达出来。这种表达又受着文化的及文学传统的影响,受着全世界文学成果的影响——每个人都不是空白的,经验不是空白的,他的表达不是空白的……

跋　人生百味，一梦又一梦

一九四九年以来，阅读、研究、改编、批判有关观点、借题发挥、胡乱拉扯《红楼梦》，高潮迭起，前后出了各种版本的上亿册的有关书籍，写了无数论文，作了许多讲演与系列讲座，一是盛况空前，一是令人絮烦。

在中国，《红楼梦》这部书有点儿与众不同。你说它是小说，但它引起的争论、兴趣、考据、猜测、推理更像是一个大的历史公案，围绕它出现了一个又一个的包公或者福尔摩斯。它掀起的一波又一波的谈论与分析，像是一个时政话题。你可以很喜欢读《三国演义》或者《安娜·卡列尼娜》，你可以热衷于巴尔扎克或者陀思妥耶夫斯基、狄更斯或者塞万提斯，但是对于它们和他们，你惊叹的是文学，是书写得真棒，你不会像对待《红楼梦》那样认真、钻牛角尖、耿耿于怀、牵肠挂肚、辗转反侧、面红耳赤。唯独《红楼梦》里的人物变成了你的亲人（至少是邻居），变成了你的知音同党或者对手，《红楼梦》里的故事变成了你自身的（至少是你亲友的）活生生的经历，变成了你的所怒所悲所怨所爱。

《红楼梦》具有与人生同样的丰富性、立体性、可知与不可尽知性、可解与无解性、动情性、多元性、多义性、争议性、因果性、必然性、规律性、偶然性、或然性等等。大体上说，人们对于人生诸事诸如恋爱、性欲、朝廷、官阶、政治、风气、家族、兴亡、盛衰、祸福、进退、生死、贫富、艺文、诗书、上下、主奴、忠奸、真伪……有多少感受有多少讨论,你对《红楼梦》此书也会有同样多的感受与讨论。你在现实社会中发现了什么有趣的故事,诸如弄权谋私、文人商人联手、短暂夺权、抄家打非、忘年嫉妒、拉帮结派、显勤进谗、巧言邀宠、东风西风、一面铺张浪费一面提倡节约……也都会在《红楼梦》中找到似曾相识的影子。

就是说,《红楼梦》富有一种罕见的人生与世界的质感,《红楼梦》富有一种与天地、与世界、与人生、与男男女女的悲欢离合喜怒哀乐的同质性。

我没有讲文艺学者爱说的"真实性"一词,因为真实性的提法会强调什么本质的真实、艺术的真实、典型的真实,而《红楼梦》的真实是一种可以触摸、可以体贴、可以拥抱、可以绞压、可以与它白刀子进红刀子出的真实。就是说,我们常说的艺术作品的真实如同一张油画或彩照,它是供欣赏供赞叹的真实,而《红楼梦》的真实是同床共枕、同爱共狂、同厮杀共纠缠的咬牙切齿而又若仙若死的真实。

因为它写得生动而又细致,因为它写得并不那么小说化尤其是戏剧化,它常常写得不巧反拙,它有时像流水账,有时像絮絮叨叨,有时像是年华老大后的忏悔与自言自语。你读多了,连说话的语气与腔调都会受它的影响。读它,你是如闻其声、如见其人、如入其境、如介入其中,如与其悲其盛。至今为止,好作品我遭遇的多了去了,我佩服巴尔扎克解剖刀式的雕刻与拆解,我赞美托尔斯泰的工笔勾勒与缤纷上色,我痛苦于陀思妥耶夫斯基疯狂的对于灵魂的拷问,我狂喜于李白的放达与天才,我沉迷于李商隐的悲哀的绝对的审美化,但这些都首先是对于文学的力量的震动,是对于文学天才与作家心灵的赞美。只有《红楼梦》,它常常让你忘却它是小说、它有作者、它是一个字一个字码出来的。不,它给你的是自己的一个完整与自足的世界。它就是宇宙,它就是荒山与巨石,它就是从无生命到了有而最后仍然是无的神秘的痛苦,它就是盛衰兴亡,它就是荣华富贵,它就是肮脏龌龊,它就是愚蠢蛮横与毁灭的天火霹雳,它就是风流缱绻,它就是疯魔一样的爱情与仇敌一样的嫉恨！

　　于是，《红楼梦》的档案意义、历史意义、文化学意义常常冲击了它的小说性。有德高望重的学者去考察不同的大观园原址，有情难自已的学者去设计曹雪芹或贾宝玉的晚境，有拥林派与拥薛派的互挥老拳，有一谈《红楼梦》就冒火冒烟的气势，有对于《红楼梦》的建筑、烹调、衣饰、医药、园林、奢侈品、诗词、灯谜等等的专业研究。

　　《红楼梦》的不同还在于它的残缺性。作为文本，它只留下了三分之二。残缺性变成了对于读"红"爱"红"者的刺激与挑战。爱"红"者被点燃了热狂的求知与较真的精神火焰，非要查出个究竟底细来不可。而这对于我来说是一个死结，因为我死死地认定，不但某甲为某乙续书是不可能的，某甲为自己续书也是根本不可能的。你可以让老王再续一段《青春万岁》或者《组织部来了个年轻人》，哪怕只写八百字吗？打死老王也做不到。高某为曹某做续，那么长时间居然没有被发现，这样的一对天才同时或前后脚出现的概率比出现一个能写出《红楼梦》的天才的机会还罕见一千倍。关于作者的资料就更少。传播呢？版本呢？"脂砚斋"这个似乎对文学知之甚少而对曹家知之甚多的刻舟求剑的自封的老大，偏偏插上一杠子，变成了事实上的"红学祖师爷"。区区如老王者也不是没有这样的哭笑不得的经验，一个决不把自己当外人的或沾亲或带故的爷或姑奶奶，到处散播你写的张三乃源自王五、你写的李四实源自赵六。他说得板上钉钉，入丝入扣。这是一种关切，这是一种友谊，这对小说写作人来说也确实是一大灾难。这是命定的小说的扫帚星，谁让小说家说出了那么多秘密，他或她理应得到口舌的报应。谁知道如脂评之属，带来的是资讯更多还是搅和干扰更多呢？

　　这些因素使得《红楼梦》从小说文本变成残缺不全的密档，使《红楼梦》的研究变成了情报档案学，遂注定了永无宁日。一方面我不能不感谢那些以有限的资料作出了对于"曹学""版本学"重大贡献的前贤，一方面不能不为《红楼梦》的残缺性而扼腕长叹。书上说的是"满纸荒唐言,一把辛酸泪",我们呢,只能是"满纸热狂言,一笔糊涂账;学问都不小,仍难解真相",要不就是"满纸相因言,一笔(车)轱辘账;胶柱鼓瑟罢,刻舟求剑忙"。

而由于无须赘言的种种原因,《红楼梦》写得那样含蓄,有时候是藏头露尾,有时候是回目上有而内容上找不到,如"贾琏戏熙凤",如"伏白首双星",有时候是通过诗词、画面、谜语、掣签来有所暗示。就是说,《红楼梦》确实或多或少地采用了几分密电码式的文体,而破译密电码是人类绝对拒绝不了的智力游戏的诱惑。既然并非密电码却又不无密电码的少许成分,既然是对于残缺部分的猜测与臆断,那么种种破译就既不能证实也不能证伪,无论你怎么说都不好完全不被允许,即使是被某些专家认为是分明的信口开河,也仍然不妨去姑妄听之,也就可以姑妄言之了。

然而《红楼梦》又明明不厌其烦地告诉你,它是虚构的小说,是"假作真时真亦假,无为有处有还无"。这两句话已经从方法论上宣布了对于脂砚斋思路的否决。当一部作品使用了虚构(假)的情节、人物以后,即使同时使用了比较有生活依据的有模特儿的人物原型与事件类型(真)作模子,这仍然只能算假,只能算是虚构作品而不是事实记录。不论是法院案例还是报纸新闻或是职工登记表,都绝对地不可以使用这样的文体,只有小说用之。当一部作品将本来不存在的人物、环境、事件(如贵妃省亲)当做确实存在的东西栩栩如生地写出来之后,即使你同时写下了更多的确实存在过的人与事,从整体上说,读者应该与作者达成默契:这不是一部书写实有的东西的档案,而更应该看做说书人为警世感人、一吐块垒,也不排除卖弄文采为自己树一座"非人工的纪念碑"(语出普希金)而编撰的故事。尽管是后四十回或为高氏续作,它一再叮嘱:此书是假语村言,不可刨根问底,否则便是刻舟求剑,便是胶柱鼓瑟。偏偏人们往往因了小说的真实感而忘记了它的虚构性,因了小说的细节的真切与质感,因了传述的翔实与生动而"被真实"、被说服、被一切信以为真、被跟着对于小说写作其实不通的脂评的"自传说"走,反而看不出或小视起它的文学性来。这应了我喜欢说的一句话:最好的文学被非文学化了,最好的技巧被无技巧化了,最好的描写刻画被非描写非刻画化反而实录化了,最好的创作被非创作化了——你也许宁愿相信它原来是刻在青埂峰的大石头上的。

其实所有的文学作品都是作者的精神上的自传,又都不是纪实的自传,不是档案学、历史学意义上的自传。在自传上较劲,实在是犯傻犯呆犯死。

且不说女娲补天无材多余化为宝玉、衔玉而生、神瑛侍者、绛珠仙子、太虚幻境、警幻仙子、一僧一道等"魔幻现实主义",内行人都明白,一部巨制长篇小说最大的真实是细节,而最大的虚构是人物性格的鲜明化、氛围场面的强化或淡化、命运经历的沧桑化,还有语言的文学化。

认真地写过小说的人大概会明白,细节是真实性的基础,生活细节最难虚构,《红楼梦》中凡大富之家的饮食起居、吃喝玩乐、服装用具、礼数排场、建筑庭园、花草树木、鸟兽虫鱼、红白喜事、梳妆打扮、收入支出、迎来送往等等,如果没有生活经验,至少是见过听过——没吃过猪肉至少也见过猪跑——没有一定的生活事实作根据,你是虚构不出来的,虚构出来也会捉襟见肘、破绽百出。

再者,情理逻辑是真实性的概括、真实性的纲,你的总体把握必须符合人生的、人性的与历史的社会的逻辑。

而文学与非文学的最大不同往往首先在于人物性格的鲜明化。鲜明了才引人注目,才过目难忘,才一见倾心,才令读者击节赞赏,才令人回味不已,也才能令作者自己哭出来笑出来,把胸中的块垒吐出来。实际生活中,你很难找到那么纯、那么鲜、那么耀眼、那么与众不同的人物如黛玉宝钗袭人晴雯宝玉探春者。原因其实很简单,人都要生活,生活是立体的与杂沓的,常常是平凡的,你只有单一的鲜明,你根本活不下去。黛玉一味孤高,只能枕月乘风,根本不可能在大观园活命两个月。宝钗一味完满匀称,根本不可能像一个活人似的维持自己的脉搏、消化、排泄与内分泌,更不必说每月的例假了。实际生活的根本特点是平凡,你当了皇上或娘娘,自我感觉仍然会是难耐的平凡。而小说的要求是不平凡,这是文学与真实间的最大悖论。其次,所有的社会都有太多的共性要求、普适规范,所有的社会的政权、学堂、尊长、师表、家长、村镇、社区、教会、团体、社会舆论与新闻媒体都肯定是按社会的共识,按集体的意识与无意识,按人性的平均数,而不是按个性,更不是按个性的鲜明性来塑造一个人的。不要说是清代这种意识形态上了无新意的封建社会,就是整天把个人主义个性化挂在嘴上的欧美,它们的白领蓝领、成功人士与购彩票中特奖者、毒枭与杀人狂也做不到像《红楼梦》中人物那样生气洋溢与个性鲜明。《红楼梦》人物描写的成功,显然表明的是曹雪芹的文学功力、他对于人性的深刻了解与无限困惑,而绝对不是曹雪芹的运气——独独他碰到了那么多个性非凡的人物尤其是少女。

环境与氛围的独特性也是"被真实"出来的。一名宝玉,几十名美少女(包括丫头),无怪乎索隐派会认为宝玉是顺治皇帝。其实顺治皇帝也没有这样的艳福,他一生面对多少军事政治的挑战威胁,哪有那么多宝玉式的闲心去欣赏受用少女的青春、美丽和钟情!不存在的贵妃省亲情节,也写得那样有声有色有谱有派,那么那些吃酒听戏过生日的"鲜花着锦,烈火烹油"的场面岂不是文学出来的、移花接木过来的!

最明显的、最接近"穿帮"的人物描写是赵姨娘与贾环。在《红楼梦》中,所有的人物都是圆的立体的,而赵氏母子被写得那样扁平。曹氏对这两个人是抱着相当的厌恶来写的,当然赵姨娘的声口仍然生动泼辣、野中带荤。而最戏剧化的带有人为巧合色彩的情节是"二尤"的故事,它无疑经过了作者的大渲染大编织。

真真假假,有有无无,这就是文学,这就是文学的天才和魅力,这就叫创造,这就叫笔能通神,这就叫文学与人生竞赛。我相信上千万上亿的读者当中被感动被真实被猜谜的,仍然是启动于对小说创作文本的喜爱,而不是史学的郑重与推理的癖好。面对杰作《红楼梦》,我致力于体贴与穿透,要体贴作者,体贴人物,体贴写作。我不作意识形态的定性,也不给他们穿靴戴帽。例如宝玉一见黛玉就问黛玉有玉没有,及至知道黛玉无玉便摔玉砸玉,这是无法解释的,也很少有人解释。但是,如果你尽量去体贴少年乃至儿童的情意,体贴他对于黛玉的亲切感认同感无差别感无距离感,那么他的天真纯洁轻信的"可有玉没有"的提问就催人泪下,感人至深。而有玉无玉的困扰,从此如影随形如鬼附体一样地跟随上了宝黛,折磨上了宝黛,永无解释也永无缓释,令宝黛与亿万读者痛苦了一辈子又一辈子。同样的体贴也会让我们不再一味地为鸳鸯抗婚尤其是殉主喝彩,而是为鸳鸯的命运哀哭悲愤泣血洒泪。当然,同样的体贴使我们不可能以名教杀人的封建刽子手的眼光去要求袭人为宝玉守节。穿透,就是说我们不可能"被真实"到了笃信不疑的程度,我们在为黛玉的眼泪与诗作感动不已的同时也会看到她对于刘姥姥的侮辱与蔑视,看到她的种种不妥,看到她与宝玉远远挂不上"反封建"的荣誉骑士勋章。尤其是她与宝玉居然对于抄检大观园毫无反应,甚至比不上被一般认为是维护封建而进行强烈批判的探春。尤其是宝玉,对于那些为他献出了青春、劳作与真情的少女,没有向乃母与乃祖母说过一句辩诬维护的话。而晴雯的针尖麦芒、拔份好胜、她的才女兼美女的刺儿,同样令人不能不哀其不幸,怜其不智也不善……

某虽不才,愿意以一个真正在人生中翻过几个筋斗的人的身份,以一个当真的爱过苦过做过牛过也受过的人的身份,以一个写了一辈子小说的人的身份,作出对于《红楼梦》的真切发现,给亿万读者作证,与天才的杰作的作者再拥抱一回,顿足一回,哭喊一回……

呜呼红楼,再陪你走一遭儿吧,得其悲,得其乐,得其俗,得其雅,得其虚空,得其富贵,得其腐烂,得其高洁,它陪你,你陪它,一生又一世,一劫又一轮回,哭到眼枯又叹到气绝,恋到难分又舍到天外,世事洞明，人情练达，人生百味，情意千般，一梦又一梦，摇头又摆尾，这就是老王老李的只此一遭、别无找补的阳间"两辈子"。我们中国的读书人都有两辈子经验，一辈子是自己也许乏善可陈的一生，一辈子是贾宝玉与他的家人情人的大欢喜大悲哀大痴迷的一生！

你活得怎么样？你到世上走了一遭却是做了些什么呢？除了自己那点儿鼻子尖底下的事，你要阅读、比照、体贴与穿透、证实与证伪那部地球上的名叫中国的人儿们的"红、楼、梦"！

原名《王蒙的〈红楼梦〉(讲说本)》，
湖南文艺出版社 2010 年初版附：

作为小说的《红楼梦》*

　　我不是一个红学家,对《红楼梦》的版本和曹雪芹的家世知之甚少,但是,作为一个读者,作为一个喜欢创作的人,我一直有一个心愿,就是想把我阅读《红楼梦》的感想及其所受到的启发和别人交流一下,可以说有志于"红楼"久矣!

　　《红楼梦》确是一部"天下第一奇书"。奇就奇在这部书的内容、书的作者以及书本身,都引起了人们的特别关注,人们讨论它,就像讨论与自身有关的事情一样。

　　《红楼梦》又是一部雅俗共赏而又莫衷一是的书,怎么解释都可以。毛主席说它是一部阶级斗争史、四大家族兴亡史;蔡元培论它是一部描写反清复明的民族主义的书,而一般百姓看到的是宝哥哥、林妹妹……这样既通俗又深奥、既浅易又神秘的书,世界少有。

　　《红楼梦》又是一种最最中国的书,它受到众多的中国人的眷爱,却基本上没有被外国人所接受,尽管它有不少的外国文字译本,但外国人接受它不如接受《三国演义》《西游记》那么容易。套用一个时髦的词,即"红楼梦现象"是中国特有的现象。从阅读方面来说,它又是这样一部书:什么时候看都可以,什么时候看都新鲜,从什么地方看都可以,先看第十回再看第三回可以,先看四十九回再看第

---

* 本文是作者在解放军艺术学院的演讲。

三回也可以,从头至尾地看也可以。其实我很少从头至尾读它,而经常是一会儿读这回一会儿读那回。

先说说关于《红楼梦》的原生性。

所谓原生性,就是说当一个作家用他的眼睛、耳朵、心灵面对世界的时候,他不是借助其他的已有的经验和符号系统,而是直接地从宇宙、社会、人生中得到经验。这里的经验是一个广泛的概念,它包括对生活的体察、包括情思、心灵感受、也包括灵感。当然,人类的文化、文学成果是一条长河,人人都要继承下来,所以每一个人面对的世界不可能是婴儿式的。他必然要受到已经积淀下来的文化知识成果、价值观念等的影响。而另一个方面,无论有多少影响,这些影响都将被消化,成为自己的。在原生的而不是派生的、次生的作品中,我们所看到的是一个作家面对的世界,然后读者通过阅读作家的作品来感应这个世界。我们说,《红楼梦》是原生的,不是派生的,因为它不是在一种什么"思潮"下,也不是在什么大师影响下趋时模仿做文章写出来的。当然,也有人说《红楼梦》受到过《金瓶梅》的影响。但这不是陈陈相因,不是天下文章一大抄。读者在读作品的时候又产生了一种特殊的感受,当读者通过作品能够那样直接地、切肤彻骨地感觉到世界,感觉到宇宙、社会、人生时,我们就说这样的作品是原生的。

说《红楼梦》是原生的有两层意思,一是它包含了特别丰富的、独特的创造。《红楼梦》的题材、人物、思想、结构、语言都是非规范、非模式化的,给人一种面貌一新的感觉。《红楼梦》算是一部什么小说呢?是一部爱情小说吗?可它又有那么多非爱情的内容,如果按字数算,非爱情的内容远远超过爱情的内容。那么是一部历史小说吗?可它一开头与空空道人就说明了这些东西是既无朝代年纪可考,又无大善大恶大奸大忠,不像是历史小说。那么是一部政治小说吗?可它主要写的又是家庭琐事、杯水风波,主子与主子的矛盾,奴婢与奴婢的矛盾等等。那么是写日常生活的小说？又似乎意义远不仅此。都是，又都不是。

《红楼梦》的人物也完全摆脱了中国古典小说中道德两极化的模式，即摆脱了才子佳人、帝王将相、清官赃官、忠臣奸臣、节妇淫妇、孝子逆子等等的模式。特别是贾宝玉的形象，别开生面。他天真可爱，又有悟性，很聪颖，也很率真。他受到了封建贵族文学艺术的影响，又生活在娇生惯养的环境中，使他的人性在一定范围内获得了比别人更多的发展和表达的可能性。贾宝玉还是受到了封建贵族的塑造。我每次看到"贾宝玉路谒北静王"那回时，总感觉到他是一个"窝里横"，在家和谁都可以胡闹，可一出去见到北静王就非常礼貌，该怎么行礼就怎么行礼，该怎么答话就怎么答话。北静王送他一个念物，他有点儿受宠若惊，很高兴，回去还转送给林黛玉，林黛玉说："什么臭男人的东西，我不要。"说明贾宝玉还是挺规矩的。贾宝玉最得宠但又最无权，他说话等于放屁，谁也不听。他也最无能，想保护谁，谁也保护不了。权、位、宠的分离，这种分离所造成的尴尬处境，造成的一种悲喜剧，在贾宝玉的身上体现得很明显。

贾宝玉身上也有许多庸俗下流的东西，作者并没有隐讳，譬如写他与薛蟠、冯紫英等人去嫖妓，与秦钟之间那种不正当的举止，作者都描写了。然而宝玉毕竟是有悟性有灵气的人，最妙的是，贾宝玉在爱情的问题上老抱着一种审美的态度去看待别人，他总是觉得别人很美而自己太差。看到林黛玉美，就觉得自己猪狗一般。看这个女孩子也美那个女孩子也美，看到男孩子也一样，总是别人好，而自己完全是饭桶，枉活了一世。贾宝玉的许多悲喜之情、惆怅之情也是原生的——与生俱来的。比如说宝玉喜聚不喜散，黛玉喜散不喜聚，实质并无区别，黛玉不喜聚还是因为聚后终究要散。生死聚散荣枯这都是与生俱来的烦恼，都是从大荒山到大观园一直有的烦恼。一个大荒山，一个大观园，这本身就体现了生死、聚散、荣枯、长消的矛盾。所谓"现代派"讲的这意识那意识，其实贾宝玉身上早有萌芽——这样说不是为了考证西洋一切我华夏古已有之,而是为了说明原生的东西比概括思考的结论更丰富,本体比观念更丰富。贾宝玉对贾家的事说关心又不关心,听到家人议论家事,他向林黛玉说:管他哩,反正再难也少不了咱们俩的。用一种非常天真的态度来表示以自我为中心,又表示了自己是局外人。世界文学中有许多的典型,如奥勃洛莫夫多余人的典型、唐·璜爱情至上泛爱主义的典型、唐·吉诃德主观与客观相脱离的典型等等,贾宝玉与这些人都不像,但又都有一些相同的地方,他也是局外人、多余人、泛爱……但他对真正的爱情则是很严肃的,他的真正的知音是林黛玉。

《红楼梦》中还有一个人物贾政,我总觉得解放后批判他太过了,说他这人很虚伪,可我怎么也没有看出他虚伪的地方,我觉得他其实对封建正统的东西是"诚于中而形于外"的。他无能,对贾府中的腐烂东西管不了,他有几分呆气,但自律还是比贾敬贾赦及他的子侄们严格得多。有人说,贾政者,假正经是也。名字上可以这么说,但他本人很难说是虚伪的,我看书中描写元妃省亲的时候贾政与元妃的对话是很动感情的,我看了也很动感情,甚至可以为之流泪。书中写贾政亦含泪启道:

> 臣草莽寒门,鸠群鸦属之中,岂意得征凤鸾之瑞。今贵人上锡天恩,下昭祖德,此皆山川日月之精奇,祖宗之远德,钟于一人,幸及政夫妇。且今上启天地生物之大德,垂今古未有之旷恩,虽肝脑涂地,臣子岂能得报于万一!惟朝乾夕惕,忠于厥职外,愿我君万寿千秋,乃天下苍生之同幸也。贵妃切勿以政夫妇残年为念,懑愤金怀,更祈自加珍爱,惟业业兢兢,勤慎恭肃以侍上,庶不负上体贴眷爱如此之隆恩也。

这段话太使人感动了,不能说他是虚伪。从下意识分析,他说"切勿以政夫妇残年为念",恰恰是他自己感觉到自己的风烛残年,不能与自己的大女儿在一起了,心中有无限的哀楚,但他又只能这样说,因为自己的女儿已是贵妃,贵妃是侍奉皇上的。《红楼梦》的人物太多了,这里我只举这两个例子。

作者对各种人物的描写基本上是客观的,作者的主观态度含而不露,与其他古典小说的或多或少的脸谱化倾向大为不同。唯有对两个人——赵姨娘和贾环的描写不公正,脸谱化,说明作者对这两个人物有偏见,很可能有个人经验上的偏见还有嫡庶方面的血统论身世论偏见。他把赵姨娘和贾环的一举一动、一颦一笑都写得那么使人感到寒碜,让贾环猜谜语,他猜不出,让他编一个谜语,他又编得最次,他好心好意照顾巧姐,又偏偏把一碗药也打翻了,什么事到了他全都是糟的。这说明作者写这两个人绝对没有写其他人那样公正。就是写秦可卿的道德行为、私生活的腐败,也写出了她美丽、温柔、懂世事、会说话、知进退的一面,写王熙凤那么狠毒,但她的好处也展示得相当充分。书中也用了许多贬词写贾宝玉,如什么"下流痴病""辜负了天恩祖德"等等,这也是说了真话,因为贾宝玉还真是没有出息。但作者毕竟是那么了解那么同情于贾宝玉。

《红楼梦》的思想也是非规范非正统难归纳的,说它没有儒家思想吗?还是有啊。书中道、禅云云,都不是正宗,而且还是自相矛盾的。贾宝玉参禅论道受到林、薛二位姑娘的嘲笑,终于觉悟,"禅"也是不可以妄参的。至于学问功名,更是被否定的。从总体上讲,是在说人生如梦,是虚幻、色即是空、空即是色,但具体写到大观园的生活,又是津津乐道,而且充满感情。如写到怎么吃鸡,那鸡又是如何之好,写到吃螃蟹,那螃蟹又是如何令人垂涎三尺,写到"慧纹"的讲究,写到穿戴、打扮、用物、排场……显然他不但怀念,而且还在炫耀。所以这里面的思想很难规范,儒、道、佛什么都有,更多的与其说是某一家某一思潮的影响,不如说是一个天才的、敏锐的、没有受过什么"思潮"与思辨的训练的活人对于世界本体的又锐利又混沌又自相矛盾、自相消解、自相激荡的感受。与其说《红楼梦》是儒家道家佛家,不如说它是"曹家""红家",所以说是原生的啊!

《红楼梦》的语言,尤其是口语,完全摆脱了文人的、书面的语言以及"说话人"的语言模式。中国古代小说不能说是发达的,因为人们是把诗词与散文看成是正宗的、雅的文学,而小说是俗文学,小说是在茶馆酒楼里的,因此小说还有一个说话人的语言。《红楼梦》的语言让人感到如闻其声,像王熙凤的那些讨好、奉承、逗贾母笑的描写。把奉承纳入比较粗鲁的取笑中,这也是一绝。在《红楼梦》中,王熙凤的地位很高,但是,如果没有贾母的疼爱,就没有王熙凤的地位,因此书中描写了许多王熙凤逗贾母乐的场面。贾母虽然地位显赫、威严,但她不能总是端着一副架子,整天听"之乎者也"她受不了,为什么她宁愿和刘姥姥在一块呢,就是因为哪怕暂时地摆脱一下贵族气,听听野一点儿、粗一点儿的话,也能得到一些调剂。就像人吃饭一样,整天鸡鸭鱼肉、山珍海味,有时来两个大萝卜"嘎巴嘎巴"嚼一下也很有味。看《红楼梦》看久了会深受其语言的影响,好像应该有另一套语言系统,自己也自然不自然地说了起来,什么"哄他玩会子""这个蠢物""这个稀罕物""红口白牙地咒他做甚"等等,这些话在耳边都活起来了。所有这些独特的创造都给中国的传统小说带来新的东西。

其次,说《红楼梦》是原生的,还在于它的本体性。就是你读了这个作品以后,可以使人了解到这个宇宙、社会、人生的本身以及它的本原和本质。阅读《红楼梦》是人与世界的直接对话,这就是《红楼梦》优于其他作品之处。从某种意义上说,世界上有三种小说(指的都是好小说,不好的小说不在其中):一种是越好越像小说,让你看完了以后会感叹:哎哟,他可真会写小说!他绝了!邪了门了!怎么把小说写得这么"小说"啊!比如欧·亨利的小说就是这样。第二种小说是又像小说又不像小说,托尔斯泰、巴尔扎克、契诃夫等的小说都是这样,遇到精彩的段落,如托尔斯泰写到宫廷贵族的一次社交、一次晚宴、一次舞会,他把每一个人的穿戴、打扮、音容、笑貌、心理、举止,一些最细微的部分,都描写得清清楚楚,让你感觉到你好像就是参加这次舞会、这次晚宴,看到了那些贵夫人的珠光宝气,感觉到了那些女人的好事、叽叽喳喳、爱传播小道消息、嫉妒……这样入木三分的描写,用语精确,滴水不漏,仿佛让你置身其中,只有真正的职业小说家才能做到这样。巴尔扎克也是这样,写到最精彩的时候,你就感觉到巴尔扎克是一把解剖刀,像外科医生那样,每个人物都正面切三刀背面切三刀,扒开一层又一层,再扒开一层。契诃夫的小说,那种契诃夫式的忧郁、契诃夫式的沉重,他所描写的旧俄生活那样的一种沉重感、压迫感,这不是小说本身。与此同时,那种契诃夫式的欲说还休,那种点到即止,那种淡淡的哀愁,都是他作为一个职业小说家的看家本领,这是他的饭碗,靠这些他才写了那么多的短篇小说。不管有多少短篇,都离不开这些。第三种小说是写到极致就忘了它是小说了(当然这些讲法都不科学),如陀思妥耶夫斯基的小说,到了某些地方就让人觉得他不是在写小说,而是在那里呼号、在发疯、心灵深处在流血,到了这一步,你就会觉得它是不是小说没有关系,好不好也没有关系,用词如何也没有关系。我们接触到的似乎已不是中介物的小说而是生活本身,接触到的是生活本身的罪恶和痛苦。我们可以考察出,曹雪芹是不是这样的一个职业小说家,也很难说他在写小说的时候有一个职业小说家的目的,比如说是为了得到稿费?为了当选作协理事?!他没有这些职业小说家的考虑,而确实是他内心的蓄积,他确实是从生活中获得的东西太多了,他要爆炸,不把它爆发出来是不行的。《红楼梦》较少那种职业小说家的本领,但不是说没有本领没有技巧,作为一个文人,他的技巧是多方面的,用字、用各种文体——虽说它是小说,但各种文体都用过了,诗、词、歌、赋、铭、诔、谜语、酒令……都用到了,但更重要的,还是它把这种独特的人生经验传达了出来。最近我看到一篇东西,其中反映出胡适很贬低《红楼梦》,他在给高阳的一封信中有这样一段话:

> 我写了几万字的考证,差不多没有说一句赞颂《红楼梦》文学价值的话。大陆上中共清算我,曾指出我只说了一句《红楼

梦》只是老老实实地描写这一个坐吃山空、树倒猢狲散的自然趋势,因为如此,所以《红楼梦》是一部自然主义的杰作。此外我从来没有说一句从文学观点赞美《红楼梦》的话。老实说来,我这一句话已过分赞美《红楼梦》了,说书中主角是赤霞宫神瑛侍者投胎的、是衔玉而生的,这样的见解如何能产生一部平淡无奇的自然主义的小说?我曾仔细评量《红楼梦》前八十回里的诗词曲子以及书中所表现思想与文学技术,我平心静气的看法是:雪芹是个有天才而没有机会得到修养训练的文人。他的家庭环境、社会环境、往来朋友、中国文学的背景等等,都没有能够给他一个可以得到文学修养训练的机会。更没有能够给他一点思考、发展的机会,在那个贫乏的思想背景里,《红楼梦》的思想见解当然不会高明到哪儿去,《红楼梦》的造诣当然也不会高明到哪儿去。

从学问上讲,我一直以为胡适是有学问的,而看了这段话后,我就感觉到,这位博士还是好好地去当他的博士吧,他对文学创作实际上完全是外行。没有得到很好的文学训练,那怎么办呢?把曹雪芹送到哈佛大学?莫斯科大学?曹雪芹不是博士,更没有留过洋,没有受过职业的文学训练,也不懂什么这主义那主义,这思潮那思潮,这意识那意识,但正是因为这样,才造就了曹雪芹的文学天才。种种的训练,对某些人来说是非常有用的,是非常好的,对另外一些比较平庸的人来说,那些训练也完全可能成为一个间隔,造就了一个人、成全了一个人也局限了一个人、"拷贝"了一个人。因为庞大的、已有的知识系统——语言系统、概念系统、审美系统等等,这些已有的东西已经把他的眼睛、鼻子、耳朵、嘴巴填得满满的了,他再也不能发现新的东西了。曹雪芹的价值就在于他恰恰不是一个从文学家沙龙、文学院或哪一个文学大师那里培训出来的。这种如胡适所说的"缺少训练",对一般人来说是一个缺陷,对曹雪芹这样的大家来说却恰恰是他的优越性——他直接从世界而不是从训练中获得知识经验和灵感。正如我国人民革命战争中涌现出来的那些元帅,并非从科班式的军事训练中产生的一样。至于胡适所说曹雪芹的见解并不高明,那也对,因为曹雪芹并不是一个思想家,不能把他作为一个思想家、哲学家、社会学家来谈,曹雪芹提供给你的,是一种本体性的东西,他要你去分析,去理解,曹雪芹能够不为当时封建社会已有的、陈腐的见解、观念所局限,这已是他的高明之处了。

《红楼梦》创造了一个世界,自成一个世界,这个世界基本上是封闭的,又是开放的。大观园、荣宁二府,外人是不能随便进来的,随便进来就没有办法保存这里面特殊的情调、特殊的人际关系以及特殊的自我感觉。如果大观园能够随便地出出进进,如果周围的穷人可以带着羊到这里面吃草,那还让林黛玉怎么葬花呀？所以它是封闭的。但它又不是全封闭的,它和外界又有各种关系,和朝廷、皇帝、王爷有各种关系,和刘姥姥、庄户头、农民也有关系,和小官、和尚、道士、尼姑也有关系,还有一些穷亲戚也有关系。这个世界本来是很小的,但它的价值就在于能够从这个小小的世界联系到大的世界。《红楼梦》一上来就写石头、大荒山、青埂峰、无稽崖,一下子就回到了世界的本初。用石头来代表那个无生命的世界,应该说还是很合适的。老子说,万物生于有,有生于无。我最近还看了一篇关于建筑学的文章,分析为什么中国缺少那些大石头的建筑,而外国动不动就是大理石、花岗岩。他分析,中国人根据阴阳五行的道理认为,以石头来做活人的居室是不合适的,中国人用石头修地下宫殿、修坟墓,因为石头是死的,不能呼吸,不能渗透,所以中国人宁可用砖、用木、用泥、用草来盖房子。石头是无生命的,代表世界最初的状况,由石头补天,剩下的一块石头变成了玉,由这块物质的宝玉变成了人的宝玉,衍化出种种的人和事。这部小说有一种努力,有一种尝试,把小说中所描写的小小的世界和我们这个莫大的宇宙连接起来。从大荒山来,到大荒山去,中间是个迷人的大观园,这就是《红楼梦》,这就是《红楼梦》的魅力和悲哀,这本身就使我们感慨无尽,思绪无穷,它的价值并不仅仅在于小说本身。当然现在也有一种理论,即小说就是小说,此外什么也不是,把小说解释成任何别的,又是教科书啦、又是动员啦、感染啦、历史啦、丰碑啦等等,都是对小说的侵犯、侵略。对这种理论我暂不置评,但至少《红楼梦》不是这样的小说。它是一个关于这样一个家族的小说,关于这样一个小世界的小说,它又是关于一个大世界的小说,因为它的情思和事理带有本体的意义。不是专门对某一事某一人的,比如宝玉和黛玉的爱情的悲剧,我们可以分析得非常具体,首先两人处境不一样,其次黛玉的价值观念不符合当时封建贵族社会的要求,在人际关系方面,公共关系上,林黛玉是不足取的。在生理健康方面,若进行婚前检查,医生恐怕不开给她证明。这些具体的情状都写得很够,非常充分,令人信服。但宝玉和黛玉的爱情的失败不仅仅是一个具体的失败,而且是具有普遍性的失败。因为作者对爱情本身,就阐述了那样一种悲哀的、宿命的、失败主义的态度。提到爱情的时候便说这是冤孽,这是风月债、情之债。黛玉爱宝玉是因为她要还泪。还泪,这是很抽象的。只有像胡适这样的人才说神瑛侍者投胎这观念太不高明了。再比如宝黛这种爱情中的爱和怨,越是相爱越是难以体会对方,越是要求对方体会自己,总是觉得对方不体会自己,老怨对方,也具有普遍性的。很多人读《红楼梦》,把它当做政治小说来读。毛主席就喜欢把《红楼梦》当做政治小说来读,爱引用《红楼梦》"大有大的难处"这句话。这是冷子兴批评贾雨村时说的:亏你还是个秀才,竟这样不通,不知道吗?大有大的难处。五十年代末、六十年代初,毛主席分析国际形势,分析美国和苏联两个超级大国所面临的种种困难时,常常引用这句话,这是曹雪芹所没有估计到的。虽然它描写的是一个具体的环境,一个小世界,但是它和大世界相联通,它有许多带有普遍性的情思和事理,所以人们都能多多少少从《红楼梦》中得到一些联想,得到一些依据,乃至得到某种利益,比如现在不少地方搞作家与企业家联姻,这在《红楼梦》中早就描写了。《红楼梦》一上来就描写冷子兴与贾雨村的关系,冷子兴是经商的,贾雨村很佩服冷子兴的本事,能挣钱;冷子兴文艺方面差一点儿,名气不够,所以爱和贾雨村这样的人交往。贾雨村人虽然庸俗,但文学修养还是不错的,写对联,懂平仄,通诗词,所以冷子兴也愿意巴结他一下,以显示自己身上也有一些文墨气。他俩的关系就是这样一种文人和企业家的关系,当然不是等同。今天的做法很可能是一种有益的尝试,可能比贾冷联系有更加全新更加充实的内容。但读《红楼梦》时这样联想一下,也很有趣。

"文化大革命"中我最爱看《红楼梦》中的一段:秦显家的夺了柳家的权。因为柳家的女儿柳五儿找工作,要为贾宝玉服务,进贾宝玉的第三产业系统,便走芳官的后门,芳官和柳五儿关系挺好,芳官给她送来玫瑰露,又引出茯苓霜。于是五儿就有了偷玫瑰露、茯苓霜的嫌疑,就把她看起来,祸延其母,把柳家的也从厨房里打发出来。二奶奶凤姐的指示比较严峻——全打发出去,柳五儿这样的,配个小子卖掉!秦显家的趁机进了厨房,一进厨房她马上查出来了柳家的账目不清,有许多的亏空,与此同时,她赶紧送礼。她一边查柳家的亏空,一边给那些为她进入厨房出了力的人送礼。到下午得到通知说查清楚了,与柳家无涉,柳家的又被请回厨房,也叫"官"复原职。秦显家的又被顶了出去,秦显家的不但没有捞到管厨房这样一个有油水的工作,而且白送了许多礼物。这很有点儿像"文革"里"一月风暴"中造反派抢图章、分汽车的味儿。我说这个的意思不是说曹雪芹预见到了二三百年后将发生的事而有所讽喻。我只是想说,这部作品本源的、本体的东西特别多,而这种东西是统一的,有它的统一性和普遍性。正因为如此,整个《红楼梦》在你接受以后,有一种比逻辑更重要的征服力,本体的征服力:就是说,你相信生活本身就是这样的,世界本身就是这样的。合乎逻辑的你相信它是真的,不合乎逻辑的你也相信它是真的。小说写到这一步应该说够可以了。《红楼梦》中有一些不合乎逻辑的东西,究竟是由于作者的败笔,还是作者另有深意呢?说不太清楚。譬如说贾府过年,过年以后正月十五。

乌进孝上了许多租子,举行许多过年的仪式。后来让凤姐讲一段故事,凤姐就讲了一个故事:有一个人家,有爷爷、有奶奶、有姥姥、有姥爷、有大姥爷、二姥爷、三姥爷、大儿子、二儿子、大儿媳妇、二儿媳妇……这不是原文,但意思是这样的。别人对凤姐说,你讲这么啰嗦干什么?凤姐接着讲她的:有孙子、重孙子、灰孙子,大家一起过年,一起吃年饭,一块行礼,一块拜年。按说底下故事应接下去,拜完年就完了。可她忽然又讲了一个别的故事,不再讲这个故事了。说有一年,过年放爆竹,爆竹如何之大,结果噗的一声爆竹就没了。别人问这爆竹受潮了吧?有人回答说不是,原来放爆竹的人是个聋子。听完这个大家又说,你刚才讲的那个故事呢?那个过年的故事。凤姐说到了第二日就是十六日,年也完了,节也完了,我看人们忙着收东西还闹不清,哪里还知道底下的事了?这一段在所有凤姐的言谈之中显得特别怪。凤姐的那套谈笑风生、巧言令色都哪去了?这样讲故事能让贾母高兴吗?是忽然忘词了,事先没有好好备课?还是另有深意?凤姐学了禅了、入了道了?还是药吃错了?这段描写显得特别怪。在同样一个场合,贾政也讲了一个故事。贾政说我讲一个怕老婆的故事,大家听了哈哈大笑,纷纷说这一定是好故事。贾政就讲开了:有一个人酒喝得太多,回家后老婆非常生气,罚他说你必须把我的脚丫子舔干净。这位一边舔着脚丫子,一边犯恶心。夫人就很生气地说,难道我脚有那么脏吗?这个人说您的脚并不脏,是我头天吃的东西不干净。这段也显得有点儿怪,但不像凤姐那段那么怪。类似的东西还有很多。在年龄上有的前后不太吻合,宝玉见黛玉是十岁?还是八岁?这些东西都能令读者不计,让你觉得它本身就是这样,没有道理就没有道理嘛,世界上没有道理的事儿多了。这样一种令人信服的力量,不是靠的小说的做法,不是靠你编得圆,不是靠你编得天衣无缝,不是靠你逻辑上、细节处理上无懈可击。相反,在逻辑上、细节处理上有懈可击的地方多了。它靠的是世界本真的力量,使你觉得这些人、这些事、这些地方就这样,没有什么可以讨论的,它就是如此。前两三年我还读到一个科学杂志上的论述,吞金的人死不了。尤二姐不是吞金了吗?但从科学、从医学临床的经验来说吞金死不了人。说吞金能把胃坠破,把肠子坠破,这是根本不可能的。但《红楼梦》还是写了,读者也信了,大家都知道尤二姐是吞金而不是吞敌敌畏死的。尤二姐、尤三姐不合逻辑的地方最多。尤二姐和贾蓉开玩笑的时候,她像个荡妇,是个厉害的呀!她一口把槟榔粒都啐到贾蓉的脸上,贾蓉这个下流的种子,把这些槟榔粒都吃了。提到凤姐的时候,尤二姐说我倒要会会她,看看她是不是三头六臂、青面獠牙。可见了凤姐,她却像耗子见了猫似的,傻呵呵地任人摆布,没有任何提防和抗争,连句牢骚都没有,这是说不通的。尤三姐私嫁柳二郎,说一声我要嫁柳湘莲,立刻就来了一个一百八十度大转弯,从一个浪荡疯丫头一下子变成了正人君子,变成了一个名门闺秀,这从性格逻辑上也很难理解。尤三姐自杀也不太合乎科学,鸳鸯雌雄剑,把一柄还给柳湘莲,用另一柄在脖子上一抹,就干干净净地死了,她没有这么好的武功!首先我不明白柳湘莲送给她的剑能是那么锋利的吗?不仅开了刃了,而且到了吹毛断玉、削铁如泥的程度,用此作为结婚的信物,那不是等于现在结婚的时候,我送你一支冲锋枪,把保险也打开,压上三十多发子弹吗?有这么送礼的吗?其次割断动脉才可能死掉,但也不是立刻就死。过去我觉得割断气管会死,不,他不死,在割开的地方冒泡。今天我们不讨论这些问题,这是法医和外科医生的事。我们是说尤三姐那样干净利落,顺势一抹,比切土豆还容易就死掉了,这不符合经验。何况柳湘莲贾琏就在近旁,柳湘莲有武功,又有实战经验,他保护薛蟠是和土匪作过战的,他们对尤三姐自杀竟毫无反应,连一个阻止不及扑救不及的字样也没有,这合乎逻辑吗?在《红楼梦》中这样不合逻辑的地方多了,这说明《红楼梦》是有懈可击的。但《红楼梦》的本事就在于它用本体的真实,代替了具体的分析。正因为具有这样一种本体性,所以《红楼梦》显得那么丰富,那么具备普遍意义,显得永远可以解释,永远可以发挥,显得那么令人信服。

　　作为一个职业小说家有他的好处,也有他的坏处。好处在于越写越熟练,越写越懂技巧。坏处在于他太职业了,什么都能写成小说,屁大点儿事都能写成小说,好像契诃夫就说过这样的话,你给我一个具体的东西我就能把它写成小说。说瓶子,好,我就写这个瓶子,说帽子我就写这个帽子。而一个非职业的小说家写小说不是靠小说家的工作的习惯,而是由于他对世界对人生有了不得不写出来的东西,怎么写都行,只要把我这点儿真情、真知、实感写出来就行了。所以中国的画论讲究由生到熟,由熟还要到生,这才画得好,由熟到生又是什么意思呢?我不知这与洋理论中的"陌生化""陌生化的效果"是否有点相通。搞创作你不能那么熟练,那么得心应手,那么玩花活。写小说如探囊取物,易如反掌,这固然有它好的地方,即熟练、精致。但这样越写它的"干货"就越少了,就像一个纯熟的演员,随时可以把真情变成表演,随时可以因表演而唤起真情,把真情注入表演,最后,表演反而成为他与旁人交流的间隔,当他激动、认真的时候旁人以为他是在演戏。而所谓又变得生起来是说你又碰到了使你困惑、使你掌握不住、使你解决不了的难题。你写的,是你从来没有写过的东西,你感觉到虽然你写的是第一百零一篇小说,但却仿佛这是你一生中第一次写小说。这时,一切职业的经验与技巧都退到一边,只剩下了真情真知真意。这时,与其说你是作家,不如说你是一个普通人。这是我们中国的古人所提倡的一种创作的境界。

　　第二个问题,《红楼梦》是一个集合体。

　　集合体的意思是说它与以线性的因果关系组成的长篇小说不同,它的结构是在一个总的命运和趋势中许多人和事的集合。首先说它是一个整体。从生活上来说是一个整体。很难找到这样的小说,几乎把生活的方方面面都写到了,从朝廷、官场到各种角落;从最高雅的到最卑俗的,从最上等的到最下流的全写到了。用个体户的语言说,他的生活一点儿没糟践,全用得上。从情思上说它是一个整体。全书有一种人生的悲剧意识,有一种社会的没落意识,还有一种宿命意识,最后又有一种超越意识。它希望超越人生的悲欢离合,爱爱仇仇,沉沉浮浮,都看得开。远看的时候,都看得开;当事的时候都看不开,吃好的就是好的,香的就是香的,辣的就是辣的,高兴就是高兴,哭就是哭。一会儿它看得开,一会儿它看不开,它是一首挽歌,有一种怀旧情绪,让你感到它是作者的一段真实的刻骨铭心的经历,用不着考证它是不是自传,作者是不是贾宝玉。《红楼梦》又像是一部忏悔录。不仅仅是对贾宝玉这样一个没出息的人的看法,而且是对这样一个贵族家庭,这样一个只知道高消费,不知道运筹谋划;只知道享受,只知道享福排场,无法制止腐烂,最终走向消亡的贵族命运的忏悔。它并不完全是善有善报、恶有恶报的道德教化课本。从整体上来看,使你感到这样一个家族的没落是必然的,而且谁也没办法。不仅上层是腐烂的,底下也是勾心斗角,没完没了。《红楼梦》又是挽歌,又是忏悔,又是回忆录,很多事感情很深,却又变得平淡了。又有怨、又有爱、又有憎,所以也就没有多少感情了,不过如此,就是这样。所以这又是一部超度书,它超度了,它好像是要超度人们的亡灵,而且超度活灵,希望人们对人生的种种悲欢离合,特别是对封建社会的升沉荣辱看得更透一点儿,看得更开一点儿,烦恼更少一点儿,这是它情思上的整体性。还有它创作方法的整体性。既是非常写实的,又是十分虚构的,甚至是十分荒诞的,这些都用在一起却仍然协调统一,"衔玉而生"这无论如何是不可能的,我不知医学家论述过没有,有没有这样的怪胎。但有这样一个玉的故事,并有大荒山、青埂峰、无稽崖作为参照系,与没有这样一个参照系,所给人的感觉是不一样的。它是直接的,又是间离的。直接是说有时它写得风雨不透,譬如说写宝玉挨打,谁什么样儿都写得风雨不透。打疼了丫鬟搀着走,王熙凤说,糊涂东西,还不去抬藤屉子春凳来,打成那个样了还能走?王熙凤就是在这种场面下也显得比别人精明。贾政说我今天非打死他不可。王夫人说,但分贾珠要活着,你打死他就打死他算了。贾珠是好儿子,但他死了。王夫人一说这个,李纨在一边大哭起来了。书中说李纨"心如槁木""形如死灰",槁木死灰之人从不说笑,也不哭,是没有感情的人,但李纨很有地位,只有李纨敢半开玩笑骂王熙凤,只有李纨敢说王熙凤和平儿你们主仆的地位应该颠倒过来。平儿为人行事、品质都那么好,你那么讨厌,喝醉酒了还敢打平儿。为什么李纨敢这么说呢?因为她在道德上占优势,她守寡就是她的最大优势,而且守寡守得那么好,不哭,守寡并不难,愉快守寡难。但在打贾宝玉的时候,王夫人一提贾珠,她也哇哇地哭起来了,受不了了。每逢读到这样的地方,就使我想起武侠小说中所说的"风雨不透",一把刀耍起来,水都泼不进去。曹雪芹的文学描写的真实性,就是达到了"风雨不透"的地步。另一方面呢,它又不断地间离。首先它用种种传说、命运,事先就告诉你这一切都是空的,最后是"白茫茫大地真干净",这本身就有间离效果。你别看宝玉和黛玉之间互相爱得不行,最后它是空的,是"心事终成虚话,一个枉自嗟呀,一个空劳牵挂",早就告诉你了。它不吊你的胃口,告诉你宝黛的爱情成不了。贾府再兴盛繁华最后也是"树倒猢狲散",这也预报给你了,因而你看到的一切兴盛都是瞬间的兴盛,你看到的一切繁华都是梦幻般的繁华,你看到的一切,都即将化为泡影,你还能沉浸其中吗?你还能与这样的真实不拉开距离吗?另外,书中的诗词歌赋也是一种间离。感情到了极点,忽然它的文体变了。晴雯死写得如此之痛苦,结果它变成了一个芙蓉诔,芙蓉诔说完了,后边一个人扑哧一笑,居然还是林黛玉,随后两人就讨论哪个字用得合适,哪个字用得不合适,这也是一种间离。作者常常强调,他的这部作品既是严肃的又是游戏的,说我这书是为了消愁解闷的,可以把此一玩。当然他倒没有说玩文学,没到这一步,但不否认它是闲书,是消愁解闷,把此一玩之书,作者虽没"玩文学",但没有少"玩文字",文字游戏不少。所以它的悲剧意识与希腊悲剧、莎士比亚的悲剧不一样,不是疯狂上再加疯狂,死人上再加死人,冤枉上再加冤枉。而是悲到了一定的程度,他又看开了。文字本来是用来抒情达意立论的,但文字本身的种种性能与形式特别是诸如中国的诗词歌赋这些很讲究很精致的形式,又使之成为文人自娱娱人的一种智力游戏。又严肃沉痛又游戏,这种矛盾在书中比比皆是。在写作方法上,它也是一个整体的东西,很难说它这点上是写实的,这点写得就好;那点是荒诞的、幻化的,写得就不好;这点写得非常之严肃,就非常之好;那一点写得太不严肃、太玩文字了就不好,这都很难说,因为它是一个整体。只有一处令人反感,就是写秦钟之死。秦钟一点儿也不讨厌。个人生活主要是缺少青春期教育,最后写秦钟死完全用的是嬉皮笑脸的油腔滑调。来了判官,套上他的脖子就要走,然后秦钟说不行呀,我与宝玉还有约会。都判说宝玉可是个大人物,那你就回去一下吧,然后呜呼哀哉。不知为什么对一个并不令人反感的美少年之死用了这种油腔滑调。但总的说它是一个整体。我们说它反映的是宇宙、人生的本体、生活的本身,但它又充满了文学的技巧,它不是职业小说家的小说的技巧,但作为中国一位很有才气的文人来说,他文学的技巧、语言的技巧用尽了。谐音、双声、叠韵、谜语、对联、双关、字谜、影射、暗示,各种文字游戏,他把汉语汉字的使用推向了极致。《红楼梦》还未被世界接受的一个重要原因,就是因为它是汉字文学。各位可以试一试,若把汉字都改成了拼音文字会有什么效果。Ying Lian 这是"英莲",Bao Yu 这是"宝玉"。这样一来它双关的意义就不见了。英文的《红楼梦》中称"邢夫人"为 Lady Xing,称"王夫人"为 Lady Wang,称"贾母"为 Grandma Jia,称宝姑娘为 Miss Xue,这行吗?离了汉字就没有《红楼梦》,就很难有《红楼梦》,离了汉字《红楼梦》能保留下来的实在太少了。夸张点儿说,《红楼梦》用尽了汉语汉字的性能,不仅仅是表意,还包括字形、字音、平上去入、同音、对仗、同声、同韵,把这些都用尽了。

我们说《红楼梦》是一个集合体,首先表现为它是一个整体,其次它又是可以分解的,你随便翻到一页,从哪儿看都行,你可以联系着前后文看,你也可以单独看这一段,没关系。葬花就是葬花,悲秋就是悲秋,探晴雯就是探晴雯,补裘就是补裘,撕扇子就是撕扇子,挨打就是挨打,抄家就是抄家,抄检大观园就是抄检大观园,单独看完全可以。就像大观园,它本身是一个整体,但它又分成许多小院,切掉一个对总体没有大影响,照样可以存在。没有红楼二尤并不影响《红楼梦》的故事,没有探春远嫁也行,它能切。长篇小说很少有这样的,只有黄金有这种性能,又能集合,又能切割,集合切割都有价值。这种可切割可分散的作品,它要求有硬功夫,它不仅仅靠情节的因果链来吸引你,而是靠它的每一字、每一句、每一段对话、每一段描写来吸引你,拿出任何一句话来都有吸引力,就好像黄金,掉下渣来也值钱。例如很有趣的一回叫做"龄官划蔷痴及局外"。贾宝玉穷极无聊,看到龄官在那写"蔷"字,开始太阳照着,蝉声不止,忽然一阵雨,淋湿了,他就说龄官,小心点儿,身子淋湿了!龄官一回头,看贾宝玉那么漂亮,以为他是个女孩呢,你说我淋湿了,难道姐姐有遮雨的吗?宝玉这才发现自己也已经淋湿了。这段像一个短篇,从头到尾,挺合适的一个短篇,而且这是新小说,不是旧小说,不是"三言二拍"里的短篇。我不是说曹雪芹早已懂得洋小说、洋文学,而是说文学本身有它的统一性。鲁迅先生说:"我有一言应记取,文章得失不由天。"这句话是很对的。但另一方面,"文章本天成,妙手偶得之",也是对的,天不是指上帝,而是指自然,指宇宙的本体,也指生活,也就是毛主席讲的源与流的关系。源比流更强,有了源以后怎么解释都能讲得通,一部《红楼梦》这样的杰作,使读者得到的不仅是人事的经营,是一个作家的竭尽所能,而且得到了"天"——宇宙本体的启示,甚至使你感到这部书的内容与形式,走向与命运出自"天意",出自作家主观世界之外的更本体的力量与启示。这些独立、半独立的人和事之间当然有因果关系,有情节的关系。宝玉爱黛玉,黛玉也爱宝玉,但他们越来越不符合这个封建家庭的需要,不符合家庭的意愿,所以最后他们的爱情失败了,这是很明显的因果关系。但它不单纯是因果关系,他们之间还有一些非常奇妙的关系。例如宝玉一见黛玉无玉便摔玉砸玉,就不能用因果关系来说明。无玉的女孩子多了,无玉的亲戚多了,宝玉见她们都不摔玉,唯独一见黛玉就发狂,这不是因果关系,不是逻辑关系,而是超因果超逻辑的感应。值得一提的是,在这些人和事当中有一种是映比关系,互相映照,互相映射,互相比较。中国的传统哲学中就有朴素的辩证法,曹雪芹深受这个影响,什么他都捉对儿。写一宝玉不够,再来一个金锁,是癞头和尚的;有金锁不够,史湘云还有一个金麒麟;有金麒麟不够,张道士还有一个更大的金麒麟,互相映比。薛宝钗和林黛玉形成一个非常鲜明的映比关系,两人都漂亮,从外形到内心,都形成映比,林黛玉瘦,薛宝钗胖;林黛玉香,薛宝钗也香,薛宝钗用的是药丸子的香,那时没有巴黎香水;林黛玉心胸狭窄,薛宝钗宰相肚子能撑船。薛宝钗不仅与林黛玉映比成对儿,与其兄薛蟠映比得就更厉害。呆霸王是如此之呆、如此之粗,而宝钗是这么珠圆玉润。这一映比还不够,又引出一个薛蝌来,薛蝌文质彬彬,薛蟠老大憨粗。还引出一个宝琴来。晴雯和袭人当然是明显的映比,光有她们对比还不够,后来又出来一个芳官,芳官身上有演员的特点,所以她又叫芳官,又叫耶律雄奴。还给她起了一个"福朗思牙"的法国名字"玻璃",她一个人有三个名字,一个人顶三个人在那使,这也是人对人的局限性的假想的突破。说明她非常受宝玉的宠爱,宝玉一会儿觉得她是女的,一会觉得她是男的,耶律雄奴这是男名;一会觉得她是汉人,一会觉得她是胡人;一会又觉得她是法国人了,贾宝玉和一个他假想中的法国姑娘生活在一块,这不是很有意思吗?贾母和刘姥姥也是一个映比。刘姥姥说,有的人生下来就是享福的,有的人生下来就是受罪的,要是咱们都享福,那谁来侍候您呢?刘姥姥说得多深刻而客观上又是多么讽刺呀!对贾母的奉承话,今天看来,可真够刺激的呀。迎春、探春、惜春这三个人的映比更有趣。元春作者不敢放开了写,因为元春是贵妃,对元春就像对贾政一样不敢放开了写,需要把他们高高抬起、高高架起。但迎春、探春、惜春的对比,简直让你没办法极言其妙。二尤的对比也十分有趣。《红楼梦》中的许多事件也是互相呼应,这次联诗与那次联诗,这次过生日与那次过生日,伤春和悲秋,这次喝酒与那次喝酒,自己的抄家,就是抄检大观园与锦衣府的抄家,这些事件也都不断地形成映比。单独看一件事就已经很吸引你了,又和另外一件事做比较,尽管它们之间没有直接关系,只是一种映比关系,你就更感到其味无穷,其意无穷。所以自古以来对《红楼梦》有种种的说法,有影子说,晴雯是林黛玉的影子,袭人是薛宝钗的影子。有的映比写得并不十分成功,比如说贾宝玉与甄宝玉。甄宝玉这个人物没有出来,但作者写甄宝玉这样一个用心仍然让人十分感动,甄宝玉就是另一个贾宝玉,贾宝玉梦见甄宝玉了,这是因为他对着镜子睡觉。一个人在镜子里看到自己,如果在镜子不很发达的地方,他应该是很激动的,因为一个人是看不见自己的,但他在镜子里看到自己了。镜子里的像,用物理学的话来说,它是一个虚像,所以一个是贾宝玉,一个是甄宝玉。科学不太发达的时候,人对自己的形象带有一种神秘感,甚至有一种恐惧感。所以在《清宫秘史》里,光绪爱照相,而珍妃、瑾妃就不敢照,以为照一次相就把人的魂儿夺去一次,要不怎么会显出我自己的相片来呢?照相照得多了,魂儿就没了,都印到照片上去了。在别的短篇小说中简单的映比是有的,但像《红楼梦》这样多层次、多方面的映比是没有的。其次,与因果链条式的情节发展不一样的地方是它的征兆关系,因为它是用宿命的观点来对待生活事件的。这一件事是另一件事的征兆,这次喝酒是那次喝酒萧条的征兆,谜语也是征兆,作诗也是征兆,一句玩笑也是征兆,叫做谶语。这里面的宿命和征兆在今天的读者看来,与其当做一种谜语,不如说是事后过来人的一种主观的感受。比如说一个人已经老了,七十岁了,他回忆他二十岁、三十岁时的事儿,他觉得这一切都是命定的,因为他已经没有能力改变他二十岁、三十岁时的事,而且他忽然感觉到这里面是有征兆的。比如说有一个人,他儿子被车撞死了,事后他回忆起来,他忽然想起儿子八岁时做过的一个游戏,在游戏中儿子躺在地上说死了、死了!如果儿子不被汽车撞死,他不会回忆这个场面,儿子被撞死了,他就觉得那是一个征兆。它不是真正的原因,不是谜语,不是世界观有问题,也不是不相信科学,只是感情上觉得是个征兆。征兆不是一种科学的认识,但也不一定都是骗人的迷信。它有两种:一种符号的征兆,如玉、锁、麒麟、谜语、诗等;还有一种是生活本身的征兆,一段生活是生活的本身,同时又是下面一段生活的征兆,这样也就使《红楼梦》变成了一个集合体,又是整体又是分散的。通过这种映比和征兆,当然不仅仅是映比和征兆,把散散漫漫的各部分连接起来,这样的结构,个中种种关系,使这种写日常生活的、没有强烈的悬念的作品居然强烈地吸引了你,非常富有内聚力,能凝结成一块。再者,《红楼梦》还表现出观念和文体上的集合。总体来说它是一部长篇小说,实际上它把中国固有的各种文体都用遍了,有尺牍、有符咒、有酒令、有谜语、有诗词歌赋诔,八股文都有,尽管是高鹗续作的。诗中有古体,有绝句,有联句,有律诗。从文体上看,它也是集合的。所以说这样一部作品确实是一部奇书。

最后,我想谈一下"红学"的文学启示。红学中许多不是进行文学研究的,特别是其中两大派:一派是考证派,考证版本,考证曹雪芹的家世;一派是索隐派。对这两派学者我都抱有深深的敬意,我完全无意对他们的劳作有任何的嘲讽或者不敬,我是搞创作的,兴趣既不在考证也不在索隐,我也干不了那个活儿,反过来说,那些考证和索隐在文学上对我们有什么启发呢?这很值得讨论。

第一,后四十回不是曹雪芹作的,这是红学家的一大贡献,其论证用了大量的材料,尽管也有不同的意见,但总的来说有大量的史料能证明曹雪芹没有写完这一百二十回,或者是后四十回遗失了。我对这个事有完全不同的评估,我不是说它是不是高鹗写的,我对此毫无研究。我认为文学本身的规律注定了《红楼梦》是写不完的。看完前八十回,作为一个写小说的,我已经断定这部书写不完。它放得太开了,信息量太大了,它无法收,怎么收呀?作者为什么不断地通过谜语呀,诗词呀,搞一些谶语,让人们知道这些人物此后的命运呢?这一是让读者知道,他有一种超越感,有一种间离感。其次也是作者在提醒自己,在为自己竖指路标,因为他写的人物太多了,生活太丰富、太本真了,就像"上帝"一样,他创造了一个世界,他预言了这个世界的结局,却未必有经验有时间有能力来结束这个世界。看到五六十回以后,你便可以认定,他摊子铺得太大了,而把这些人物引向每一个人的结束是不可能的。因为这个小说联系了宇宙和人类的本体,就像人类,我们今天只知道它的开端,而不知道,至少现在还不知道它的结束一样。这个小说能开始,能发展,它不能结束。怎么结束?说高鹗写得不符合曹雪芹的原意,我们按曹雪芹的原意来写,电视剧《红楼梦》就改变了后四十回,看着更恶心。这样丰富的人物,这样丰富的世界,怎么结束啊?开始是可以的,从石头缝开始,从大荒山开始,结束再回到大荒山?这是毫无疑问的,但它回不去了!曹雪芹那个时候还没有回到大荒山呢,封建社会的解体和灭亡是曹雪芹很久以后的事,所以它结束不了。《红楼梦》结束不了,《红楼梦》的伟大注定了它是不可结束不可收拢的。《红楼梦》具有一种无穷性、不可结束性,这是我得到的启发。符合不符合史实,我不知道。

  第二,我认为它结束比不结束差,不结束最好。可以设想一下,若是哪一位研究红学的人从石头里或地窖里查出曹雪芹的一部原稿来,后四十回一字不差,绝对曹雪芹的原稿。惨了!把《红楼梦》的魅力一下去了一半!《红楼梦》的魅力和人类的魅力、地球的魅力、太阳和月亮的魅力以及银河系的魅力一样,有开始,有发展,尚无结束,和我们每个人生命的魅力一样,有出生,有长大,尚不知结束。要是每个人都知道自己哪一天结束、怎么结束,那这一辈子还有什么意思?这也是一种本体的魅力,有开始,有发展,有从无到有,道生一,一生二,二生三,三生万物,但怎样接着往回返呢——万物变成三,三变成二,二变成一,最后什么都没了。你还没到那步呢!无结束形成了《红楼梦》特殊的魅力,人人为之关注,人人为之揣摩、思索、夜不能寐,这是多大的魅力!反正我认为小说家要是从八十回后继续往下写,实在是太难了。还有一种可能,就是接着写,把这八十回破坏了。可以肯定,就是曹雪芹自己写,它也不如这前八十回,况高鹗乎?

再谈谈《红楼梦》的索隐学派,古今中外没有一部小说能引起这么大的索隐兴趣。这也绝了。如说宝玉是写顺治皇帝;《红楼梦》是反满的;贾宝玉,"宝玉"就是玉玺,"贾宝玉"就是假玺,指它是不合法的,满清占领中原是不合法的;贾宝玉爱啃人家的胭脂,弄得嘴上、脸上一块红一块红的,这就是玉玺经常要盖上的印油,就是印泥呀;史湘云咬舌头把宝玉叫"爱哥哥",说明贾宝玉姓爱,什么爱?爱新觉罗的爱,这有点儿像相声,但这是人家严肃的学者考证出来的。林黛玉笑话史湘云咬舌,总是说"爱哥哥,爱哥哥的"。史湘云反唇相讥说你笑话我,你将来要嫁一个林姐夫,也是咬舌子,整天跟你"幺、爱、三,一二三"的去。学者说,"一二三"是什么意思?就是"无四",古音就是"胡死",就是希望胡人死掉;英莲即香菱影射的是陈圆圆,薛蟠影射的是吴三桂。这些学者还挺有意思,说让那些洋八股们整天去分析人物啊、典型啊去吧,让他们说我们是牵强附会去吧,难得的是我们中国文人的这份闲心,我们在索隐中其乐无穷。我不敢再多看了,再多看你还真不敢信,不过你觉得他的分析还真有意思,绝了!他怎么能挖空心思,索出这么一套来呢?听说贵州有一位研究《红楼梦》十九年的人,他认为《红楼梦》是一部人类学的著作,从洪荒时代到人类的发生,又经过了若干时期。他认为其中有人类学的思想,他本人也搞了几十万字的论著,说《红楼梦》是用暗语写人类学的著作。有人解释尤二姐吞金,说尤二姐、尤三姐是蒙古人,"吞金"是把金朝给灭了,所以"尤二姐吞金"是指蒙古灭了金。我们自己可以不去搞索隐,或者不尽信索隐,甚至干脆一点儿不信索隐,这个我们每个人都有选择的自由。但是我们应该研究一下,《红楼梦》为什么能引起这样的索隐癖?或者说《红楼梦》作为一部小说,为什么具有这样丰富深奥的"可索隐性"?同样的索隐癖好者,为什么不去索别的同样很有名气的书呢?我们需要分析的是,《红楼梦》究竟具备一些什么特点,能引起如此的索隐兴趣与索隐可能?为什么别的书就不行?其原因之一是它把汉语汉字用绝了,而汉语汉字里边的内涵太丰富了,除了词典、字典上解释的那个意思以外,它还有其他的意思,微妙的意思。你不能光听它的语言,还必须看那些字,你才能索隐呢。事实上曹雪芹就是在文字里布置了谜语,布置了一座又一座的迷宫。金陵十二钗的那些曲子就是带有预言性质的,就是一些暗语。"一从二令三人木""凡鸟偏从末世来","凡鸟"就是"凤"嘛。元春、迎春、探春、惜春连起来就是"原(元)应(迎)叹(探)惜(惜)"。英莲是说"应怜",应该可怜她。这些解释我基本上是信的。有的说得太邪了,我难信。薛宝钗编谜语偏偏编了一个竹夫人,预兆了她的守寡的命运,这也是作者有意的安排。《红楼梦》的文字技巧太精湛了,我们大概不能说作者在玩文学,因为它充满了真实的血泪和悲欢;若是说他玩文字,他确是玩了。其中的文字技巧、文字游戏、文字暗示、文字的含蓄、欲说还休、半掩门户这样的东西太多了,这是事实。汉字本来是用来记录语言,是为了表意的。但汉字太精致太齐整了,它不但有读音而且有形状,很容易用来有所隐蔽,有所指射,有所映比,有所讽喻,而《红楼梦》的作者绝非不精于此道。所以,看《红楼梦》有时使我感觉到汉字我们都不会用了,汉语不会用了。其次,《红楼梦》中的生活太丰富了,信息量太大了。外国有许多名著,篇幅超过《红楼梦》,比如《战争与和平》,它靠的是那种精雕细刻的描写。巴尔扎克要写一间房子的布置,他可以写七页或八页,托尔斯泰写一个人的肖像、服装、表情、内心,他也可以十页十几页地写下去。《红楼梦》没有这么细。那么多的生活事件,那么多的说话,其中有些话是有用的话,有些话表面上看是无用的话,如逗笑的话、挖苦的话、打趣儿的话、互相刺激的暗讽,十分之多。而这些材料包含着可以组合、可以排列、可以解释的几乎是无限的可能性。吃螃蟹,除了吃螃蟹以外是不是还有别的含义呀? 赏花,除了赏花以外是不是还有别的含义呀? 你解释不完。再次,索隐学派之所以盛行,就是因为它没有结束,找不到曹雪芹后四十回的原稿,还因为它的情节之间缺少那种十分牢固的因果的链条,这一段可以写,也可以不写,没有刘姥姥,照样可以写成《红楼梦》。索隐本身可能是荒唐的,作为一种猜谜的游戏,不必禁止或给它扣很大的帽子,说它一定是穷极无聊。但《红楼梦》能提供索隐的材料,这个现象耐人寻味。它不像咱们有些人的小说,经不住几分析,当时发出来,符合某种潮流,称赞说好哇,好! 过去三个月半年或三年,这个潮流不存在了,这个小说也就没价值了。而《红楼梦》你分析不完。生活成为生活的符号,符号又成为生活的与另一套符号的符号。《红楼梦》确实是趣味无穷。

总之,《红楼梦》是一部非常杰出的长篇小说,不管洋人能不能看懂,我看洋人要能看懂《红楼梦》还得经过一个历史时期,但它在世界文学杰作中同样有它的地位。既然是长篇小说,同其他优秀的长篇小说一样,它的结构、它的人物、它的语言、它的题材的提炼都是十分出色的。第二,《红楼梦》同其他长篇小说又都不一样,作者的命运不一样,小说本身的命运不一样,小说本身的命运同小说所写的人物的命运一样吸引人。它是未完成的,但在我看这样最好。它本身又充满着汉语汉字所带来的文化的、人生的、哲理的思索和涵蕴。所以对《红楼梦》的阅读、欣赏和体会是无穷无尽的。我们既要把《红楼梦》当做长篇小说来读,又要把它当做一部与任何一部长篇小说都不一样的奇书来看。也许我们能从中对我们祖国的文化遗产、对我们民族的文学传统得到更多一些的了解、更多一些的体会。

伟大的混沌[*]

近几年我兴趣比较集中的话题是《红楼梦》。我谈的题目叫做《伟大的混沌》，从一个角度来探讨《红楼梦》的一些特色。《红楼梦》是一个老话题，甚至是人们讲烂了讲厌了的话题，但人们总觉得从它里边能够有独特的新的发现。这种现象在世界文学史、中国文学史上都是不多见的。文学史上有许多出色的著作，引起各方面的兴趣，但都没有像《红楼梦》这样一部著作一部没有完成的著作引起如此之浓厚的兴趣，成为一个探索不完的矿藏。

首先我想谈的是《红楼梦》属于什么样的文学性质。我不是红学家，红学家有一些非常专门也非常有趣的知识，如《红楼梦》的版本、作者曹雪芹的身世等等，我只是作为读者来谈。一般我们称《红楼梦》是部现实主义的著作大致是不差的。因为《红楼梦》的现实主义突破了中国小说的这里姑且称之为"古典主义"吧，尽管大家对这个名词的看法不见得一致。《红楼梦》以前的小说大体遵循着教化的模式，人有善恶邪正，事有前因后果，善有善报，恶有恶报，带有教化的模式化色彩。这在小说里常见，诗歌里不明显。这样的小说中的许多人物和事件是被提纯了的。比如说一个人性格豪爽讲义气，人物一出来就是豪爽讲义气的，不管是李逵还是张飞。《红楼梦》中的大量描写给人以纪实的感觉，使人感到曹雪芹确实是在写实，感到

---

[*] 本文是作者在新闻学院的演讲。

他确实有着实在的生活的经验,甚至带着自传的色彩。吃饭、穿衣、看病、饮酒、行令都是实在的生活。也有描写看来没有摆脱传统话本的模式,如写贾雨村与甄士隐手下的丫环娇杏,娇杏慧眼识风尘,对贾雨村一笑,贾雨村发达以后娶她为妻。还有一些描写显然有作者虚构的成分,说成写实则是不可能的。例如红楼二尤虚构成分比较多,戏剧性比较强。《红楼梦》尽管脍炙人口,但被改编成戏的并不多,改编了的也不甚成功,远不如三国戏、水浒戏、西游戏。水浒戏中大家知道的有《野猪林》《林冲夜奔》《火并王伦》;三国戏就更多了,《群英会》《借东风》《甘露寺》《火烧连营寨》,多得不得了。红楼二尤被编成了戏,它的戏剧性较强,虚构的色彩浓,有不少细节描写失真。如尤二姐吞金自尽,许多科学家认为吞金不会坠破肠胃而死而且死得那样快是不可能的,甚至于不会死。吃一块金子,如果能咽得下去,它就会排泄出来,不会死的。我们中国人有金不能吞的概念,当然金也不是食品啦,所以写了尤二姐吞金。另外尤二姐的性格也不太可能。尤二姐在宁国府的时候是很厉害也很泼辣很风骚的一个女人,贾蓉过来开玩笑,尤二姐把一口槟榔喷吐到贾蓉的脸上,这是很不符合行为规范的。当别人讲到王熙凤如何厉害的时候,她说,我倒要会会她,看她是不是三头六臂。这说明尤二姐有一定的社会经验,对王熙凤并不怵,话里含有一种搏杀意识,有一股与人奋斗其乐无穷的劲头。但后来见到王熙凤呢,变成一个面团了,人家说什么就是什么,连哼一声都不敢,这变化是戏剧性的。尤三姐的戏剧性就更强,原是一个浪荡的疯丫头,她和贾琏、贾珍一起吃饭的时候把他们搞得那么狼狈,贾琏贾珍就是不要脸嘛,厚颜。可在某种意义上说尤三姐脸皮比他们还厚,把他们俩给"涮"了。然后尤三姐要嫁给柳湘莲,一瞬之间变成了《女儿经》所要求的那样一个淑女,不苟言笑,行不摇裙笑不露齿,各个方面都达到了最高标准,这不符合人物的实际。尤其是她的自杀,柳湘莲把鸳鸯雌雄剑赠给她作为定情之物,后来柳湘莲悔婚退婚,尤三姐一激动,说我把剑给你,顺势往脖子上一抹,立即倒地,死了。让人看了觉得不太可能,因为自杀也是不容易的。"文革"中有人割断了气管自杀,原先我以为人割断气管会死,其实人死不了,而是在脖子上冒泡儿,三天都不会死。医生有时为了抢救病人还要通过割断气管直接往里输氧。割断动脉人才会死,人的动脉在什么地方?如果没有学过解剖学的话,一刀拉下去,手再一软,人不会立刻就能死,一小时之内死不了。柳湘莲很有武功,他援助薛蟠大战土匪获胜。尤三姐自杀时,湘莲、贾琏两个男性在旁边,他们看着竟连个鱼跃扑救的动作都没有,描写死前挣扎的话一句也没有,宰一只鸡也不能这么容易。再说柳湘莲把剑作为结婚的礼物送给尤三姐,磨得那样锋利,不是作为装饰性的如练武的太极剑那样,而是到了吹毛断玉削铁如泥的程度,这不可思议。这好比我们的一位战斗英雄把盒子枪送给了未婚妻,而且把十二发子弹压进去,再把保险打开,怎么可能呢?但这些都没有关系,作为小说来说是允许的,任何作家都不能对他的每一点描写统统体验一番,曹雪芹不能为写尤二姐吞金自尽而自己吞块金子试试,他也不敢。这是第二类描写。第三类更重要的是曹雪芹在整个比较客观的描写当中又有一些充满主观色彩的描写。这种充满主观色彩的描写套用现在的说法就是比较浪漫的描写。作者通过贾宝玉表达了对女孩子比较美好的感情,对年轻的女孩子都流露一种特别的爱怜,哪怕被他爱怜的这个人在道德上有许多可指摘之处,也让你觉得她不丑恶。比如说秦可卿,以封建道德的观念她是非常邪恶的,小说运用曲笔如太真呀飞燕呀暗示了这一点。通过王熙凤、贾宝玉、尤氏等人口把秦可卿写得如花似玉,多么善良。这显然不是一个生活的实录,而是高于生活的实在的。又如小说写了王熙凤的残酷阴险毒辣,但她给读者留下的印象也不完全是反面的。她聪明、美丽、明快、办事能力极强。如果王熙凤要在一个好的环境下,她的组织能力领导能力行政能力都会十分出色。她善解人意,有些话粗但有分寸。话粗才能使贾母高兴啊。

作者对众多的女孩子的描写是把她们作为青春的载体、美的载体来写的,从而表达了作者对生活的肯定、对青春的肯定、对美的肯定。对整个大观园环境的描写也充满了一种向往美化留恋的情绪,带有一种理想化的色彩。我们不能说中国的园林中造不出这样一座大观园,但这样一座理想化了的园林,特别是在园林中住的除贾宝玉外是一群十分可爱的女孩子,使它变成了一个理想国。这是相当浪漫的。这种情绪还表现在对宝玉与黛玉的爱情描写上,对女孩子们的聪明才智的描写上。贾宝玉其实是很聪明的,在大观园快落成的时候贾政带着一些清客,把宝玉也找了来,用现在的话说就是给大观园的各个风景点命名,贾宝玉表现十分聪明,言谈话语挥洒自如。那些清客固然是要拍贾政的马屁,同时也确实是对贾宝玉才思的敏捷感到佩服。但贾宝玉和黛玉、宝钗,甚至和宝琴在一起的时候,他的才情却又往下降了一节,档次低了。要评职称的话贾宝玉算一级,而林黛玉是特级。这样写作者是很有意味的,不但肯定了她们的青春她们的美丽,而且特别肯定了她们的才华。这才华多少有点儿超常,我们无法用现代人的智力去衡量她们,现代人要学的东西很多,数学、物理、化学、英语,还要读报等等,不能像过去的女孩子那样专心读诗文。以她们开始作诗文的年龄看,林黛玉不过八九岁,薛宝钗十一岁,她们的诗文写得那么好!从这里可以看出浪漫主义,积极的浪漫主义,对人的青春、美貌、智慧、才华、善良的肯定,赞美人的灵秀。另外它也有消极浪漫主义的一面,写了好景不长青春难驻,一切皆出无奈。对那些非常讲究非常排场一般人不能体验的大户之家的生活,曹雪芹是以炫耀的笔调来写的,工艺品纺织品如何之精美,以致一盘茄子是怎么做出来的都详详细细地告诉刘姥姥,其实据烹饪专家讲如法炮制出的茄子并不好吃。《红楼梦》毕竟不是食谱,雪芹有炫耀之意。以上这些描写都充满了作者主观的色彩、感情的色彩、浪漫的色彩。此外可以说是第四种笔墨则还有一些完全是幻化的东西,最主要的就是石头。一上来就讲书的来历、宝玉的来历。这个故事实在是太绝了,亦庄亦谐,亦喜亦悲。女娲炼石剩了一块,怎么剩下来的又说不清楚,但注定要剩一块。剩下来是因为这块石头有缺点?还是命该轮到它了?这块石头通了灵气,静极思动要下凡,且是从大荒山青埂峰无稽崖而来,没有线索可以追寻。使你觉得这个故事又荒唐又可笑又可悲。这块石头原来的任务是补天,还是很有伟大使命的,但又被丢剩下来不可能去补天了,使你觉得有点儿悲哀,有点儿中国知识分子自古以来常有的那种怀才不遇、怨嗟自己的命不好的情绪。自嗟自叹之余它还要下凡,还要经历一番温柔富贵之乡豪华的生活,爱情的生活。此外还有一个还泪的故事,神瑛侍者给绛珠仙草浇水,因此绛珠仙草下凡以后要成为他的情人,把一生的眼泪都还给他,使你同样觉得荒唐可笑,又十分感人、悲哀,"说到辛酸处,荒唐愈可悲",愈荒唐愈可悲。尽管这样的一些篇幅在书中并不多,但有与没有是不一样的,引起的遐想是不一样的。当然百分之百的现实主义也能引起人的遐想,但总不会像现在的效果这样,除了一个真实的人间的喜怒哀乐悲欢离合的世界以外,让人感到还有一个缥缈的世界,还有一个非常虚空非常荒唐、非人力所能够把握的世界。老子讲万物生于有,有生于无。这些故事都是从大荒山青埂峰无稽崖那个虚空的世界产生出来的,最后又回到那儿去,这里确实包含着一些作者对人生的探索。当然可以说这是消沉的灰色的不可取的,但是这也得慢慢分析,不好笼统地说。中国的老庄思想主张虚无,但它包含了一面就是叫人们不要去做没有用的事情。在写法上既有写实的现实主义又有虚构的小说家言,既有积极的浪漫主义又有消极的浪漫主义色彩,还有纯然的虚幻,表达了作者的遐思,也引起了读者的感慨。在作品的调子上它是一个悲剧,作者写得很认真。若是看"脂批"的话,那就更厉害,说写到这儿大哭一场,写到这儿又大哭一场,还说曹雪芹写了多少多少年,一边写一边哭,最后泪尽而逝。曹雪芹也成林黛玉了。但显然它有游戏笔墨,而且作者还十分强调游戏的笔墨,说所写的故事是供人们茶余饭后消愁解闷用的。有些非常严肃非常沉重的事到了他的笔下变得不那么沉重了。比如秦钟之死吧,有点儿莫名其妙,死因是身体虚弱?还是不讲卫生?写他死的时候两个小鬼带他的魂儿走,他和两个小鬼讲价钱,后来提到了贾宝玉的名字,两个小鬼吓坏了,最后还是死了。又如晴雯之死,本是非常惨痛的事,令人肝肠寸断,所以贾宝玉写了芙蓉诔来祭祀悼念。晴雯死后变成了花神,专管芙蓉,这是一个小丫头信口胡言,而贾宝玉信以为真。这段描写都是建筑在小丫头的信口胡言上。正在宝玉念叨着祭祀的时候,后边出来一个人,长得和晴雯一样,原来是黛玉,然后就跟她讨论哪个字写得不好,用哪个字更好一些。贾宝玉显得有些不好意思,说自己的诔文写得不好,姑娘见笑了。接着两人切磋起文字来。把令人肝肠寸断饱含着愤怒和悲哀的事化解成了宝玉黛玉之间有说有笑的关于文字的切磋。这样的情况在书中还很多,很严肃的事到头来变成了一场戏一个玩笑,甚至于人死也变成一个玩笑。金钏跳井自杀是很残酷很可怕的,宝玉想通过对金钏的妹妹玉钏的好感来弥补自己的内疚,因为金钏的死是由于他和金钏开玩笑,金钏挨了王夫人的耳光而发生的。写到宝玉逗着玉钏去吃莲子羹的时候,我们看到的是一个小男孩和一个小女孩在逗着玩,是一对小男女之间的恬恬淡淡嬉嬉笑笑活泼可爱的模样。要是遇到比较认真的读者,看惯了希腊悲剧再看这样的描写甚至会产生反感。这样一部非常严肃非常沉重的悲剧性的书又常常流露出游戏的色彩,然而我们不能说这些游戏的笔墨削弱了这部书的悲剧性。这好比我们看一个人,如果这个人从早到晚一直在哭的话,这固然是悲剧性的人物;如果我们接触的这个人哭哭笑笑,一会儿哭一会儿笑,一会儿悲伤欲绝,一会儿又满不在乎,这也十分不幸。这样看来这部书就呈现出一种我所说的伟大的混沌状态,是现实主义又不是现实主义,是浪漫主义又不是浪漫主义,是幻化的又不是幻化的,是正剧又不是正剧,是游戏又不是游戏,什么成分都有。曹雪芹那个时候文艺理论并不发达,他也不知道现在的这么多名词儿,这主义那主义,现实主义、现代主义、表现主义、象征主义、达达主义、新潮派、新小说派,他没有受到这些分类学的分割,只是把他自己对人生、对世界的感受浑然一体地表现出来,想怎么写就怎么写,想怎么表现就怎么表现,这恰恰是作者的优越处。胡适是贬低《红楼梦》的,他说曹雪芹没有受过什么训练。这我就不明白了,要受什么样的训练呢?是送到苏联高尔基文学院去受什么训练?是送到美国康奈尔大学去做胡适的同学,写博士论文?还是送到东北旺新闻学院来学新闻?学完了以后,他还能写出《红楼梦》来吗?他没有受过训练,没有被已有的文化的信号把他的眼睛、耳朵、鼻子、心灵全都填得实实的,恰恰是他的一个优点。当然,这是一个特例,不是说没有受过训练的人都可以当曹雪芹。没有受过训练的人也可以变成白痴。对于我们一般人来说,还是受点儿训练好,上点儿学也还是好,学学认字呀,学学数学,学学外语,学学新闻导论,当然还是好的。这是我们从《红楼梦》的文学特征上来看的。

其次,我们从《红楼梦》的题材来看,这本来是不应该成为问题的。《红楼梦》写了贾府,写了宝玉、黛玉、宝钗的三角关系,写了贾府主主奴奴的许多人物事件,但对它的解释仍然是很不相同的。比如说毛主席就十分强调《红楼梦》是一部政治小说,一部阶级斗争的小说,前四回就出了多少条人命,小沙弥讲护官符,讲贾史王薛四大家族,也巧,我们讲国民党有蒋宋孔陈四大家族,正好也是四个。冷子兴讲贾府大有大的难处,也是有重要内容的政治论断,六十年代我听中央领导同志作报告,引用这话说美苏两个超级大国"大有大的难处",它们越大越是背的包袱多,内部矛盾也就越大。"东风压倒西风"这句话最早也是林黛玉讲的,薛蟠娶了老婆夏金桂以后两人经常吵架,把香菱也裹在里边,一直吵到薛姨妈、薛宝钗那里,林黛玉听了以后居然对家庭生活发表了这样一种非常入世的、非常煞风景的总结。这不大像是林黛玉讲的,林黛玉本是一个只知作诗谈情的。然而书上确实是这样写的,说大凡家庭之事不是东风压倒西风就是西风压倒东风,意思似乎是不是"气管炎(妻管严)"就是"大男子主义"。后来解放以后这些话都被赋予了非常重要的政治内容。"文革"初期我在新疆,我们新疆文艺界的一位老领导喜欢读古书,他因说了"东风压倒西风"是林黛玉说的而被斗得一塌糊涂,说他贬低毛泽东思想。其实这没什么贬低的,只说明毛主席读《红楼梦》独具慧眼,能赋予它丰富的政治内容。毛主席讲《红楼梦》是写贾史王薛四大家族的兴衰史,虽然四大家族看不太全(重点写贾家),"兴"也看不太全(兴应写荣国公、宁国公的事,《红楼梦》中有"兴"的印象的只有焦大一人),主要写的是"衰"。贾母自称是老废物,吃口子、玩会子罢了。贾政很认真很正派,但贾政玩不转,没有一件事他能管得了。贾珍、贾琏、贾蓉就是一批偷鸡摸狗、腐化堕落分子。管事的就是王熙凤,确实有能力管事,但她以权谋私,搞私房钱,草菅人命,弄权铁槛寺,玩权弄权,又很狭隘,报复心强。贾宝玉对家庭也没有责任感,也不管事,也是吃喝玩乐而已。连林黛玉都看出来了,或许是女人心细吧,她说我们要这样过下去,寅吃卯粮,入不敷出,早晚有一天这个大户之家就运转不了了。宝玉怎么回答呢?管它呢!不管什么时候没有别人的,也得有咱们俩的。他认为饭来张口、衣来伸手的生活是可以千年万年保持下去的,所以他连想都不想。贾宝玉对贾家来说其实没什么用,我们说他好是从道德的角度来说的,对女孩子比较真诚,不是玩弄式的态度,这要比贾琏他们好一点儿,但对家庭来说他没有一点儿积极作用。另外,读完《红楼梦》以后我不知道贾家是如何运转的,搞不清楚它的运作机制。比如说贾府与货币和商品的关系我就搞不明白,书中没有一处写主子们是如何去买东西的,如林黛玉要上街去买一双袜子,这绝对没有,主子们从来是不去买东西的。那么他们是不是供给制呢?不是,因为他们要搞一点儿活动是要交钱的。如搞诗社事先要商量好每人出多少钱,为薛宝钗过生日,王熙凤找贾琏商量拿多少钱。王熙凤过生日也是如此,大家出钱,不是拿来就用。这说明不是供给制,是通过货币和商品来运转的,货币的意义就是商品交换的中介嘛。贾家的财产分为官中的东西,即公共财物和私房。王熙凤有王熙凤自己的钱,贾母也一样有她自己的东西,王熙凤曾通过鸳鸯借过贾母的东西。还有一段使我不明白的是司棋带一帮人去砸厨房。司棋要吃鸡蛋羹,厨房叫苦,说鸡蛋不够用,连鸡蛋都不够用说明已十分紧张了。厨房不给做,司棋一火来了个打砸抢,带着几个小丫头到厨房噼里啪啦一砸。我无论如何也搞不明白,要鸡蛋羹吃是超标准了? 如果真是超标准了,那么司棋怎么敢带人去砸呢? 司棋也不过是一个奴才,她带人砸完以后厨房里的人怎么没人敢出声? 没有敢去告状、没人敢去汇报呢? 完全没有监察系统。要都这么砸怎么得了。司棋能砸,那宝玉屋里的丫头袭人、麝月、晴雯、秋纹要红火得多,就更可以砸了,黛玉、宝钗的丫头也都来砸那怎么得了。厨房的工作是个肥缺,这从柳家的与秦显家的争夺可以看出来。柳五儿的妈妈原来是管厨房的,柳五儿涉嫌偷玫瑰露、茯苓霜,五儿被审查,她妈妈柳家的也被从厨房里赶出来了,换了秦显家的。秦显家的一到厨房就查出来许多亏空,她一面揭露她的前任如何有经济问题,一面给管事的人送礼。刚送完礼,凤姐采纳了平儿的建议:多一事不如少一事,这点儿事不值得一提,比这种玫瑰露、茯苓霜大得多的事儿在贾府不知有多少,只不过你不了解罢了,不如大事化小,小事化了,这才是兴旺景象。凤姐宣布大赦,草草了事。柳家的又没事儿了,秦显家的猫咬猪尿泡空欢喜一场,批柳家的没有批倒,夺权一下午。这场戏的描写非常之生动,有人说社会生活中的事都能从《红楼梦》中找到它们的影子,能有所比附,当然事情不可能完全一样。"文化大革命"中看造反派夺权,常使我想到秦显家的夺权这一段,抢图章啊,分汽车啊,自己任命自己为主任、副主任啊,没两天一军管又把他们都否掉了。现在作家跟企业家要钱,搞与企业家联姻,又使我想起冷子兴与贾雨村之间的交情,冷子兴是一个皮货商,有钱,经商很有手腕,所以贾雨村很佩服,但冷子兴文墨上差一点儿。贾雨村人很庸俗,但他懂音律、懂平仄、会作诗、会作文,尽管诗也是二流的,于是他们两人就结合起来了。探春他们成立诗社,拉王熙凤参加,王熙凤说你们拉着我干什么？无非是看见我还有几个钱。这也很像现在拉赞助的办法,某文学刊物的评奖委员会主任是某工厂的厂长。我说这话不是不赞成赞助,不赞助就更穷了。《红楼梦》中的有关贾家的管理、制度、运转的程序、运作的机制我实际上没有弄清楚,但确实能看出问题来——入不敷出,无人负责,主子与主子之间、奴才与奴才之间、主子与奴才之间矛盾重重。"大有大的难处"在《红楼梦》中也能得到验证,最突出的例子是元春省亲。皇帝格外开恩,允许元春回娘家探望父母。元春回家探望父母不是以女儿的身份,而是以贵妃的身份。贾政对女儿讲话不能直呼"大丫头",而是说"臣政"如何如何,全是公文的套子。于是贾府为元春省亲修了大观园、省亲别墅,采购了大量物品,采购了文艺工作者小戏子,还采购了小尼姑妙玉,搞得轰轰烈烈,使经济上已经十分亏空的贾家又承担了一次它无法承担的任务。连元春也说他们搞得太奢侈、太靡费了,下不为例。平心而论,这是一个矛盾,元春身上体现着君恩,不这样你得罪的不是"大丫头",而是皇帝老子。只有隆重才能显出气派和威严,但财力上又确实不足,但贾氏家族到底是如何运行如何垮的我们仍然不清楚。对家道的衰微《红楼梦》只给了一些宿命的、哲学的解释,如水满则溢、月满则亏、登高跌重、万物都是盛极而衰等等。秦可卿死时给王熙凤托梦也讲这个,这等于无解释。尽管作者一再声明《红楼梦》与时事无关,与朝政无涉,但人们仍然能从中悟出一些社会历史的政治的启示。

　　《红楼梦》最吸引人的、最给人深刻印象的、最集中的是贾宝玉的爱情,这又分几个层次,首先当然是与林黛玉的关系,其次是与薛宝钗的关系,另外,宝玉还有泛爱的一面。有人提出爱情主线说:认为贯穿《红楼梦》的主线是宝玉的爱情,有人认为这种说法把《红楼梦》看低了。另有人认为《红楼梦》没有什么主线,是平淡无奇的自然主义小说,写衣食住行、喜怒哀乐等日常生活中的小事。但它毕竟不是现代的"生活流"小说,写兴衰、写爱怨、写聚散、写生死、写由喜到悲的悲剧过程,还是很有一番迹象可循的。从表面看,《红楼梦》的题材并不重大,比不上《三国演义》《水浒》。《三国演义》写三国鼎立时期的政治军事斗争,写了帝王将相诸多的大人物。《水浒》写农民起义,一直写到朝廷。《红楼梦》则局限在贾府、大观园里,重点是写一些年轻人的生活。《红楼梦》在题材上呈现出一种整体性,是一种全景式的立体的描写,尽管它写得淡,时间空间的范围不是很宽,但它写得深刻。写了好几百人,写了他们之间错综复杂的关系。包括衣食住行、内心生活、情爱、趣味、各种节目、各种礼仪、婚丧嫁娶等等。《红楼梦》从整体性上反映社会生活要丰富得多,深刻得多,复杂得多,这也造成了对它的题材认识上的众说纷纭。这也是一种混沌。

第三,《红楼梦》在思想上也是复杂混沌的。说它是一部反封建主义的小说不无道理,如书中描写了在婚姻上没有自由选择,造成了宝黛爱情的悲剧。鸳鸯、司棋、晴雯等奴婢的悲惨命运,无疑也是对封建主义的控诉。还反映出一种要求男女平等的意识,焦大酒后骂贾府的主子们"爬灰的爬灰,养小叔子的养小叔子",柳湘莲说除了门前的两个石狮子外贾府上下没有一处是干净的。他们的话几乎把作为封建社会缩影的贾家的丑闻公之于众。但我觉得与其说反封建,还不如说作者忠实于生活,把封建社会生活中的事真实艺术地概括了出来,使我们感知到这种社会制度的腐朽。若简单地把《红楼梦》说成是反封建的小说,那么会有许多地方不好解释,如贾府里奴婢们最怕的就是被赶走,被开除"奴籍",而主子们对奴婢的最大处罚也是"拉出去配小子"。她们难道不是在爱封建、保封建的吗?这也有可以理解的一面,奴婢们在这里生活至少没有衣食之虞。反封建的思想主要反映在贾宝玉身上,他不接受封建正统观念,看不起"文死谏、武死战"的信条,说文死谏等于说皇帝是昏君;武死战,人在战斗中都要死了,还能守住疆土吗?这当然有点儿诡辩,是以超极左反极左。另一方面宝玉也从不想解放奴婢,他随袭人到花家去,看到一个漂亮的女孩,就想把人家带回贾府做丫环。连袭人对此都很反感,我一人为奴还不够吗?还想让我们花家的人都成为你们的奴才?宝玉与女孩子们在一起的时候显得很纯情可爱百无禁忌,但他也有崇敬君权的一面,他见北静王时是怎样的受宠若惊啊!这是一个矛盾,他既然崇敬君权,又不能按君王的要求使自己成为封建朝廷的栋梁之才。作者写贾雨村是一个势利小人,原来千方百计削尖了脑袋往贾府里钻,拼命拉关系,后来贾府衰微,他又生怕被沾上。这些写法我们感到作者并没有摆脱儒家的一些观念,正统的观念,修齐治平的观念。《红楼梦》中还有佛禅老庄的思想,色空观念,色即是空,空即是色;一切都是虚无,"陋室空堂,当年笏满床"。我们确实很难给《红楼梦》的思想归一个类。道家的思想?佛家的思想?存在主义?阶级斗争?民主主义或民主主义的萌芽?我们很难下一个简单明确的结论。因为这部书并不着重表达一种思想、一种价值观念,它着重表达的是一种人生的经验,是一种社会生活、家庭生活、个人生活、感情生活的体验和对这样的经验和体验的种种的慨叹。具体地说,每一件事都能说得清清楚楚,晴雯是怎么死的,袭人是怎么上来的,黛玉与宝玉的爱情为什么没有成功,都能说清楚。具体地说,一个又一个的人物也还明白。贾宝玉是既可爱又没有多大出息,贾政很正统但实际上不起任何作用,王熙凤既聪明美丽又心黑手辣,这些具体的人也能说清楚。但是作者总体上是个什么态度、什么思想,说不清楚,恐怕作者自己也说不清楚。是批判贾府?批判封建社会?是封建社会的一曲挽歌?悼词?说是一种怀念大概是不错的,却又不是单纯的怀念,怀念中有一声声的叹惜,叹惜中又有一些会心的微笑。写他们一起吃鹿肉的场面,天下着大雪,一边赏雪,一边吃鹿肉喝酒,可以说是大观园诗歌节,大观园美食节,大观园雪花节。寿怡红宴群芳也充满着青春的欢乐。认为大观园里一天到晚只是哭哭啼啼、你宰我我宰你那是不可能的。但《红楼梦》里死人死得非常方便是事实,这一方面反映了当时医疗保健不发达,另一方面反映了当时对人的生命看得不重,对生命不爱护。所以从总体上来分析《红楼梦》的思想是不清楚的。

第四是结构上的混沌。它没有结尾,后四十回这桩公案一直争论至今,比较公认的一点是后四十回不是曹雪芹写的。有的说曹雪芹没有写完,有的说写完后佚散丢掉了,有的说是高鹗的续作,有的说是程伟元的续作,也有人说是高鹗在原稿基础上的续作,在美国有人通过电脑对《红楼梦》进行检索,考证后四十回与前八十回的关系。更有考证家们指出后四十回不符合作者在前八十回已经透露的发展走向,前边说"一片白茫茫大地真干净",后边却来了个"兰桂齐芳""家道复初"。前边说王熙凤"一从二令三人木","人木"即"休"字,暗示王熙凤最后的结局是被休掉,开除"妻籍",后边没有这样反映出来而是病死了。前边说探春远嫁,后边写的是远嫁后又回来了。这方面的学问我知之甚少,不做更多的列举了,总之,前八十回与后四十回比较,后四十回不如前八十回精彩这是事实。

《红楼梦》的结构一反中国古典小说的传统。古典小说重视因果关系,注重时间的顺序,事物与事物之间的关系、人与人之间的关系都能理得很清楚,是一种线性的结构。拿《水浒传》来说,一百零八好汉怎么上的梁山,每个人都有每个人的情况,都能说得很清楚,有的是陷在某一官司里,有的是受朋友的牵连,有的是受赃官豪门的迫害,最后都上了梁山。善恶报应,奖善惩恶的因果关系就更清楚。比如在《三国演义》中写一个贵族、军阀失败,必然要写清楚他失败的原因,要么刚愎自用,要么不讲政策,打击面过宽,不善于用贤人,听信谗言。写打了胜仗,因为他的指挥高人一筹,采取了敌人意想不到的军事手段,偷袭、诈降、火攻等等,我们都能讲出这一个情节与那一个情节的关系。但《红楼梦》很难说。如刘姥姥逛大观园,你讲不出许多关系,没有它《红楼梦》仍然存在,当然有与无效果是不一样的。刘姥姥是很有社会经验的一个农民老太太,她获得了一次殊荣,逛了一趟大观园，也出了一通洋相，发表了许多感受，更体现出大观园非凡的景象。一位著名学者、教授认为刘姥姥进大观园能过上一至二日豪华的生活，受到优厚的款待是不可能的，无论如何大观园是不能如此接待这样一个穷老婆子的。我个人感觉这个情节确实像虚构的，带有偶然性、戏剧性，也可从全书中独立出来而不影响全局，然而没有它也会带来一些欠缺。二尤的故事既表现了王熙凤的成功，也表现了她的失败，在处理尤氏的问题上王熙凤有点儿声嘶力竭。当年王熙凤协理宁国府的时候，一个小的动作就可以把人制服，一两句话就奏效。叫做庖丁解牛，游刃有余。而对待尤二姐她用力太过，大闹宁国府，又哭又笑又流鼻涕，揉搓尤氏，一会儿又破涕为笑，水平虽然很高，但用力过猛，显示出王熙凤的盛极而衰。在尤二姐事件之后她显然不能再与贾琏结盟。从行政权力的角度来说，她完全不必把尤二姐视为大敌，真正对王熙凤的权力看不惯从而构成威胁的是她的婆婆邢氏，王熙凤要想站住脚，必须团结好她的丈夫贾琏。《红楼梦》许多地方都可独立成章，它可以被切割，这有点儿像黄金的性质，具有可切割性。《红楼梦》的某些地方也给人以重复之感，吃完了又吃，喝完了又喝，吵完一次架又吵一次架。它的这种似松又紧，既独立又连贯的结构使它呈现出许多与其他小说不同的现象。书中许多人物作者喜欢捉对来写，不是单纯地写一个人。贾宝玉有一块玉，薛宝钗立即有一个金锁，宝玉对金锁。贾宝玉的宝玉是叼在嘴里生而有之，薛宝钗的金锁是癞头和尚送的。胡适对此很怀疑——人哪有叼着玉生出来的？看来胡适先生不太懂文学，尽管他是一个大学者大学问家。不错，若从产科学的角度分析叼着玉生出来是不可能的，含着沙子生出来的也没有。史湘云有个麒麟，张道士那儿又有个麒麟。有了薛宝钗还有薛宝琴，有了贾宝玉还有甄宝玉，甄宝玉写得并不怎么样，但它反映了作者的一种心思。宝钗与薛蟠，兄妹俩是那样的不同，宝钗是那么聪明、贤惠、含蓄，而薛蟠却粗鲁、下作，是呆霸王，但他总比贾珍、贾蓉那些人要好一点儿，人呆了容易被别人原谅,傻坏傻坏就稍微可爱一点儿了,又精又坏更令人厌恶。黛玉与宝钗是一个对照,黛玉与晴雯也是。旧红学中有影子说,晴雯是黛玉的影子,袭人是宝钗的影子。她们的性格类型大致差不多。袭人是比较讨厌的,她自己和宝玉乱七八糟,却跑到王夫人那里去汇报:要注意了!要警惕了!宝玉越来越大,整天和女孩子们混在一起很危险!比较讨厌。至于宝钗是不是像有些同志分析的那么坏,我还没有完全看出来。薛宝钗很会保护自己,不露声色,心眼很多,她是不是有意这么做的呢?现在有一种说法,薛宝钗进贾府,不可能一来就能做二奶奶,因此她就要搞公关,拉选票,取得上边的支持,一步步去达到她的目的,这从书上并没有能看出来,看不出来就更厉害!她对贾宝玉很严肃,最后她对宝二奶奶的位置稳操胜券。这样,《红楼梦》的人物之间就呈现出一种非常有趣的、也是模模糊糊的不清不楚的映比关系。这方面的例子可以举出很多,贾政和他的哥几个的关系,宝玉的几个姐妹元春、迎春、探春、惜春性格各异,泾渭分明。宝玉的几个丫头也如是,袭人、麝月、五儿、芳官也成一种映比的关系。芳官更带有孩子气,给贾宝玉过完生日之后几个人喝得酩酊大醉,她躺在宝玉的身上就睡了。芳官是演员,唱戏的,所以又给她起了一个男人的名字——耶律雄奴,还给她起了一个法国名字——金星玻璃,一身三任:芳官,女,演员;耶律雄奴,男,少数民族;金星玻璃,法国人。这也反映了女孩子们生活的寂寞,她们当中不能有个小子裹在里面,而人类生活在世界的任何地方都需要两性,不能光是男的,也不能全是女的,就由芳官充当一下男性好了,让她穿上男人的服装,穿上少数民族的服装,这从心理学上可以解释的。这是人物之间的对比。故事之间也有对比,同样吟诗,有吟海棠的诗,有吟螃蟹的诗,有吟梅花的诗。《红楼梦》的这些特点增加了它的魅力,包括后四十回的疑案不仅没有丝毫减少,而是愈发增添了它的魅力,就像大自然的魅力、生命的魅力一样,知其发生、发展,尚不知结束。甚至作者曹雪芹本人也是一个谜。

以上所说的《红楼梦》在各方面呈现出的混沌现象说明了什么？我认为这是一个伟大的小说家在他的人生经验里在他的艺术世界里的迷失。因为他的经验太丰富了，他的体会太丰富了，他写了那么多人，那么多事，他走失在自己的人生经验里，走失在自己的艺术世界里。他的艺术世界就像一个海一样，就像一个森林一样，谁走进去都要迷失。古今中外有许多伟大作家，有些作家著作要比曹雪芹多得多，比如说托尔斯泰、巴尔扎克，托尔斯泰的笔调显得非常亲切非常细致，一次舞会就可以写好几章，人物的肖像写得十分细腻，但最后事情本身总是很清楚的，没有太多的迷失感；巴尔扎克写的人物也很多，要从头到尾看一遍也是十分疲劳的，他的笔像外科医生的解剖刀一样解剖每一个人的心灵，解剖每一个人与其他人的利害关系。曹雪芹其实没有那么细腻地去写每一个人，比如说林黛玉长得什么样？也就那么几句话；他经常用四字一句的熟语套语，简练地写了许多人和事，既有实际经验也有虚构。读者阅读《红楼梦》的时候也常常有一种迷失感，迷失在它的艺术世界里。迷失以后做出的每一个判断都可能是正确的，但有些个解释又永远不能得到满足的。曹雪芹自己说他的小说大体旨在谈情，但无伤风败俗之意，也无干预时政犯忌的地方。说它是一部爱情小说，说它是生活的百科全书，说它是生活小说，说它的"色空"观念都不能说错。蔡元培先生坚信《红楼梦》是反满的，字里行间充满着反满。有这么一派，索隐考证"宝玉"就是"玉玺"，即皇权；"贾（假）宝玉"则指顺治皇帝不正统，不是正宗；宝玉喜欢舔胭脂是说玉玺按上印油；还考证薛蟠是吴三桂，香菱是陈圆圆；还考证出李自成来了，说袭人是李自成，"袭人"即穿过"龙衣的人"。这种迷失现象是其他作品所没有的，我们可以同意也可以不同意这些说法，不管是同意还是不同意，这些说法都是可以理解的。所以我们说《红楼梦》是一部伟大的书，因为它十分丰富；又是一部混沌的书，因为作者迷失在他的人生经验里，迷失在他的艺术世界里。

1991 年

《红楼梦》的研究方法[*]

中国化的一门学问

自上一次在哈尔滨召开《红楼梦》研讨会以来的十年中,中国大陆拍摄了《红楼梦》的电视剧和电影,出现了许多新版本,以及《红楼梦》的续作,《红楼梦学刊》出版发行了十七年,一直维持着相当的订数,这是一个奇迹,是中华文化的一大盛事。在普及《红楼梦》上,毛泽东功不可没,他说《红楼梦》是中国封建社会的百科全书,这也是一个很有价值的判断。他说《红楼梦》是阶级斗争史、四大家族的兴衰史,则是政治家耽于阶级斗争的一种判断,是一家之言。

红学是一门非常特殊的学问,它与我们接受新学以后引用的以拉丁语名词为本源的许多概念,比如地理学、物理学、哲学等都不一样,它是非常中国化的一门学问。不是一门严格的科学。它不完全用严格的逻辑推理的方法,如归纳或演绎,也不完全用验证的方法来研究。更多的时候采用的是一种感悟,一种趣味,一种直观、联想、推测或想象,而这些都是不那么科学的。另外,它又是非学科的,我们无法把它限制在文艺学、小说学、文体学等学科之内,它扯出什么来就是什么。第三,它不完全是《红楼梦》解读学,当然应当把《红楼梦》的解读放在核心的地位,但解读的外延太广阔

---

[*] 本文是作者在哈尔滨海峡两岸《红楼梦》研讨会的发言。

了。人人读《红楼梦》，六经注我、我注六经都行。毛泽东谈《红楼梦》的目的绝不是为了更正确地解读《红楼梦》，而是为了更正确地解读毛泽东思想。

红学是一门非现代意义上的学问，但这并不妨碍对《红楼梦》进行科学的研究，比如对它的版本和曹雪芹的家世进行考证，进行史学的研究。也可以进行社会学的研究，因为它给我们提供了丰富的社会现象。对《红楼梦》进行科学性研究有时显得很煞风景，但你必须承认即使最有创造性的东西也有它的种种模式和概念，也不妨把它归纳为规律性的模式乃至公式。这种研究也是一种角度。对这一类的研究常使人产生一种疑问：用非常现代、后现代的学术理论研究《红楼梦》会不会把我们引入迷途？我觉得不见得。没有这些理论我们可以阅读和研究《红楼梦》，有了这些理论并用它们从一个新的角度来阅读和研究《红楼梦》实在也没有什么不好。我们用《红楼梦》来验证这些主义，又反过来用这些主义验证《红楼梦》，这是一件大好事。本体先于理论，《红楼梦》反映的是人的本体，它先于一切理论而存在，也可以与一切理论相贯通。再过二百年，甚至一千年，仍然会有某种科学理论能在《红楼梦》中找到某种相通的契机。

《红楼梦》的文学研究

我主张研究《红楼梦》以文学的方法为主，文学的方法中又以现实主义的方法为主，但别的研究方法也应当保留。

一九四九年以后现实主义的研究在中国大陆取得了很大的发展和成绩，对此不应该抹杀。首先它注意到《红楼梦》所反映的社会现实，如社会矛盾、社会结构背景等方面的问题。其次是注意到小说的典型人物、典型性格。贾政、王熙凤、袭人等人是正统的角色，封建统治的角色；而贾宝玉、林黛玉、晴雯、芳官等人则是反传统的角色。这几乎成为不移之论。于是出现了人物分析两极化的模式,甚至为此不惜为贤者讳。如晴雯对地位比她更低下的丫环实在是残酷极了,她是使用了肉刑的。林黛玉对待刘姥姥的态度是根本不把她当人看的。这些都不是马列主义所能肯定的,是违反普罗文学志趣的,而我们有意无意地做了回避,以维护她们代表的革命和反叛的人物形象。这其实也是一种走火入魔,是一种极端化。

这种现实主义的研究大致是把《红楼梦》当做对生活的再现来分析的,是用"再现说"来研究的。我觉得也可以用"表现说"来研究,对于作家来说,对于写小说的人来说,"再现"与"表现"之争,很像瞎子摸象之争。不错,《红楼梦》是对生活的再现,但它同样是作家心灵的产物,是通过作家的眼光和心灵来表现生活的。用表现说来解读《红楼梦》,我觉得可以把林黛玉和薛宝钗合起来看。合起来看是什么意思?不是说她们俩是一个人,而是说她们本身体现着统一的人性的两个方面。和起来的意思就是画一个太极图——阴阳鱼,如果黑的是林黛玉,那么白的就是薛宝钗。她们代表了人性最基本的"吊诡(悖论)",人性可以是感情的、欲望的、任性的、自我的、自然的、充分的,表现为林黛玉;同时,人又是群体的、道德的、理性的、有谋略的、自我控制的,表现为薛宝钗。

一九四九年以后大陆上基本是拥黛抑钗之说占上风。从性灵的角度来说,我也非常喜欢林黛玉。林黛玉的情是一种为之可以生,为之可以死的情。而薛宝钗有她十分深沉的一面,我甚至感到她做到了大雅若俗,我不能笼统地认为薛宝钗"媚俗"。她保持了自己的清醒,有所不为,有所不言,她所达到的境界是一般人所达不到的。这样的一个矛盾是人性的基本矛盾。安娜·卡列尼娜为什么喜欢渥伦斯基,而不喜欢她的丈夫?她的丈夫也没有太大的毛病,是相当规矩的、做事按部就班的一个沙皇的大臣。她喜欢渥伦斯基,结果并没有得到幸福。在改革开放的初期,放映电影《安娜·卡列尼娜》,有人写信给电视台,认为播放这个电影是恶毒攻击我们的老干部。我们的老干部都忙于工作,而电影等于鼓励他们的妻子另觅新欢。

在钗黛问题上,共产党有一种悖论。作为革命党它应该支持林黛玉,作为执政党它应该支持薛宝钗。薛宝钗是社会和群体中一个稳定的因素。在文学的评论上大家可以歌颂林黛玉,但在我们的生活当中,如果你的女儿是林黛玉式的性格,她非倒霉不可;如果是薛宝钗式的性格,那她可以有光明的前途。对《红楼梦》进行表现主义的研究,我们就能感觉到曹雪芹塑造这两个人物的初衷,作者并没有简单化地要肯定哪一个,否定哪一个,许多对这两个人物的特殊处理也就可以理解了。

非现实主义的文学研究

我们也可以对《红楼梦》进行理想主义和浪漫主义的研究。文通中西学富五车的金克木先生说他对《红楼梦》中的一些问题无法理解。一是怎么可能有这么一个大观园、这样一个女儿国、这样一个充满了清纯和诗意的世界呢?二是像刘姥姥这样一个人怎么能这样随随便便、畅通无阻地进入大观园呢?而且刘姥姥在那里应付裕如,跟受过多年的公关、外交训练一样。尽管她采用的是粗俗的方式,而粗俗的方式有时也是很需要的。就像除了吃山珍、海鲜以外,也需要吃酸菜粉和鲇鱼炖茄子。刘姥姥一出来,就是上了一盘鲇鱼炖茄子。她带有乡土气息,不但贾母听着受用,就是读者看着也受用,如果都是才子佳人式的"精英",我们也是很难消受的。这样就使小说的许多描写带上了真假之辨,或真假之不可辨的色彩。对这样的描写恐怕很难用现实生活的逻辑去解释。曹雪芹的天才在于他写真实的时候写得太真实了,以至于他写得不太真实的时候,你都认为是真实的,而且佩服得五体投地,叫做"假作真时真亦假"。他艺术的信用和说服力实在是太强了。

对《红楼梦》还可以进行象征主义的研究,有些人已经这样做了。例如石而玉,玉而钗,钗而麒麟,一个麒麟还不够,还有第二个。包括各种器物吃食,似乎都有象征意义。我甚至觉得也不妨对《红楼梦》进行现代主义的研究,因为它的出现是对中国古典文学的一个颠覆。它是非英雄化的,是非因果报应的(虽有因果报应的成分,但主线没有因果报应)、非线性关系的、非道德教化的,甚至是非故事性的。这些特征显示着它与古典主义文学的明显差别。我说这个话的意思不是说《红楼梦》受到了现代主义的影响或《红楼梦》成为现代主义出现的一个契机。我的意思是一个大的文学天才可以在很早的时期,就在他的作品中产生对传统的突破和颠覆,而不是在现代主义成为一种理论或现代主义的文学作品成为一个流派的时候。所以我想如果从《红楼梦》突破古典、背叛古典、颠覆古典、超越古典的角度上来研究也是很有意义的事情。

一九九〇年的时候,财政部在王丙乾部长直接领导下,成立了一个班子专门研究《红楼梦》理财方面的经验和教训,还搞了一篇论文。对这篇论文褒贬不一,但这也是一种有实用意义的研究方法。

哲学的内蕴

再谈谈对《红楼梦》进行哲学的研究。这里只是点到而已,不能细说。哲学的研究也包括神学的研究。梅新林先生在他的《〈红楼梦〉哲学精神》一书中对《红楼梦》的哲学内蕴有许多有价值的论述,当然也有显得牵强之处。他用悟道、思凡、游仙——佛、儒、道这三个模式来解释《红楼梦》,就是用理念的方法、模式的方法来追逐文学,这里会对文学有某种"歪曲"。经验告诉我们,越是大学者,对自己研究对象的"歪曲"越厉害。梅先生的研究解决了我一个问题,我写过一篇文章《钗黛合一新论》,钗黛合一用现实主义的方法研究是十分荒谬的,但从作者的理念来说完全可能合一,从理念上她们之间可以取得一种互相对应、互相照射的关系。

梅新林先生写了《〈红楼梦〉哲学精神》一书,主要是以中国的哲学精神分析,我还希望能读到《〈红楼梦〉与西洋哲学精神》。当然《红楼梦》不是西洋哲学的著作,曹雪芹也不可能接触西洋哲学。但全书所揭示的存在的荒谬性,以及通过贾宝玉之口说出的对生命原本价值怀疑的那一段话,都连通着西洋哲学的精神。荒诞主义认为世界上几乎没有什么人能达到自己的目的,每个人所做的事情和他要达到的目的经常处于一种绝对错位的状态。我觉得《红楼梦》对这一点反映得好极了。特别是抄检大观园一节,抄检大观园的事件中没有胜利者,每个人做的都走向了自己的反面。海德格尔的"人诗意地生活在地上"的论点,他对文化悲剧性局限性的批判;加缪的"局外人"的命题(贾宝玉就硬是一个局外人!)以及弗洛伊德的精神分析,都会帮助我们发展与开拓红学。所以我觉得用西洋哲学的精神研究《红楼梦》也会非常有趣。

至于神学的研究,我觉得《红楼梦》一个很有意思的现象是它涉及了宇宙和生命的发生学,即宇宙和生命到底是怎么发生的?它讲到了大荒山、青埂峰、无稽崖,讲到了太虚幻境,讲到了石头的故事,讲到了神瑛侍者和绛珠仙草。用现在一个时髦的说法就是它充满了一种对人生的"终极关怀",所谓从何处来、到何处去的问题。过去我们囿于现实主义的要求,有一种说法就是承认写实的描写如何之好,如写人物、写环境、写风景、写伤春、写悲秋、写吃螃蟹、写吃饭喝酒等等;而它的遗憾之处是有一些神神鬼鬼和荒诞不稽的东西。但请设想一下如果《红楼梦》中没有太虚幻境、没有一僧一道、没有大荒山青埂峰无稽崖,还能有它今天的效果吗?真是那样的话,我们无非是看到一个贵族之家没落的故事,一个爱情失败的故事。

文学欣赏与再创造

有许多对《红楼梦》的研究是趣味性的,比如周策纵先生提交的关于曹雪芹用过的"笔山"的论文,再如研究一下给宝玉祝寿时的座次,俞平伯先生为此还画了图。五十年代批评说这是无聊的、琐碎的、无意义的。我觉得有人干一点儿琐碎和专门的事也好,如果中国的知识分子人人都准备来制定政治路线的话,中国只怕会多事。如果有一些人不那么热衷于研究政治局的座次,只研究怡红院的座次,我觉得对中国的稳定团结和改革开放只会带来益处。

《红楼梦》提供的信息实在是太多了,因此《红楼梦》本身就可以像生活一样成为某些作家进行再创作的素材,尽管成功的是这样少,但这种诱惑是永远不能消失的。不断有人对它重构、补构、续写。近几年还出现了"红楼杂文",就是以《红楼梦》的某一个人物或故事为题材,通过议论来讽刺现实生活中的一些现象,这实际上也是对《红楼梦》进行再创作。它追求的是一种感悟,是一种举一反三和触类旁通,不完全是一种学术性的研究。

一九九二年以来我很少接触红学方面的东西,但有时也碰到一些,觉得很有趣。一个就是刘心武先生对秦可卿的论述,他认为秦可卿是有特殊的政治和门第背景的。根据就是秦可卿在小说中有一个非常重要的地位,她的举止是无懈可击的,按照巴尔扎克的说法,培养一个贵族要三代人的时间,如果她是孤儿院里领出来的孩子,很难有这种气质。她的房屋的陈设都是宫廷化、贵族化的。她这个角色的作用是让她来托梦讲述由盛而衰、由满而溢、及早退步抽身的一番道理,这与她的身份不符。她的丧事又是那样一种超级的规模。她的死与医生估计的病情也不符。因此,刘心武先生认为她是宫廷斗争中失败的一个皇族的后代,被贾家掩护寄养在家中,作为政治斗争的一个筹码,一个政治投资,因为宫廷的斗争是瞬息万变的。医生来看病就是来报告复辟的希望彻底破灭了,因此秦可卿是自杀的。她自杀的原因不是与她公公通奸被人发现,而是她公公要求她自杀的,她再待下去已不是贾家的一个筹码,而是贾家政治上的一个定时炸弹。我不想仔细介绍刘先生的论述,他的论述是能够自圆其说的。他还写了小说《秦可卿之死》,按他的理解补写出了秦可卿的来龙去脉。最近他又写了《贾元春之死》,把元春之死与宫廷斗争,乃至官"匪"斗争联系起来,思路有趣。

这使我感到研究《红楼梦》,小说家有小说家的方法。如果我们讲结构和解构主义的话,刘心武是一种补构,就是对小说中没有描写出来的部分予以补充。我重点想说的是刘心武先生由此出发,开始研究医生给秦可卿开的那个药方,于是他也进入了索隐派,从药方中索出来哪一味药是什么意思。就是说虽然近几十年来索隐派在中国大陆常被讥嘲,但仍然有新人如刘心武进入了索隐状态,他的说法一出来就引起许多批评。我看索隐派的东西觉得非常有趣,怎么会有这样的解释?解释得简直可爱极了。如宝玉就是"玉玺",宝玉吃胭脂,胭脂就是"印油"。既觉得它匪夷所思,又觉得它是人类心智想象力的一个胜利。

不同的参照系

有几个大人物是贬低《红楼梦》的,一个是胡适先生,这不牵涉对胡适先生的整体评价。在给高阳的信里他批评《红楼梦》中没有新的观念,说只须看看它对宝玉"衔玉而生"的叙述,就能得知它的观念没有什么了不起。另外,他说曹雪芹没有受过很好的训练。看了这两条使我感到伟大之如胡适,也有马失前蹄的时候。我想这与他处于五四时代,沉浸在一种启蒙主义的热情中有关。他希望能看到体现民主主义和科学主义的文学作品,能够找到受过正规学术训练的作家。这在中国的文学史上实在是太困难了。"衔玉而生"是

《红楼梦》里一个关键的情节,是不可或缺的。你只能从妇产科学的角度说这是胡说八道。你如果愿意用病理学、生理学、医学的观点研究《红楼梦》,也是完全可以的,但你不能用这个方法进行价值判断。不能说符合我这门学问的就是有价值的,不符合我这门学问的就是无价值的。科学的方法是为了认知判断,不是为了进行价值判断。至于说曹雪芹没有受过很好的训练,缺乏很好的学养,这也是一个惊人的论断。培养一个作家与培养一个博士是两路功夫,如果曹雪芹懂许多哲学原理、文艺学原理和风格流派的话,肯定就没有《红楼梦》了,或没有现在这个样子的《红楼梦》了。胡适还说《红楼梦》没有认真遵守自然主义的原则,而不遵守任何主义的规则正是《红楼梦》的大气和优越性。

还有一个不喜欢《红楼梦》的人是谢冰心,我不知道在这里这样说是否会让谢老不高兴。她几次跟我当面说她最不喜欢《红楼梦》了。她小时候穿男装,她喜欢《水浒》,喜欢《三国演义》,喜欢斗争。虽然冰心后来是一个淑女的形象,是一个很雅致的形象,但她小时候深受爱国主义热潮的冲击和影响。她的上一辈是参加了中日甲午战争的,结局十分悲惨,所以她致力于斗争,致力于救国救亡。这种心情使她对《红楼梦》不感兴趣。由于不同的处境、不同的经历以及不同的参照系而产生对《红楼梦》不同的看法,也是值得正视的一种历史现象。

误读的诱惑

《红楼梦》的一个最大诱惑是人们不懈地追寻文本之外、之后的那个更加神秘的世界,这几乎是不可抗拒的。这是《红楼梦》的成就所致,就像一个伟人一样,越伟大越容易被人误解,而一个普通的人就没有这样的麻烦。《红楼梦》的信息太丰富,留下的空白又太多,它诱使人们去寻找《红楼梦》之外的《红楼梦》,寻找出来的常常不伦不类,有的也蛮有意思。这不是科学,不能用科学主义来要求,它是一种对《红楼梦》的误读,误读可以分为两种:一种是创造性的误读,一种是由于无知,由于力所不及的水准线下的误读。创造性的误读在文化史上产生积极意义的例子是很多的。

索隐派的魅力在什么地方呢?在于它用一个系统说明一个表面上看起来毫不相干的另一个系统。比如占卜和星象就是用种种图像和天文来说明人事。到现在为止,我们并没有发现天文与人事有必然的联系,但我们也得不到一个证明,说天文现象与人事绝无联系。认为天文与人事有联系的大有人在,这种魅力是无法消除的。中医用阴阳五行说解释人体的生理和病理的种种状况,也是无法证实和难于证伪的。它是一种猜测,带有心智游戏的性质,又比游戏高出那么一点儿。我的另一位朋友张贤亮说人类不但有通感,而且有通知。万物有同理,你如果研究天文学研究得很好,会有助于你研究人事。这样的例子很多,比如说电脑,它本来解决的是数学问题,但现在它可以用数频的方法显示形象、色彩和声音。所以,一方面我们觉得索隐派很可笑,一方面又觉得它能从文字符号当中探寻出一些稀奇古怪的意思来是可以允许的。只有一种情况很可怕,就是用索隐的方法入人于罪,当然曹雪芹现在没有这个危险了。起码从幽默的角度来说,也应给索隐派一席之地。

有时误读可以点铁成金,比如对《大红灯笼高高挂》这部电影的评价很不一样,有几个学人喜欢得不得了,认为它是一个政治电影,并撰文从这个电影分析中国的姨娘文化和姨娘心理。这种分析也让人触目惊心——求宠、效忠、污染、嫉妒、恶性竞争等等。我觉得这是一种误读,苏童、张艺谋未必想得那么复杂,但这种误读有点铁成金之效。还有一种误读可以点金成铁,又使你无法反驳。有人认为"花非花,雾非雾,夜半来,天明去"是一个诗谜,谜底是"霜花"。这个解释无懈可击,却让你十分沮丧,因为原有的诗意全让他解释没了。

有人认为《红楼梦》是写宇宙和地球的发生发展史,有人认为它是反清复明之作,我可以明确地说我不相信这样的论断,它是对《红楼梦》的一种误读。但是,这种误读如果能够自圆其说,在他的那块天地里能讲出一些道理来,也不失为一种歪打正着的收获、一种心智的闪光和劳动的结晶。

小说就像人生一样,它组合的可能性非常之多。所以西方有人搞扑克牌小说,第一页可以当最后一页读,任意打乱页码,每次会读出不同的故事和效果来。这些都不是主流,不是正宗,我也无意搞这些玩意儿。如果有人对《红楼梦》进行新的排列组合,甚至搞成一个电子游戏的软件,也不妨视为一种心智的扩展。在这种扩展中获得某些有真正价值的认识是完全可能的。数学、几何学、天文学最初也是游戏,这些游戏扩展了人的心智,最终把它们用到科学上,用到宇宙航行上,取得了伟大的成果。

与宇宙相通的《红楼梦》

几乎用什么方法研究《红楼梦》都行,这是对其他任何文学作品做不到的。当然,不是说这些研究的价值都等同,但也不能说这些不同取向的研究一定势不两立。画了怡红院的寿宴图,也不影响他去分析人物的性格。我觉得《红楼梦》有一种质的优越性,就是它的特殊的原生性,它天然而成,使你慢慢地接受了、相信了它,感到它的那些人物都是活的。它自成一个宇宙,一个世界,既丰富又复杂,既深邃又玄秘,既真实生动又意味无穷。为什么你对《红楼梦》怎么研究都行呢?因为你对宇宙怎么研究都行,宇宙的特点《红楼梦》都具备了,它的规律性和非规律性,它的圆满和缺憾。上帝造出来的世界绝不是完美无缺的,因为它十分博大,这不是上帝之病,而是因为上帝之大。对《红楼梦》的解读和议论,其实已经远远超出了《红楼梦》的范围,议论《红楼梦》就是在议论社会、人生、哲学、科学、各种各样的理念、宗教,甚至就是在议论政治。这种现象使你感到《红楼梦》比各式各样的学说更优越,它有一种耐评性,有一种可误读性,当然也是可解读的。尽管我们的研究已经远远超出了《红楼梦》文本的范围,但仍然感到它是发掘不完的,我们不能不对它表示惊叹。正如冯其庸先生所说:"大哉《红楼梦》,再评一千年。"我还要说,曹雪芹和《红楼梦》永远与我们同在。

1996 年 2 月

《红楼梦》的文学案例*

我今天想谈谈《红楼梦》里面的几个文学案例。里面有些理论性或概括性的东西,以《红楼梦》做例子,有许多有趣的话题,我讲的过程中欢迎大家随时提出疑问,讲完后我们也可以进行互动,交换意见。

我先从《红楼梦》的书名说起。我们每个人写作的时候也会遇到这个问题,半天想不出好的名字来。书里也说,有一个比较老的名称叫《石头记》,脂砚斋评点的也叫《石头记》,苏联的列宁格勒,现在的圣彼得堡——俄罗斯科学院的远东研究所彼得堡分所,它那儿有一个手抄本是毛笔抄写的,也叫《石头记》。我去那儿时也见过,很是宝贵,我们国家也出版了它的影印本。现在最普遍用的是《红楼梦》,还有一个名称叫《金陵十二钗》,不是严歌苓原著、张艺谋导演的那个《金陵十三钗》。《金陵十二钗》这个名字用现在的话来讲就是比较有卖点,可是没见哪个书店用这个名字来出书。我在澳门住宾馆的时候,它那儿有一种圆的茶托,上面画着林黛玉,附几行字或者一首诗,还有薛宝钗、晴雯、探春、秦可卿等十二个人都有。但这名称里面有很大的遗憾,它变成女性小说了。《金陵十二钗》指的是女性,而《红楼梦》的主人公是贾宝玉。贾宝玉虽然喜欢和女孩子在一起,但对他的性别并没有产生怀疑,他还是一个男性。另外还有一个

---

* 本文是作者在河北青年作家班的演讲。

以男性名字叫的《情僧录》，这个名字的版本，我曾经在文章里提到带有点"洒狗血"的味道。中国过去的文人对于一篇文章有时候为了吸引眼球，用一些相对稀奇古怪的、荒诞不经的东西来涂染它的颜色，被称之为"洒狗血"。叫《情僧录》也非常片面，情僧讲的是贾宝玉后来出家了，出家了是不是僧，没有那么明确，他亦僧亦道，不一定算僧。这样的话，他的爱情故事都是在没出家之前，情僧带有"花和尚"的意思，得是出家以后连连出现一些绯闻、一些事迹，这样的话可以叫"情僧"。一叫"情僧"的话就把《红楼梦》里一片姹紫嫣红的女性放在了一个从属的地位，和小说的原意不合。在我上小学的时候，我看过一个版本，已经是铅印的了。那时用的是很薄的纸，是一种对折叠过来的，只能印一面，纸很薄，那一面的铅字就能透过来，所以是叠起来的，看起来也是很厚的一本。名字就叫《金玉缘》，它突出了"玉"是贾宝玉，"金"是薛宝钗——她那个钗是金的。这个更和原义不符合了。这里面恰恰描写的、最感动的本来是贾宝玉和林黛玉的故事，而林黛玉是没有金也没有玉的，她什么都没有，所以《金玉缘》离书的原旨就更远点。

不知道大家知道不知道，在香港比较喜欢摆一些文艺的作品包括影视作品和一些书，它的名字翻译成中文如果显得呆板的话，就希望加一些佐料。比如说当年有一部表现美国左派的怀旧电影 *The Way We Were*，我们这儿一般翻译成《往日情怀》，要是硬抠字来翻译呢，是《我们从前这样生活过》。但是这部影片在香港上映时就改成了《俏郎君》。这毫不相干的，因为那个男演员长得特别帅，而女演员长得不好看，歌唱得好。香港的娱乐节目，在这个片子里面讲的是左翼知识分子的情谊，写得很感动人，引导观众研究是丑女与俊男的爱情故事，丑女弄好了也能嫁到俊男，俊男也会爱上丑女。更早我觉得很离奇的是，前苏联一个非常老的作家叫卡达耶夫的，他写过一本书《我是劳动人民的儿子》，它作为党员教材还差不多，作为小说是非常难卖的。后来拍成了电影，很有名的一部电影，在香港上映时起名叫《孤村情劫》。它讲一个很偏僻的村落里为了爱情而抢劫的一个故事。

所以说,我们在《红楼梦》的题名上看到有时候书名也很好玩儿,我个人认为《石头记》的名称最好,下面我还要讲到"石头"的故事。但最好的名字并不是最成功的,到现在为止最成功的仍然还是《红楼梦》,但是我觉得遗憾的是没有认真地出几部就叫《石头记》的《红楼梦》。

第二我就开始谈"石头"。

石头是本书的起止点,《红楼梦》一上来先讲石头。从石头上我们来研究一下,《红楼梦》对于中国知识分子对于入世、出世的慨叹。它编了一个荒诞不经的故事,说女娲补天的时候,用三万六千五百零一块石头来补天上的大窟窿,结果用三万六千五百块石头就把天补好了,就留下一块石头,没有被选中。这块石头没有它的地位、没有它的作用、没有它的工作、没有它的职业,属于失业的一块石头、长期待业的一块石头、不为世所用的一块石头,所以这块石头就日夜啼哭、悲泣不已,非常地痛苦。这块石头后来就变成了贾宝玉,所以贾宝玉出生时带着一块石头。这上头的逻辑有点矛盾,因为石头变成了贾宝玉,贾宝玉为什么脖子上又出现一块石头?那不等于大石头上套一块小石头吗?但是中国人不太讲这个逻辑问题,所以也没人讨论这个问题。这里面我有一个发现,到目前为止我在别的红学家文章里没有看到过。别的红学家说贾宝玉最痛恨的是儒家这一套,就是读书、要求学、要修齐治平、要在朝廷里——用现在的语言是要在体制内——找一个位置,然后你就会对社会有贡献,你还能光宗耀祖。里面处处描写贾宝玉的这种痛恨。贾宝玉管这种人叫禄蠹,禄是指国家给的俸禄、国家给的公务员的钱;蠹是蠹虫,是咬书吃书或者是在米里长的虫子。贾宝玉在这方面态度特别坚决,特别激烈,以至于连史湘云劝他该认真地读点书,贾宝玉立刻翻脸。贾宝玉本来对貌美的女孩是从心里爱得很的,可是一说要好好读书好好上进的话,贾宝玉就气,气得要死要活的,他就说:我不是这种人,想不到妹妹你也学得这种禄蠹的声调来这样跟我讲话,如果是这样的话你离我远点,我全身的味道都不是读书求上进、体制内谋差事这样的,你挨我近了别受到我的精神污染!贾宝玉说到这些就特别尖锐。这里面发生一个矛盾:他的前世、他的根基、他的背景是一块不被世所用的石头,他的痛苦、他的反感并不是对体制有反感。贾宝玉谈不上对体制有反感,说到他反封建很有限,他淘气谈不上反封建,不能把他算上是反封建。贾宝玉见了北静王很高兴,不知怎么拍马屁好了,把北静王送的东西转送给林黛玉,但林黛玉"啪"地就扔了说"不要这种臭男人的东西"——林黛玉也不是因为反感体制,她为贾宝玉的姐姐贾元春回来省亲的时候做的诗,诗里这样写道:"盛世无饥馁,何须耕织忙。"意为这样的太平盛世农民何必忙着去耕地和织布,太平盛世皇恩浩荡啊。所以说林黛玉也没有反过封建,但是林黛玉为什么见到臭男人的东西就愤怒啊?一是因为她有清高、贞洁的观念,非常严重,摆出一个除了自己的知己,视其他的男人为病毒的一种态度;另一原因是,她那时已经自觉不自觉沉浸在对贾宝玉的爱情里。一个小女孩儿见到自己爱的人不知怎么闹好,她要撒娇、她要发火、她要哭,就像个孩子一样。因为我有三个孩子,小孩子在幼儿园时高高兴兴的,一到周末爹妈接的时候就会闹,不折磨死你他决不罢休的感觉。所以说林黛玉见了贾宝玉就要折磨他,这是另外一个问题。现在反过来说,贾宝玉不反封建,他到底是个什么样的原因呢?只能有一个解释,贾宝玉的前身太希望自己在"补天"的伟大事业中、在体制内有一个位置有所作为,所以"昼夜啼哭、哀泣不已"。用"哀泣"不太合适,北京话叫"坐下病根儿"了。他坐下病了,他生下来后一听要上进、要找工作、要找位置、要去赶考、要有个名次、要混个一官半职、要混个身份,他就浑身发抖完全失望,他都要气死了。各位都是搞写作的,这个人如果不是特别计较某一件事,他不会在某个事儿上不断声明自己的。比如说,如果一个女生不断声明"我就是恨男人、我就是讨厌男人、我见了男人我就烦、我见了男人我就闭眼睛",大家想一想她在爱情上,她的内心受到了多么大的伤害,她多渴望有一个好男生陪伴她。各位,我找不到一个好的词来形容了,如果她属于"性冷淡"性质的,她看见男人什么感觉都没有,她既不感觉可爱也不感觉讨厌。她如果屡屡发狠,见到男生就发狠,她肯定是特别稀罕男性。所以说,贾宝玉也是一样,一听到要好好念书,什么子曰、诗云,一见这个他就浑身哆嗦,他坐下病了,他当石头时就坐下病了。

中国自古封建体制下,它的资源特别集中,你如果不在体制里就没法儿办。春秋战国的时候,苏秦第一次周游列国彻底失败了。他是跟着他的哥嫂一起生活的,他回到家来时,他嫂子不给他饭吃。他配了六国相印又一次出访,威风凛凛地回到家里来了,回来后嫂子属于跪式服务。我每次看就认为,苏秦他不厚道,因为苏秦你现在什么地位啊?你什么级别啊?他的嫂子一个农村妇女、一个文盲,苏秦就问她:你为何先倨而后恭?原来你对我那么倨傲,现在对我这么尊敬。他嫂子很老实,她说:兄弟你现在贵而多金——贵是你级别上去了,金是你财富上去了。我一个小民、在农村顶多一个小中农,我见到这个我可不就爬着过来了。所以说,恰恰在《红楼梦》里表现的与其说是对修齐治平、兼善天下、光宗耀祖这一套有多么反感,不如说反感后面流露一种不被世所用的痛苦。

石头问题的第二方面:这石头到底是怎么回事?石头在作品里起的作用太大了,它是一个缘起。恰恰是"女娲补天剩下一块石头"这么一个荒诞不经的故事,使《红楼梦》能够进入现实、进入生活、进入现场。它既有现场感,又有终极感,又完全脱离现场。一九八六年第一版电视剧《红楼梦》里面的石头,剧组选的是黄山的一块石头,就是从外面进入黄山,还没进入黄山核心景区时,有一大块石头在那儿摆着,每次电视剧开篇,放主题歌时出现的就是那块石头。我在看电视剧时还没去过黄山,二十世纪九十年代去时,还没进门一下子看到了这块石头，我觉得非常震撼。石头是无生命的，它代表的是永恒。现在从地球史上看，石头也不是永恒的，也许过几千年、几万年、几十万年也风化了，但是相对来说，它代表的是永恒、代表的是大自然。它是人在自然中给自己找到的一个对应物。生命非常宝贵，但生命非常软弱又非常短暂，所以生命有一种自觉不自觉地要在大自然找一个对应物这样一种倾向。最普遍的是星星，康德讲过"瞭望星空"，温总理也写过诗叫《瞭望星空》，日本有一首民歌叫《星》。除了这个以外，人会把自己的命运和星星连在一起，在死的时候有一颗小星星落在地上，这是非常有意思的想法。还有把自己和植物、和树联系起来，这棵树如果枯萎了，他觉得这是自己生命的象征。所以这个无生命的东西又寄托着那么多的生命，那么多的不知他的起因不知他的结束，不知道他到底是有情还是无情，但是他感觉他是那块石头变成的，到了锦衣玉食的贾家，到了结束的时候变成了石头又回到荒漠之乡，无所有之乡。这种写法在《庄子》里也有，"无所有之乡，乌有之乡"，这个写法是非常奇怪的、非常奇特的。现在胡适舆情非常好，很多知识分子喜欢读他的作品。但是我很多次看到胡适给台湾一个学者高阳写的信，他说曹雪芹没有受过很好的教育，要真写成自然主义的小说就好了。他的信中讲：这人一出生嘴里衔着石头，这是什么玩意儿啊？这显然是曹雪芹没有受过很好的教育。我每次看到这里就会对胡适感到非常可惜，因为他是用生理卫生学来讨论贾宝玉出生时嘴里能不能衔石头。我在香港有一次与金庸先生讨论一个孩子出生时嘴里能不能衔石头的问题，我俩都认为可能性非常小，如果有结石的话应该在胆里、肾里、膀胱里，个别也有在肠里的，但没听过出生时带结石出来的，从生理卫生学上说这是不可能的，但是这就是文学。贾宝玉和石头成了命运的对应物。赵姨娘使法术害凤姐和贾宝玉，使两人都得了精神方面的疾患，书里描写的症状类似我们常说的癔症。他在发病时那块玉石就是乌黑，是不发光的，而他们病好了后玉就发亮了。后边描写他家快出事时玉就找不到了，后来他得重病了,就拿这个玉在他额头一摩擦病就好了,这就变成了和他生命相对应的东西,让你对它非常感兴趣,变得很有趣味、变成对文学的幻想。当然里面又加了一些佐料,贾宝玉有石头,薛宝钗有金钗——是后天和尚道士送的,史湘云有一个金麒麟。贾家请的老友张道士——在清朝有人考证说张道士和贾母说话和任何人不一样,所以考证说张道士曾经是贾母的男友、相好的——又送给贾宝玉一个大的麒麟和一个金锁。这里面的道具很全,解决不了、分析不清,它牵挂你的心。北京有句俗话,而且不是最好的话,它叫"闹心"。你想到玉会闹心,旁边有一金钗你闹心,又出来一个麒麟你更闹心,又出来一个金锁你还是闹心,人活一辈子是相当闹心的事情。生命寻找它对应的自然、对应的物质是非常闹心的事情,这也是贾宝玉的故事吸引人的一个东西。你的小说写得好吗?有能解释的部分必然还有死活解释不清楚的部分,只要这个书存在,这个话题就永远存在、永远解释不清楚,这就是贾宝玉、石头、金锁的魅力,表现在这些方面。

第三,这是碰到我今天要讲的一个核心的问题。我过了七十九周岁了,我大概从十二岁开始读《红楼梦》的,我也不知道读了多少次了。我最有兴趣的话题,是我非常希望在座的朋友对这个也有兴趣,我希望有可能的话咱们每人就这个问题写一篇文章,一块儿合着出一本书。就是贾宝玉见到林黛玉时为什么要摔玉?

书的开始先写荒山、女娲补天,从远及近写到贾府,写到林黛玉被贾雨村从苏州带来贾府,因为黛玉的妈妈也是姓贾的,是贾政的妹妹,得病死了,她爸爸林如海一个人在苏州做官,看护也有一定的困难,就委托贾雨村把她带来。当时林家阶级地位要低得多,林黛玉到贾府看到的气象远大过林家,她很小心,丝毫没有娇气、没闹脾气的情况,她非常注意入乡随俗,不管见到谁她都非常客气。比如写到吃饭,他们像在广东吃饭,吃完后茶就上来了,大家就在那儿喝茶。林黛玉想在苏州时林如海教导是刚吃完饭不要马上喝茶,要过一会儿再喝。这个方面比较符合现在医学养生讲的,吃完饭就喝茶会稀释胃液,影响消化。但林黛玉看这边吃完饭就上茶,大家都在那儿喝茶,她也就跟着喝。林黛玉并不是个任性的人,她很注意。写到王熙凤的出现,风风火火、生动活泼,见了林黛玉又抹眼泪又夸奖的——她在待人接物上值得我们很好学习,又热情又收得住。接着贾宝玉就出来,他一出来整个一公子哥,那太神气了。贾宝玉完全一个想怎样就怎样的人,过来后就盯着林黛玉,说"这个妹妹我见过"。现在这个说法不新鲜了,比如说一男生见一女生,对她很有兴趣。但在当时这个说法不普遍,而且是一个比较高级、比较高层次的欢迎表妹的晚饭,贾母是老祖宗,她在那儿一坐是不能开玩笑的。然后贾宝玉接着问黛玉"你叫什么名字?"黛玉说"我叫黛玉"。问她有没有其他名字——表字,黛玉说"没有"。马上贾宝玉就给林黛玉起名字。给人起名字,这是皇上的习惯。如果是皇上给起名字那个恩典就大了,再普通的名字也是独一无二的。一般自我感觉良好的人爱给人改名字。到这时候,贾宝玉就问"妹妹可有玉?"黛玉问他"你有玉?"他就拿出自己的玉。林黛玉那时候很客气,她就说我哪儿有玉啊?你这个玉我早就听说了,你这个是稀罕玩意儿的,是凡人没有的,你是衔玉而生的,你这么高级的人才有,我们怎么可能有玉呢?贾宝玉听了像是疯了一样拿玉就往地上摔、拿脚踩,嘴里还"早就说我这个是个坏东西,如今这样一个如花似玉的妹妹就没有,我要这个玉干什么!"他痛苦得不得了,像是疯了一样。他闹得很厉害,解决的时候就非常容易了。贾母亲自来扯谎、来虚构。她马上编了一段小说,说你这个林妹妹本来有玉,她妈妈给她的,她珍爱异常,这块玉代表黛玉的亲妈,她妈妈不在了,她就把这块玉陪葬,陪着她的妈妈了,她不愿再提这个事儿,这是一份无限哀思。贾宝玉一听这样也合乎情理,就不再提了。这段描写我极有兴趣,我已经为这段描写思考了六十年了,我希望各位给我一个答复,你愿意怎么解释这个问题?

我对这个有这样的解释:从象征意义上好解释,恰恰是在玉的问题上,是林黛玉和贾宝玉地位、身份、级别不同的一个表现。贾宝玉的有玉成了他身份高于常人的一个证明。北静王见到贾宝玉问这个事儿时,"那位衔玉而生的公子来了没有,王爷要看玉",贾宝玉很恭敬地呈送给北静王,王爷看了以后称赞不已,真不是凡人啊,真是高级人物啊,真美丽、真好看、真晶莹!这样,一个有玉一个没玉就变成林黛玉和贾宝玉最大的心病。从这个有没有玉的问题上,两个人的心病就开始了,两个人的差异就开始了,两个人的不幸福的爱情就开始了。所以说,这个有玉无玉兹事体大。这证明两个人不在一条起跑线上,证明两人不管怎么相爱也白爱,活活地痛苦,有情人难成眷属。因为一个有玉一个没玉,这就是阶级地位的象征,这就是本人背景不同的象征,这就是俩人不能在一条起跑线上走路、不可能执子之手与子偕老的原因。这样一条线,这样的解释我觉得能解释得过去。但是作为小说的行为的解释不够,怎么会又哭又闹的?而且吃着饭时又很快解决了?那时候不能说是俩人一见钟情,那时林黛玉大概十一岁,贾宝玉十二岁,这个情况那时候不能完全解释。

贾宝玉任性,贾任性对林有一种高度的求同的心理,他希望林黛玉很多地方都和他一样才好。我长得好看你也好看,我有玉你也有玉。长相这点他做到了,林黛玉长得很好,眉清目秀,绝对是一个非常美丽的人。贾宝玉很重视人的相貌,他一见秦钟,觉得秦钟长得那么帅,自己就像泥猪癞狗一般,他多谦虚。他对秦钟还具有某种同性恋的色彩。见到一个相同性别的人非常帅,非常俊,非常 smart,非常 handsome,见到这样一个人的时候——我年轻的时候担任过团的工作,处理过同性恋的问题——他有这种心理,我太了解了,他马上把自己谴责得不得了,注重相貌,注重举止。他一见到林黛玉,虽然大的电没来,但有一种认同和求同的愿望,这个有可能,没有道理可讲,就是希望两人一样。我现在回想,这跟小孩子在一起互相问的问题,尤其是这两孩子关系好,相当像——我有一个妹妹,你有妹妹吗?那我也有妹妹。有的时候,甚至两边以自己有什么感到骄傲。说我们家有银筷子,你们家有吗?他说我们家也有银筷子,他就很高兴。说我们家吃饭的碗特别大,你们家有吗?说我们家没这么大的。带有同质色彩,高度求同的心态,这个我也能理解。我甚至想到,走到歪道上,想到也可能弗洛伊德的心理在里面。贾宝玉觉得自己多了一件东西,所以要把他摔掉,要把他踩碎,要把他破坏。

就是这样我仍然非常不满意,非常不理解。于是我继续深入钻研,我找到了一个思路,逆向思维。怎么逆向思维呢?让我们设想一下:贾宝玉拿出自己的玉来了,林妹妹你看我这个玉好玩不好玩?林黛玉说真好看呀,真不错。贾宝玉就会问,那你那块玉呢?黛玉说我那块玉在这儿呢,在这里摸半天,在里面摸出一个包来,把包打开,说这是我那块玉。贾宝玉说你的玉和我的一样呀,真好呀,玉石万岁,兄妹感情万岁,宝玉万岁,黛玉万岁,皇恩浩荡万岁,有玉者皆成朋友万岁,亲情万岁!他就会变成狂欢节了。他们的见面就不是一个有玉一个没玉、拿玉往地上摔的了,你也有玉我也有玉,你也快乐我也快乐,你高级我高级,你富有我富有,你多情我多情——上哪儿找这么好的事儿去呀!我都想跟着狂欢,"玉石狂欢节"。但是人和人之间永远有某种遗憾,合不合逻辑没关系,但它永远存在。我就为这事遗憾,我有一个最喜爱的异性朋友,她左眼大右眼小,我右眼大左眼小,这就是遗憾,我就希望我也变成左眼大右眼小,这可能吗?这哪有什么道理。它就是一种感情,越有一种很深的感情就越有一些会丢失这一切、会碰到坎儿、会碰到阻碍、会碰到差异、会碰到壕沟、会无法交流、会无法沟通、会无法结合的恐惧,一种真正美好的感情绝对带着恐惧,感觉这种感情不可能一辈子而经常苦恼、痛苦。如果你活五十岁,那年头的人活得短,那在五十年里可以碰到一次;那你要活到一百零二岁,那一百零二年可能碰到两次;你要是活到三十八岁,那你一次也碰不上,一辈子没有这种激动,一辈子和哪个异性没有激动过,你就没有激情,你就没这个福气,你就一边儿待着去吧。这是我到今天的一个解释,我希望我们大家,特别是在座写小说的人都来想想这个问题。我在别的地方讲课说到这些,有人说那可不行。他从理论上分析,贾宝玉摔玉是因为对封建主义有反感,对贾家的财产也不感兴趣,不喜爱财产。他把贾宝玉说成农民领袖了。贾宝玉怎么不喜欢这财产呀,他曾经和林黛玉说过这个话,林黛玉说听到家里的人议论,贾家的财务有哪些困难,贾宝玉说,别管他,再困难也缺不了咱们俩的。他没有说把这个财产全部拿出来做慈善事业,他没有想把封建阶级推倒,他没有这种思想。我觉得这是一个很有兴趣的话题,我非常希望在座的各位和我一起研究这个话题。

玉后边又有很多故事,后面有些故事有点狗血化。尤其是到后四十回,玉突然丢了,贾宝玉又要砸玉,家人护玉。林黛玉已死了,贾宝玉和薛宝钗结婚了,在怀念林黛玉的时候,看到自己的玉,觉得自己的一切不幸一切痛苦和玉有关,拿了一个榔头要砸这个玉。薛宝钗和花袭人为保卫玉不被砸而斗争,没让砸这个玉就丢了。丢了以后就悬赏,找玉,来了多少人听说这个玉,都来假冒伪劣,山寨这个玉想要钱。让人看到读到这儿后,觉得兴味索然。一个玉的故事,是不是高鹗闹得,我也闹不清,但是至少让你感觉到玉一下子变成了这样一个俗物,一个玉上洒这么多的狗血,出来山寨版,出来砸,又丢玉,又找回来等等各种各样的。但是我们从另一个意义上说,这至少不完全是写作上的后力不济,也不完全是高鹗续作,并非曹雪芹原作所造成的。这说明一个问题,很多美好的事物和很多美好的幻想,经过时间的消磨,经过你传我我传你,经过传播后会庸俗化、流俗化、低俗化,它会虎头蛇尾,文学上这样的事太多了,例子也太多了。

刚才李延青同志介绍我写过庄子的书,现在成语里好多都是从庄子那儿开始的。我们现在解释的庄子的成语和庄子原义比较,我们已经低俗了很多。比如螳臂当车,庄子用的——更早,还不是庄子,是列子里已经有用的了。螳臂当车这个故事是齐庄公打猎,进入了螳螂的领地,看见个小螳螂非常的愤怒,举着两个前腿来阻止齐庄公的车队和马队。齐庄公的车队规格也低不了,还有马队,齐庄公一看非常敬畏,说你看虽然螳螂小,但它不怕我,不怕咱们的车子,它不惜用生命做阻挡,这是英雄。这加上我的解释,躲开点,绕道,把这个地方留给螳螂,这是原来的故事,这是英雄形象。现在是完全贬义的词,比方革命者要革命,你反对革命的,说你那是螳臂当车,把它变成一个滑稽、可笑、自不量力,变成这样的意思。又比如朝三暮四。养猴的人,早上给三个橡子,晚上四个橡子,这个猴不干,闹。后来养猴的人想,反正一个猴供应量就是七个,那就改成早上四个,晚上三个,猴就不闹了。庄子的目的就是说什么事并不用争,是齐物。因为闹来闹去,弄来弄去,不过是横着竖着,用我听到的俗话是,背着抱着一样沉,这么说那么说,到最后谁也比谁好不了多少。现在说成一个人的靠不住,男人朝三暮四女人不敢嫁他,早上和三在一起,晚上和四在一起,根本靠不住,一天七个小时他就换了一个,女人朝三暮四男人也不敢招。完全是这个解释,完全变了。尤其"呆若木鸡",它是庄子所向往的一种境界,说是人对外界的事物无反应。那个地方斗公鸡,中国几千年到现在还斗公鸡——河南有,养一只鸡,买来的时候,非常的勇武好斗,用赵本山的话就是,一见别的鸡就嘚瑟,养一段就不同了。又养了一段时间,进入高级班,这个鸡一过来,呆若木鸡,它的眼皮往下,头垂着,跟谁也不看,一声也不吭,说行了,这个功夫可以了,这是庄子的理论。别的鸡走过来,它呆若木鸡,看都不看,别的鸡耀武扬威,等别的鸡走近了它,它微微一歪头,就这一下,那只鸡就浑身是血趴地上不能动了。可是现在是形容一个人傻的,笨的。什么东西在传播过程中就俗化了。很多时候降低,也有提高的,不光出自庄子的。像焦头烂额、争先恐后,现在故事和原来的完全两码事儿。中国成语故事,什么叫焦头烂额?说的是列子讲的,"曲突徙薪亡恩泽,焦头烂额为上客",就是说一个人家里有很多火灾的隐患、不安全因素,他的好朋友就说,"突"就是烟囱不能直着往上,这样火苗一下就出来了,你要多几个弯,才能不引起火灾;"徙薪"就是说柴火离火源远一点,不能太近,要不危险。一个院子你挪那头去,这他不听,发生火灾了,有的人帮着救火,把头发也烧了,脑袋也烧了,嘴也烧了,所以焦头烂额了,主人感谢这些救火的人。而对他最早提出警告的人、向他指出有火灾隐患的人全都忘了,它指的是这个。

所以玉在这个故事里,逐渐地通俗化、低俗化、狗血化,对于文学来说,可能是另外有一种意味。传播当中原来低级的,或比较低级,而变高级的故事也有。我听台湾的梁文道讲,我们读莎士比亚,最高级的故事就是《哈姆雷特》,就是存在还是虚无,存在还是灭亡,这是一个问题。我们认为这太深刻,梁文道说,看英国人写戏剧的历史,"To be or not to be, that's a question."这是一个微黄的说法,相当于汉语意思的"今天咱们干还是不干",每次演到这时,老百姓就举着手说:"干,今天就干!"想的绝对不是存在和虚无,和存在主义没有关系,和灭亡也没有关系,和生死大义也没有关系。玉在流传过程中会面目全非,以至于学问高深到胡适那儿,根本就不开窍,认为玉是曹雪芹没有受到良好教育的表现,曹雪芹怎么受到良好的教育?送到美国留学,需要有一个博士学位?很奇怪,如果曹雪芹美国留学了,博士学位了,那《红楼梦》也就没了。

我再谈两个话题。一个是写得很怪。薛宝钗和林黛玉总合到一起写,"玉带林中挂,金簪雪里埋,可叹停机德,堪怜咏絮才"。"停机德"是薛宝钗的行为,各个方面都非常符合道德修养。薛宝钗是一个文化化和道德化的人,而且这种文化化和道德化,已经成于中而形于外,她很自然,她不是假装,如果我们把薛宝钗理解成假装,那就是因为我们本身和这种文化的索求距离得太远。一个人做一个好人、一个善人、一个讲道德讲文化的人不能说是假的,有假的,有伪善者,也有真善人,有真的和道德融为一体的这种人。"咏絮才"说的是林黛玉。他总是往一块写,以至于产生了一九五〇年代关于《红楼梦》的批判和讨论。俞平伯就说这两个人实际上写的是一个人,当时我们认为他非常反动。薛林二人,一个是维护封建,一个是反对封建——因为我们无法想象曹雪芹接受过任何关于现实主义的理论,无法想象曹心目中典型人物的理论,典型人物、典型性格、典型环境,他没有这些概念。但是呢,作家所描写的人物,除了反映论的这一面,社会上存在性情、性灵型的人物。所谓性灵型的人,比较自说自话,比较敢于向社会挑战。性灵型的人以外,还会有另外一种人,文化化、道德化、礼仪化,举止文明,无懈可击的这种人,他的表现在很舒畅地表达自己个性的方面,不太足不太够,但也并不是伪装。除了这一面还有另外一面,从创作主体,有时候写的各种人物,都代表着自己的性情不同的侧面和不同方面,因为这样类似的故事,在全世界都有,不止是一种,不只在曹雪芹的书里。而一般的读者都喜欢性情化的人,比如《安娜·卡列尼娜》里的安娜和她丈夫之间。安娜本身由于渥伦斯基的追求,陷入一个感情矛盾之中。她是一个富有非常强烈的感情,用现在的话,是一个情商太高、过高的女人。而她的丈夫非常注意做事行为合乎理法、维护尊严、维护面子,尽可能地减少一切的伤害,一切的损失。和《红楼梦》不同,《安娜·卡列尼娜》看完以后都同情安娜,没有人同情她丈夫。而《红楼梦》就变成了尖锐的争论,喜欢林黛玉的一派和喜欢薛宝钗的一派就不一样.就有这种问题,人类有了社会就有这种问题。尊重社会的规范,尊重人和人之间的文明和礼仪,非礼勿视、非礼勿言、非礼勿闻、勿问,有时人们觉得要假模假式,做状才是一个文明的人。解放以后,有一种把《红楼梦》里的人物按阶级划分的,当然最坏的是王熙凤、贾政、薛宝钗、探春、袭人等,都是坏的;非常有学问的王昆仑英明地指袭人是贾母安排在贾宝玉身边的特务,监视贾宝玉的行为。这也是一家之言,也言之成理,为我们提供一个非常不同的思路。

在曹雪芹写的人物里,面临一个悖论——性灵、性情与文化的悖论。他喜欢性情中人。但你光是性情之人也不行,薛蟠也是性情之人,恶搞的始祖,对他没有任何的文化约束,说话粗鄙不堪,脏话连篇,想打人就打人,人命出了多少条。这也不行。你无法设想在人类生存下而没有任何文化的调解、梳理、引领、约束、监督、控制。在中国就是皇帝做事也必须符合一定的理法。到现在为止,你可以说林黛玉是性情人,薛宝钗是文化型、道德型。从这个角度解释,曹雪芹对理想女性的想法,他觉得非常难,偏于性情就疏于文理,偏于理法而性情无法表现出来;对自己的控制太完满了,让自己也觉得很遗憾,你真实思想都不知道,她没有不高兴的时候,该微笑一律微笑,这也很要命,这是《红楼梦》与众不同的地方。

再一点是关于高鹗的后四十回。

有人对高鹗的后四十回彻底否定,这事我也想不通。从理论上说,续写不可能。除非纯故事性的可以,写一个案子,你比如音乐剧里《悲惨世界》是有续写的。但是音乐剧可以续写,没听说长篇小说可以续写,不但别人写不可能,自己给自己续写也是完全不可能。今年来,我从一九五三年十一月十九岁时开始写作,到现在六十年整。现在就是给我十亿创作基金,我也不可能为《青春万岁》写出任何一章一节。第二,实践也不可能。第三,美国有一批专家,用电脑统计后四十回和前八十回的他们的常用语气词、注词、语言的构造,像测验人的笔迹一样,测试文迹,测验文章写的路子,发现没有太大的区别,基本相同,这也是不可思议。还有一条说,从接受学上,从发现到认定而被公众所接受,不是曹雪芹的原著,而是胡适他们考证的结果。但是,此前此后,除出版业,发行上大家接受的都是完整的一百二十回本,这是一个奇迹,如果曹雪芹写前八十回是奇迹,高鹗写后四十回也是奇迹。如果说曹是天才,高鹗也是天才,见仁见智。

后四十回写得怎么样?我的体会是,越是好的长篇小说你越没法结束的。世界上好多事都没法结束。《圣经》说,怎么创世纪?这好写,一共七篇。上帝曰,应有光,太阳出来了,月亮出来;上帝说,应有水,海出来,河出来;上帝说应有草,应有动物,应有人,有了人,就热闹了,什么事就都有了——希腊神话出来,中国神话出来,黄帝大战蚩尤出来了,三皇五帝,唐尧禹舜出来了,夏桀商纣出来了,罗马帝国出来了,等等。你要热闹到今天怎么还接着往下写,替上帝写一个结尾？最后这个世界怎么结尾的？我看《红楼梦》，我看写到八十回，这个小说已经成了精了，曹也成了精，已经管不了，谁也管不了。谁替他写回去？高鹗算勉强把它收住了，否则你就没法收了，根本写不下去了。我对《红楼梦》有特殊的感情。长篇小说写到成了精的这种程度，像《红楼梦》看多了说话口气都不一样，和现代不一样，《红楼梦》把儿化音都说成子：你说，我喜欢这口儿；可是贾母说，我得闲了，我吃口子。说等会儿等会儿，在《红楼梦》里说成等会子。河北是喜欢说子的，我小的时候家乡南皮说"过会子"，现在儿化厉害了是普通话、北京话。"可巧你就来了"，《红楼梦》就这么说。这个词我原来不太会写，我家爱说。我的父母说羊肉挺好，说这味儿真齉，天津这么说，河北也这么说，《红楼梦》也这么说。

《红楼梦》是一部成了精的书，一百二十回做得还是不错的。不要听专家的分析，我感觉最恐怖的是拍电视剧请红学家参加，另外设计四十回，就算你考证出来是正确的，谁给你提供细节？后来的我没看，前边大家反映比较好的是看到第一版的《红楼梦》电视剧，看到曹被抄家，刘姥姥来救王熙凤的女儿巧姐，刘姥姥一出来我就想到小兵张嘎他奶奶，老贫农的形象就出来了。

我们从《红楼梦》这么一个文学作品联想到，如果把一个作品写好了，能有多么好，多么吸引人，多么让人牵肠挂肚，多么深，你挖不完，你琢磨不完，体会不完的。它给你人生的体会、哲学的体会、感情的体会、沧桑的体会，没完没了。

用闲聊的方式和大家分享一点读《红楼梦》的时候对我们国家的、传统的、小说的、文学的，这样一种感动之情。

厉害哟,我的《红楼梦》[*]

一 《红楼梦》的特殊地位

《红楼梦》是非同凡响的,二百多年来,它从禁书到广泛流行,成为中国公认的文学巅峰,被各种人物研究讨论争辩发挥,形成了专门学问。不论是世界文学史还是中国文学史上,少有可以与《红楼梦》相比的书。曹雪芹没有更多的其他的作品留在世间,就是这么一个《红楼梦》。而且这个《红楼梦》的流行版本据说不完全是曹雪芹所写。

可是,早在《红楼梦》当年靠手抄本流行时期,就已经出来一句话,说是"开谈不言《红楼梦》,读尽诗书也枉然"。就是说你如果不聊《红楼梦》,你读多少诗书都白读了。这个又让人想到元朝戏曲《琵琶记》的作者高明的另外一句话,在中国历史上也很有地位,就是"不关风化体,纵好也枉然"。说如果你的文学作品、戏剧作品不能够改善世道人心,不能够改善风气和教化,你写得多好也是枉然。这两个"枉然"呢,就不一样。第二个是从教化的意义上讲的,这是中国长期的几千年主流意识形态的要求,也就是孔子对诗经的评价:"一言以蔽之,曰思无邪。"而《红楼梦》,恰恰它的直接的教化意义不那么明显,而且从正统的封建主义思想来说,《红楼梦》的思想情调,涉嫌"有邪"。

"开谈不言《红楼梦》,读尽诗书也枉然。"它的意义在于强调此

---

[*] 本文是作者的一次演讲。

书时尚性、流行性、普及性、话题性。

《红楼梦》曾经被毛泽东主席给予没法再高的评价。

毛主席说《红楼梦》至少要看五遍,看不够五遍就没有发言权。长征的时候他还支持过一些人,说长征时也可以读《红楼梦》。在他的名著《论十大关系》里边,他说:"我国过去是……除了地大物博,人口众多,历史悠久,以及在文学上有半部《红楼梦》等等以外,很多地方不如人家,骄傲不起来。"后来"十大关系"的正式文稿,将"半部《红楼梦》"改成"一部《红楼梦》"了。可能是大秀才们觉得半部《红楼梦》不太好听,其实半部的说法很厉害,这可以说是"厉害了,我的书!"多半部书居然成了这个大国数千年文学成果的一个代表。正如有人说的,即使中国所有的文学都没了,还剩下多半部《红楼梦》,往那儿一搁,你也得服。对,它很特殊。

那么为什么说它特殊呢?

鲁迅说过,"自有《红楼梦》以来,把中国小说旧有的写法都打破了",这是指《红楼梦》的深刻性、生动性、真实性、幻想性,而同时呢,又要加上一条它的丰富性、立体性,还有它的弹性。

至于《红楼梦》主题的丰富性,讲得最好的也是鲁迅。鲁迅说,一部《红楼梦》,"经学家看见《易》,道学家看见淫,才子看见缠绵,革命家看见排满,流言家看见宫闱秘事……在我的眼下的宝玉,却看见他看见许多死亡啊……"就是说,不同的人从这个《红楼梦》中能够得出不同的结论。

二 《红楼梦》的言情性、生活性与政治性

今天的读者,对于《红楼梦》的内容,最明显的印象就是它有两条线。一条是爱情,一条是家政。家政也是"政"治,中华传统文化的特点之一正是把齐家(即治家)与治国平天下结合起来。

谈到爱情,现在有一种说法,说《红楼梦》是古代的言情小说。

因为这里头给人印象最深的就是宝玉和黛玉的非常悲剧性的爱情,还加宝玉、黛玉和宝钗这样一个三角关系。此外还要加上宝玉对众女性之间的那种泛爱。宝玉没有对哪个妙龄女孩儿不感兴趣的,但是他对这个黛玉特殊。他跟别人略有轻薄,例如与秦钟一起对小尼姑的戏弄态度,但跟黛玉他一个字的轻薄都没有。他随便开一个玩笑引用一下《牡丹亭》上的或者是《西厢记》里边的话被黛玉所责备,他马上自个儿就深刻检讨,连连认罪。所以说他又有非常专、非常深、非常悲剧性的爱。中国历史上文学名著中写到爱情的不在少数,但其他书籍多半是写才子与佳人间的互相吸引互相看重或命运变动中的男女伦理义务,没有其他作品能像《红楼梦》那样写出青年男女相爱中的如此深刻的精神痛苦与精神价值追求来的。

家政方面,《红楼梦》写了很多家族问题、社会问题、阶级对立的问题、金钱的问题,特别是一个赫赫扬扬的华丽贵族家族的衰败没落。人际关系的问题、社会制度中的问题都是活生生的,相当一部分都和男女有关系。你比如说贾赦要娶鸳鸯做自己的妾,这里头反映的不是男女相爱不相爱,而是封建贵族百无聊赖、腐烂不堪、末日已临的一个征兆。

这些男女之间的问题都和社会有关,都和政治有关,都和制度有关,都和意识形态上的人间的各种不平等、不公正有关。所以它的政治性非常强。所以毛主席语出惊人,他说:《红楼梦》是阶级斗争的小说,《红楼梦》是四大家族的兴衰史,《红楼梦》里头有人命几十条,《红楼梦》第四章是整个全书的总纲等等。

而且毛主席引用过大量《红楼梦》里的话,变成了毛氏政治语言,比如说"大有大的难处"。在反修和苏联关系交恶的时候,毛主席最喜欢引用的一句话就是"大有大的难处"。这本来是书中贾雨村讲贾府没落时的评点,毛主席以此说明其时新生的中华人民共和国用不着怕美国,也不要怕苏联,它们越大它们越难。《红楼梦》里头就蕴含着这样一种很老到的政治眼光。

还有像毛主席在莫斯科世界共产党与工人党会议上，提出来：现在的世界形势"不是西风压倒东风，而是东风压倒西风"。这话也是从《红楼梦》里边来的。而且妙的是这话是谁说的呢？是林黛玉说的。是薛蟠娶了夏家的女儿，这夏金桂泼妇把这个薛蟠这么一个霸王、一个家霸、一个男儿霸整得硬是一点办法都没有。于是林黛玉出人意料地以老到的口吻说："一个家不是东风压倒西风，就是西风压倒东风。"

当然，毛主席谈《红楼梦》四大家族的说法也不是偶然的，因为在人民革命阶段，革命的方面提出来国民党里头有蒋、宋、孔、陈四大家族。恰巧这个《红楼梦》里头呢，有贾、王、史、薛四个家族。其实客观地看，《红楼梦》里头贾以外那几个家族没有多说，但是毛主席给它一总结说四大家族，这个也有趣味，又暗含联系到了旧中国社会的情况。

《红楼梦》里边的政治内容、人际关系的内容非常丰富。而且我们要想一个问题，中国有那么多写政治、写军事斗争的书，比如与《红楼梦》几乎齐名的有《三国演义》和《水浒传》，毛主席呢，他偏偏最感兴趣、提得最高的不是正面写政治军事斗争的"三国"和正面写"造反有理"的"水浒"，而是《红楼梦》，这很耐人寻味。毕竟《红楼梦》的底蕴深厚丰满，中外无双，而好书自己就是一个世界，它自成天地，自有经纬，经得住各种人物阅读推敲折腾，它永远理解不完，分析不完，受用不完。

再如，有人说《红楼梦》的主题是"色即是空，空即是色"。但是恰恰《红楼梦》里边，它的色空观念要比一僧一道的唱词复杂深刻得多。

在它所谓色即是空的那一部分，比如说写元妃省亲，用此书的说法叫做"鲜花着锦，烈火烹油"，豪华神气高大上，处处写到了极致，同时又写到元妃的凄惨与亲人的无奈，再与后续写贾家的衰落相联系，你确能体会到色空观念的虚无与悲凉。

同时,曹雪芹写到省亲的豪华福气,他仍然挺怀恋,挺牛,他的潜台词是:你别人写不了啊,俺家的荣华富贵原来是多了不起呀!所以他既是批评性的、谴责性的,又是怀念性的、挽歌性的。叫做百味俱陈,叫做余音绕梁,叫做够你喝一壶,再喝几壶的。

三 贾宝玉受到的伤害一言难尽

还有人物的丰富性。中国古代的这个长篇小说啊,除了《红楼梦》以外,大体上都是一分为二,写忠和奸的矛盾,写贞节和淫荡的矛盾,写清官和贪官的矛盾,写昏君和忠臣的矛盾……都是非常地清晰。偏偏这个《红楼梦》有点说不太清楚。比如说这个贾宝玉,大家知道他是很可爱的一个人,一个帅哥,可是对这个贾宝玉也有很多并不能算是正面的描写。比如说他回家回来晚了,敲了一会儿门,没有人及时给他开门,袭人过来给开门,一开门他先一脚踹过去,把袭人踹伤了。这点无论如何不可爱。

林黛玉更不用说了。林黛玉那么可爱的一个人,又聪明,又深情,又不计较那些功名利禄,这都可爱得不得了。可是她对刘姥姥的态度非常恶劣,她根本不拿刘姥姥当人,说刘姥姥是牛,是母蝗虫。这点她连王熙凤都不如,王熙凤一听刘姥姥跟这贾家沾亲,很注意善为对待。刘姥姥这人聪明,会公关,表面上说的是傻话,而实际上她哄着你笑,让你高兴。

我读《红楼梦》还有一点难分难解的地方。"搜检大观园"是一个极重大的事件,是对青春的屠杀,对人性的征伐,是大观园从美好赏心到零落肃杀、贾府从荣华富贵到树倒猢狲散的拐点。而号称叛逆性强的宝玉黛玉在事件中一个屁都没有放,倒是被一些评家视为封建主义维护者的探春声泪俱下地对这种"自杀自灭"的举动进行了上纲上线的痛切批判,此外只有晴雯与司棋用生命与封建主义的蛮横镇压进行了殊死搏斗。娇贵的少爷小姐们的叛逆,靠不住啊!

尤其复杂的是说林黛玉和薛宝钗俩人的判词，就是太虚幻境对她们俩人的概括描写是合二为一的。所以大学者俞平伯有"钗黛合一"论。"钗黛合一"论一九四九年以后一直是被新红学所批判的。但你批判它半天，你也说不清楚为什么俩人合着写。文学人物的描写有不同的说法。从现实主义的观点看，俩人当然不是一个人。如果你从表现主义的观点上看，用中国的语言就是说你不是从如实写作，而是从如意写作角度研究；也就是说所有的人物都是你的意向的一种表达，那么这俩人之间又有某些共通性，又有让人难分难解的这一方面。这个是可以考虑的，你不一定完全信服这种说法，但你不能不正视这种说法。

我有一点与众不同的看法。比如咱们所有的专家都说，贾宝玉这人反封建，他对入仕啊，对功名，对仁义道德啊，光宗耀祖啊，没有一点兴趣。可是我老觉着不完全是这样，为什么呢？这贾宝玉他有点邪，别人一提啊，说你要好好学四书五经啊，你将来也要光宗耀祖啊，他就受到了极大的伤害，他发疯、他骂人。最明显的就是史湘云多可爱的人啊，是吧？那个周汝昌老先生表示过，他一辈子最喜爱的女子就是史湘云。可是史湘云刚劝两句，说二哥你也看点正经书，贾宝玉马上瞪起眼来，坚决不接受。那意思就是咱们俩说不到一块，你少给我讲这一套。提到修齐治平功名富贵，他有一种几近歇斯底里的受伤害感。这个伤害是哪儿来的？我认为只能解释为是从他的前身来的。他的前身是什么呢？是女娲补天的三万六千零一块石头中的那块不被使用的石头，他是多余的石头。俄罗斯十九世纪现实主义文学中最精彩的一个典型，就叫多余的人。贾宝玉则是多余的石头，也是多余的人。他实际上对自己这个无材补天、进入不了体制，在社会上没有他的位置与意义的事实痛心疾首，书上也说是宝玉的前身石头认为"独自己无才，不堪入选，遂自怨自叹，日夜悲号惭愧"。

今天的读者可能不在意宝玉的前身，然而在《红楼梦》里头，此生来生，此岸彼岸，它是浑然一体的，多余的石头的身份与心态，主导了聪明灵秀贾宝玉的一生。对于今天的读者来说,无材补天的故事是荒诞无稽的嘲弄、自嘲,对于《红楼梦》的时代来说,无材补天是宝玉的创巨痛深的流着鲜血的伤口。这个幻想的女娲的故事和实际的贾府的故事,是一脉相承的。

我们知道,一个人对一个事儿完全没有兴趣,他不提才是最没有兴趣。很简单,比如说你有一个异性朋友,他很喜欢你,你不喜欢他。你只需要说一句话,就是"咱们俩不合适",而不会是一次一次地说起来没完:"咱们怎么能合适呢,咱们俩无论如何也不合适啊。"他如果这么说的话,是他对你有兴趣,他放不下。再比如说有的人说他或者她从来与世无争,没完没了地说,这也可疑。你与世无争的话,你就应该和那个认为你与世有争的人也不争。人家一说你与世有争,你急了。你写一本厚书,说我从来与世无争。这像与世无争的样吗?

所以贾宝玉也是一样,一谈功名富贵啊,他的表现是一种病态的被伤害感,是一个被迫害的感觉,为此他太痛苦了。

再比如说还有一个贾宝玉最有趣的事儿。他生下来啊,嘴里头含着一块玉。这个从产科学或者是儿科学上是绝对讲不通的。所以胡适先生在给高阳的信里头嘲笑,说曹雪芹他没有受过很好的教育,你看他写这个贾宝玉含着玉而生。这样的人又如何谈得上"自然主义"呢?

虽然现在胡适的行市不错,但是呢,你说那个含玉而生是由于没受良好教育,未免忒外行了一点。含玉而生这一笔其实很重要,既牵扯到贾宝玉的前生,又牵扯到他的归宿,还牵扯到他和林黛玉的婚姻能不能成功。玉是一个命运的标志,叫做"命根子"。林黛玉一出场,与宝玉一见面,宝玉就问她,妹妹有玉吗?林黛玉说我哪儿有啊。一句话说完,贾宝玉跟疯了一样,把那玉就往地下砸,拿脚踩。这么受刺激啊。为什么呢?这一句有没有玉的问话已经说明了他和林黛玉的身份的区别、处境的区别、命运的区别,还有他们的爱情注定不可能成功。

四 "冰山"、理想、百科全书

再有就是《红楼梦》情节上的特色。一般的说法是曹雪芹在此书中很多都是写到他们家里边的实事，有些事情实在难堪至极。有些特别难听、特别难看、特别丑闻性强的事儿，你是说不出口的。

比如说秦可卿。这秦可卿，俞平伯分析得非常明确，是有说服力的，说秦可卿实际上跟贾珍有不正常的关系，所谓"爬（扒）灰"的关系，她被发现了，所以她才自杀的，突然而死。

但是秦可卿呢，又在这个作品里头起着一个既重要又奇特的作用。一个是她群众关系之好，所有的人，贾府上下没有不夸她的。第二，在她临死之前托梦给王熙凤，说是水满则溢，月满则亏，我们家已经赫赫扬扬三代，如果发生一件事儿，树倒猢狲散，就是说如果碰到厄运，完蛋了，应该怎么办？这可不得了，这是中国的哲学，叫做盛极必衰，兴久必亡，月盈则亏，水满则溢。这个托梦情节，你从世俗的逻辑上，你从必然性规律性的角度，是很难解释清楚的。所以鲁迅说到，遇到流言家，就是专门制造流言蜚语的人，专门能够编造八卦的人，会从《红楼梦》中看到宫闱秘辛，就是各种稀奇古怪的八卦，而且是以宫廷里边发生的事情作背景。所以说《红楼梦》情节上有各种不同的解释，有各种复杂的背景。这正如海明威所说，一部作品恰如一座冰山，只有八分之一露在外边，还有八分之七隐藏在水下。

这里我还要说《红楼梦》美学理想上的丰富性和深刻性。在谈到中国小说的时候，有很多专家很重视《金瓶梅》与《红楼梦》的关系，甚至于认为，《金瓶梅》在先，《红楼梦》模仿了《金瓶梅》，学习了《金瓶梅》。但是《金瓶梅》和《红楼梦》有一个很大的差别，《金瓶梅》里头的肮脏就是肮脏，无耻就是无耻，下流就是下流，而《红楼梦》呢，它也没有避讳许多事情，哪怕是在贾府这么一个大户之家里边，出现了各种肮脏的事情。引用柳湘莲的话，说是"你们这两家

（荣国府与宁国府）除了门口儿的石头狮子以外，没有一个是干净的"，这说得非常的严重。但是大观园里边毕竟有很多美好。很简单，它的美好是什么？青春、爱情、少女、文学、诗词，里边有很多这些年轻人聚集在一块儿的场面，尤其是在作诗、作词的时候，那种美好的场景，令人难忘。尤其是我喜欢它四十九回和五十回。

四十九回、五十回写那个芦雪庵即景联诗，就是下了大雪了，他们一边吃烤鹿肉，一边抢着联诗，太美好了。那完全是一个烤肉节，是清朝的BBQ。第二它是诗歌节，那么多人在那儿抢着作诗，贾宝玉抢不上，连林黛玉都抢不上，因为史湘云和薛宝琴抢在前边了。这第一句诗是王熙凤起个头儿。王熙凤说我没有文化，但是你们必须拉着我，因为你们得跟我要钱。你们要钱，我必须参加，不参加等于是反叛，写得好、写不好，并不重要。然后她的第一句：“一夜北风紧"，很大气，很从容，很老到，很通俗的一个话，路子非常宽，大家都说太好了。所以它是大观园青年联欢节，也是文学节，是少女节。就是在痛苦之中，困难之中，压抑之中，生命也有自己的花朵绚丽开放。

刚才说的是青春，是爱情，是少女，是文学；那么到了泰戈尔那儿，他写很困难的印度，也写得那么可爱，那么美好，他写的故事要加上儿童，要加上爱情、母爱。他还写大自然的轮回，大自然的变化。就是说，作家可以是、常常是批判性的，是控诉性的，但是即使在控诉性和批判性当中，它总还应该有一个自个儿的美学理想。

再往下说，是《红楼梦》创作方法上的丰富性和深刻性。它的创作方法，一方面好像是自然主义，零零碎碎、鸡毛蒜皮、吃喝拉撒睡、衣食住行，没有它没写到的。所以有人说它是中国封建社会的百科全书。《红楼梦》确证了我们今天爱讲的一句话："生活是创作的源泉。"

吃什么，喝什么，地毯是什么样的，都写到了。里边还说到俄罗斯毛毯。这个我略微有点怀疑，他说是俄罗斯孔雀毛毯。这个不太可能，孔雀是热带动物，它那个绒啊，那个保温性应该是比较差的。

但是这个不管它了,反正它什么都写到了。

我也喜欢它里边写的那些吃的东西。但也有疑问。因为咱们这个北京啊,就是中山公园来今雨轩有个红楼宴。它红楼宴里头有那个茄鲞,王熙凤给刘姥姥讲的就是这个茄鲞,做起来十分复杂讲究,她一边说刘姥姥一边阿弥陀佛、阿弥陀佛地念佛。但是呢,具体地按王熙凤讲的那个方法做出来并不好吃。但是《红楼梦》至少它谈到这个了,也算一个菜肴条目。

另外服装,还有用的灯,就是器具和器物的描写,你找不着写得如此细腻生动的其他小说。中国其他的一些书,它都着重于主要情节,比如说《三国演义》,是三国三足鼎立啊,谁胜谁负啊,最后又是什么情境,它是这么写。《水浒传》嘛它写的就是怎么造反,怎么逼上梁山,当然,最后又怎么招安。它不写这些具体日常生活的事。

《红楼梦》还动不动写中医的药方儿。中医药方儿跟现代观点也不一样。秦可卿得了病,请这医生的时候,请的是什么呢,是翰林院的翰林,人家从来不收钱看病,就是说他是业余医生。中国人认为业余的比职业的要高明得多。因为业余的他是从哲学、从伦理学、从阴阳五行、从周易的观点上来给你看病。而那个大街上摇着什么铃铛叫卖看病的,那是挣钱的庸人。一挣钱水平就低了。

刚才说到《红楼梦》中的写实方面、生活方面,同时,它里面的神话性的故事也有好几层。第一层是女娲纪元,就是从女娲造人开始、女娲补天开始。第二层写天宫,说贾宝玉原来是神瑛侍者,林黛玉原来是绛珠仙草。绛珠仙草旱了,神瑛侍者每天给这个绛珠仙草浇水,所以到了人间以后这个绛珠仙草要用自己的眼泪来回报贾宝玉,就是神瑛侍者给它浇的水。哎呀,这个故事太动人了。那么第三层呢,还有一个神仙是谁呀?警幻仙子。专门给你讲男女之情的,讲清楚情天恨海的种种故事。这也非常地感动人。

所以这些方面,它就不是现实主义的,它叫魔幻现实主义,它跟那个拉丁美洲的莫言先生喜欢的那个加西亚·马尔克斯也不一样。

它不受任何的拘束,它托梦也写,还有这个马道婆教给这个赵姨娘做法,做这个害人的法,它也写。它什么都写,各种方法是为我所用的,不受限制的。

五　跨时代的文化心态

我再讲一个小的故事说明《红楼梦》对这个世道人心,对我们生活的影响至今有多深;或者说,是看看中华文化心态已经在什么样的深度上与《红楼梦》的故事水乳交融。《红楼梦》里头有一段写得让你拍案叫绝,就是说王夫人的那个玫瑰露失窃了。玫瑰露是一种浓缩饮料。因为前边写过贾宝玉挨完打,给他弄个玫瑰露倒上点凉开水一搅和,就喝了。是谁偷的王夫人的玫瑰露呢?是彩云丫头,彩云服侍的就是那个赵姨娘的儿子叫贾环,是宝玉的同父异母弟弟。

这个事儿呢,是赵姨娘看着贾宝玉喝这个玫瑰露,她不忿。为什么我儿子喝不上?就让彩云给偷来了。偷来了以后,王夫人忽然发现,哎,我那两瓶玫瑰露呢?让平儿负责去查。这个彩云就反咬一口,说伺候您的是玉钏,肯定是玉钏偷了。这个玉钏就说我绝对不可能干这种事儿。平儿负责处理这个事儿,平儿知道是彩云偷的,但是认为如果要揭露出彩云来呢,就会牵扯到对贾环和赵姨娘的舆论反应,而这个舆论一反应呢,又会影响到与贾环同为赵姨娘亲生的探春。中国人好面子,讲究的是投鼠忌器,《红楼梦》明确地讲,捉一只老鼠,要顾忌不要因而打坏了美好的瓷瓶。当时王熙凤生病,探春是代理"秘书长",为了保护有头有脸的探春代"秘书长",就得捂着这件事。平儿自有办法。到时候她召集了一个碰头会,把所有有关的丫鬟们小子们都叫来了,然后就说,现在宣布调查玫瑰露问题的结论。经调查,二爷就是贾宝玉,已经承认是他偷的,你们互相之间谁也不许多说话了。因为平儿需要找一个顶缸的。最爱帮助少女的就是贾宝玉,贾宝玉承认这个犯不了多大的错误,他从他亲妈那儿说是拿走两瓶玫瑰露,这有什么了不起,就是从亲妈那儿拿走钻石,也没有太大的后果啊。所以就说成贾宝玉拿走的了。可是这时候彩云一听啊,实在不好意思。说姐姐别说了,我偷的,你们现在就把我捆起来,要杀要剐,要怎么办,你们随便。"羞恶之心人皆有之",孟子说的啊。

可是,这平儿是什么态度呢,眼一瞪,我刚才已经宣布了结论了,胡说八道什么,散会。这就叫做大事化小,小事化无。连我看了啊,我都觉得这平儿太能干了。不管在哪儿,你当领导,有一个平儿这样的助手,多棒啊。我还想到,这种时候,贾宝玉是多么可爱呀!

后来更可乐的事儿,这也是公开的。据说最欣赏这一段儿的是林彪。林彪非常欣赏这一段,而且还批注,就是今后一定要向平儿学习。可是这个事儿呢,你要让一个德国人来研究,他闹不明白为什么会有这种事情,你打死他他也不能接受把偷玫瑰露的事放到宝玉身上,弄不好,他急得也许跳了楼。

《红楼梦》里的这些公案多了,一言难尽,百读不厌,久读不厌。相反呢,如果一个中国人,一个中国写作人读不下去《红楼梦》,太悲惨了,是中国文化的悲惨,也是写作朋友的悲惨。我相信我们会有越来越多的人,跟着时代走,从《红楼梦》里不断得到新的发现、新的启发、新的趣味。

中国文化是有自己的特色,不能一概否定,也不能随意叫好,《红楼梦》里有许多人物故事耐人寻味,发人深省,令我们懂得为什么既要传承弘扬自己的文化传统,还要追求对于传统文化的创造性的转化与创新性的发展。

六 知道点"红学"

《红楼梦》还有一个更大的与众不同的地方,就是它成了中国的一门学问。而且呢,用大学者钱锺书先生等人的说法,它成了一门显学。显学是什么意思呢?就是这门学问还挺受人注意。这门学问还常常出头露面,常常曝光,常常被人提起,这就是红学。多半本书形成了红学专科,而且红学里学问它大发了,你研究不完。

首先是作者,一般地说是曹雪芹著,但是经过胡适、俞平伯等人的考证,现在大部分人也接受这个看法,认为后四十回是高鹗著(高鹗,1738—约1815,字云士,号秋甫,别号兰墅、行一、红楼外史,清代官员、作家、红学家)。这个高鹗呢,每次我看到这儿,想到这儿都很较劲。因为我也写小说,我认为这个续书是不可能的,尤其是这种生活化的书。你要是一个完全靠一股截、一股截的情节写的书可以续,比如福尔摩斯侦探案。

可是《红楼梦》怎么能续呢?我认为不但别人不能续,自己也不能续。比如我从五十年代就写书了,现在有人说,说你给某个旧作再续上三章,只需要一万字。你打死我,一个字儿我也续不上。所以现在更多的说法就是这个高鹗、程伟元他们俩,俩人找着了一些断简残篇,编辑完成了后四十回。

现在又有一种看法,说是高续极糟,甚至于编电视剧的时候要废掉高鹗的这个续作,另搞续作。另搞续作就更闹心。为什么呢?你高鹗不管怎么样他是那个时代的人,他说话啊,用的词啊,里边用的什么东西啊,还接近那个时代。可是你要找另外的人来续呢,连语言都跟那个时代不像。

还有个说法,就是说这个《红楼梦》是冒辟疆写的(冒襄,1611年4月27日—1693年12月31日,字辟疆,号巢民,一号朴庵,又号朴巢,明末清初文学家),也是清朝的一个蒙古族的一个大官、大贵族。他的家乡在浙江,在浙江他有一个园子,那园子特别漂亮。而且还有人写了论文,就论《红楼梦》的作者是冒辟疆。

更早一点呢,还有说《红楼梦》是取材纳兰性德而写的(纳兰性德,1655—1685,字容若,号楞伽山人。清词三大家之一),说里边的故事,或是其中哪个人物的特点吧,特别像纳兰性德。

然后还有专门考证大观园的。周汝昌先生说大观园就是现在北京后海的恭王府,是和珅当年的府第。而且他还测量出来说里边写吃螃蟹那一节,从哪儿到哪儿是现在的什么地方,特别的具体。

还有一位蒙古族红学家,说大观园位于杭州西溪湿地。

对曹雪芹本身又争了个一塌糊涂。说曹雪芹是河北丰润人的有,说曹家是辽宁辽阳人的也有。讨论不清楚。

然后是版本研究。

比较早的版本。有一个叫戚蓼生的(戚蓼生,1730—1792,字念功,号晓堂、晓塘),蓼那个字儿咱们容易把它念成 liào,实际应该念 liǎo。戚蓼生本只有八十回,而且题目是《石头记》。这个戚蓼生他有一个说法,很好玩儿。他说他是比曹雪芹小十五岁的这么一个官员,又是一个文人,他说他看这个《石头记》他叫绝。他的说法是,这部作品就好比一个人同时又用嗓子唱歌儿,又用鼻子哼着歌儿;就好比一个人同时用左手写着楷书,用右手写着草书。这在通常是根本不可能做到的,但是《红楼梦》做到了。他这说法很生动、很天才,也极有趣。这可以说是苏联学者巴赫金"复调小说"论的前身。可惜戚氏的这个理论没有得到认真对待、挖掘、整理。

后来出版的程甲本、程乙本,就是正式印刷的了。还有手写本儿。另外呢,在苏联的原列宁格勒现在的圣彼得堡还有一个被冯其庸老师称之为列藏本(图配文:列藏本,是苏联科学院东方研究所列宁格勒分所收藏的《石头记》抄本),就是列宁格勒的一个研究所里边收藏的,而且是手抄的。手抄的,冯老师没说这个话。这是二〇〇四年我去圣彼得堡到它那个远东研究所的分所看了这些书,那些俄罗斯的汉学家坚持,其中有一本或者两本是曹雪芹的笔迹。他也讲了很多理论,这个理论由于我不熟悉,我就不多说了。这是版本问题。

研究上呢,那就更可乐了。为什么我说可乐呢?因为除了刚才的那种文学性的研究以外,还有考据的研究和索引的研究。考据的研究就是刚才说的作者、版本、有关文献等等的考据。其中一个特殊的现象就是脂砚斋评点。早期《红楼梦》以手抄本形式流传时，有一个评点者自称脂砚斋，他的评点以知情人的权威口气指手画脚，被历代红学家重视并且认同，但脂砚斋到底是谁，众说纷纭。有的说是曹雪芹本人，有的说是他的亲属，甚至说是曹最后的妻子即史湘云，还有的说脂砚斋只是传播时的商业性炒作。脂评的特点之一是一切都让史实说话，听信脂评逻辑，《红楼梦》就不是小说而是亲历亲见亲闻的家史。同时脂评后来也成为了否定高鹗续作的重要根据。

红学考据的特点是史料史证很少，猜测想象甚多。有一些比较严格认真的考据，但也有离历史离文学评论相当远，离茶余酒后的八卦闲谈离趣味却比较近的闲说妄说。曹雪芹称自己的作品是"满纸荒唐言，一把辛酸泪"。某一类的考据呢，"满纸臆测言，一笔糊涂账"，却仍然牵动着众人的心。

索引派那就更有意思了。比如说蔡元培先生也不是一般人，也不是瞎忽悠的人，他对这个索引《红楼梦》就是入迷。他认为这个《红楼梦》是一堆密码，里边写的贾宝玉实际上写的是顺治，因为如果不是皇上，他怎么可能和那么多美女打交道呢。他认为袭人写的是李自成。因为袭人是龙衣人，她本身却不是龙种。他有很多这一类的说法。

我体会到啊，因为语言文字本来就是符号，符号不可能就是原生态的真迹，不可能。符号是有解释的余地的。所以顺着这一组符号去挖掘另一组符号，对于人类是不可抗拒的诱惑，何况像《红楼梦》这样生活内容、情节发展又丰富又有所遮蔽、有所隐瞒、留下了许多空白和疑点的书，索引起来更是迷人。索引派到现在也有的，还有类似的这种对《红楼梦》的趣味研究，比如说刘心武先生他就是这种趣味研究和索引研究的代表人物之一。